日本沈没（下）

小松左京

角川文庫
22124

目次

第五章　沈み行く国

1

大地震によってこうむった被害を、まだ完全に修理しきっていない首相官邸の一室で、連日連夜の激務のためげっそり憔悴《しょうすい》した首相、官房長官、総務長官の三人が、テーブルをかこんで沈鬱《ちんうつ》な顔をつきあわせていた。――三人のかこんだテーブルの上には、一枚のタイプ用紙がおかれていた。

「この問題を、これからどうあつかうべきだろうな……」首相は疲れきった声でいった。「ここから先、さらにくわしい調査をすすめるためには、十億から百億のオーダーの予算が必要となる、という報告をうけているが……」

「やはり、防衛庁にやらせるよりしかたがないでしょうな」と官房長官はいった。「D計画の基礎研究は、もうはじまっていますが――あの作戦本部を至急に拡大して、人員機材と予算を増やし……」

「だが、防衛庁だけでは、とてもこの計画をまかないきれないことは目に見えている」と総務長官はいった。「予算も、機密費の限度を大幅に越えるとなると、問題だし――それに、退避計画のデスクプランはいくらでも立つだろうが、問題は、いつ、どういう形で、それが起こるか、ということに関するより徹底した調査だ。これには大量の科学者の協力がどうしたって必要になるでしょう。その科学者をどうするか、ですが……」

「やはり、学術会議か……」首相は腕を組んだ。「議長と役員には、ある程度事情をうちあけて、協力要請をしておかざるを得んだろうな。気象庁や、国土地理院、地震研、防災研といったほうでも、そろそろ気がつく連中があらわれるだろう……」

「どうですかな。――むしろ、今度の大震災に気をとられているんじゃないかな」と総務長官はいった。「それに――話がばかばかしくでかいから……かえって気がつきにくいし、たとえ、一人か二人が気がつきかけても、自分で自分を信ずる気にはなれんでしょう。人にいうのもさしひかえるでしょうな。頭がおかしいと思われかねないから……」

首相は腕を組んだまま、じっとテーブルの上の紙片を見つめた。

「私だって――まだ半信半疑……いや、正直いって、まだ信じられんのだ……」と首相はつぶやいた。「あまりにもばかばかしすぎる話だ、とも思う。いくら地震の多い火山国だといって、この巨大な国が……そんな短期間に……」

残る二人の眼も、テーブルの上の紙片に注がれた。やや厚手のタイプ用紙の中央には、たった一行、こうタイプされてあるだけだった。

$\overrightarrow{\text{min}}$ D≒2

「まったく……途方もない話だ……」と総務長官は、ぶ厚い掌《てのひら》で顔をごしごしこすりながらつぶやいた。「本当とすれば——大変なことだが……もし、これがとんでもない大まちがい——というより、あの田所《たどころ》という風変わりな学者の妄想や計算ちがいだったとしたら……」

官房長官は、鋭い眼で首相を見た。——長い政治生活をずっといっしょに歩いてきた、文字どおり首相の子飼いの部下であり、旧制高校の後輩でもある官房長官が、もっとも気づかっているのはその点だった。国政の最高責任者である人物が、ひょっとしたら、おかしな「気の迷い」から、とりかえしのつかない大いんちきに足をふみこみかけているのではないか、という危惧《きぐ》が当初から彼につきまとってはなれなかった。——それも、これまでの段階なら、まだ行政の舞台裏で機密裏に事が運べ、話が胡散《うさん》くさいとなれば、すぐ握りつぶせる範囲のことだった。だが、これから先は……もし、この方向にさらに一段進もうとすれば、……予算も、組織も、徐々に「公的」なスケールになりはじめる。そうなったら——もし万一はずれた場合——もみ消しはむずかしくなり、政治責任が問われることになるだろう。へたをすれば、首相個人はもとより、与党全体の命取りになるかもしれない。

そうなった時、誰を犠牲にするか、と官房長官は、政界生活の間に「常識」として身についた考え方にしたがって、ほとんど反射的に物色しはじめていた。――万一の時の責任を、誰にとらせるか？　誰を贖罪山羊《スケープ・ゴート》にして、この人をたすけるか？　少なくとも、自分くらいまでは、責任をかぶらざるを得ないだろう……。だが、それですめばいいが……。

しかし――もし万一、それが実際に起こるとしたら……。

「現在までの調査では、まだはっきりとした結論を出せそうにない……」首相は組んでいた腕をほどくと、顔をあげていった。「いずれにしても、もう少し調査を続行させよう。――予算も人員も、若干ふやしてみたらどうだろう？」

言葉だけ聞いていれば、慎重に、ほぼ現状のままをつづけるように聞こえたが、官房長官は一瞬はっとした。――ついにこの人は、腹を決めたな、と官房長官は思った。――かなりなところまで、やる気だ。「政治的危険性」も、あえてある程度冒す気で……。

「それがいいでしょう……」と総務長官は、大きな体をゆすってうなずいた。「それはそれとして――明日の幹事会ですが……」

「ちょっとその前に……」と首相はまたしばらく考えこんだ。

「今から副総裁と幹事長に、連絡がつくかな……」

「副総裁は寝たかもしれませんな」と官房長官は時計を見てつぶやいた。「秘書を呼びますか？」

「いや――もう少しあとでいい……」

首相は立ち上がると、棚からコニャックの壜《びん》とチューリップ・グラスを三つ、自分でとってきた。

「少し疲れた……」と自分でブランデーをグラスにつぎながら、首相はつぶやいた。「あとの話は明日にしてくれんかね？」

「いいでしょう」総務長官はグラスをとりあげてうなずいた。「少し休まれたほうがいい。――私の話は、統計局の問題ですから、明日お話しします」

三人はだまってグラスをあけた。――プロレスラーのような大男の総務長官は、一気にのみほすと、立ち上がって一礼し、ドアのほうへ向かった。官房長官も一呼吸おくれて立ち上がり、首相もあとを追うような形で立ち上がった。

官邸の廊下を、総務長官から数メートルおくれて歩きながら、官房長官は、そっとささやいた。

「内閣改造ですか？」

首相は、ちょっと虚をつかれたように、相変わらずおそろしくカンのいい懐刀の顔を見た。

「今のさわぎが一段落したら……」と首相は顔をひきしめてつぶやいた。「ある意味で――いい機会と思うんだ。明日、副総裁と幹事長に会ったら……」

二人の閣僚が帰ったあと、首相は一人で客間にひきかえし、もう一杯ブランデーを飲んだ。――家族は震災後信州《しんしゅう》に行かせてあり、ひろい官邸の中には、初老の女中と、私用をとりしきっている執事と、あとはボディガードたちがいるだけだった。その連中にも、顔を出さないようにいってあるので、官邸の中は彼一人だけのようにひっそりと静まりかえっていた。

――妙なことになったものだ。……酔いが疲労をひき出してくるのを感じながら、首相は指をあげて眼頭をもんだ。――眼をつぶると、疲れがどっと背後からおそいかかり、あおむけざまに奈落《ならく》へひきこまれるような気がした。しばらく椅子の背に頭をもたせかけて、その落下感覚に身をまかせていると、鉛色の混濁《こんだく》の霧のかなたに何かが朦朧《もうろう》と見えかけてきた。

それは奇妙な「選択」だった。

本職の「政治家」は、いわば「孤独な選択」の専門家であり、プロであるはずだった。――「権力」というものは、いってみれば、そこに発生するのだ。だから「権力者」は依然として、古代以来の「カリスマ」の尾骶骨《びていこつ》をくっつけていざるを得ない、というのがこの若い、六十代半ばにも達しない総理大臣の信念だった。――政治というものは、ついに「合理化」などはできないものかもしれない。少なくとも政治的過程が、「論理的――確率的という意味をふくめて――過程」になるのは、はるか先のことだろう。コンピューターがさらに高度に発達し、政治というものが、ゲーム理論や選択公理を組みあわせた一種の自動装置になってしまう日が、いつかは来るにしても――しかし、その日になっても、あるタイプの人間のとぎすまされた「カン」と、はげしい精神力をもってなされる「決断」は、ある場面において、壮大なコンピューターシステムにまさるにちがいない。なぜなら――「政治的選択」というものの中には、コンピューターでさえ完全には予見できない暗黒な未来にむかって、とばなければならない時があるからだ。コンピューターは、つねに「過去」のデータと「周辺」のデータから、確率何パーセントという形で「未来」を提示する。が、ある場合には、人間のカンにもとづく予見能力が、コンピューターの描き出し得ない「近道」を、飛躍によって発見してしまう。コンピューターの指示にしたがってある選択を行なうと、それによって「状況」のパターンが変わり、確率分布も変わる。その中でまたあらたな予測と計算が行なわれ、あらたな選択方向が決まる。……そのジグザグの「ブラウン運動」型の現実処理の方向づけも、結局マクロには「考え得る最良の選択」の軌道を描くだろう。しかしながら、もし最初から「結果的に見て」最良の状態が一挙に見ぬけ、そこへの「最短距離」をとるような方向へ選択が行なわれるなら、この巨大な慣性をもつ、錯綜《さくそう》した現実に、巨大なスケールの「ブラウン運動」をさせることによって起こるさまざまな「犠牲」を、はるかに小さくすることが、できるのではないか？――そして「現実」とは、大小無数の、振幅も展開速度もちがう「現象系」が、相互に影響しあいながら、もやもやしたパターンを描いている巨大複雑な「複合系」であり、まだ今のところ、コンピューターにすべての

「現実」がはいっているわけでもない。コンピューターはまだ幼いうえに、歴史の中でそれほどの「実績」を積んでもいない。たとえ、すべてのデータがいれられても、未来には「ラプラスの魔」がしめすように、必ず「予見不能」の暗黒の部分が残る……。

あらゆる「決断」をいっさいゆだねられるようなコンピューターが出現したら、どんなに楽だろう……と首相は思うことがあった。「政治家」などという職業を人間がやる必要性がなくなる時代が来たら、それは幸福な時代かもしれない。人間が機械のおかげで筋肉にたよってやる「重苦患《じゅうくげん》労働」から解放されたように、「政治的責任」の、苦しい精神的負担からも、完全に解放されるような日が、本当にいつかは来るだろうか？

おそらくそんな時は来るまい……と首相は思った。

コンピューターと、膨大な頭の切れる官僚群は、逆にますます選択によって左右される事態の大きさを増大させ、ますます「決定《デシジョン》」をくだす人間の負担を巨大にするのだ。

——何度かの外遊で、各国首脳とも会ったことのある首相は、世界でもっとも進んだ情報システムを持ち、もっとも高度に組織化されたもっとも優秀なスタッフを持つアメリカ大統領のすばらしい微笑にかくされた、人間とも思えない陰惨な孤独の影を見てとって、かすかな戦慄《せんりつ》を感じたことを思い出した。それはホワイトハウスの午餐会《ごさんかい》のあと、ちょっとくつろいで歓談している時で、大統領は、日本側の客に誰彼となく愛想よく談笑し、その合間に、ちょっと話のやりとりからはずれた時だった。首相は長身の特別補佐官と話しながら、ふと大統領のほうをふりかえった。その時大統領は、誰もいない空間にむかってほほえんでいた。首相はその顔を斜め横から見る格好になった。

――その時彼は、それを見たのだ。習慣的に笑みを浮かべた口もとと、笑っていない眼との間に浮かんでいる酷薄無残なあるもの……そしてその下から、袖丈《そでたけ》のあわないワイシャツのカフスからのぞいている汚れた下着の袖のように、ちょっとはみ出していた眼をそむけたくなるような陰惨な孤独を……。職業的訓練によって、表情には出さなかったが、その瞬間首相は腹の底から冷えるような、個人的な、後ろめたいショックに全身を貫かれた。まるで大統領が毛だらけの臀《しり》をむき出して、便器にしゃがんでいるところを見たように、汚ならしい臓腑《ぞうふ》みたいなプライバシーに、うっかり踏みこんでしまったばつの悪さが、彼を狼狽《ろうばい》させた。

その「醜怪な孤独」は、首相自身のものであり、彼は、同じような立場にあるものだけが見ることのできる特別の鏡でもって、自分の顔を見たような気がした。

ただ一人、客間にすわりながら、首相は、今、自分があの時のアメリカ大統領のような顔をしているのだろうと思った。――醜い押しひしがれた、魔法使いの老婆のような……。あの時は、日本の首相のほうが、アメリカの大統領よりはるかに気楽だ、と思った。その時アメリカは泥沼のような戦争をしており、大統領の「決定《デシジョン》」は、合衆国とその相手の国の、何万という生命を左右するものだったからだ。

しかし、今、自分はアメリカ大統領よりもっと複雑な立場に立たされている。……首相は掌《てのひら》で脂とひげの浮き上がった顔をざらざらとこすりながら思った。――日本という国はほろびるかもしれないのだ。国土を物理的に喪失し、多数の国民が死に、生き残った国民も「故郷」を失い……この地球上のどこかほかの土地へ、「他の国々」がその領土を画し、ひしめきあっている「よその土地」へ、さすらい出なければならないかもしれないのだ。

しかも――そうなる可能性が強まりつつあるとはいえ、そうならない可能性もまだ、十分に残されているのだ！ もしそうなるなら、今から、ただちに一切の準備にかからなければまにあわない。いや、D－2とするならば、もうまにあわないかもしれないのだ。しかし、それをやりはじめて、もし、そうならなかったら……日本は奇妙なことになってしまい、その責任は彼がとらなければならない。

こんな決断というものは、人間には重荷すぎるのだ、と、首相はブランデーのグラスをゆっくりゆすりながら思った。――とても正気の人間にやれることではない。「権力」というものは、だからどんなに政治機構が近代化され、コンピューターと官僚システムが発達しても、結局「カリスマ的なもの」、非合理的なもの、非人間的なもの――「神」の代行するような、一種の「冷酷な狂気」にもとづくものだ。なみの人間では、誰もこんな苛酷《かこく》な問題に対して「断」をくだす勇気がもてない。事態がはっきりすればするほど、勇気はくじけるだろう。そんな時、「誰か」がみんなにかわって「決断」する役をひきうけてやらなければならない。誰か――みんなの中で、とりわけ苛酷な決断のできる誰か、「神」にかわって非人間的なおそろしい役目をひきうけることのできる酷薄な精神力、特殊な気力を持った人間が、その役目をする。それが「権力」の、どこか非合理的な畏怖《いふ》をともなう「聖化《ホリファイ》」をもたらす――と同時に、事態がすぎ去ってしまえば、また決断が裏目に出れば、そういった「聖なる狂気」の代行者は、たやすく贖罪《スケープ・》山羊《ゴート》にされ、「運命の神」の怒りをなだめるための犠牲にされてしまう。しかも、そんなことは承知で、その役目をひきうける人間が、いつか権力者の座に押しあげられて行く……。首相は、自分のことを平凡な人間だ、と思っていた。計算はきわめて緻密《ちみつ》で、合理的で、その合理的なところがひそかに自慢でもあった。政界に足を踏みいれたとき、明治型の大げさな歴史感覚を持った政治家の時代は終わったと思い、政治もまた綿密なデータの収集と処理によって、「企業」のように合理的に運営できる、と思い、人にも吹聴《ふいちょう》していた。――だが、その彼が、いつのまにかまわりの連中の間から傑出して行き、自分でもあまり現実感のない間に、与党の長老格の人物との決戦投票に勝って総裁の地位につき、首相となったとき、彼は自分の持っている――そして、彼自身にとっては、いっこうほこらしくも何ともない、特異な才能のことをはっきりさとらされた。周囲の連中は、彼のことを「剛胆な男」といい、政敵は「冷酷非情な計算家」と呼んだが、周囲がいつのまにか彼に信頼と、畏怖を抱きはじめたのは、自分で知らぬまに、他の連中にはできないような非情な「決断者」の役を、ずっとひきうけさせられてきたからだ、ということがようやくわかってきた。――しかも、そのカンと決断が、多くの場合正しく、まちがった場合でも、とり巻きとちがってひどく冷静で動揺しなかったため、被害を最小限にとどめられ、ある場合には逆に禍《わざわい》転じて福にすることができたのだった。――「剛胆」というよりも、自分には、ある種の感情が……たとえば「恐怖心」といったものが、欠落しているのではないか、とわが身をかえりみて、ふと思うことがあった。だが、もちろんそれだけではなく、人を惹《ひ》きつけるある種の雰囲気――精気のようなものがあり、それが常人を上まわる剛胆さとあいまって、一種のわかりにくい「神秘性」のようなものをかもし出していたからだが……。

自分がなりたくて「最高権力者」になったのではない、知らない間に押し上げられていたのだ、という感じは、すでに二期つづいて政権の座についている間中、彼につきまとっていた。そして、それがある意味で、「いけにえ」の道であることも……。どうして自分が、そういうタイプの人間になったのかわからない。ひょっとすると血統のせいかもしれないし、あるいは彼を育てた、父母や祖父母のせいかもしれない。総裁選の時、裏から彼を推したのが、あの老人であり、老人が彼のことを早くから着目していたことも知っていた。しかし彼のほうは、老人のことを、それほど重要視していなかった。むろん等閑視していたわけでもなく、時折り会いに行って、昔話を聞いたり、美術品の話をしたりしたが、一国の宰相として、一種の「後見」をしてもらっているという感じはなく、老人の見ている世界と、彼が日々処理していかなければならない世界とは、何となく次元がちがっており、まじわることはないだろうと思っていた。――業績からいえば、いわば「単打主義」といってもいいような地味で、こつこつしたやり方で、それでも確実に問題を処理していきながら、彼は最近の政治史上、稀《まれ》に見る「目立たない宰相」として、その経歴をかさねてきた。もちろんいくつかの難問題や政治的危機はのりこえてきたが、そんなものは、彼自身にとっては、大したことではなかった。――日本は平穏な国だし、自分の政治歴も、このまま平穏に終わるだろう、と思っていた。

だが、いまや情勢は急激に変わった。首都圏大震災という、政治的な「大難」がおそいかかってきたうえに、いままた、信じられないような大変動が、この国の未来に暗黒の姿をあらわしはじめており、もしそれが本当に起こるとするならば、それは政治的に、まったく未曾有《みぞう》の大問題を投げかけるものだった。

一つの人口的、経済的、歴史的に巨大な国家が、物理的に消滅しようとしている。……およそ、こんな奇怪な事態に遭遇したことが、世界の歴史上かってあったろうか？　こんな途方もなく巨大な問題に直面した政治家がいるだろうか？

この「決断」は、――ひょっとしたら、自分の手にあまるかもしれない。……首相はブランデーをゆすりつづけながら、ぼんやり宙を見つめた。――この難局を、のり切るだけの力が、自分にあるだろうか？　少なくとも手をつけることはしなくてはなるまいが、最後までやりとおせるだろうか？　途中で、自分よりもっと器の大きな、もっと気力のはげしい人物にひきついでもらったほうがいいのではないか？

だが、そういう人物が、彼の知る範囲にいるだろうか？――ただ一人、目下着々と勢
考えようとしたが、急には、誰をも思いつかなかった。

力を拡大しつつある少数野党の領袖《りょうしゅう》の顔がちらりと浮かんだ。戦時中投獄され、戦後も陰惨きわまる内部闘争を粘りぬき、左右双方からあらゆる悪罵《あくば》をうけながら、がっちりと組織をきずき上げてきた人物だ。だが、その人物には、どこか得体の知れないところがあり、はかりきれないような影があった。……今すぐには見つかるまい——と首相はブランデーをぐっとあけながら思った。——もう少し事態が進めば、国内の動揺がはげしくなってくれば、突然頭角をあらわしてくるものがいるかもしれない。この事態をのりきるのに、よりふさわしい人物が見つかるまで、自分がその役を……辛《つら》く、むごたらしい「決断」の連続を、ひきうけざるを得ないだろう。

そう思いながら、自分の中に、いっこうに「英雄的」な昂揚《こうよう》が起こってこないのは、われながら変な気持ちだった。——自分は少しも「英雄」でない。……「英雄」などにはなりたくもない。ただ、このさい適当な人物が見つからないから、その「役割」をひきうけざるを得ないのにすぎない。——うまくやれるかどうかは、今のところいっていられない。もし、自分よりふさわしい人物が出てくれば、その時はおのずと交替が行なわれるだろうし、そういう時がくるまでは、「運命」が自分にこの役を荷《にな》わせつづけるだろう。……この国の政治家の誰もが口に出さずに知っているように、首相もまた、ものごとというものが「なす」ものではなく「なる」ものだ、という信念をもっていた。政治的な「意志」や「努力」でさえ、実は「運命」の巨大な流れの一部を占めるにすぎないということを……とりわけ、こういった、計算もできないような巨大な変動のあらわれるときは、そうであるということを……。

それにしても、これから立ち向かわなくてはならない暗黒の事態の巨大な無気味さを思うと、ともすれば心がみだれ、圧倒されそうだった。——勇気というものは、むりに必要とするようなものではない、というのが首相の信条だったが、勇気は判断をくるわせないために、時には必要となる。気を鎮め、暗黒のかなたを見すかすために、一日二日——たとえ激務の間をぬっても——どこか静かな所へ行って、座禅でも組むか、ブランデー・グラスを見つめながら首相は思った。——そうだ……老人にも、一度会ってこよう……。

2

第二次関東大震災は——人々は「東京大震災」と呼びならわし、それがのちには報道機関でもふつうの呼び方となったが——しばらくの間、世界各国の注視の的となっていた。人口総数・密度とも世界最大の、ある意味では気ちがいじみた近代的大都会をもろにおそい、その大半を一瞬に壊滅させた災厄のすさまじさは、それだけでもセンセーショナルなものだった。

「トウキョウ、第二のヒロシマと化す！」

という煽情《せんじょう》的な見出しをつけた、ラテン系の新聞さえあった。

無統制にふくれ上がった近代的過密都市が、ある種の天災に対して、いかに危険な存在であるか、ということ——むろんそれは、かなりの部分が「日本的に例外的」なものであったが——について、各国の識者はあらためて考慮をせまられた。とりわけその死者、被災者数の膨大さは、世界じゅうを戦慄《せんりつ》させた。

全世界の首脳部から見舞いのメッセージが殺到した。「救援」好きのアメリカの新聞社、通信社は「何らかの形で」日本を助けよう、というキャンペーンをはじめた。——在外邦人たちは、毎日周辺から同情の言葉をあびせられたが、その口先の下に、すぐそれとわかるほどの「それ見たことか」といった意地のわるい感情がすけて見えることも稀でなく、さらに日がたつにつれて、人々の同情の口ぶりの向こうに、もう一つの、奇妙に執拗《しつよう》な関心と好奇心が——これによって日本はどうなるか、この先長期的に、この大災害が、日本にどういう影響をあたえてゆくか、ということを知りたがっていることがほの見えてきた。

極東の一角で、ただ一つ、いちはやく近代化に成功し、二つの対外戦争に勝ち、世界相手の大戦争をやってたたきのめされながら、戦後たちまち復興して、GNP世界第三位にのし上がってきた日本——やたらに働き、やたらにつくり、世界じゅうに経済的影響をあたえはじめている「無気味な」日本……その首都が、世界史上類例のない大災害をこうむったことは、ある意味で「いい気味」であったろうし、中には「身から出た銹《さび》だ」とはっきり書いたイギリスの新聞さえあった。

「人間無視、人命軽視の、ハラキリ伝説にのっとって、カミカゼ的経済発展をつづけてきた日本は、世界一無謀な、世界一人命を無視した戦艦《バトルシップ》のごとき大都市をつくり上げ、世界市場にむかってバンザイ・アタック（切りこみ）をかけてきたが、上空援護戦闘機なしの、およそ戦術常識を無視したやり方は、ついにあの巨艦〝ヤマト〟のごとく、多数の人命を犠牲にしたギョクサイに終わった。――およそ民族の習性は、一度や二度の失敗であらたまるものではなく、二十世紀初頭の、対ロシア戦争の要塞《ようさい》攻防戦から、第二次大戦を経て、今日まで、まったく〝同じタイプの失敗〟をくりかえしている。日本がこの手痛い教訓から、本当に何かを学びとるのは、この先まだまだ長い時間がかかり、なお何度も同じ失敗をくりかえすことであろう……」と。

　例によって、全世界から表面上は温かい同情の言葉が嵐のようにおくられ、各国政府の見舞金や義捐《ぎえん》金も次々にとどけられてきたが、被災国日本をながめる世界の表情は複雑だった。――アメリカ政府は、可動住宅二千戸と、医薬品の無償提供を申し入れてきた。ソ連は、極東海域で使っている二万トンクラスの中古客船を、被災者住宅用に提供する、と発表した。ただ、この客船回航の先導として、コトリン級のミサイル駆逐艦が東京湾にはいって来たことは、右翼や防衛関係者の神経を刺激した。大正十二年の大震災の時、被災者救援の名目ではいって来たアメリカの軍艦が、どさくさにまぎれて、東京湾内の水深測量をやったことを、おぼえている連中がいたのである。

　日本政府は、アメリカからの無償供与分のほかに、国内、海外にむけて可動住宅一万五千戸、プレハブ住宅五千戸の緊急発注にふみきった。季節は冬にむかっており、被災者の住宅問題に応急手段が講じられなくてはならなかった。日本国内には「カプセル住宅」と呼ばれるもののストックが三千戸前後、生産もまだ月産七、八百戸前後で、しかも設備の半分が関東地区で被災していたが、日本のパテントを使って、アメリカ、カナダ、ヨーロッパで生産していた分があり、とくにアメリカでは、トレーラー・ハウスをふくめて、常時五千戸のストックがあった。無償供与分以外に、そのストックをほとんど全部緊急輸入する話がまとまった。――カプセル住宅をはじめ、可動住宅は、世界で徐々に「貿易品目」になりつつあったが、これは世界ではじめての、「大量輸入」のケースだった。

同時に、日本の政府は、世界各地の中古客船を買いあさりはじめた。船齢二十年、三十年といった老客船が、南はブラジル、オーストラリアから、北はスカンジナビアまで、十数隻もほとんど言い値で買い集められ、なお金に糸目をつけず探されていた。そのため世界各地の造船株は、新規発注をあてこんで、急に高騰したほどだった。――もちろん、緊急に「被災者住宅」にあてる、という名目だったが……。

閉鎖されたままの羽田《はねだ》空港に対し、比較的被害の少なかった成田《なりた》空港が、滑走路一本を残して震災の翌々日から再開すると、海外から各国の要人、経済人が、「視察」のために続々とのりこんできた。

――なにしろ、極東地域はもちろん、全世界の経済における日本の地位は、無視し得ないものになっており、その日本の政治経済中枢地域が大破壊をうけたということは、これからの対日取引に大きな影響をあたえるかもしれない。被害状況と、今後の見通しをつかむために、各国のVIPが次々に到着し、大半が被害をこうむった都内のホテルにはいりきれず、成田空港付近の新築ホテルや、千葉県海岸のリゾートホテルに泊まるものも多かった。

そんな海外客の中に、目立たない二人づれがいた。——どちらも長身で、地味なスリーシーズンコートの襟をたて、帽子をま深にかぶり、サングラスをかけ、アタッシェケースを持ち、一見ビジネスマンのように見えたが、迎えに来ていた眼つきの鋭い三人づれとのりこんだ黒ぬりのリンカーン・コンチネンタルには、外交官ナンバーのプレートがついていた。

リンカーンは、相変わらず交通渋滞のひどい京葉《けいよう》道路の途中から、大きく北へ迂回《うかい》し、足立《あだち》区辺で仮橋をわたり、一時間半以上かかって都心部の、比較的被害の少ない千代田《ちよだ》区北部にある某国大使館へすべりこんだ。——そして、十分後には、大使館の奥の一室で、二人の男は、その国の駐日大使と、書記官と、ろくにあいさつもせず話しこんでいた。

「とにかく、今度のトウキョウ・アースクエイクが、これから先、日本の社会にあたえる影響を、徹底的に研究してみたいんだ……」と、頭のはげ上がった、初老の人物は、大使にむかってぞんざいな口調でいった。「もちろん、本省の内部で、われわれのスタッフはもうはじめているがね。──しかし、私はここに調査の強力なメンバーをしばらく常駐させたい。彼はそのためにのこる……」と、初老の男は、連れの、三十ぐらいの金髪の男をさした。

「たしかに、かなりな被害だ……」大使はマントルピースの上のデカンターから、ワインを注ぎながらうなずいた。

「君もやるかね？　トーケイだ……。しかし──日本は経済大国だ。このくらいの被害は、すぐのりこえると思うがね。かえって、社会に対する有効な刺激になるかもしれん」

「だが、去年の関西大地震から、いくらも、たっていない……」初老の男は、大使のさし出したグラスをうけとりながらいった。「あの時は局地地震で、被害の大きかったのは京都と京阪《けいはん》間だ。経済打撃としては、大したことはなかった。しかしだな。──こう短い間隔をへだてて、この国の、二つの大中心が大地震におそわれたということは──この国の社会に……とりわけ世情に、何らかの影響をあたえないとは思われん」

「たしかにそうだ」と大使はいった。「社会の動揺や不安は、これからしだいにあらわれてくるだろう。──野党攻勢は、今はさすがに手びかえているが、労働組合といっしょになって、急速に編成されるだろうな」

「現在の与党は、のりきれると思うかね？」

「いちおう復興のめどがつき、都市機能が回復した時点で、〝防災計画の不備に関して、政府与党の責任を問う〟という形で、大攻勢がかけられるだろうな。私の見たところでは、半年先——来年の夏から秋へかけて、そして震災一周年あたりへ、政府打倒の大山場を持っていくだろう。新聞は、一周年で書きたてるに決まっているしね。——少なくとも、私が野党ならそうするな。今は、眼前の惨状をのりきるために、みんな内面的に協力しているが、民心を煽《あお》るなら、目下の〝非常事態〟が一段落つき、みんながまた日常生活にもどって、いろんなことを考える余裕ができかけたところだ」

「それで、どうなんだ？——与党はそれをのりきるかね？」

「わからん……」大使は首をふった。「まさにむずかしいところだ」

「直接の被害は、八兆円とか十兆円とかいっているけど、われわれの推測では、長期的にはその何倍にもなるとふんでいるんだ……」初老の男は、ポケットから葉巻を取り出して、鼻の下にあてがい、端から端まですべらした。「一つは——この都市には、この国のあらゆる中枢が集まっていて、その総合的な機能麻痺《まひ》が完全に回復するには、五年や六年はかかる。それが、日本の経済成長に、かなり長期的に影響を及ぼすのは明らかだ。——もう一つは……おそらく、本格的なインフレだ。スタグフレーションの中の、インフレだけが、これまで以上に暴走をはじめるおそれがある」

「その点は考えてみました」と書記官はメモをとり出しながらいった。「鉄鋼、セメント、石油などの市場価格は、政府の臨時措置があるにもかかわらず、相当な騰貴ぶりですね。第一、大手メーカーの最新設備が津波でかなりやられてますから、操業率を急にあげることもできない。——もうじき本格的統制にはいるでしょうが、何といっても、東京という一地方のことですからね。政府の出足はおくれるでしょう。それにヨーロッパ、アメリカが景気上昇期にはいって、鉄鋼は世界的に不足気味ですから、簡単に緊急輸入にたよることもできない。生活必需品の値上がりは全国的に相当な勢いですし、それに——日本では奇妙な習慣がありましてね。年末にかけて年中行事のようにボーナス闘争がある。年末にはたいへんな現金需要が全国的に起こるんです。おまけに一千万人近い人たちが、どんどん預金をひき出している。——銀行はコンピューターがやられた所がかなりあって、出納《すいとう》処理がパンク寸前だし、事業主は、被災見舞金やボーナスがとても払いきれない所が多いだろうし……」

「その社会不安を見越して、年が明けたら、野党の大攻勢がはじまる——」と、初老の男はいった。「となると——どうだ？」

「野党統一戦線の分断工作は、もう、はじまってるらしい……」大使は眉《まゆ》をひそめていった。「だが、うまくいくかな。——抱きこむとすれば、中間二派だが……危ないとなると、むしろ政府を見はなすだろう。餌にするのは連立政権、挙国内閣というところだろうが、この期におよんで、野党の大勢力が、そんなものに食いつくかな」

「今の与党首脳に、そういう大芝居ができると思うかね？——私には、現在の首相には、それほどの政治力はないと思うがね」

「今のこの国には、誰もそんなことのできる人物はおらんよ……」と大使は肩をすくめた。「日本は国家としてむずかしいところにさしかかっているようだな。——長期にわたって、社会のさまざまのものがゆるみっぱなしだからね。学生も、この機会にいっそう無茶をやるかもしれんし、一つまちがえば、歴史のコースが大きく変わるだろう。なにしろ、この国の経済も、国民生活も、目いっぱいぎりぎりというやり方をずいぶん長い間つづけてきたからな。無限にふくれ上がる風船玉を、いま鋭い針先がついたのかもしれん……」

「そんなに大げさに考えることがあるでしょうか？」と若い調査員はいった。「たしかに被害は大変なものだ。〝後遺症〟ともいうべきものも、長期にわたってあらわれてくるかもしれません。しかし、所詮《しょせん》、地震は地震です。日本の経済規模からすれば、それは多少、将来のGNPの伸び率がにぶるにしても……

「単なる地震だ、とのみ言いきれないかもしれんのだ」大使は二杯めのトーケイをつぎながら顎《あご》ひげをなでた。「もう半世紀以上前……私が、君などよりもっと若かったころ、私はやっぱり、この国の大使館につとめていた……。一九二〇年代の半ばから三〇年代の半ばまで十年以上もな……。そして、わしの赴任する少し前に、この国には、近代最初の関東大震災があった。東京は今よりもっとみすぼらしい、木と竹の家にみちており、おそろしい大火災によって、十万人もの人が死に、何千という朝鮮人が、流言によって民衆に殺され、またふだんから天皇政府ににらまれていた社会主義者が暗殺された。この国の民衆は、天災に慣れており、それほどの災害にも、元気に復興に立ちむかったが――社会は大きな危機と不安におそわれた。民心の動揺、社会不安を拡大しようとする革命家の煽動《せんどう》をふせぐため、反政府思想活動を封ずる法律――治安維持法が強化された。この災害によって金融恐慌が起こり、たいへんな景気後退に見舞われ、国際的な危機意識におそわれ、軍部の発言権が増し、緊縮政策による経済たてなおしの失敗後、軍拡による景気回復、大陸侵略と満州《まんしゆう》獲得による国内危機の打開、といった具合に、あの不幸な戦争へ向かって転がっていく……」

「つまり……第一次関東大震災がこの国のファッショ化の原因になったとおっしゃるんですか?」

「そういう見方もできる、ということだ。――少なくとも、あの地震によってもたらされた社会の動揺が、その後の日本の歴史のコースに、何らかの変化をあたえたことはたしかだ……」

「しかし、今度は戦前と、日本の社会も経済規模もちがいます」若い調査員は抗議した。「ファシズムが、急に台頭するとも思えませんし、現行憲法の改正も、こんな状態ではできないでしょう。――それに行政府は、戦後長期にわたって、経済復興をリードしてきた経験があります。かえって、あの戦争のあとのように、この災厄によって、社会の弾力性を取りもどすかもしれない……」

「戦争と地震とはちがうからな――」と初老の男はやっと葉巻に火をつけながらいった。「敗戦は日本にとってとんでもない幸運をもたらした。あれによって、明治以前から維新ののちもかかえこんでいた、もろもろの古い社会の殻をふっとばしてしまったからだ。

軍事力さえ、大っぴらには持たないことにしたんだからね。――だが地震はちがう。こいつは、社会構造や、国家シンボルの変革などひき出さない。だから、さまざまの矛盾や危機が、社会構造の変化を通じて、社会に吸収されず、矛盾はいっそうはげしくなる……」

「われわれでさえ、このくらいの分析ができるのだから、賢い日本政府・与党は、当然このくらいは読んでいるだろう」と大使がひきとってつづけた。「とすると、その危機をのりこえるために、政府はさまざまな方面で社会システムを硬化させるだろう。――その硬化が……さまざまの統制や取締まりの強化が、一つまちがうと、社会危機を増大させ、思わぬ方向へ日本を持っていかないともかぎらない」

「われわれとしても、そこらへんをもう少しくわしく詰めてみたい……」と初老の男はいった。「日本の国内情勢の変化は、極東の情勢に大きく影響してくるからな。少なくとも、ここ当分、東南アジア方面への経済進出のテンポは鈍り、圧力は弱まる。――アメリカ、ヨーロッパ、アフリカへの輸出も大幅に低下するだろうな。その圧力の後退を、どこが埋めるか、だ。中国は当然、東南アジア方面に何か手を打ってくるだろう。ソ連は、今国内で手いっぱいだが……。われわれとしても、本当に知りたいのは、日本の後退に対して、中国がどう出てくるか、だ。日本の経済成長率がにぶり、海外進出が弱まると、困るところと、喜ぶところが出てくる。一種の〝巻きかえし〟が起こる地域もあるかもしれん。――すでに、ヨーロッパと東南アジアでは、円の大量売りの徴候が出ている。今週のヨーロッパの円価格は、一ドル二百五十五円と、ひきつづき暴落だ……」

「アジアの軍事情勢に、なにかの変化があると思いますか？」と書記官は聞いた。

「それもないとはいえん。もし、弱みにつけこんだ、露骨な〝巻きかえし〟が起これば、それはそれで、日本の社会を硬化させ、新しい反発をひき起こすにちがいない。——私たちの知りたいのは、この地震のあらゆる面にわたる長期的影響だ。われわれは、日本の経済成長、国外進出のテンポを予測して、長期経済、外交戦略をたてていたからね。日本の情勢が変わると、われわれの戦略も若干の修正を必要とする」

「日本の海外影響力が弱まると——われわれの国は、何か得をしますか？」と調査員は聞いた。

「べつに、われわれの国が直接得をするとはいわん。——日本の後退分を埋めるのは、おそらく別の国だろうね。だが——冷酷なようだが、どちらにしても、強すぎる国が弱くなるのは、一般的にいって、わが国にいいことなんだ」

大使はニヤリと笑って、グラスを眼の高さにさしあげてみせた。

「ああ、それから、今日の午《ひる》、内閣改造の発表がありました」書記官は、サイドテーブルにおいてあったファイルから、三枚つづりのタイプ用箋《ようせん》を取り出して、初老の男にわたした。「お言いつけどおり、できるだけくわしく、新閣僚の経歴を調べておきました」

「ほう！」一目見るなり、初老の男は唇をとがらせた。「外務大臣に、大ものが来たな。——彼ならよく知っている。戦前は満州にいて、その後、フランスとオーストラリアの大使をやった男だ」

「だが、もう相当な年だろう？」と大使はいった。「口数は少ないが、相当な理論家だ、ということは聞いているが——キャンベラにマクラミンか誰かが来たとき、アジア問題でやりあった、という話は聞いたが……」

「建設、自治はこんなところか。——ほう、悪名高い通産省《ミーティ》に切れものが来たな。運輸にも、財界出の大ものが来ている……」

「おわかりになると思いますが、超派閥人事ですよ」と書記官はいった。「派閥勢力の按分《あんぶん》をまったく無視しています。首相は、少なくとも、今度の災害復興内閣に関しては、党内各派をがっちりまとめたと見えますね」

「ちょっと待ってくれ……」初老の男は、じっと指の関節をかんでリストを見つめた。「すこし——おかしいな。今日の改造発表じゃ、各省内の人事異動はまだだな」

「もう噂はとんでいますが——」と書記官はいった。「おそらく一週間ぐらいあとでしょうね。——今度の震災で、高級職員の死んだのや、被災したのも、相当な数にのぼりますからね」

「人事異動が発表されたら、その内容も課長クラス以上を細大洩《も》らさずおさえろ」と初老の男は指をかんだままいった。「官房長官、総理府長官は留任か。——防衛庁長官に……おや、こいつはえらい曲者《くせもの》を持って来ているぞ……」

「知っているのか？」と大使はリストをのぞきこんだ。

「知っているとも！　こりゃ山本五十六《やまもといそろく》が、対米開戦前に、メキシコから石油買い付けをやった時、陰でちょっと動いた男だ。とうとう尻尾《しっぽ》をつかみそこねたが、海軍経理学校上がりで、特務か何かをやっていた男だ」

「そりゃ、今の与党の中には――いや、野党の中だって、戦時中のことを洗えば、埃《ほこり》の出てくるやつはいくらでもいるさ。なにしろ、戦時中の日本の軍部――とくに海軍は、国内の優秀な青年をさらえこんだからな」

「君は日本将棋をやるか？」と初老の男は、大使に向かって聞いた。

「知らんな。チェスなら、君にいくらか貸しがあるはずだが……」

「チェスよりずっと複雑でおもしろいぞ。なにしろ敵の駒をとったら、今度はそれを味方の駒として使えるんだからな。毛沢東《もうたくとう》やボー・グエン・ザップのゲリラ理論みたいだ。駒組みもいろいろおもしろい型があって……」

「それがどうしたんだね？」

「いや――この改造人事をじっとにらんでいると、ちょっとおかしいことに気づくんだ。いいか。もし、君が日本の首相として、この震災危機をのりきらなきゃならんとしたら、どういう点に重点をおいた人事をする？」

「まず、国内治安だな」と大使はいった。「それを強化する。新聞にうんと顔のきく人物がいい。マスコミの協力なくしては、こんな国は治められんからね。それから当然、建設、運輸、厚生だな。通貨不安をおさえるために、国立銀行《ナショナル・バンク》と大蔵を強化する。通産《ミーティ》も当然強化だ。生産回復まで、かなり輸入にたよらなきゃならんからな。それと、農林も……」

「当然のことだ」と初老の男はうなずいた。「国内回復のために、まず内政重点の駒組みをしなきゃならないはずだ」

「一応、そういうふうになってはいるようですがね」と書記官は口をはさんだ。「今、大使のあげられたところは、やり手が配置されてます」

「それは、国内から見ればな……」初老の男はいよいよむずかしい顔になった。「しかし——日本国民は、こういった人事の意味を、外から判定する視線をもたないからな。政治記者だって、ほとんどそうだ。——だが……国外から見ると、これは大変な、外向性の人事だ。今度の外務大臣など、日本国内では、名前を知っているやつも少ないぐらいだが、日本以外の国から見れば、大変なやり手を持って来たものだ……」

「いちおう、内がおさまるまで、外に向かってもそなえなけりゃならんのだろう」

「いや——そんな生やさしいものじゃない。いいか。われわれから見れば、外務、通産、運輸、防衛に、大変な重点がかかっている人事なんだ。おまけにこの四者の新大臣は、どれもこれも、大変な外国通ときている。日本より、海外で評価の高い連中ばかりだ。日本国内から見れば、内政重点に見えるかもしれんが、その比重から見れば、内政向け人事なんて、この外向き人事のカムフラージュとしか思えん……」

大使はグラスをおいて、ちょっと考えこんだ。

「少しおかしいと思わんか？」と初老の男は大使の鼻先にリストを突きつけていった。「この人事は——おれにいわせれば、これから大変な外部攻勢に出よう、という感じの駒組みなんだ。——なぜだ？　国内がひっくりかえっているのに、なぜ、こんな外攻型人事をしなきゃならないんだ？　ちょっと常識では考えられんと思わないか？」

「そういえば——」と若い調査員は口をはさんだ。「本国を出発する直前に、調査部に妙な情報がはいってきました。——大したことじゃないと思ったんで、くわしくは聞かなかったんですけど……経済担当の課員がちょっと首をかしげていました。日本の海外投資のテンポが、地震のあと、ほんの一週間ほどさがっただけで、その後もとの状態に復し、いっこう衰えていないそうです。——民間投資の実勢はがた減りしてるんですが、その分を、政府が裏で一時たてかえ操作してカバーしているそうです……」

「そいつは、ちょっと調べてみる必要がありそうだな……」と初老の男は、唇をかんでつぶやいた。

「それから、まだおかしなことがあります。これもつい最近わかったんですが——日本政府はダミーを使って、かなり手の込んだやり方で、海外の土地を買いつづけています。この間累計が出たのを見ると、世界各地で相当な面積になります」

「海外不動産を？」大使は眉《まゆ》をひそめた。「アフリカ、オーストラリアで、かなりの鉱山を買っているのは知っていたが……」

「いや、その他に——未開拓平野部をかなり買っています」

「移民をやる気だな」と大使はいった。「人口増加の圧力のために……。あるいは難民を……」

「いや――ちょっと待ってくれ」と、初老の男は制した。「日本の人口増加率は、たしか一昨年あたりから、マイナスに転じているはずだ。――この件については、どうも腑におちんところがある。……もっと突っこんで調べてみなくてはなるまい」

「いったい日本人てやつは……」大使は口の中でつぶやいた。「何を考えているんだ。……半世紀つきあって、それでも何を考えているかわからんことが、いっぱいある」

「何かがある……」初老の男は、また指をかみながら考えこんだ。「日本の中で、何か妙なことが起こっているような気がする。――政府の動きの裏に……何か、おかしなものが横たわっているみたいだな……」

3

災害の爪痕《つめあと》が、まだまだなまなましい東京に冬が来た。

年末にかけて災厄に追い打ちをかけるように大寒波がおそってきた。――家を失った二百万近い人々のうち百数十万は地方に散り、気の休まらない、同居や間借りに吸収されていったが、のこりの人たちは、なお都内及び周辺のプレハブや可動の応急家屋に住み、なかには焼け跡のバラックで、厳冬をむかえた人たちもあった。ほとんど全国の国土工事が中断され、陸路、海路集まって来た土木機械によって、復旧工事は昼夜兼行でつづけられていたが、高速道路復旧率はまだ二五パーセントを越えず、地下鉄にいたっては、やっと被害の一〇パーセントをカバーしたところだった。住宅関係と港湾施設関係の復旧に重点がおかれ、発電所も、品川《しながわ》第二がやっと半分活動をはじめたが、都内はまだ節電がつづき、石油燃料の深刻な不足は、寒波におそわれた人々の心を、いっそう暗いものにさせた。――石油にかわって石炭が、暖房用燃料として、また脚光をあびはじめた。筑豊《ちくほう》の山もとに試験的な石炭液化プラントがあったが、その程度ではとてもまにあわず、その冬は、煤煙《ばいえん》のことなどいっておられずに、あちこちのビルの煙突が黒煙をあげはじめた。

凍《い》てついた空から、ちらつく粉雪の中を、オーバーの襟をたてながら、小野寺《おのでら》は溜池《ためいけ》から虎《とら》ノ門《もん》のほうへむかって歩いていた。総理府から、海上保安庁へ行こうとしたが、国会周辺は、震災後最初の大規模なデモにうずめられ、一部で学生と機動隊の衝突もはじまっているので、それをよけて、特許庁の前を抜け、虎ノ門から霞《かすみ》が関《せき》へまわって行こうとしたのだった。――大学は、比較的被害が少なく、大半再開していたが、一部には被災者をまだ収容している所もあり、教官たちも被災したり、死んだりして、休講が多かった。学生たちの中には、下宿を失ったものも多く、震災後帰郷したままの者もおり、ヘルメット、覆面、角材の伝統的いでたちはそのままだったが、人数は少なく、あまり意気があがらなかった。それでも、労働者、市民のデモにまじって、機動隊につっかかるグループもあり、国会周辺二、三カ所でさわぎが起こっていた。さすがに火炎壜《びん》を投げるものはなかったが、それでもくずれた古いビルのコンクリート塊や煉瓦《れんが》を投げて、機動隊に追いちらされていた。

学生たちよりも、黙々とおしかける一般デモの、妙に沈んだ、暗い雰囲気が小野寺には無気味だった。「住宅よこせ」「ビルを開放せよ」そして「被災者に、越冬資金を！」といったプラカードをかかげて歩いている人々の顔は、寒気にどす黒くちぢこまり、奇妙な不安感をただよわせていた。

――この人たちは、ひょっとしたら何かを感じているのかもしれない……と小野寺は思った。――日本の大衆が「大情勢」に対して、きわめて敏感な皮膚感覚を持っていることを、小野寺は知っていた。日本は経済大国であり、震災の被害はたしかに大きいが、数字を見ていれば――政府のいうとおり――数年で、一応すべてはもとのとおりになるだろう。だが……「世の中」が、どこかで、うまくいかなくなりはじめているのではないか、何か、決定的に具合の悪いことが起こりはじめているのではないか、という不吉な予感が――しばしば杞憂《きゆう》に終わる例の予感が、人々の心に影を落としはじめていることが、社会全般に感じられはじめた。

新聞も、いつものとおり警世的予言口調でもって、そういった感じを起こさせるようなことを書きたてていた。ふだんなら、罵声《ばせい》に近い新聞の大声の「警告」も、人々はそれはそれで聞き流してしまうのだ。情報氾濫《はんらん》時代の大衆は「がなりたてる大見出し」に対する情緒的免疫性を獲得してしまっており、ジャーナリズムはそういうものだと思っている。いかに紙面に暗い、毒々しい記事が氾濫しようとも、もし「世の中」が、全体としてうまくいっている、と皮膚で感じていれば、金切り声の叫びに、心の中までふみこませせない。べつに表だってさからいはしないし、「意見」を聞かれれば、その時々の見出しそっくりの言葉で語りもするのだが、それは一種の「つきあい」――通りいっぺんの知人の葬式に出かけていう、お義理の悔やみのようなものだ。――情報過剰時代の大衆は、一方において、いたるところで大声でわめきちらす情報を「無効化」することをおぼえ、他方において、入り乱れ、がなりたてる情報のむこうに「本当に起こっていること」を皮膚で感じとる敏感さを獲得したようだった。

だが、今度は、何かちがう――と、人々が感じかけているように、小野寺は思った。――デモの群衆の上にただよう奇妙な暗さ、何かはっきりしないもやもやしたもの、視線にあらわれたとらえどころのない不安と動揺の色は、人々が今まで、「大勢として、うまくいっている」と感じていた世の中に、自信を失いかけていることを語っているようだった。――表情だけは激烈な言葉を書いたプラカードをさげながら、人々はしんとした表情で何かを嗅《か》ぎとろうとしているようだった。――どこかで起こりかけているように感じられる、「何か不吉なこと」の徴候を……。「大不況来るか？」とか、「生鮮食品の闇値四〇パーセントの高騰、来春食糧危機の恐れ」とかいったジャーナリズムの

「大見出し」は、相変わらずそのまま鵜呑《うの》みに信じてはいなかったが、その「向こう」

に、何かの前兆を読みとろうと、今までより注意を払いはじめているようだった。

——敏感な国民だ……とデモの列とすれちがいながら、小野寺はそのことを——彼自

身も——肌で感じながら、ふと胸が痛くなった。……もし、この人たちが……一方で、

「言の葉を幸《さき》わわせ」他方で、沈黙のなかの「皮膚感覚」をますます磨き上げたこの人

たちが、もし——今や五〇パーセント以上の確率で起ころうとしている「あのこと」を

知ったら……いったいどうなるだろう？　それこそ大パニックが起こるのではないだろ

うか？

海上保安庁の一室で、小野寺は一足先に来ていた片岡《かたおか》と会った。——栗色にやけた、少年のように丸い顔をした青年の表情は、ここわずかの間にひどく変わってしまっていた。もう白い歯を見せて、海の香のするような晴れ晴れとした笑顔を見せることもなく、眼の生き生きとしたかがやきもなくなってしまった。疲れたような、少し弛《し》緩《かん》した顔に、無表情な眼つきをして、いっぺんに十歳もふけこんだようだった。——彼もまた、D計画メンバー全員と同じ、オーバーワークの連続であったが、それ以上に、田町《たまち》で家族が全滅したことが、彼の陽気さを打ちのめしてしまったようだった。

「デモに遇《あ》ったか？」

と、片岡は抑揚のない声でいった。——小野寺はうなずいた。

「そろそろ、新聞記者が何か嗅ぎつけるんじゃないかな……」と、片岡は、粉雪のたまり出した窓枠を見つめながら、ぼそっといった。「防衛庁のほうに、今日一人来たぜ。——もちろんD計画の主要メンバーは誰も会わなかったがね。首都圏復興会議にはりついていた男で、それが地震研から、防衛庁へまわって来て、広報担当の所でだいぶ粘っていたそうだ……」

「そのコースはくさいな……」と、小野寺はつぶやいた。

「どうやって防衛庁に眼をつけたんだろう？」

「幸長《ゆきなが》さんと田所さんが見られたらしいんだ。——その記者は、幸長さんを知ってたんだな。彼が突然大学をやめたことも……」

「新聞にばれるまえに、手を打っだろうとは思うが……」と小野寺はいった。「邦枝《くにえだ》さんが耳打ちしてくれたが、今夜官房長官が、大新聞の社長連と秘密会合を持つそうだ。野党党首と総理との極秘会談も、ようやく実現にこぎつけたそうだし……」

「だが、どれだけかくせるか——」片岡は、熱のない調子でいった。「そろそろあちこちで、妙な噂が立ちはじめそうな気配だな。——今年のボーナスのことで〝世情不安《シザース》〟ってやつが高まってるし……猛烈な不況と、生活必需品の猛烈な値上がりで、鋏型スタグフレーションってやつが起こりそうだ……」

「だけど、テレビ、ラジオはすごく売れてるらしいな……」と小野寺はいった。「妙なもんだな。——売り上げに大打撃をうけたのは自動車だそうだ」

「D－2のほうで、今日、外務省から来た男と参謀本部の若手が、つかみあわんばかりの大げんかをしたそうだよ」片岡は顔を両手でこすりながら退屈そうにいった。「メンバーがふくれてくると、いくら少数精鋭でも、いろいろやっかいなことが起こって、そういったことから話が洩《も》れていく可能性もあるな」

「D－1も、ちょっと困ったことになりそうだ。若手の学者や、技官はいいんだが、学術会議からまわって来た年配の学者が、田所さんの見解を、まるで信じていないんだ。えらく高飛車でね。ああいう野人学者を、頭からきらってる」

「どうしてそんなのをまわして来たんだろう――。田所さん、気が短いから……」

「それが、彼のほうはまるでおとなしいんだ。あのことで、頭がいっぱいで、ほかのことは考えられないらしい」

「あの京都から引っぱりこんだ、福原《ふくはら》って学者は？」

「箱根《はこね》の渡《わたり》老人の所にいる……」

「何をやっているんだい？」

「よく知らないが――」と小野寺は苦笑した。「邦枝がプンプン怒って知らせてくれたけど、毎日寝てばかりいるそうだ」

ドアがあいて、水路部の次長がはいってきた。

「やあ、お待たせ……」といって、次長は書類を机の上においた。「手続きは全部すみました。青竜丸は、明日の十八時、横須賀《よこすか》へはいります」

「どうも……」小野寺は、書類をひきよせた。「それなら、明後日《あさって》中に、機器類と要員の積みこみが終えられます」

「研究班のほうには連絡しといたんですが――」次長は書類を顎《あご》でさした。「実はディプコ社の深海探査船と海中研究室《シー・ラブ》が、突然まぎわになって借りられなくなったんです。何でもアメリカ海軍におさえられたとかで……。でも、うまい具合に、ちょうど国内企業の持っている分があいたところだったので、強引にチャーターしました。シー・ラブもいっしょに……」

「国内の？」小野寺ははっとした。「どこの会社のものですか？」

「海底開発KKの〝わだつみ2号〟です」

小野寺は息をのんだ。――〝わだつみ〟……海底開発KK……自分がつとめていて、一方的にやめてしまった会社だ。

「アメリカ海軍が、深海潜水艦を？」片岡はさりげない調子で聞いた。「ディプコ社の作業船は石油採鉱でマリアナにいたはずですね。海軍は、太平洋海域で使うんですか？」

「さあ、そうだと思いますが――」次長は肩をすくめた。

「二、三日前、第七艦隊の艦艇がうけとりに来たといっていましたから……。ディプコ社の技師の話だと、日本近海の緊急調査らしいですよ。ポラリス潜水艦用の、水中航路標識に対する、地震の影響でも調べたいんじゃないですか？」

小野寺と片岡はどちらからともなく顔を見あわせた。

「連中、何か嗅ぎつけたのかな……」と、書類をうけとって、部屋から出ながら、小野寺はつぶやいた。「前々から、日本近海の海底の知識については、連中のほうがくわしかったからな。――なにしろ、戦略用の調査を、ずっとつづけているから……」

「すぐにはわかるまい――」と片岡はいった。「海底変動はわかっても……すぐには、気がつかんだろう」

「しかし、むこうにだって専門家はいるからな。――それも日本より、はるかに能率のいい情報分析システムを持っているし……いくつかのデータから、徴候を見つけるかもしれんな。――ひょっとすると、情報は、外国から洩れるかもしれん」

「中田《なかた》さんは、そのくらいのこと計算しているだろう。――そうなったってしようがないよ。まさか、夜陰に乗じて、調査船をこっそり沈めるわけにもいかんだろう」

保安庁の外に出たとたんに、誰かがドンと小野寺の胸をついた。――おどろいて立ちどまると、眼の前に、色の黒い小男が、眼を怒りに燃え上がらせて立ちふさがっていた。あっというまに左頬に拳固《げんこ》がとんで来てにぶい音をたてた。つづいて右の鼻のわきに、ガツンと次の打撃が来た。

「何をする！」

片岡がはげしい声で叫んで、横合いから男の腕をおさえようとした。

「いいんだ、片岡……手を出すな！」小野寺はなぐられながら叫んだ。「書類を持って、先に帰ってくれ。……いいから！」

人だかりがしかけていたので、小野寺はなぐられながら、建物の横手のほうに後退した。片岡がちらりとふりかえって、歩み去るのが眼のすみに見えた。拳は眼にあたり、鼻柱にあたり、腹にものどにもあたって、とうとう小野寺は何かにつまずいてあお向けざまにひっくりかえった。

「立て！　この野郎……」

小男は立ちはだかり、息をはずませながらどなった。

「ひさしぶりだな、結城《ゆうき》……」小野寺は大の字なりにひっくりかえったまま、鼻血を流しながらいった。「みんな、変わりはないか？」

背中に凍《い》てついた地面の冷たさが、しんしんとしみこんできた。ひっくりかえって、灰色の空からおちてくる黒っぽい、埃《ほこり》のような雪片を見つめていると、眼窩《がんか》や頬に残る鈍く熱い疼痛《とうつう》が、ひさしぶりにさわやかなものを体の底からよみがえらせるようだった。

「馬鹿野郎めが……」結城は、はあはあ息をつきながら小野寺を見おろしていた。「この馬鹿野郎！……おれに……おれにも知らさずやめちまいやがって……よその会社に引っこぬかれやがって……」

小野寺がのそのそ立ち上がると、結城はズボンのポケットから、くしゃくしゃのハンカチを出して鼻先につきつけた。——小野寺は、腫《は》れ上がった片眼をやっとひらいてほほえみながら、汚れたハンカチを受け取って、鼻血をぬぐった。

「馬鹿め！……一言ぐらい何かいったっていいじゃねえか！——おれは……おまえが最

初、地震で行方不明になったかと思って……ずいぶん心配して何度も京都へ行ったんだ。それから……おまえが社にだまって引っこぬかれたと聞いて、何度も連絡をつけようとした。だのに一言も――返事をよこしやがらねえ。部屋はひきはらっちまうし……友だちのことを何だと思ってやがるんだ！」

「すまない――」小野寺は首一つ小さな結城の肩にがっしりと両手をおいて、心の底からいった。「わるかった。君のメモも読んだが、ある事情があって、誰にも連絡できなかったんだ……」

「〝わだつみ〟にのるんだな？」と結城はそらしながらいった。「おまえがこのところ官庁街をうろうろしているのを見かけたやつがあって――そこへ防衛庁が急に〝わだつみ〟をチャーターしたというんで、きっとここへくるだろうと思ったんだ」

「吉村《よしむら》さんはどうした？　元気か？」

「部長はやめたぜ。何かまずいことがあったらしいんだ。外国の会社へ行っちまった。――おまえのことがからんでるみたいだぞ……」

そうか――どちらからともなしに、暮れはじめた街へむかって歩き出しながら、小野寺は、ふと、あの好男子のやり手のことを思い出した。――あの野心家の秀才なら、やめても、何とでもするだろう……。

「おい……」結城が立ちどまって、小野寺の眼を見上げた。「何かあったんだ？――きっと、何かがあったんだな。おまえは、ふつうなら、あんな汚ないやめ方をする男じゃないことは、おれにはよくわかっているんだ。それが、あんな姿のくらまし方をするのは、何かよほどのことがあったにちがいない。——おれはずうっと、そう思っていた。今、おまえに会ったとたん、やっぱり何かがあったにちがいない、という気がしたんだ。おまえ——おまえ、なんだか、ずいぶん変わったな」

「そうかね？」小野寺は、ますます腫れ上がる眼の痛みをこらえて、むりに笑った。「あれから、それほど年をとっちゃいないつもりだが……」

「おれの家にこいよ」と結城はいった。「なあ、来てくれ。ゆっくり話したいんだ。五《ご》反田《たんだ》の家は焼けちゃって、今、巣鴨《すがも》のほうにいるんだ。せまい部屋だが、とにかく来てくれ。——よかったら、何があったか話してくれ……」

小野寺が迷っていると、結城は眼をそらして、ふくれた少年のようにつぶやいた。

「おれは、〝わだつみ2号〟にのるぜ——おれも会社をやめることにした……」

「何だって？」小野寺はおどろいて立ちどまった。「もう辞表を出したのか？」

「明日出す。もう腹は決まった。——いいか、考えてみろ。おれとおまえのコンビでなくて、誰があの〝わだつみ〟を思いどおりに操船できるんだ？　どちらかが船上にいて、通信機についていなくちゃ……」

「ありがとう……」

思わず小野寺はいった。——その瞬間、彼の腹も決まっていた。どうせ、〝ケルマデック〟も使うのだし、D－1のメンバーを大幅に増さなくてはならない。彼なら……結城なら……絶対に大丈夫だ。信頼がおける。

「じゃ――いいんだな……」

結城は、小野寺がいつのまにか、しっかり握っていた手を恥ずかしそうにはずしながら、突然、はればれとした笑顔を浮かべた。

「また――おまえと組めるんだな」

「明日――防衛庁へ来てくれ」と小野寺は、逃げた結城の手を、もう一度がっちり握りながらいった。「おれの名をいわないで、作戦室の八木《やぎ》三佐を呼べば、わかるようにしておく」

「防衛庁？」結城はちょっととうたがわしそうな顔をした。「おまえ、そんな所に関係があるのか？」

「君の家へ行くよ……」小野寺は先に立って歩き出しながらいった。「ひさしぶりに、奥さんにも会いたい」

「そういえば――」結城は追いついて来ながらいった。「おまえ……何とか玲子《れいこ》って、女性を知っているか？　社へ何度もたずねて来たぜ」

玲子？――そういわれても、とっさには思い出せなかった。だが、瞬間的に、暗い海べりの桟橋へとおりて行く、斜行エレベーターの暗がりの中で、すぐ近くに浮かび上がった白い歯と、熱い肉の気配が浮かんできた。それは、寄せてはかえす夜の海辺で、海水にぬれ、あえぎながら彼にからみついてきたぬれた裸体の記憶、そして耳もとで鳴るブレスレット・ラジオの音と、来て……とささやいた熱い息吹きの記憶をひき出した。

葉山の、あの夜――若いエリートたちの、気持ちのいいパーティと、そこではまったくよそものだった自分……あの夜から、今の彼は、いかにはるかに遠ざかってしまったか！――歳月のへだたりはわずかだったが、運命が、彼の立場を、まるであの夜のことが前世の出来事であるように感じられる地点にまで押し流してしまった。玲子の、あの葉山《はやま》の別荘は、今度の地震でどうだったろう？　震源の関係で、湘南《しょうなん》方面は津波の被害は少なかったが……。

「彼女と、どういう関係にあるんだ？」結城はぼそぼそ聞いた。「おとついも、社の臨時社屋のほうへたずねてきて、おまえの消息を聞いていたぜ……」

「おとつい？」

小野寺は、ぎょっとして聞きかえした。――その時、はじめて玲子の彫りの深い顔がはっきり浮かび上がった。

その時、大地がまたもやゆれはじめた。足もとがふらつき、通りの左右に残った建物が、びりびりふるえ、ゴーッ、と地鳴りがして窓の明かりや、点《つ》いたばかりの街灯が一斉に消えた。――あちこちに叫びが聞こえ、上ずった女の声で、大きいわよう、と叫ぶのが、いやにはっきり聞こえた。

チッ、と横で結城が舌打ちするのが聞こえた。

「また余震か。――それにしても、しつこいじゃないか、え？」

4

「気象庁の箝口令《かんこう》はまずかったかもしれないな」と、電話を切りながら邦枝はつぶやいた。「新聞社のほうが、かえって、何かあると思ってつっつきはじめているらしい」

「地震観測所がつつかれるのは当然さ……」と中田は、コンピューターにかけるプログラムの虫取り《デバッグ》（プログラムの小ミスを探し修正すること）を監督しながら、何でもないようにつぶやいた。「地震予知部会のメンバーも、追いかけまわされているだろう」

「ところが、そちらのほうは、あまり追いかけていないらしい。——なにしろ、追っているのが社会部だからな。文部省の測地学審議会なんて所は、あまり気がまわらんらしい」

「それでも、このごろは、社会部の記者も、だいぶ科学につよくなっているようだな……」中田は、ざらざらに伸びた不精ひげをこすりながらいった。「大地震が一発あったら、あとは余震以外、当分大きな地震はない、ぐらいのことは知っているようだぜ」

「連中は、首都移転の可能性について、何かつかみたがっているらしいんだ」邦枝は、手元にまわってきた、切りぬきのファイルに眼をとおしながらいった。「どうも、与党のほうからそういう噂が流れているらしくて——あるいは、意識的に流されているのかもしれないが……。今度の地震で、筑波《つくば》学園都市は、奇跡的に被害が少なかったろう。

あそこの国立防災科学センターの所長が、個人的意見として、そんなことを洩《も》らしたという噂も聞いた……」

「むしろ、国土地理院のほうをつつかれるほうがうるさいんだがな。……よし、これでオーケーだ」中田は最後のペーパーを操作員にわたすと、赤くなった眼をごしごしこすった。「鹿野山《かのう》の測地研は、今のところかなりの被害で、あまり動いてないが――」

「いずれにしても、地学研究関係者から、何か気づく連中が出てくるだろうな」邦枝は、ファイルを繰る手をちょっととめた。「気象庁関係の技官や、現場研究員が、いずれ何か――」

「変わった記事でもあるかい？」

中田は冷えた茶をがぶ飲みしながら、邦枝のほうをふりかえった。

「さあ――よくわからんが、これなんかちょっと気になるな。IASPO――国際海洋科学協会が、地震後の関東沖海底地形の変化について、合同調査を申し入れている。日本の学会は、てんやわんやで手がまわらんだろうから、手伝ってあげましょう、というわけだ」

「IASPOというと、国際測地学・地球物理学連合の下部機構だな？」中田は口に持っていった湯呑《ゆの》みを中途でとめて、ちょっと眉《まゆ》をひそめた。「やれやれ、だな。へたをすると、海外から、いろんな情報がはいってくるぞ」

「警戒しなきゃならないのは、アメリカだろう。海軍が極東海域の海底調査に前から力を入れているし、石油会社の調査船も、だいぶ極東にいるからな」

「アメリカだけじゃなくて、最近ではソ連も積極的ですよ」と、防衛技官の一人が横から口をはさんだ。「千島《ちしま》から三陸《さんりく》沖へかけて、ソ連の巡洋艦と測量船が、このところずっと遊弋《ゆうよく》してます。海幕《かいばく》にはいった情報によると、原子力潜水艦も、二、三隻うろついているようです」

「核戦略が、ミサイル潜水艦時代にはいったのは、やっかいだな……」と邦枝はつぶやいた。「どちらも、海中航路標識を設置しようとして、躍起だからな」

電話が鳴った。D計画本部所属の技官がとり上げた。「国土地理院です」と技官は聞きながらいった。「例のTW型重力測定装置が、今、H製作所のほうからはいったそうです」

「何台？」

「一台です。あと二台は少しおくれるようです。テストは航空測量部で、今やっている、ということですが……」

「テストがすみ次第、横須賀へまわすようにいってくれ」中田はブザーを押して立ちあがった。「そうだ！――ちょっと待たせて……目黒《めぐろ》から横須賀へは、海幕のヘリで輸送させてくれないか？　こちらから一人のりこませて、輸送中に、空中テストをやる」

「忙しい話だな……」邦枝は苦笑した。

「テストはいつ終わる？」

「今日の午後……」

「オーケー、それじゃ午後にヘリをまわすといっておいてくれ」

「中田さん、中田さん……総理府次官が見えました」とインターフォンがいった。「メンバーがそろいましたので、会議をはじめたいと思います……」

「十五分待ってくれ！」と中田はトークバックを押してどなった。「それから、さっきのプログラムは、もうコンピューターにいれたか？――会議室にはCRT端末はあるんだろうな？　結構……」

片岡がはいって来た。栗色の頬はげっそりこけ、眼は疲労のため、膜がかかっている。

「片岡君――すまんが、午後、目黒から横須賀までヘリで飛んでくれ。TWがとどいたんだ。輸送中に、君のほうでいちおう空中テストをしてほしいんだ」

「急いでも、とりつけは明日になりますよ」と片岡はぼそりといった。「横須賀にいるPS1（対潜哨戒《しょうかい》飛行艇）が、BLC用補助エンジンのトラブルで、今、舞鶴《まいづる》にいるやつをまわしてもらうように交渉しているんです」

「磁気測定装置のほうのとりつけはすんだのかい？」

「ええ、P2J（対潜哨戒機）には三機とりつけました。MAD（潜水艦磁気探知装置）をとりはずすとき、一台工員がぶっこわしちまって、こってり油をしぼられました。始末書です」

邦枝の前の電話がまた鳴った。

「科学技術庁だ……」邦枝は舌うちした。「海中開発技術協会が……房総《ぼうそう》沖大陸棚の異常沈降を発表した。やれやれ――海洋開発計画本部が……ひきつづき調査隊を出す」

「調査といっても、簡単にはゆくまい。深海探査潜水艦は、こちらが全部おさえている」と中田は立ち上がりながらいった。

「技術協会は、三百メートルもぐれる海中実験室《シー・ラブ》を持っていますよ」と片岡がいった。

「自力走行できないやつだろう。しばらくは大丈夫だ。しかし……」中田はドアの所で、ちょっと考えこんだ。「そろそろ、ちょっとした陽動作戦に出るころだな」

「陽動作戦？」邦枝はふりかえった。「なんだ、それは？」

「もうプランは進言してあるんだ」中田はドアをあけながらつぶやいた。「D計画も、もう関係者は百人のオーダーを突破して、近々千人のオーダーになる。――そうなったら、どうやっても、かくしおおせるものじゃない。だから……」

中田の姿はドアのむこうに消えた。――中田がしゃべっている間中、だまって次の電話を聞いていた技官が、邦枝にメモをまわしてよこした。邦枝はちょっと見て、眉をひそめた。それにはこう書いてあった。

「明神礁《みようじんしよう》、ベヨネーズ礁、スミス岩爆発。青ヶ島《あおがしま》噴火開始、八丈島西山《はちじようじまにしやま》（八丈富士）北西部に鳴動、噴火の徴候、両島民避難開始」

八丈噴火の知らせを、小野寺は、鳥島《とりしま》の北北西約五十キロの、深度二千メートルの海底で聞いた。海上にいる〝よしの〟からのフォノン・メーザー通話は、ノイズが多くてよく聞きとれなかったが、一万二千の島民に、すでに多数の犠牲者が出た、という点だけは何とかわかった。

そして、その通信を二千メートルの頭上にいる〝よしの〟からうけとったとき、彼自身も〝ケルマデック〟のまわりをしめつける、平方センチあたり二百気圧の圧力をもった海水の中に、何か異様な衝撃を感じていた。

「ちょっと……」と、小野寺は緊張した声で、パートナーの、学生のように青っぽい顔をした気象庁の技官にいった。「このあたりの海底に何か異常があらわれていませんか？」

「え？」

ロボット測定器を海底におろし、調整に夢中になっていた技官は、おどろいたようにふりかえった。――小野寺が眼顔でうなずくと、彼は急いでテレメーターのチャンネルを切り替えた。

五キロないし十キロ間隔で、海底につき刺してある測定器類が、海底の温度変化、震動、傾斜、地磁気変化、重力異常などをピックアップして、VLF、フォノン・メーザーの二種類の媒体を使っておくってくる。技官は、いちばん近い所の測定器のテレメーターをキャッチし、測定しはじめた。

「あぶないな」と技官はかすれた声でつぶやいた。「地温が急速に上がってきている。

——傾斜もふえている。地磁気も……」

「地震が起こりそうですか？」

「地震よりも、この変化は——へたをすると、爆発だよ」

高マンガンスチールの耐圧殻が、ゴーン……とにぶく梵鐘《ぼんしょう》のように鳴った。〝ケルマデック〟は、何かにあおられて、ゆらりと方向をかえた。

「もう終わりますか？」小野寺は、サーチライトをつけて、観測窓から外をのぞきながら聞いた。「ここらへんも、そろそろきなくさくなってきた」

「もう少し——」と技官はいった。「よし終わった。ちょっと待て……このすぐ下の海底に何か変化が起こっているか……」

「そんなことをしているひまはないかもしれませんよ」小野寺は、推進装置をスタートさせながらいった。「明かりを消します。水中照明弾をあげますから、そちらの窓から何か見えないか、見てください」

〝ケルマデック〟は、底泥《どべ》に鎖を引きずりながら、ゆっくり今おろした測定器からはなれた。小野寺はハンドルを操作して、照明弾の方向を四方にむけ、発射ボタンを押した。発射のショックが四回、〝ケルマデック〟の艇殻ににぶくひびき、電灯を消したゴンドラの、大小六つの丸窓が、青白くかがやいた。

「……！」

技官がのどの奥で叫んだ。

「何か見えますか？」小野寺は聞いた。「どちらの方角です」

「艇軸に対して右四十度……」

小野寺は、頭の中で浮上速度を計算し、四発残った照明弾を、全部その方角にむけて発射した。——水中照明弾八発分の重量を失った〝ケルマデック〟は、その分だけ浮き上がり、鎖は先端をわずかに海泥に引きずるだけになった。その分だけ推進力がはたらき、水平速度が徐々に上がりはじめた。

「見てみたまえ」と技官は、いやに沈んだ声でいった。——明かりがあったら、顔の青ざめているのが見られそうだった。

小野寺は操縦席からちょっとはなれ、技官ののぞいている観測窓に近づいた。——四発の照明弾が青白く照らし出す海底のむこうに、ゆるい海膨《かいほう》（海底の隆起部分）の裾野《すその》が闇にとけこんでおり、その裾野の一部で濛々《もうもう》と底泥《どべ》がわきたっていた。底泥の雲の間から、おびただしい泡がふき出し、はるか上方へ、ふきのぼって行く。時折り爆発的に大量の泡がふき出し、〝ケルマデック〟もゆるくその噴出によってあおられる感じだった。

「爆発しますか？」小野寺は、操縦席へ戻りながら聞いた。

「まだ大丈夫とは思うが……」技官は海水温度や、海底地下温度を、せわしなくチェックしながらいった。「ちいさな爆発ぐらいはあるかもしれない。——この艇は大丈夫かな」

小野寺は、レバーを押して、まず鎖を切りはなした。クランプががたんとひらく音がして、〝ゲルマデック〟は浮上をはじめた。頭上の〝よしの〟に緊急連絡をし、電磁弁を開いて、バラストを次々とおとしていった。頭の中では、浮上速度のぎりぎりの安全限界を計算し、それを水平速度でどれだけ制御できるかを、胸もとに冷たいものが動くのを感じながら、はじき出そうとしていた。あまり浮上速度が速くなりすぎると、圧力の急速な減少のため、フロートに異常が起こることも考えられる。そうしたら数トンのゴンドラは、そのまま、また二千メートルの海底へ、今度は浮き上がる望みもなく沈んで行くのだ。バッテリーの消耗をおさえるため、小野寺は、水平舵《だ》が辛うじてきく、ぎりぎりの水平速度まで回転を落とそうとした。そして、ふと思いついて、水平舵を使って、上昇速度を水平分力に転換することをこころみた。これはうまくいきそうだった。〝ゲルマデック〟は、わずかに傾きながら斜め上方へ浮上し続けた。だが、そのままにしておくと、浮上速度が上がるにつれ、ゴンドラが横にひっくりかえりそうになるので、時折り舵《かじ》を垂直にもどしながら、だましだまし水平速度を得なくてはならなかった。

「つかまっていてください」と、小野寺は背後の技官にいった。「ゆれるかもしれませんから……」

深度千三百で、小野寺は、またいくらかバラストを落とした。〝ゲルマデック〟は、矢のように上昇を続けていた。心配なのは、フロートの上部、ガソリンの上の空気溜《た》めについているブローバルブが、急速な減圧でとばないか、ということだった。——上昇速度は、毎分百メートルを越えていた。〝ゲルマデック〟の安全浮上速度限界八十メートルをとうの昔に越えている。フロート上部の空気溜めの温度は、ぐんぐん下がっている。二百気圧にまで圧縮され、海底で冷やされた空気が、断熱膨張で冷えはじめているのだ。深度八百で、ブローバルブをあけ、空気をいくらか逃がして、浮上速度をゆるめると同時に、空気の爆発的膨張によって、オープンに外部海水と接触しているガソリンが、フロート下部の開口から押し出されないようにする。ブローバイバルブを閉じようとすると、うまく閉じない。空気はどんどん洩《も》れ、やがてガソリンが洩れはじめる。小野寺は、フロート内の漏洩《ろうえい》している区画を閉鎖した。

「小野寺君！」技官が、上ずった声で背後から叫ぶ。「水が！……水が洩れてくる」

浅深度へ浮上して来て、外圧が減ると、外部からしめつけられていた接合部がわずかにゆるみ、水が浸入してくることが時折りある。――〝ゲルマデック〟は、酷使されすぎた。今度浮上したら、総点検しなければ……。

「窓からですか？」

「いや、どこからかわからないが……もう、だいぶたまった」

「大丈夫です。そのうちとまります」

ガソリンの流出は続き、浮揚速度は毎分八十メートルまで落ちてきた。小野寺は、バラストの残量を見、バルブの構造を頭に浮かべた。深度五百で、彼は推進器の回転を全速にあげた。全速にすれば、いいかげん使いきったバッテリーは三分ともたない。水面に出るまでに、できるだけの水平速度を得ておきたかった。――〝ゲルマデック〟はうねるようなピッチングをはじめた。それにヨーイングがまじり、それを舵と左右の推進器を使っておさえるのに、二分間悪戦苦闘し、動力バッテリーをほとんど使いきった。

〝よしの〟のソナーの超音波が、ピン、と艇殻にひびく。通話をVLFにきりかえて、小野寺は〝よしの〟の潜水司令室を呼んだ。

「つかまえてくれよ！――水面からとび出すかもしれんからな」

「了解。ぴったりついている。そのまま方向を変えるな。予定水面へ後進で近づく」

「海上はどうだ？　天候は？」

「がぶってきた。波高一メートル半、北西の風、……船酔いするなよ。水面下十メートルでつかまえる」

水深百五十で、バルブの故障した第三タンクのガソリンはほとんど流出した。小野寺はバランスをとるため、第一、第二タンクのガソリンを放出し、上昇速度を四十メートルに落とした。あとは行き足三ノット半の惰性を舵に利用し、残留空気の放出で調節すればいい。水面の波動の影響があらわれ出し、〝ゲルマデック〟はローリングとピッチングをはじめた。

「つかまっていてくださいよ」と小野寺は技官にいった。〝よしの〟の作業員たちは、魔術師のようにたくみに〝ゲルマデック〟をつかまえた。水面下十二メートルで、水中スクーターにのったダイバーが二人待ちうけていて、マグネットアンカーで曳航索《えいこうさく》を艇殻にとりつけ、電話線をつないだ。小野寺は残留空気を放出し、水平舵で浮上速度を殺した。五メートルで吊り上げワイヤのフックのとりつけが終わり、フロートにホースがとりつけられて、ガソリンの収納がはじまった。

「波が高いので吊り上げはあぶない」と〝よしの〟の甲板から通信があった。「収納台車へのとりつけは海中でやるから、上のハッチからのぼって来てくれ」

〝よしの〟の水中デリックのアームが〝ケルマデック〟をがっちりつかまえた。――合図があって、二人はハッチをひらき、ぐらぐらゆれるタラップをのぼって、上甲板へ出た。――海上は、かなりな波で、二人はしぶきをあびてぐしょぬれになった。二人がのりうつると、アームはまた〝ケルマデック〟をはなし、艦尾へ曳《ひ》いて来て、収納台車へのとりつけがはじまった。

海面をながめると、かなり広い面積にわたって軽石が浮いていた。

「膠州堆《こうしゅう》が噴《ふ》いたって話です」と、甲板員の一人がいった。

「漁船がすこし被害をうけたということですが、――あんなところが噴くなんてめずらしいですね」

「ここらへんの海域も、早く退避したほうがよさそうだ」小野寺は、タオルで潮水をふきとりながらいった。「通信は聞いたろう。――こんな深い所でも、物騒だ」

「水中聴音器で聞いているそうです」と甲板員はいった。「収納が終わり次第、海域をはなれますよ」

あついコーヒーを一杯飲んで通信室へ上がって行ったとき、〃よしの〃は〃ケルマデック〃の収納を終わって回頭をはじめていた。進路を北東にとり、波頭を割って、全速で危険海域をはなれ出していた。

「青竜丸はどこにいます？」と、小野寺は通信員に聞いた。「呼び出せますか？」

「五十浬《カイリ》ほど北です。――呼んでみましょう」

「八丈の様子はどうですか？」ゴンドラに同乗していた技官が顔をのぞかせていった。

「西山の噴火で、二百人ほど死者が出たそうです。まだ大噴火のおそれがあるので、民間客船と自衛艦が、島民の救出にあたっていますが……」

「島民全員？」

「ええ。――小中学生が第一陣で、結局一万二千人、全員退避することになりました。着のみ着のままです。ほかの伊豆《いず》諸島も、物騒なので、静岡方面へ退避することになるということですが……」

一万二千人……豪華客船なら、三、四杯で収容してしまうだろう。だが、あの亜熱帯に近い、濃緑でおおわれた美しい島、島民の生活をうるおしている観葉植物の栽培地、古い玉石垣などのことを思い出すと、ふと胸が痛んだ。爆発は、どの程度の規模でおさまるか予想もつかないが、あの程度の小さな島でさえ、もし全滅するとすれば、そこに長い間かかって築かれてきた人間の営みの歴史が、たえがたいばかりの重みとなってのしかかってくる。島は、ただ単に海上に顔を出す岩塊ではない。生き物の、そして人間の営みの積みかさねが、その岩塊を彩《いろど》り、その中で、人も草木も鳥獣もともに生きる、「生きている歴史」にかえる。島は植物と動物と人とがその中で共棲《きょうせい》する「家」であり、それ全体が一つの「生き物」なのだ。島が破壊され、生物が凶暴な力によって、絶滅されたとき、島もまた死ぬのだ……。

八丈一島についてさえ、そこを訪れたことのあるもの、いわんやその島に、代々住み、生活してきた人にとっては、その喪失はいかばかりか堪えがたいことだろう。まして、それが……。

「青竜丸出ました」と通信士がいった。

「もし作業中でなかったら〝わだつみ〟の操縦士の結城を呼んでください」

結城はすぐ出た。

「〝わだつみ〟の調子はどうだ？」と小野寺は聞いた。

「上々だ……」と結城は答えた。「もう三回、海溝潜水をすませた。――いっしょに仕事ができなくて残念だな」

「それが、もうじきできるかもしれない」と小野寺はいった。「〝ケルマデック〟は、かなりガタがきた。調べないとよくわからないが、まずドック入りだな。一週間はかかるだろう」

「それじゃ、こちらへくるのか？」結城の声は、心なしかはずんでいた。「いつ？」

返事をするひまのないうちに、別の通信士がはいって来て、通信士は青竜丸との通話を急いで中断した。――呼んでいるのは航空機らしかった。

「海上自衛隊の対潜哨戒《しょうかい》機が、すぐ近くに来ています」と通信士は、通信士官にいった。「まもなく上空です。着水して、データ類を積みとるといっています。誘導してほしいといっていますが……」

通信士官は、艦橋に報告すると、レーダー室を呼び出した。対空レーダーが接近してくる機影をキャッチし、通信室は機を誘導した。〝よしの〟は速度を落としはじめた。

「小野寺さん……」機上と交信していた通信士はいった。「哨戒機に、片岡って人がのっています。むこうへのり移ってほしいそうですが……」

「片岡が？」通信室から出かかっていた小野寺はふりかえった。

通信室の外を、二、三人の乗組員がかけぬけた。――頭上に爆音が近づいて来た。甲板へ上がると、風がつよくなっており、三角波がたっていた。波高はかなり高い。四発の飛行艇が、つい目と鼻の先の海面に高度をおろしつつある。

「この波で大丈夫かな……」と小野寺はつぶやいた。

「PS1は絶対大丈夫です」と士官の一人がふりむいて笑った。「艇首に消波装置をもっていて、波高三・五メートルまでの離着水ができるんです。日本の飛行艇技術は世界一ですよ」

波頭を割るように白い水煙がたつと、飛行艇はたちまち着水し、すぐ鼻先をこちらへむけて走ってきた。波にゆり上げ、ゆり下げられながら、軽々と近づいてくる。

「小野寺さん、ボートを下ろします」と甲板から塩辛声が呼んだ。「のってください」

しぶきがひどいので、小野寺はゴム合羽《カッパ》を着てモーター付きのゴムボートにのりこんだ。つかまっていないと、ほうり出されそうながぶり方だった。艇側へまわりこみ、入口へ取りつくのに、大汗をかいてしまった。観測データ類を包んだ防水袋のうけわたしがすむと、PS1はすぐ滑走をはじめた。おどろくほどの短い滑走距離だった。波頭を三つ四つものりこえたと思ったとたんに、もう艇腹をうつ波の音が聞こえなくなり、気がついたときは、〝よしの〟の上を旋回していた。

いろんな機械がぎっしりつまった、あまりひろくない通路を機首のほうに行くと、通信室があって、片岡が乗組員《クルー》の一人の手もとをのぞきこんでいた。小野寺が肩をたたくと、ちょっとふりかえって、

「やあ……」

といっただけで、また乗組員の手もとの計器をのぞきこんだ。

「やっぱりまちがいない」と、乗組員はつぶやいた。「大型潜水艦だ。――四千トン級……もっとあるかな」

「四千トン級といえば、当然原子力潜水艦だな」と片岡は乾いた声でいった。「〝よしの〟をつけているのかな。――距離八百……ずいぶん近くにいるな」

「潜水艦？――〝うずしお〟じゃないのか？」と小野寺は聞いた。「あれは、今度D計画に投入されたろう？」

「〝うずしお〟なら、今紀伊《きい》半島にいる」と片岡はいった。「それに、こんなにでかくない。――千八百五十トンだものな」

「何をしてるんだろう？」と乗組員は首をひねった。「われわれの作業をさぐっているのかな」

「その可能性はあるな。――〝よしの〟に暗号で知らせておいたほうがいい。パッシヴ・ソナーだけを使って、刺激しないほうがいい、といってやれ」と片岡はいった。

「どこかの国が、いろいろ気をつかっていると見えるな」と小野寺はつぶやいた。

「まったくだ。――さっきまで、〝よしの〟から二キロぐらいはなれて、深度四十ぐらいで追尾していた。潜水中は気がつかなかったか？」

「何にも……。海底爆発のおそれがあったので、浮上に悪戦苦闘していた」

「こちらのMAD（潜水艦磁気探知装置）の針がふりきれるほど強い反応があったよ。――君にのりうつってもらったのも、着水して時間をかせぐためだった。データだけなら、ロケットでロープをわたせばすむからな。ボートを呼びよせて、その間に、アクティヴ・ソナーを水中におろしてたしかめたんだ」

「おれは、するとだしかい？」と小野寺は苦笑した。

「むろん、それだけじゃない。今夜の本部の緊急会議に、できれば出席してもらってくれ、という幸長さんの要請もあった。それにどうせ〝ケルマデック〟はドック入りだろう？　青竜丸と話していたな」

「左前方、噴煙！」と、スピーカーが叫んだ。「爆発している……」

小野寺たちは艇側の観測窓にとびついた。――かなり強い西風に吹きちらされて、白雲の団塊が、青黒い海面に点々と浮かんでいた。そのかなたに焦茶色の噴煙が、アラビアンナイトに出てくるランプの魔神のように、海面上の小さな一点からむくむくとわき上がり、上空へかけて大入道のようにふくれ、積雲の層をさらにつきぬけて、さらに上層へむかってもり上がりつつあった。高度五千メートルの大気が、底のほうからドウン、ドウンとひびいてくる爆発音にかすかにふるえ、水面のあたりに眼をこらすと、チロチロと赤い火がゆれるのが噴煙の間に見え隠れした。噴煙の途中から、白い、またうす鼠色の、灰や軽石とおぼしきものが東側の海面に降りそそぐのが、うすい紗《しゃ》の幕がかかったように見え、むくむくと、粘っこい感じで渦まき上昇する噴煙の中で、稲妻のはためくのが見えた。――青い海面が、降りそそぐ火山弾や軽石などの噴出物のため、白っぽくささくれだち、小さな津波が、ゆっくりと同心円を描いてまわりにひろがってゆくのが見える。

「須見寿岩《すみす》か？」と小野寺は聞いた。

「いや――青ヶ島だ」片岡はいった。「きのうにつづいて二度目の大噴火だ。あれで、島はほとんどなくなるだろう」

「青ヶ島？」小野寺は眼をこらした。「住民がいたろう？」

「二百七十人ほどいたが、ほとんど全滅だろう。――漁船で海上に逃れた連中もいたかもしれんが……確認できん」

「じゃ——ほとんど見殺しか？」

「付近の海上に、ほとんど船舶がいなかったんだ。島から無電で、噴火の徴候を知らせて来た、ほんの十分後に第一回の爆発があった、と、国際線の旅客機が知らせてきた」

片岡は、何の感情もこもらない声でいった。「八丈島とちがって、青ヶ島はまったく不便だからな……」

こういうことが、これから、いくらでも、起こるんだな……と冷たいものが胃のあたりに動くのを感じながら、小野寺は思った。……この、青ヶ島の、何万倍、何百万倍の規模で起こるのだ。

「富士《ふじ》火山帯が、一斉に火を噴き出したな……」と、片岡は眉《まゆ》をひそめて、窓の外へ顎《あご》をしゃくった。「今までも富士火山帯は関連して活動したことがあったが、今度は本格的だ。ほら——あそこに八丈の噴煙が見える」

飛行艇はさらに高度をあげながら、大きく翼を傾けた。——翼の端にもう一つの噴煙がたちのぼるのが見えた。旋回をつづけると、青ヶ島の南のほうにも、これはやや小さな噴煙が、海面から切れて浮き上がりつつあるのが見えた。——八丈のさらに北にも噴煙があがっていた。

「あれは？」のどに声がひっかかるのを感じながら小野寺は聞いた。

「三宅島《みやけじま》だ。二時間ほど前からまた赤場暁《あかばきよう》あたりから雄山《おやま》へかけて噴火をはじめた……。

島はよく知ってるな。今年はとうとう、オオミズナギドリがわたってこなかったらしい」

「なるほど——」と小野寺は、片岡と同じような抑揚のない言葉つきでつぶやいた。

「伊豆諸島は一斉に、か……。大島《おおしま》は？」

「大島の三原《みはら》山も三回小爆発を起こして、まだ灰を降らせている。爆発のおそれがあるので、住民は避難をはじめているし、大島上空の国内線のエアルートは閉鎖された」

ＰＳ１は、高度八千メートルに達し、なお上昇をつづけていた。北上するにつれ、雲が減りはじめ、すばらしい冬の快晴の洋上の光景が見えはじめた。機は右へ左へゆっくりと旋回をつづけていた。右へ翼を傾けたとき、右側の観測窓から、紺碧《こんぺき》の洋上に南北に点々とつらなる伊豆諸島が、視界の端から端まで見渡せた。そのうちの五つの島が、どす黒い噴煙を高々と晴れわたった空にふき上げていた。黒煙は西風にあおられて一斉に東になびき、巨大な艦隊が、単縦陣をつくって、堂々と一路北上しつつあるように見えた。

しかし、その噴煙は、勇ましい艨艟《もうどう》のそれではなかった。——点々とつらなる島々の艦隊は、今、一斉に海面下からおそうおそろしい破壊力にひき裂かれ、のたうちまわりつつ沈没しようとしているのだ。そして……。思わず眼をつぶり、また見ひらいたとき、北へむかって一列につらなるまがまがしい黒煙の行列の真正面に、下部をたなびく雲におおわれ、空の群青を背景に、白い幻のごとく中空に浮かび上がる、富士の姿が見えた。全山を純白の新雪におおわれたその秀麗な山は、超然と美しく、夢のように、冬晴れの空にかかっていた。地上の何ものも、いかなる巨大な力もその姿を汚すことはできないように見えた。――だが、洋上につらなる黒煙の列は、北方に向かって、一直線に、その美しく気高い山に向かって進んでいた。千尋《ちひろ》の海の底の、そのまた下にひそむ巨大な火の蛇《へび》は、洋上に、火と煙と蒸気と灰をふき出しながら、身をうねらせて、日本の象徴である秀峰の下に刻々としのびよりつつあった……。

「高度九千……」と、スピーカーが操縦席《コックピット》からの知らせを告げた。「水平飛行にうつる」

「どうだ？」と片岡が乗組員《クルー》――電子技術者をふりかえって聞いた。

「まだ十分検出余力がある……」と、かなり大きな機械をいじっていた、中年の技術者は自信ありげにいった。「この分なら、高度二万五千――いや、二万でも検出できるだろう」

「TW型重力測定器だ……」のぞきこんだ小野寺に、片岡は説明した。「東大地球研と、国土地理院の航空測量部が共同開発した。――日本のこの種の装置はうんと進んでいるんだ。ゆれる船上で重力異変を検出するのに最初に成功したのも日本だが、飛行機に積んで高度一万で飛びながら検出できる装置はこれがはじめてだろう。――可動部分は、一つもない。全部、電子的にできるんだ。こちらの機械で、飛行機にかかるあらゆる微細な加速度ノイズを、電子的にとりのぞく……。今、テスト中だが、もうじきあと二機にとりつけられる。地磁気異変は、P2VとP2Jという対潜哨戒《しょうかい》機に検出装置を積んでパトロールさせている」

「検出データは、こちらで記録すると同時に、リアルタイムに地上局に送られる。——そいつが、ラインでD計画本部のコンピューターに集められる」と技師はいった。

「それでどうだ？」小野寺は、のぞきこみながらいった。「重力の変動ぶりは……」

「おそろしいくらいさ——」片岡はどういうつもりか、ニヤリと歯を見せた。「あとで本部の3《スリー》Dディスプレイで見せてもらうといい。日本海溝付近の負の異常帯が、三陸沖から九十九里《くじゅうくり》沖へかけては、今、おそろしい速さで東へ動いている。——富士火山帯の東では、逆に西へ動いている。こいつが、伊豆、小笠原《おがさわら》を燃え上がらせている元凶らしいな。関東沖のマイナス異常は、刻々につよまっている。日本海溝の海溝底は、東側で、もう二、三百メートルも深くなったんじゃないかな。……こちらへ来てみろ」

片岡は右側の窓へ小野寺を引っぱっていって指さした。

「東のほうの海上だ。わかるか？」

「かなりな濃霧《ガス》が出ているな」と小野寺はいった。「前線が停滞しているのか？——いや、親潮があんな所まで南下したか……」

「似てるようだがちがう。天気図を見せてやろうか？」と片岡はいった。「上層では、シベリア高気圧はもう、とうにあのあたりを通過している。親潮前線は、まだ常陸《ひたち》沖にも達していない。ふつうの連中は、親潮の伏流が冷水塊としてあらわれたぐらいに思うだろうがね。——しかし、こちらの観測データとつきあわせてみるとはっきりわかる。重力の大異常帯と、あの濃霧発生地域とはほとんど重なりあっている……」

「重力異常と、濃霧？」小野寺は一瞬ぼんやりした。「どう関係があるんだ？」

「重力が、極端に大きな勾配《こうばい》でもって減少しているから、あの付近の海面は、測地線《ジオイド》から見て、かなりへこんでいるんだ」片岡は肩をすくめた。「海水温度の垂直分布もずいぶんちがっている。重力が小さいため、深部の冷たい海水が上のほうにあがって来ている。いくぶんは断熱膨張だってきてるかもしれん。だから負の重力異常帯にそって、大冷水塊が出現し、そいつに黒潮がぶつかって濃霧を発生しているんだ」

重力濃霧か……と、小野寺は東の水平線の、灰色の壁を見つめながら、胸の中でつぶやいた。――ずいぶんいろんな現象が起こるもんだ……。

飛行艇は、また旋回をはじめ、東京湾へ向かって高度をおろしはじめた。――富士火山帯ぞいにある重力異常の長い帯の上を、ジグザグに横ぎりながら、記録テストを続けているらしかった。

「われわれがこんなことをやっている間に……」と、電子技術者は、横に立った片岡にひそひそ話のような調子で話していた。「どこかの国は、もっと大がかりに調べて、一足先につきとめてしまうかもしれないぜ。この間から、アメリカが、測地衛星をたてつづけに三個もうち上げているんだが、その軌道が全部、日本上空をちがった角度で飛ぶようになっている。……」

「人工衛星か――おれたちも、あのくらいのマクロ観測機械がほしいな……」と片岡はいった。「まあ、地球全体の大きな重力分布の変動は以前にも見つけた実績をもっているが――それが、何を引き起こすか、ということについての予測を組みたてるのには、まだ手間がかかると見ていいんじゃないか？」

「しかし、それも時間の問題だろう。……たしかに、アメリカは軍事予算の削減で、情報収集力はともかく、情報の総合能力はおちているが……それにしたって……」

「新潟《にいがた》、富山地方に地震が起こった――」とスピーカーがいった。「震度四、マグニチュード七・〇、震源地は新潟の北方六十キロ、深度五十キロ――観測船が、大和堆《やまとたい》の異常隆起を報告している……」

「今度は裏日本か……」片岡は、ちらとスピーカーを見上げてつぶやいた。「はさみうちだな……」

キャンベラ市郊外、レッドヒルにある、オーストラリア政府の某高官の私有別荘の客間で、オーストラリア首相は、毛むくじゃらの両手の指を組みあわせ、それを顎に押しつけたまま、さっきから五分近くもだまりこんでいた。――豪州の二月は厳暑で、その別荘の所有者である高官と、もう一人の、色の浅黒い小柄な客の二人もだまりこむと、隅にある大型のエア・コンディショナーの、かすかな唸《うな》りが室内をみたすのだった。

首相は、組みあわせた指先を、とんとん打ちあわせはじめた。内心に湧き上がる想念をおさえつけるように……。それから、大木の根がひき抜かれるように、低い安楽椅子から勢いよく立ち上がった。――立ち上がると二メートルを越える巨体だった。首相は背後に腕を組み、視線を爪先《つまさき》におとして、ゆっくりと室内を横ぎりはじめた。部屋の隅まで行くと、たちどまって大息をつき、くるりとふりむいて、また反対側へむかって歩きだした。――歩きついた部屋の隅にエア・コンディショナーがあり、吐き出される冷気が、首相の禿《は》げた頭のまわりにのこっている髪の毛を、ふわふわと動かした。

「日本《ジャパン》……」と、首相はエア・コンディショナーにむかいあいながらつぶやいた。「このエア・コンディショナーも、日本製《メイド・イン・ジャパン》だ……」

それから、上着の襟《ラペル》に指をかけ、小柄な客のほうをふりかえった。

「想像もつかんような話ですな、ミスター・ノザキ……」と首相はいった。「それに――きわめてむずかしい問題だ」

野崎《のざき》と呼ばれた日本人は、小柄で、やせていて、髪の毛は半白で、顔と眼尻《めじり》におだやかなしわをきざんでいた。ただ、その眼のかがやきが異様に明るく、どこへ動いても、その光につきまとわれるような感じだった。――その小柄な日本の老人は、高官を通じて、首相との秘密会見を申し入れてきた。もしその高官を通じることができれば、首相が絶対に会見を断わらない、ということを知っているものは、英連邦内はもとより、オーストラリア政府の中でも、指折り数えるほどしかいなかった。どうやって、野崎という老人がそのことを知ったのか、どうしてその高官に仲介をひきうけさせたのか、首相にはわからなかった。――おそらく相当な工作費を使ったにちがいない。そして、会ってみれば、老人は日本の首相と外務大臣の、親書と密書をたずさえており、のっけにおどろくべき話を打ちあけられ、おどろくべきことを持ちかけられたのだ。

「ご承知と思うが――オーストラリアは、この十年間に百万人近い人口増がありました。現在の人口は千二百万人を突破しています……」首相はまたカーペットの上を歩きはじめながらいった。

「存じております……」明るい、底の知れない眼をした老人はうなずいた。「同じ十年間に、日本ではほぼ八百万人の人口増がありました。現在の総人口は、一億一千万に近い数字になっています」

「わが国の約十倍ですな……」と首相は眉《まゆ》をひそめた。

「人口密度にしますと、二百倍です。――貴邦の面積は七百七十万平方キロ、本邦の二十倍以上ありますから……」

「しかし、その七〇パーセント以上が、不毛の沙漠《さばく》であることもご存じですな……」

こんなことを話していてもしかたがない、と首相は窓から外をながめながら思った。――夕映えの色をかすかにのこした紫紺の空に、赤い月がのぼりかけており、別荘の下の道路を行き来する自動車の赤いテールランプやヘッドライトが鮮やかさを増しつつあった。

「日本《ジャパン》……」と首相はまた口の中でつぶやいた。「奇跡の国ですな。――極東、西太平洋地域における最大の工業国であり、高度近代国家であり、わが国とは〝東経百三十五度の隣人〟です。――EXPO70の、オーストラリア館のテーマをご記憶でしょう?

わが国は、貴邦と仲よくやっていきたいと思っており、この大陸とオセアニアの発展にぜひあなたの国と協力し、あなたの国の工業力、資本力を借りたいと思っていた。——北部の鉄鉱石、内陸の石油、そして、東部の工業……トヨタ……ニッサン……マツダ……あなたの国の車も、あそこにごらんのとおり、たくさんこの国の中を走っています。今、この国に、日本人が六万人からいます……」

「知っています——」と野崎老人はうなずいた。「オーストラリアは、この二十年間、私たちの国の、まことによき友邦でした。この友邦の最高責任者であるあなたの並々ならぬ日本に対するご好意も、私たちは高く評価しております」

「私はこの大陸を、世界にむかって開かれた〝可能性の大陸〟にしたいと努力してきました。——しかし、私の祖父も父も、いわゆる〝白豪主義者〟だった……」首相は葉巻を胸ポケットから抜き出し、はしからはしまでにおいを嗅《か》ぎながら、つぶやくようにいった。「今世紀のはじめ、この大陸に、ちょっとしたゴールドラッシュが起こりました。——とたんに、東南アジア方面の中国系労働者が、どっとなだれこんで来た。私の祖父や父たちも、決して露骨な人種的偏見の持ち主ではなかったと思っています。しかし——考えてみてください。このオーストラリアは、カンガルーとアボリジニしかいない流刑大陸だった。そこへおくりこまれた白人たちは、相対的に無限といっていいスペースの中で、羊を飼い、牛を飼い、ゆっくりのんびり住める領域を拡大してきた。——あのとりわけさわがしい、せわしない、中国系労働者たちとは、テンポがあわなかったのです。いらいらしているところへ、国際的な流行としてのモンゴロイド排斥運動が飛び火した。――そして移民制限と、若干の悲劇です……。ですから私たちは、日本の目ざましい東南アジア、オセアニアへの進出がはじまった時は、かしこい日本の産業指導者たちに、くりかえし注意した。〝急ぐな《ドント・ラッシュ》――ゆっくりと《スロウリィ》……ゆっくりと《スロウリィ》……〟」

首相はいつのまにか、自分のほうからもっとも重要な主題にはいってしまったのに気づいて苦笑した。――ほとんどだまっているようで、いつのまにかそちらへ話を誘導している、この野崎という老人に、ちょっといまいましささえ感じた。青年期までメルボルンにいた首相の英語に、どうしてもコクニイ（ロンドン下町訛《なまり》）に近い、オーストラリア訛がまじるのに、この小男の日本人の英語は、見事なクイーンズ・イングリッシュのうえに、時折り、オックスブリッジの下地を感じさせる、かるくつかえるような話し方があらわれるのも、妙に気おされる感じだった。

「それで……」首相は、やっと葉巻に火をつけながら聞いた。「ご希望は？――どのくらいですかな？」

「第一期、百万人です」老人は事もなげにいった。「できれば――将来二百万人、ないし五百万人を受けいれていただければと思います」

首相はだまって、長い間かかってマッチの火を葉巻に吸いつけた。五百万人だと？　現在のオーストラリア人口の四五パーセントだ。オーストラリアは三分の一黄色人種の国になってしまう！

「百万人——として、この国の総人口の約九パーセントですな」首相は大きく煙をふかしながらいった。「それを……二年間に？」

「ひょっとすると、もっと早いかもしれません」老人の顔に、はじめて苦悩に近い色があらわれた。「一部は、できれば今年からでもはじめたいのです。十万人でも結構です。奥地開拓の入植——という形でもとっていただき……」

「そのほうが、かえってむずかしいかもしれませんな」高官は、はじめて口をはさんだ。「手のうちを見せずに、入植ということになると、議会の承認がなかなかおりないでしょう。——私たちの国では、〝マイペース〟に対する執着がなかなか強いですから」

「いや——できるかもしれん」首相は、ふいに何かを思いついたように葉巻を突き出した。「あれだ……。中央縦貫鉄道だ」

「なるほど——」と高官はうなずいた。「テイ・トリーからニューカッスルウォーターズまでの間は、まだ計画がそれほどかたまっていませんね。そこを国際入札の形式で、日本に、うんと好条件で落札してもらう……」

「その前に、日豪内陸開発協定か何かを——現在の経済協力協定をもっと進めた形で締結する必要があるだろうな」

「まにあわない可能性もありますな」と老人はいった。「いかがでしょう。日本からの、うんと有利なクレジット供与の形で、その計画を大急ぎでかためていただく。機材ももちろん日本から持ちこみますし、日本の最高の鉄道技術も投入します。——とりあえず、むこう半年以内にでも、議会の承認を取りつけていただけば……」

「しかし、あまり性急で、あまりこちらに有利な条件だと、かえって国内で怪しまれるかもしれません」と高官は口をはさんだ。

「それは理屈がつけられるかもしれません。日本は、たび重なる地震のため、全国新幹線網計画の全面的再検討にはいる、ということにします。新新幹線計画は、事実上ストップの形です。その余剰を有利な形でオーストラリアに提供する。――もちろん、アフリカでも南米でも、同じような形で交渉が進められるでしょう。ダンピングという抗議が出ても、それは日本がオーストラリアから、長期大量に羊毛とマトンをバーターで買いつける、という協定で、うまくかわせるかもしれない。事実、マトンはおそらく難民のために必要でしょう。現在、日本が国連から統治を信託されている東イリアンに、大冷凍基地をつくる予定があります。そこにストックしておいて……」

やってみる値打ちはある、と首相は思った。――きわめて有利な取引であることはまちがいない。活気のある、高い教育をうけた勤勉な技術労働者を、高度に進んだ機械、資材もろともうけいれるのだ。そうこうしているうちに、彼らには、帰るべき国がなくなってしまう。そして、決済すべき当事国も消滅してしまうのだ……。だが……それでも多くの不安はのこる。工事がすんでしまったあと……彼らはどうなるのか？　この国の「未来」にどんな影を投げかけるか？

「それにしても――一挙に十万人は無理かもしれない」首相は首をふった。「まして百万人の入植となると……たとえ、人道的見地からでも特別立法がいる。国連のほうはどうなんです？　もちろん、もう工作ははじめておられると思うが……」

「事務総長とはもう三度秘密会談をもっています。ユネスコとはまだかもしれません。常任理事国との間の根まわしも、そろそろ開始されるでしょう。——しかし、国際的な〝大義名分〟はたててくれるでしょうが、実際にこのことに関して、国連がどれほどの即応力を発揮してくれるか。……目下、アメリカ大統領と、南米、アフリカの数カ国との間に、内密に個別折衝をはじめています。せめて——せめてあれがおそってくるまでに、数十万のオーダーの海外移住を実現させておきたいのです。これはまったく一方的な希望です。私は——いや、日本は、いま、あなたに向かって、あなたのお国にむかって、世界にむかって、ひざまずき、助けてほしい、と懇願しているのです。破滅に瀕《ひん》した、私たちの国の人民の生命を……未来を……何とか救ってもらいたいと……」

老人の声は熱をおび、今にも堰《せき》を切って、感情があふれ出そうな気配がした。——叫び出し、涙を流し、床にひざまずき、首相の脚を抱き、額をすりつけて哀願しだすのではないか、と思われた。

だが実際は、老人は両膝《りょうひざ》をそろえてきちんとすわり、手をその膝の上において、その顔には平静な、微笑に近いものさえが浮かんでいるのだった。ただその眼だけがさっきよりもはげしく燃え上がり、悲痛な懇願の光をおびていた。——おどろくべき自制心だ、と首相は思った。これほどの自制心をもつ人物は、もう少なくなってはいるだろうが、このふしぎな民族全体の特徴は……少なくとも、一人一人の人間と面とむきあったときに発揮されるのは、あの「オリエンタル・スマイル」の下にいっさいの感情をおしこめてしまう、奇妙なくらい強い自制心だ。それだけに、声高に、はげしく訴えることをしない分だけ、国際社会で損はしているだろうし、――情緒的発散にもならないだろう……。

「それにしても、おどろくべき話です……」首相は息苦しさを逃れるように、大きな息をついて、葉巻を灰皿の上にもみつぶした。「本当に――あの日本が……アトランティスのように沈んでしまうのですか？　お国の科学者たちは、それがたしかなことだと言明されているのですか？」――

「私にも、まだはっきりとはいえないのです」はじめて野崎老人の顔が、困惑にゆがんだ。「極秘裏に、調査は日夜つづけられています。国民にはまだ何も知らせていません。――うかつにそれを知らせたときの混乱は――想像できるでしょう。首都大地震のあと、社会不安の傾向は出ています。しかし、それは幸い今のところ、国民の眼を、この可能性からそらす役目をしています。――今のところ、二年以内に〝それ〟が起こる確率は七〇パーセントを越えた、としか、私には知らされていません。調査の規模を拡大し、予測の精度をあげるのには時日がかかり、その間に事態は進行します。そして、今のところ、調査が進むにつれて、それの起こる確率が高まり、それの起こるまでの期間も短くなっているようです。われわれの計画は、おそすぎたと思います。日がたつにつれ、そのことがはっきりしはじめているのです」

「わかりました。野崎さん……」首相は、大きな毛むくじゃらの手を、老人のうすい、小さな肩においた。「われわれのほうも、できるだけのことをしましょう。お約束します。――このことを、英連邦の他の国の首脳とも話しあってみます。少なくとも、英連邦への斡旋《あっせん》はひきうけましょう。もちろん、貴邦にいちばん近い、そしていちばん大きいわが国は、独自に、最大の努力を払います」

「ありがとうございます」老人は頭をさげた。その眼に涙が光ったように見えた。「私は当分日本大使館にとどまります。閣下のご寛度と、つね日ごろ世界に向かっておしめしになっている高邁《こうまい》な人類愛にひたすらおすがりしたいと思います」

「ソ連との交渉は開始されましたか？」と高官は聞いた。「あの国も、広大な領土をアジアに持っている」

「すでにはじまっていると思います」野崎老人は、もとの平静な表情にかえってうなずいた。「率直に申し上げて、あの大国には、私たちにはよくわからないところがあります。――しかし、あの国の、歴史的な、少数民族問題処理の実績に期待したいと思っています」

「ユダヤ人問題をのぞいてね――」と高官はつぶやいた。「大陸中国は――あまり期待できないでしょうな。八億の人口をかかえているのだから……。それに、両国民の歴史的な交渉と、その未来を考えると……」

「閣下に贈り物を持って来ました……」野崎老人は立ち上がりながらいった。「首相から、というより、われわれの国から、とお考えください」

部屋の隅のテーブルから、高さ五十センチほどの木箱を持ってくると、老人は静かに蓋《ふた》をはらった。

「これは……」と、東洋古美術にひとかどの知識をもつ首相は、ちょっと絶句して、胸ポケットから眼鏡を取り出してかけた。「見事なものだ。――十三世紀ぐらいですか?」

「おっしゃるとおり、鎌倉初期です。仏像としては、国宝級です。指定はされておりませんが……」老人は低い声でいった。「地方の寺院にあったのを買い上げました。こういうものが、まだかなり各地に分散しております。お手もとにおいて、記念としていただきたいのです」

二日後、官邸での会見を約して野崎老人が帰ったあとも、首相はその三十五、六センチある仏像をしげしげと見つめていた。

「そろそろ、目だたないように、文化財の海外運び出しをはじめているようですね」と高官は酒を調合しながら話しかけた。「日本古美術の大きな展覧会が、今年の後半ヨーロッパとアメリカで三つほど開かれます。かなりな逸品が国外に持ち出されます。あれなど、思いあわせてみると、この件と関係がありそうですな。すでに、それとなく、海外へ持ち出され、売却されたり、これという筋へ寄贈されたものもあるようです。土壇場になれば、文化財の持ち出しなど、そう簡単にできませんからね」

「寺院の二つ三つ、今のうちに、買いとるわけにいかんかな」と首相はつぶやいた。

「惜しい建築がずいぶんある」

「早く手をうったほうがいいかもしれません。――こういうことになると、アメリカの博物館や財団は強引に動きますからね」

「こういう仏像ばかり引き取るのなら、本当にいいんだが……」首相は眼鏡をはずして溜息《ためいき》をついた。「日本人を……百万も、二百万も……どうするんだ。五百万人も引きとったら、国内にもう一つ国ができてしまう。――連中は、住まにゃならんし、食わにゃならんし……そのうち人数もふえるだろう。生活程度だって高いし……」

「難民キャンプ……強制収容所……ゲットー……どんな形になるか知りませんが、とにかく将来にかけて、たいへんな厄介事を引きうけることになりそうですな……」酒のグラスを首相の前におきながら高官はつぶやいた。「最良の策は――隔離することですね。奥地には、未開地域が広がっている。五百万人を、分散して、沙漠《さばく》の開発か何かに……」

「それにしたって、一億一千万人を、どうやって移住させるんだ？――世界の、どことどこが、こんな大人数を受けいれてくれるんだ？」首相は憮然《ぶぜん》としたように宙を見つめた。「君があの国の指導者、責任者になったとしてみたまえ。いったいどうやるんだ？――船舶だけでどれだけいると思う？」

「半分以上……助からんかもしれませんね。むごい決意をしなきゃならんでしょう―

—」高官は酒を啜《すす》りながら、自分の胸にいいきかせるようにいった。「移住できた連中も、これから先、世界の厄介ものにされて——いろんな目にあうでしょう……迫害されたり……遺棄されたり……仲間同士殺しあったり……自分たちの国土というものが、この地上からなくなるんですからね。——私たちユダヤ人が、何千年来、全世界で味わいつくしてきた辛酸《しんさん》を、彼らはこれからなめつくすでしょう。あの東洋の、小さな、閉鎖的な島で、ぬくぬくとした歴史をたのしんできた民族が……」

「それより、そんな巨大な地殻変動の影響は、この国にも何か波及するおそれはないだろうか？」首相は酒のグラスをつまんでつぶやいた。「少し——こちらの学者にも調べさせよう」

5

計画本部の総務室へはいって行った小野寺は、その室内に、一種奇妙なざわつきがあるのに気がついた。そこここのデスクの所に、二、三人、あるいは四、五人かたまって、妙にとげとげしい雰囲気でひそひそと話しあっている。

「どうしたんだ？」と、彼はキルティングのジャンパーをぬぎながら、傍《そば》の部員に聞いた。

「知らないんですか？」まだ若い、三十前の部員は、ちらと小野寺の顔を見上げて、すわっていたデスクの向こうに手を伸ばした。「これですよ。昨夜発売のやつです」

わたしてよこしたのは、大衆週刊誌の中でも、高級といわれている出版社系のものだった。――前夜の発売といいながら、もう何人もの手に渡って、かなりくたくたになっており、その開かれたページの、見開き上段いっぱいを使って、センセーショナルな凸版の見出しがおどっていた。

「日本列島は沈没する⁉――海底火山の権威田所博士の予言」

小野寺は、反射的にその週刊誌をわしづかみにしていた。――顔色が変わるのが、自分でもわかった。食い入るように活字を追ったが、最初の衝撃がはげしくて、よく意味が読みとれず、同じページを何回も読みなおさなければならなかった。そこには、田所博士の「マントル対流異変」セオリイが、やや不正確ではあるが、ほとんど完全に述べられており、それに大衆週刊誌特有の、センセーショナルな味つけがしてあった。

「これは重大な、国家機密漏洩ですよ」と、部員はいった。「あの先生、学者としては偉いかもしれんが、とんでもない野人ですな。――何でも酒に酔っぱらって、ついうかうかとしゃべっちまったらしい……」

田所博士が酒を?――と、小野寺は、腋《わき》の下に冷たいものがにじむのを感じながら、部員のその言葉をぼんやり反芻《はんすう》した。この半年間というもの、あの人が酒を飲んだところを見たことがなかったはずだが……。

記事を二度読みかえして、それでもD計画のこと、その本部がどこにおかれているか、ということには一言も触れられておらず、ヒントさえあたえられていないことにやっと気がついた。後半に、気象庁の談話が出ていた。

——それは、たしかにこのところ、日本列島には大きな地震や災害が集中的に起っており、日本付近の地殻の変動や、造山活動が活発になっている。このうえ、まだどんな異変と被害が予想されるか、いま関係機関は全力をあげて調査しているが、それにしても、日本列島が沈むなどということは、現代地学の常識として、とても考えられない、云々《うんぬん》……。

そして、最後に、かなり著名な学者の談話がのっていた。大泉《おおいずみ》というその学者の名を、小野寺はよく知っていた。——田所君という学者は、あまり研究に信用がおけなくて、とうとう日本の学界では、誰も相手にしなくなり、アメリカの海軍の軍事研究の下請けなどやっていたが……要するに、たいへんスタンドプレーの好きな人で……そんなことをいい出すなんて、まったく頭がおかしくなったんじゃないか。もし正気でそんなことをいっているとするなら、最近の大震災や伊豆諸島の噴火といった現象にともなう世情不安につけこんで、売名をはかっているとしか思えない。こんな科学的に見ていいかげんな言説で社会不安を助長する人物は、公共の安寧《あんねい》の見地から、断固取りしまるべきだ……。

そのほか、不動産会社の社長、主婦、人気者の芸能人、SF作家などのやや無責任な談話もあしらい、記事全体としては、田所博士の説を、奇想天外あるいは荒唐無稽《こうとうむけい》といった印象をあたえるように、ひやかし気味にあつかってあった。

「懲罰ものだな。——どう思う？」立ったまま週刊誌を読んでいる小野寺の傍に、陸幕から来た、これもまだ若い、がっちりした佐官が近よってきて話しかけた。「昔なら、国家の重大機密漏洩《ろうえい》で、ただちに逮捕投獄だ……」

こいつ、軍人だな——と、その口ぶりに、ぐっと来たが、それをこらえて、小野寺は週刊誌を見つめたまま聞いた。

「それで、田所博士は？」

「きのうの午後、ぐでんぐでんに酔っぱらって、気象庁にあらわれて、計画関係者を通じて、本部へ辞表を出した」と体の大きな佐官は、腕を組みながらいった。「本人も、さすがに責任は感じて、ここへは顔が出せなかったらしい」

気象庁へ？——と小野寺は首をひねった。

「辞職なんかされたら、かえってやっかいだ」と、防衛技研から来た、これも若手の部員が口をはさんだ。「このあとマスコミに追っかけまわされて、全然無責任な立場でしゃべりまくられたら、相当やっかいなことになる。——なにしろ、やめられちまえば、発言に関して何の拘束もできんのだからな」

「これだから、民間人は困る」上背と肩幅のある佐官は傲然《ごうぜん》とした口調でいって、小野寺の顔を見た。「国家の大事に関しても、まるで責任感がない。組織の統制に服する気がまえが、根本的にできていないんだ。——これ以上、無責任な暴露をされるのを防ぐため、不法でも何でもいいから、身柄を拘禁しちまうしかないだろう」

「上層部の誰かが、説得に行っているはずだが……」

「説得ぐらいで、あの田夫野人《でんぷやじん》の行動を規制できるかな？　ああいうタイプの野人は、かえってへそをまげて、勝手なことをはじめるかもしれんぞ。――おれは、非常手段しかないと思うな」

「待ってくれ……」と小野寺は口をはさんだ。「この記事を読んだかぎり、田所さんは個人的意見を述べているだけで、この計画のことも、本部のことも、一言も洩《も》らしていない」

「だからどうだというんだ？――マスコミが嗅《か》ぎまわりだしたら、いずれこちらも洗われるに決まっている」

「もう、かなりさわぎだしましたよ」と、若い部員はいった。「公安関係が尾行をつけてますが、彼は今日の午《ひる》すぎ、テレビに出ますよ」

「なんだって？」佐官の眉《まゆ》がけわしくなった。「どんな番組だ？」

「民放の、午後のワイドショーだそうです」

「畜生め！」佐官は、デスクをドシンとたたいて罵《ののし》った。「なんとか阻止できんのか？――防諜《ぼうちょう》部隊でも使うべきだ」

「拱手《きょうしゅ》傍観だな」と、外務畑から来た、見るからに秀才らしい部員が、皮肉な調子でいった。「へたに動くと、かえって、何かあるんじゃないかと勘ぐられる。――泳がしておいて、マスコミにつつかれたら、知らぬ存ぜぬで突っぱねるのがいちばんいい」

「しかし、それにしても……」小野寺はつぶやいた。「田所博士が……なぜ、突然こんな……」

小野寺のまわりにいた四人の部員が、彼のほうをふり向いた。

――四人は、今はじめて小野寺が、「計画」がスタートするずっと前から、田所博士といっしょに仕事をつづけてきた人間であることに気づいたようだった。

「あの人に強い欲求不満があったんじゃないかな」と、外務から来た部員はいった。

「そりゃたしかに、このことに関して、あの人がたいへんな先覚者だったことは認めるよ。しかしそれは、まだ事態が海のものとも山のものともわからない段階において、なるほど大きな推進力にはなったろうが、本格的に、国家の重大事として、組織的に取り上げられはじめると、もうあの人のような、一匹狼で、野人タイプで、一人で勝手に何もかもやりたがる人は、かえって組織のブレーキになってくる。それでいつのまにか、彼は計画の中心部からはずされる格好になってきた。調査のほうでさえ、組織的に進みだすと、あまり彼の出る幕はなくなってきた。――なにしろ彼ときたら、異変の起こる可能性を、純粋に彼の理論の立証のために……というよりは、学問的もしくは個人の知的好奇心をみたすという立場から、見きわめたがる傾向が強くて、この異変に、日本という国がどう対処するか、という問題に結びつける見方がほとんどできないんだ。〝学者バカ〟というやつだな。それに、彼は古いタイプの学者で、コンピューターもうまく使えないし、システム・エンジニアリングだって知らない。だから自然と計画中枢から浮き上がって――彼は、自分が計画の中心にずっとすわっていたかったんだろう。彼の頭の中じゃ、これは〝自然の大ドラマ〟を観察するための大計画で、彼はそのために、全組織を意のままに動かしたかったんだ。だけど、こいつは日蝕《にっしょく》観測とわけがちがうからな……。だから、問題が具体化するにしたがって、だんだん彼のいる場所がなくなって、その欲求不満が爆発した……」

「あとから来た、中田さんに、計画の主導権をうばわれたのが、頭に来てたんじゃないかな……」と若い部員がいった。「この間うちから、中田さんの部屋で、二人きりでたいへんなどなりあいをしていたのを聞いたやつがいるんです」

「まったく、ああいう、野育ちの学者ってのはしようがない」佐官は舌うちした。「パイオニアにはいいだろうが――こういう国家的な問題になるとな……」

ちがう！――と、小野寺はもう一度週刊誌に眼を落としながら、胸の中で叫んでいた。――「計画組織から疎外された欲求不満」なんて……そんな見方は、まったく役人的、権力組織的な発想だ。田所さんはそんな人ではない。彼はたしかに「学者」だ。しかし「現実」というものがまるでわからない「マッド・サイエンティスト」――「学者バカ」でも「学者子供」でもない。むしろ、あの人の心は象牙《ぞうげ》の塔で保護されているアカデミックな大学教授たちより、はるかにひろく、大きくて、「自然」も「人間」も何もかもわかっているはずだ。……だが、それにしても、なぜあの人がこんなことを……。

「おい！　やったぞ！」誰かが隣りのドアをあけて叫んだ。「田所さんが――テレビのワイドショーで、言いあいした相手をぶんなぐった。

「なに？」と、室内にいたものは色めきたった。「誰をなぐったんだ？」

「T大の山城《やましろ》教授だ」と声がかえってきた。「いま、とめにはいったテレビの司会者をこづきまわしている……」

「しめた！」と、誰かが、隣りのドアに突進しながらつぶやいていた。「そいつはうまいぞ！」

どいつがそういったのか、と、思わずカッとなってふりかえったが、誰がいったのかわからなかった。――しかし、あの陸幕から来た佐官か、外務から来た秀才か、どちらかだということははっきりしていた。

テレビのある隣室へなだれこむ部員のあとには続かず、小野寺はデスクの傍《そば》に立ちつくしていた。――足のほうにむかって、全身の力が抜けていくようだった。

なんということをしたんだ……と、彼は田所博士の、魁偉《かいい》といっていい、しかし、やさしさ――むしろ一種の悲哀《ペーソス》さえ感じさせるような情感のあふれた顔を思い出しながら、胸の中でつぶやいた。あのごみごみした本郷《ほんごう》の研究所で、博士が彼のことを、「この男は信頼できる。なぜなら、彼は大きな自然というものをいつも見ており、知っているからだ」といってくれたことが、ふいに熱く思い出されてきた。

「巨大な自然」を自分の眼で見つめつづけてきた人に特有の、大きく、ひろびろとしたそれはそのまま、小野寺の、田所博士に対する、絶対的な信頼のベースになっていた。――彼も田所博士も、ともに一万メートルの海底で、平方センチ十トンの水圧にとりまかれながら、巨大なあれを見ていた。そして田所博士は、その巨大なものを「見た」ということをベースにして、そこは「年の功」で、彼よりもはるかにひろく、深く、「人間」を、「社会」を、「組織」を理解していた。

田所博士には広大な「自然」があった。だから、こせこせした人間の、社会組織や集団機構の、「権力争い」などに血迷うほど執着したり、疎外されてひがんだり怨《うら》んだりすることがなく、もしはずされたら、組織内の「敵」に対して醜悪な復讐《ふくしゅう》などこころみたりせず、いつでも身をひけるだけのゆとりとおおらかさがあった。それは、ずっと博士といっしょに仕事をしてきた小野寺が、いつも、それと意識せずに感じつづけてきたことだった。その田所博士が――ここに来てなぜ、こんな……。やっぱり「野人」というのは、この小姑《こじゅうと》根性の充満した、意地の悪い「組織社会」にむかないのだろうか？

別の部屋からかけこんで来た男が、隣室へ首をつっこんでどなった。

「田所さんが逮捕されたらしいぞ」

「なんだと？」小野寺は思わずその男の背後に大股《おおまた》で歩みよって肩に手をかけた。「なんだってまた……」

「番組が終わってから、テレビ局の玄関のホールで、またぶんなぐったらしいんだ。――たまたま何かのことで来あわせていた刑事に、暴行現行犯で逮捕されたって話だ」とその男はいった。「刑事もこづいたらしいぜ。なんでも番組に出る前から、べろんべろんに酔っていたらしい」

小野寺は耳をおおいたい気持ちだった。——また隣室から帰ってきて、興奮した声で、どこか心地よさそうにしゃべりだした連中をあとにして、いたたまれない気持ちで廊下に飛び出したとたん、ばったり幸長に会った。

「来てくれ！」幸長はめずらしく、興奮に顔を引きつらせ、まっさおな顔に眼をつり上げていた。「中田のやつを、どうしてもぶんなぐってやるんだ」

「どうしたんです？」

腕をつかまれてぐいぐいひっぱられながら、小野寺は呆気《あっけ》にとられて幸長の顔を見た。おとなしい、どちらかといえば気弱なこの学者が、こんなに興奮しているのを見たのははじめてだった。

「落ちついてくださいよ」小野寺は、幸長につかまれた腕をはずしながらいった。「中田さんをぶんなぐるって——たったいま、田所博士が、テレビで人をぶんなぐって、つかまったところですよ」

「そのことだ」幸長はまた小野寺の腕をつかんだ。「中田のやつ、どうしたって許せない。田所さんを、あんな目に……」

中田の個室のドアを荒々しくあけると、幸長はまっすぐ中田の所に進んでいった。中田と話していた部員は、びっくりしたようにふりかえった。その男の肩をたたいて、小野寺は座をはずさせた。幸長は、片手で中田の背広の折り返しをつかんでいた。その手がぶるぶるふるえ、にぎりしめたもう一方の手もふるえていた。——あれじゃ、人をなぐれないな、と、小野寺はひきつった幸長の顔を見ながら思った。

「なぜ、田所さんを……」と幸長は上ずった声でいった。「きさま……ひどいやつだ」

「おれがたのんだわけじゃない」中田はいつものとおりの平静な調子でいった。「あの人が——自分から進んでひきうけたんだ。本当だ。渡老人と何か話していたと思ったら……」

「とめるべきだ！」と幸長は叫んだ。「あの人の……功績を考えてみろ！ それにおれの恩師だぞ！ なぜ、事前におれに一言、知らさなかった……」

「知らせれば、君がとめていたろう」中田は折り返しをつかまれたまま小野寺のほうをちらと見た。「……正直いって、田所博士ほどの適役はほかにいなかった。——すこし効果的すぎたくらいだったがね。たしかに、ぼくも田所さんから申し出られた時、しめた、この人なら、と思ったことはたしかだ。しかし、くりかえしていうが、こちらからたのんだわけじゃない。あの人が……プランを小耳にはさんで、自分から買って出たんだ」

「わかってるぞ。君は……あの人が、わざとそうするように……」

「あの人が、そんな小細工にのる人と思うか？——ぼくがまたあの人に、そんな小細工をすると思うか？」中田は大声でいいかえした。「そして、あの人以外に、あんな役ができると思うか？――君はどうだ、幸長、君なら田所さんにかわって、あの役を、あんなに効果的にできるか？」

幸長の指が、中田の折り返しからはなれた。顔色はさらに青くなり、全身がおこりにかかったようにぶるぶるふるえだすと、幸長は両手で顔をおおってしまった。それを見て小野寺は、はじめて二人の間に割ってはいった。

「うすうすわかったような気がするが、――どういうことなんです？」

「田所さんが……」と中田はいいかけて、ちょっとのどをつまらせた。「この件に関する……〝陽動作戦〟を買って出てくれたんだ」

「週刊誌への情報漏洩《ろうえい》役だな？」

「それとテレビへの……」中田はつらそうに顔をそむけた。「あそこまでやるとは思わなかったが……」

「暴行現行犯で逮捕されましたよ」

「われわれのやっていることは、もうそろそろ、かくしきれない……」中田は、顔をそむけたままいった。「で――よくやる手を使おうと思った。試験気球《バロン・デッセ》をあげて、それとなくにおわせながら情報をもらし、同時に反応を見るというやつだ。大新聞より、大衆週刊誌にゴシップ式にあつかわせたほうがいい、と、これはぼくが判断した。だが、それをどういう具合にやるべきか、具体的な方法を考えつかないうちに……」

「田所さんが、スキャンダル役を買って出たというわけだな！」

「あの人ならではの……」中田は苦しげに咳《せき》ばらいした。「予期した何倍もの効果があったと思う。――あそこまでやるとは思わなかったが……」

苦い唾《つば》が、小野寺の舌の付け根からこみ上げてきた。――そういうことだったのか！　かくしきれなくなってきた段階で、風変わりで気ちがいじみた、学界に評判のよくない、在野の学者が、一流ジャーナリズムでもなく学界でもない「大衆週刊誌」に、センセーショナルな形で「ショッキングな」意見を発表する。これには二面的な効果がある。人々は、「また例のとおりの」週刊誌センセーショナリズムだと思って、情報を「限定付きで」うけとる。公的機関の婉曲《えんきょく》な否定、「変わり者」学者の信用度に対する、アカデミックな権威からの冷笑もちゃんとおりこまれ、情報の「衝撃性」は緩和されている。人々は「風変わりな意見」として、多少のショックをうけながらも、ある程度安心してうけ入れるだろう。ごていねいに、最後は「テレビにおける暴行」というスキャンダルでかざられた。だが同時に――人々は、かくされた「事実」に最初の接触をはじめ、「そういうこともあり得るかもしれない」という考え方にならされはじめるのだ。毒性をうすめたワクチンをうたれて、「免疫性」を獲得するように……。

「先生は、自分から進んで買って出たんだね」と小野寺はいった。「わかるような気がする……」

「あの人は――やっぱり風変わりな……だが、大きい人だな」中田は椅子に腰をおろしながらつぶやいた。「もちろん家庭もないからだろうが――社会的地位も、名声も、何も執着のない……」

「それだけじゃない……」小野寺は断定的にいった。「その点、ぼくのほうがよくわかっているような気がする。もちろんあの人は、地位とか汚名とか、そんなことは最初から気にしてはいない。しかしそれ以上に、あの人は——悲しかったんだと思うな」

「悲しかった？」幸長が窓際からふり向いた。「何が？」

「自分が——この変動の発見者だったことが……」

幸長と中田は、胸をつかれたように小野寺を見つめた。——沈黙が落ちてくると、窓のガラスが、かすかにビリビリ、ビリビリとふるえている音が聞こえた。もう当たり前になって、気にもとめなくなってしまった小地震が、今もこの防衛庁の建物をゆすっているのだった。

そしてそれは、日本列島全体が、最後の大変動にむかって、小きざみに歩みよっていく足音だった。

いまどき——小野寺はふと思った。——田所さんは、留置場の中だ。あの大きい人は……。酒の上のことだし、どうせすぐ保釈になるだろう。だがそれから？……

「一時期、この計画の……この本部の存在から、社会の眼をそらせる役はやってくれたとして……」と小野寺はつぶやいた。「もう——あの人は、この計画に復帰することはないのかね？　あの人は——自分でも、役がすんだと思っているのかな？　おれたちは、もう、あの人といっしょに仕事ができないのか？」

「あの人は、自分から帰ってくる道を閉ざすようなことをやってしまった。――テレビで、大学教授をなぐるなんて――こちらも計算にいれてなかったからな……」中田は顔をこすりながら不明瞭《ふめいりょう》な声でいった。「だが、今になってみると、ぼくは……やっぱり、あの人が、どこかでわれわれと、つながっていてほしいような気がする。――つながりはのこると思うよ。渡老人が、始末をつけてくれるだろう……」

「老人は、まだ箱根にいるのか？」と小野寺はふと眉《まゆ》をひそめた。「報告はとどいているのかな？――富士火山帯は、南のほうから……」

「そうだ！　忘れていた」中田は、はっとしたように小野寺を見上げた。「一時間ほど前、これがおれの所にまわってきた。まだ見ていないか？」

中田は引出しをあけると、四つに折った新聞を取り出し、小野寺につきつけた。――うけとって、眼をおとすと、三行広告欄の一隅に、赤いマジックで囲いがいれてあった。かなり大きい字で印刷されたその尋ね人広告の文面は、小野寺の眼に向こうからとびこんでくるように感じられた。

「小野寺俊夫《としお》

母死んだ。すぐかえれ。

兄」

とっさに大した衝撃もうけず、ただ自分がぼんやりしていると感じただけで、そのぼんやりしている自分を、また別の自分が頭の隅のどこかで、いぶかしがっているのが感じられた。

「ご母堂は……おいくつだった？」と中田はデスクの上においた自分の手を見つめながらいった。「もうだいぶ会っていないんだろう？」

「六十八……いや、六十九になったと思う……」と小野寺は抑揚のない声でいった。

「親父が死んでから、めっきり弱っていたが……きっと心臓だろう」

「行ってこい」と幸長はいった。「君の家は関西だったな。羽田が再開しているから……」

「いや、満席満席で、とても航空券は手にはいらん」と電話に手をのばしながら、中田はいった。「厚木《あつぎ》から、自衛隊の輸送機が伊丹《いたみ》へ毎日連絡飛行をしている。そいつにもぐりこめ……」

「富士に警報が出たそうです」邦枝は、青ざめた顔でいった。「大沢《おおさわ》くずれの噴気がはげしくなって——宝永《ほうえい》火口のすぐ下でも噴気がはじまったそうです。山頂測候所は非常要員をのこして、全員退避しました」

「ここからは、噴気は見られんかな？」老人はおもしろそうに笑った。「箱根の、駒ヶ《こまが》岳《たけ》かどこかが噴火すれば、よく見えるじゃろう」

「車を三台、ずっと待機させております。首相の厳命です。どうか、早く東京へお帰りください。——もし万一のことがありましたら……」

「大丈夫、わしはまだ死にとうはない」と老人はいった。「わしにはわかる。まだ、二日や三日は大丈夫じゃ。――そのうえ、今夜にも、あれがまとまるはずじゃ」

「作業は進んでいるのですか？」邦枝はじりじりしながら聞いた。「いつも、昼間、散歩されたり、ぶらぶらされているようですが……」

「昼間はああやりながら、考えているのじゃ」老人はじろりと邦枝の顔を見ていった。「むしろ、そのことを心配している。――この三日間、あの人たちは、一睡もしておらん。前は、昼に寝ておったからまだいいが――あれで体が持つかどうか……」

あの人たち――と老人がいったのは、京都から来て、ずっとこの山荘に泊まりつづけている、福原という学者を中心にしたグループだった。福原教授の要請によるものらしいもう二人の人物が、この山荘にやって来ていた。一人はのっぺりとした色白の、ちょっと年のわからない人物で、ふつうの和服を着ていたが、僧侶《そうりょ》らしかった。もう一人は、かなりな年配の、白髪の人物だった。それに記録をとったり、資料をはこんだり、本部と連絡をとったりする連中が、本部から三人派遣されていて、そのグループにずっとついていた。忙しい首相が突然訪れて来て、まる一晩、このグループと話していったこともあった。その時は邦枝も隣室でつきあった。茶菓をはこぶ襖《ふすま》のあけたてに、それとなく中をうかがうと、老人をふくめた五人は、茶を啜《すす》りながら、庭木の話をしたり、茶器のことを話したり、のんびり雑談をしているだけに見えた。一度などは、誰かが外国で体験したおもしろい話をしたらしく、首相も老人も大声をあげて笑っていた。

——この人たちは、いったい何を考え、何をしているのだろうと、邦枝は何度もいぶかったものだった。——とても、日本と日本人の「未来」に関して、重大なことを考えているとは思えない……。

錆朱《さびしゅ》の結城《ゆうき》をきっちりと着た娘が廊下のつきあたりからあらわれ、ガラス戸の中で車椅子にのって庭をながめている老人の傍に来て膝《ひざ》をつくと、耳もとになにやらささやいた。——老人が軽くうなずくと、娘は車椅子の後ろにまわって廊下をおしはじめた。

「あんたもおいで……」と、老人は邦枝のほうをふりむいていった。

廊下を鉤《かぎ》の手にまわって行くと、植込みに半分かくされた離屋《はなれ》が見えた。渡り廊下をわたってはいって行くと、四畳半の控えの間をへだてて、十畳の部屋があった。隣りにもう一つ、八畳らしい部屋があって、境の襖が五寸ばかりあいている。

厳寒二月の末というのに、芦ノ湖《あしのこ》を見わたす例の障子とガラス戸はあけはなってあった。部屋の中央に大きな根来《ねごろ》塗りの卓があり、その上にたくさんの紙片がちらばっていた。蒔絵《まきえ》の硯《すずり》箱が蓋《ふた》をはらわれ、青黒い、うねるような輪郭をもった、どっしりとした硯がすわっていた。——歙州石《きゅうしゅうせき》だ、と、邦枝は眼をみはってその硯を見た。ずっと前、硯墨展で一度見ただけだ。竜尾硯《りゅうびけん》で墨道のはずれに、見事な金星が一つ、かわいた墨の下から浮き上がっている。墨は金粉で竹葉をあしらった清《しん》朝風のものだが、和墨であろう。太い筆が、いま硯池から引き上げられたばかりのように、たっぷり墨をふくんで、硯箱の縁にたてかけられていた。

室内の周囲には、書物だの書類だのが、うずたかく積まれ、のこりはまだ、畳の上にちらばっていた。その中には外国語の書物や、帙《ちつ》にはいった漢籍もまじっていた。年鑑、事典類が眼につき、地図もまた無数に積まれ、散乱していた。

部屋の隅には、記録係らしい中年の男が、疲労困憊《こんぱい》したようにすわってうなだれており、卓の角をはさんで、二人の人物がすわっていた。小柄の人物は、鉄色の大島を着て腕組みして外の景色を見ており、もう一人の僧体の人物は、御納戸《おなんど》色の綿服を着て、丹田《たんでん》に指を組み、半跏《はんか》して瞑目《めいもく》していた。二人の前の卓上には、三つの大きなカタログ封筒があり、一つ一つの上に、墨痕《ぼっこん》あざやかに、漢数字がしるされてあった。

「大綱は、ほぼ……」

と、外を見ていた人物が、腕組みをほどくと、かるく頭を下げて、低い声でいった。

「できあがりましたか？」老人は、娘に助けられて車椅子からおり、畳の上にすわると、これも軽く礼をかえした。

「で——皇室はやはりスイスに……」

「はあ……」と小柄な人物はいった。「皇族のお一人はアメリカに、お一人は中国に、できればもうお一方、アフリカに……」

その時はじめて、庭を見ていた人物が邦枝のほうに顔をむけた。——その相貌《そうぼう》から酸鼻《さんび》ともいえる印象をうけて、邦枝は思わず唾《つば》をのみこんだ。ここわずか一週間ほどの間に、福原教授の顔はまるで変わってしまっていた。ついこの間までつやつやしい童顔だったのが、頬がこけ、眼がおちくぼみ、皮膚は土気色を通りこして、鉛色に近くなり、不精ひげが一面にのびて、まるで末期の悪液質症状を発した癌患者のような顔になっていた。――ただ、眼だけが燃えつくした気力の余燼《よじん》をのぞかせて、異様にぎらついていた。

「おそらく半数近く、死ぬことになりまっしゃろうな……」と、福原教授は、口調だけは低く、淡々とした調子でいった。「生きのこりの人たちも……辛《つら》いことになるでしょうな……」

「三つにわけなすったか？」老人は卓上の封筒を見ていった。「そうか――」

「地域別ではなく、ケース別にわけてあります……」福原教授はちょっとのどに痰《たん》をからませながらいった。「一つは――日本民族の一部が、どこかに新しい国をつくる場合のために、もう一つは、各地に分散し、どこかの国に帰化してしまう場合のために、もう一つは……世界のどこにも容《い》れられない人々のために……」

「ユダヤ民族の場合は、あまり参考になりますまい……」と僧体の人物が、瞑目したまま、いった。「ユダヤの民二千年の、漂泊の体験が、この島国の民、二千年の、閉ざされた幸福な体験と、すぐにおきかえられるとも思えません。ディアスポラののち、何年たって、何を学びとるか……それまで、日本人は、まだ日本民族であり続けるかどうか……」

「宇津木《うつぎ》先生は？」と老人は聞いた。

「隣りでやすんでおります……」と、福原教授がいった。「さっきまで起きておられたのですが……精も、根もつきはてて……」

「その、三番目の封筒の中には、別にもう一つ封筒がはいっていて、それには、ちょっと極端な意見がはいっています……」と僧侶はいった。「実をいえば――三人とも、その意見におちつきかけたのです。しかし、それでは、この作業の趣旨にまるであわんので、特殊意見として別にしました」

「つまり――何もせんほうがいい、という考え方です」福原教授は、しゃっくりを一つしていった。「このまま……何の手もうたないほうが……」

そんな！――と邦枝は衝撃のあまり、全身が鳥肌だつのを感じながら、のどの奥で叫んだ。――それでは、日本民族が……一億一千万の人間が、全部ほろんでしまってもいい、というのか？　いったい、この学者たちは、何を……。

「そうか――」渡老人は、膝の上に手をおき、卓上の封筒にむかって、上体を傾けた。「やはり――そういう考え方も出てきよりましたか……」

「そこが――日本人が他民族と決定的にちがうところかもしれません。そういう考えが出るというところが……」僧侶は薄眼をあけて自分にいうようにつぶやいた。

「あなた方三人――その考えが出たとき、ご自分たちの年を考えたかな？」老人は鋭い眼を二人にむけた。

「はあ……」と福原教授は、また外の景色に眼を走らせて、低くいった。

「花枝《はなえ》……こっちへ来なさい」と、老人は部屋の隅にすわった娘に合図した。「この娘《こ》をよく見てください。――二十三じゃ。まだ男を知らん。みずみずしい、未来のある娘じゃ。こういう娘たち……あるいは子供たちのことも考えたかな？」

「はあ……」と福原教授はいった。

邦枝は、いつのまにか、膝においた手でズボンの布をぎゅっと握りしめていた。その掌《てのひら》にじっとりと汗をかいているのがわかった。腋《わき》の下にチリチリと冷たいものがにじんだ。この人たちは……何という恐ろしい……。

「いずれにしろ、それは、極端な考え方です……」僧体の人物はまた瞑目していった。「しかし――そこまで考えないと、全部の場合を考える基本的な姿勢が出てこなかったのでな……」

「まとめた考えは、全体として、世界に――日本以外の国々に、何も求めるな、何も要求するな、ということが基本になっています……」福原教授の声は、低く、かすれてきた。「外の世界は――まだ、日本が、何かを求められるようにできていない。この地球上の人類社会は、まだ一つの国民が、自分たちの国土以外の所で生きる権利を保証されるようになっていない。……そして、その状態は、まだ長く――かなり長くつづくだろう、というのが、基本的な認識です。国土を失った日本民族は、世界のあちこちの隅を借りることになるだろう。……だが求めて得られなければ――無理に要求してはならない。生きるにしても、自力で生きなければならない……」

「世界人権宣言が……」たまりかねて、邦枝は口走った。「……人間として、存在する以上、生きる権利を、いかなる政府にも……」

「宣言は宣言にすぎない……」福原教授はつぶやくようにいった。「そして、人類の一人が人類社会全体に要求できる権利などというものは、残念ながら実体としてまだ形成されていまへん。一国の国内における、政府と国民間における権利、義務の関係さえ、まだ形成されてから、わずかしかたっとらんのやから……」

「生きのびたとしても、子孫は……苦労をするじゃろうな……」老人は首をゆっくりうなずかせながらつぶやいた。「日本人でありつづけようとしても……日本人であることをやめようとしても……これから先は、どちらにしても、日本の中だけでは、どうにもならない。外から規定される問題になるわけじゃからな……。〝日本〟というものを、いっそなくしてしまえたら……日本人から日本をなくして、ただの人間にすることができたら、かえって問題は簡単じゃが、そうはいかんからな……。文化や言語は歴史的な〝業《ごう》〟じゃからな……。日本の国土といっしょに、日本という国も、民族も、文化も、歴史も、一切合財《いっさいがっさい》ほろんでしまえば、これはこれですっきりはしておるが……だが、日本人は、まだ若々しい民族で……たけりをたっぷり持ち、生きる〝業《ごう》〟も終わっておらんからな……」

「あの……」と、部屋の隅にいて、今までだまっていた記録係の男が、しわがれた声で、いった。「もし、よろしかったら、先生方を休ませてさしあげていただけませんか？——

―なにしろ、不眠不休だったので……」

「邦枝君、その封筒を……」と、老人はいって、娘に眼くばせした。「とにかくお疲れさんでした。ゆっくり休んでください」

邦枝と娘が老人をかかえ上げ、車椅子にのせている間も、ほかの三人はそのままの姿勢で動かなかった。

「すぐ東京へ行かれますか？」邦枝は車椅子を押しながら聞いた。「ほかの先生方もできればごいっしょに……車はありますし、ここもおいおい危険になると思われますので……」

「花枝……」老人は背後をふりかえって、強い声でいった。「すぐ医者を呼べ。――あの三人の診察をさせろ」

三台の車のうち二台をのこして、老人はすぐ邦枝と書類をもって東京へ行くことにした。出発の準備をして、門の所まで老人の車椅子を押して来ると、凍《い》てついた空から粉雪がちらつきはじめていた。特別製のベンツ六〇〇から、ランプを出して車椅子をいれようとしたとき、灰色の空をふるわせて、ドーン、と大砲をうつようなひびきが聞こえた。別荘の下のほうで、誰かが叫んでいた。ふりかえると、富士の頂きに近い斜面から、一団の白煙が立ちのぼっていた。

「宝永火口がとうとう噴いたな……」老人がおちついた声でいった。「だが、あの程度なら、まだ大したことはあるまい……」

その時、背後からあわただしい足音が聞こえ、花枝という娘がただならぬ血相で車にかけよってきた。

「ご隠居さま……」娘は老人のそばに立ちどまると、顔をおおってしまった。「あの……福原先生が……」

「なに？」

邦枝がぎょっとして、家のほうをふりむくと、玄関からあの僧体の人物がゆっくり出てきて、袂《たもと》から数珠《じゅず》をとり出すと合掌してみせた。

「やれ」と老人は車椅子を自動車にのせようとしていた邦枝にいった。「花枝——先生のご家族にすぐお知らせしろ。竜野《たつの》さん、あとをおねがいします」

竜野と呼ばれた僧侶《そうりょ》は、合掌をしたまま、ゆっくり頭をさげた。

富士のほうで、また砲声のようなひびきがとどろき、ベンツの屋根に粉雪にまじって、灰がさらさらと音をたてておちはじめた。

6

小野寺の母親の葬儀があった日、かるい地震が阪神《はんしん》地方にあって、そのため山陽新幹線の六甲《ろっこう》トンネルが不通になったと発表された。地震そのものは、きわめて小さいものだったが、六甲山系は、いくつも斜めに断層が走っており、それとクロスして走っている長いトンネルが断層の動きによって二ヵ所でひび割れてしまったということだった。

ひさしぶりに訪れた関西は、大震災の爪痕《つめあと》のこる東京にくらべて、はるかにおちついた感じだったが、自衛隊の輸送機で伊丹に着陸する前に、大阪上空を旋回した時、眼下の風景に何か異様なものが感じられた。――その理由は灘《なだ》の火葬場に母の棺《ひつぎ》を送りこんだあと、兄から教えられた。

「おれは今度仕事をかえようかと思っているんだ……」と帰りの車の中で兄はいった。「関西では、いろんなプロジェクトが中断されたり、ペンディングになったりしているんでね。おれの仕事もひまになりそうなんだ」

「どうして？」と小野寺は聞いた。「東京大震災のために、関西のプロジェクトが圧迫されているのかな？」

「おまえ、知らんのか？――関西は、このごろ地盤沈下で大変なんだ」兄は苦い顔をして腕を組んだ。「関西の地盤沈下といえば、今にはじまったことじゃないがね。今度のは、経済とか、そんな洒落《しゃれ》たことじゃないんだ。本当に、所によっては一日二センチもの割合で、地面が下がっている……」

「本当に？」小野寺はぼんやりつぶやいた。――計画本部にいながら、日本海溝の調査に追われて、日本全体のことについての情報は知らなかった。

「本当だ。――一年前ぐらいからはじまって、だんだんひどくなってきている。それも一ヵ所や二ヵ所だけじゃなくて、西日本全体の平均潮位が上がってきている。おかしなことなんだが、西日本全体が沈下しはじめているとしか思えん。おかげで、阪神沖の埋立地や、大阪湾沿岸地帯は、だいぶ脅威にさらされている。応急の護岸工事はやってるが、今までの沈下速度の増加率を延長していくと、半年以内に一日十センチを越えるから、とても追いつかん。――十日で一メートルだからな。学者は、そんなひどくなる前にいつかはとまるといっているが、どこらへんでとまるか……」

小野寺は拳《こぶし》をかんだ。――西日本と東日本とでは、日本列島は、基盤の構造がちがう。だから、起こってくる変動の性質もちがうのだ。しかし、西日本もまた……。

「空港へやってくれ」と、兄は運転手にいった。「社のヘリがある。――どんなことになっているのか、見せてやろう」

「あなた……」助手席から嫂《あによめ》がふりかえった。

「お葬式の日よ。――あなた喪主でしょう」

「かまわん。近親者だけの葬式だし、お骨揚げは明日の朝だ。おまえ、先へ帰って、あと始末をしておいてくれ。すぐに帰る」

阪神高速、名神、大阪高速は、まだ無事だった。――伊丹空港へまわるまでに、カー・テレフォンで連絡をとり、フライトプランを提出させておいて、着いてから十五分で離陸できた。

空から見た大阪湾沿岸には、海の侵略の舌先がすでにはっきりあらわれていた。防潮堤をあらかじめ高くつくっておいた所や、応急工事のまにあった所は別として、大阪市の海岸地帯や、阪神沖の埋立地の一部は、すでに半分海水に洗われている所があった。堺《さかい》臨海地帯にも、一部海水が浸入し、神戸《こうべ》港沖合の、本来ならもうほとんど完成しているはずの、関西新国際空港拡張用の埋立地も、工事が中断されたのか、泥土が潮流に洗われ、黄濁した泥流が沖合遠く流れ出していた。

海は、その幅広い舌で、かつて人間が技術の力でもってそこから奪ったものを、ふたたびとりかえそうとしていた。

白いレースをまとったその舌先は、少しずつ、少しずつ、陸地を呑《の》みこみはじめていた。

すでに、いくつかの河口部で、満潮時の溢流《いつりゅう》がひろい面積にわたってのこり、工場や、倉庫や家を、水びたしにし、排水もならずに放棄された区画では、水没した建築物が、緩慢な腐蝕《ふしょく》と崩壊にさらされていた。――大阪の大正区《たいしょう》、西淀川《にしよどがわ》、尼ヶ崎《あまがさき》の海面下地帯は、今や完全に見すてられ、とりわけ西淀川一帯では、二階建て家屋の屋根が、黒くよどんだ海面から、点々と頭を出している光景が、大洪水のあとのように見えた。

「わかるだろう。――何とかできんこともないだろうが、それには大変な財投が必要だ。しかし関東復興で、当分は期待できんし……」と兄はいった。「おれの取引している会社も、新空港の工事中断で、お手上げ状態だ」

「仕事をかえるって、どうするんだ?」と小野寺は眼下の光景を、胸がしめつけられるような思いでながめながら聞いた。

「おふくろの面倒を見ることもなくなったし、この際思いきって、カナダで仕事をしてみようかと思う……」兄はちょっとさびしそうにいった。「マニトバの石油地帯で、ディベロッパーの仕事があるんだ。家族を連れて行くつもりだが、女房はあまり賛成じゃない」

「それはいい！」思わず小野寺は、兄の手の上に自分の手をおいて、大きな声でいった。「そいつはいいことだと思うな、兄さん……。いつごろから、行くつもりなんだ？」

「むこうはできるだけ早くといっているんだが――あれこれと始末があって、一、二カ月はかかりそうだな。来週あたり、ちょっと行ってこようと思ってるんだ」

「早いほうがいい……」小野寺は、兄の手をつかんだ手に、力をこめていった。「あと始末なんか、ほうっときゃいいんだ。カナダへ……早く行っちまったほうがいい。嫂《ねえ》さんがどういおうと……一家全部連れて……」

「簡単にいうが、四十にもなって、仕事をかえるんだぞ」兄は笑いかけて、ふと不審げに顔をのぞきこんだ。「なぜそんなに熱心に勧めるんだ？」

「いや……日本は……」

そういいかけて、彼は絶句した。

肉親が、偶然にも、一足先に災厄から逃れようとしているのを知ったうれしさから、つい口をすべらしてしまいそうになったが、それは、たとえ血をわけた兄弟であっても、まだいえないことだった。

――小野寺は反射的に眼下の景色に眼をそらした。――逃げろよ、兄貴……と、彼は胸の中でつぶやいた。本当は大声で叫んで、背中をどんとどやしつけてやりたい気持ちだった。――逃げ出すんだ。一刻も早く……家族を連れて……着のみ着のままでいいから……日本は沈むんだ。……沈むだけではなくて、その前後にたいへんな混乱が起こる……。そうなったら――助かるかどうかは、運にまかせるよりしかたがない。だが今のうちなら……。

自分の中に、今まで考えてもみなかった「肉親のエゴイズム」といったものがひそんでいたことを発見したことは、ちょっとした衝撃だった。――小野寺は、大学時代から東京で就職して現在にいたるまで、ずっと一人暮らしをつづけ、「親しいもの」といえば友人しかないつもりだった。その友人も、時がうつろうにつれてうつっていき、大学時代の親友、会社づとめ時代の仲間と、その時期時期に「親友」はいたが、それも生活の場が変わるにつれて、いつのまにかつきあいが遠くなっていった。――二十代といえば、新しく開かれた「社会」の地平へ向かって、次々に変化をもとめる時代であり、まして彼は、ある時期思いもかけぬことから巨大な流れにまきこまれ、押しながされつづけてきた。それはいわば、「私《わたくし》」というものが、まったくないような生活だった。――家族や親戚《しんせき》と、父が死んだ時に一度顔をあわせたが、その時も、母が意外にしゃんとしていたためもあって、さほど悼《いた》むでもなく、骨揚げのすんだあと早々に帰京し、七十五日に兄から遺産だといって、十万円台のわずかな金を送ってきたが、自分は働けるからといって、改めて母に送りかえした。以来、くる日もくる日も冷たく暗い海底にもぐり、空を飛び、機械と格闘し、調査リストのあきれるほど続く欄を埋めていく生活がつづいた。彼の相手にしていたのは、巨大な——三十七万平方キロの、乾いた岩のかたまりであり、はてしない水をたたえた海であり、大地の底を這《は》いすすむ途方もなく大きな火の蛇と、その蛇をあやつり、巨大な島をにぎりつぶそうとする地球内部の「巨人」の手だった。その仕事の間は、肉親や友人との絆《きずな》はおろか、身のまわりのことさえ考えもしなかった。そんなものは、彼の「人生」からなくなってしまったかのようにふるまっていたのだ。

だが——いま、兄と「そのこと」を話しあってみれば、「骨肉の情」というものが、思いもかけぬ強さで、心の底のほうに生き続けていることを悟らされた。兄弟は他人のはじまりというが、同時に一方では、兄弟は「友情」のはじまりでもあった。間の姉が早く死んで、十歳近く年のはなれた兄とは、いじめられたり喧嘩《けんか》した記憶より、なにかにつけて面倒を見てもらったり、かばってもらったり、可愛がってもらった記憶のほうが多かった。——よちよち歩きのころ、どぶにはまって助けあげてもらった記憶や、田舎の祭りに行って、帰りにおぶってもらい、背中で眠ってしまった記憶……その時兄は下駄の鼻緒を切らしてはだしで帰った。……甲虫《かぶとむし》をとってもらったこと、釣り、泳ぎ、模型づくり、スポーツ、何でも手ほどきしてもらったこと、彼が小学校の時、兄はすでに大学へ行っており、兄の読んでいる洋書やむずかしそうな小説を、畏敬《いけい》の念をもってながめたこと……そういった記憶が一斉によみがえりそうになった。

この兄に――幼い時にかよわせた肌のぬくもりの記憶ののこっている兄に、そのことを、今、そっと一言でも告げてやることができない、ということが、熱い煩悶《はんもん》となって舌の付け根にこみ上げてきた。

一言――ただ一言でいいから告げてやろうか？――逃げな、兄さん……日本は……もうだめだ、と。……言葉は、熱い塊りとなってのどをうずかせ、小野寺はヘリコプターの風防から外をながめながら、何度も空咳《からぜき》をした。だが、今ここで、彼が一言ささやけば――。

兄は衝撃をうけ、強引に準備をはじめ、嫂《あによめ》からその強引さの説明を強硬にもとめられるだろう。いらだちの中に、「夫婦の間だけの秘密」として、嫂に一言語れば……あるいは、日本をたつにあたって、兄の親友、兄の仕事の上の、もっともうちとけて話しあえる誰かに、別れの酒の席で一言もらせば……あるいは、兄の気性から、長らく使っていた部下の誰彼も、いっしょに連れて脱出させてやろうといった気を起こせば……「秘密」はたちまちにして人の口から口へつたわり、果てしなくひろがっていき……、だが、それでもいいではないか？　と小野寺は拳《こぶし》をかみながら思った。そうやって一人でも多く、自発的に脱出させたほうが、一人でも多くの人間を助けることになる。なぜ、それがいけないのか？――むしろそのほうがいいのではないか？

それをいわない理由としては、とっさの間に、それが、「組織の秘密」であり、隠密《おんみつ》裏にやっている、大きな計画を攪乱《かくらん》してしまうことになるからだ、ということしか思いつかなかった。しかし……この問題は「組織」に全面的に委ねたほうがいい結果になるのか、それとも、ついには大雪崩《なだれ》になってゆく、民衆のささやきに委ねたほうが結局はいいのか、彼には判断のしようがなかった。

とにかくおれは、「D計画本部」に属している以上は、組織の統制に服して秘密をまもる、と、彼は拳に血がにじむほど歯をたてながら思った。それは男らしいことのように思えたが、同時にやっかいな人間的問題を、「組織の論理」の中に逃避しているようにも思えた。おれは官僚主義者になったのだろうか？　と小野寺は、ふと思った。だが、すぐその考えを打ち消した。——優秀な、生えぬきの官僚は、そんなことに青っぽく悩みもしまい。しかし、自分のように、情に負けて秘密を洩《も》らすかどうかで、動揺するケースが、今、D計画に関係し、部分的にせよ、それを知っている千人の人間一人一人についてあり得るのだ、と想像すると、舌の根がかわく感じがした。中田が、「そろそろ秘密がまもれなくなる」といったのも当然のことだ。すでに、何十人かは、情に負けて——というよりは、当たり前のこととして、家族にそれを打ちあけ、逃避の準備にかかっているかもしれない。

要するに、自分が頑固に口をつぐもうとしているのは、一種の「美意識」の問題でしかない、ということに気がついて、小野寺はびっくりした。——おれは、年が若いくせに、どうしてこんなに古めかしいところがあるんだ？　いったい誰からこんな美意識を植えつけられたのだろう？　と、彼はいぶかったが、すぐにはわかりそうもなかった。――ほかの、自分よりもっと毛並みのいい連中は、ひょっとすると、「秘密」を利用することを当然だと思っているかもしれない。が、おれは、それが本当に正しいことかどうかよくわからないが、誰にも洩らしたくない。そして、それが実の兄に対してなら、なおさらだ。――大義滅親などという古くさい大げさな言葉を、自分のふだんの覚悟にするようなことは考えたことさえなかった。にもかかわらず、この期に及んで、ただしたくないという理由にならない理由から、それに似たことをやろうとしている自分がいぶかしかった。

ヘリコプターは、定期便発着コースを避けて、空港の北東から高度を下げつつあった。兄の視線を避けて、眼下の景色を見おろしていた彼の眼に、赤や青や灰色の屋根をもった民家が密集しているのが見え、学校のひけ時なのか、黄色い帽子をかぶって、オーバーに着ぶくれた低学年児童の列と、それにつきそって道路横断を誘導している、母親らしい女性の姿が見えた。快晴の午後、南むきの民家の窓には、蒲団《ふとん》や洗濯物が白く光り、割烹着《かっぽうぎ》をつけて頭にネッカチーフをまいた、買い物らしい主婦の一団や、高度を下げていくヘリコプターを指さして、抱いた赤ん坊に何かいっている若い母親や……そういった、平たく押しつぶされたような情景が、一瞬のうちに眼下を飛びさっていった。――それを見ながら、小野寺の胸は重たくふさがった。おれには「家族」や「生活」の重みというものが、まだよくわかっていないのかもしれないな……と、彼は思った。兄の家族……嫂《あによめ》と二人の子供が、兄の生活に対して持っている意味が、彼の想像の中で重苦しくひろがっていった。肥満がはじまって、美容体操に苦労している勝ち気な嫂……中学一年の長男と、子煩悩な兄が、とりわけ眼にいれても痛くないほど可愛がっている小学四年生の長女……チェルニーがあがったの、県下のコンクールで二等だったのといって、アップライト型をグランドピアノに買いかえるといい出し、嫂と、常識から見たら逆のようないいあいをしたとか……そういった「家族」、「家庭」が兄の肩に、幸福な重荷としてずっしりとかかっている——。

そして、そんな「家族」が——妻や、幼い子や老人をかかえた「家庭」と「生活」が、二千万以上も、この壊滅の危機にさらされた島の上にのっているのだ……。彼は、着陸前の最後の眺望をもとめて、のび上がるように視線をめぐらした。民家が、団地が、安《やす》普請《ぶしん》のアパート、小さなビルが、緑の丘や森をところどころにはさんで、眼路《めじ》はるかにびっしりとつらなり、その先は、茶色に煙った空に蓋《ふた》をされた大阪の街につづいていた。そのうす汚れた箱の一つ一つの中にささやかな希望とたのしみと屈託に彩られた人間の生活が営まれ、その一つ一つに、重く湿った家族の歴史がからみついている。平穏な日々のくりかえしの中では、ほとんど意識されないにもかかわらず、ごく些《さ》細《さい》なつまずき——夫婦の不和、収入の減少、子供の病気、肉親の死といったものの中に、突然ずっしりと重みを増す紐帯《ちゅうたい》が……。

この重い、生身の人間の生活を……二千万世帯の家庭を、すくわねばならず、うつさねばならないのだ。——はたしてそんなことが、スムーズにできるだろうか？　やっと半分月賦の払いこみのすんだ家庭をすてさせ、娘のために無理して買ったピアノをのこさせ……、見も知らぬ「他国」の、明日のわからぬ生活へと、大挙移動させることができるのだろうか？

「どうした？——降りるぞ」と隣りの座席でベルトをはずした兄が肩をたたいた。「まだちょっと早いが、飯でも食おう。——ふぐはどうだ？」

「もう精進《しょうじん》おとしをしていいのかい？」と小野寺はぼんやり聞いた。

「出棺すりゃあいいんだろう。おれはきのう一《いち》ン日《ち》と、今日の昼《ひる》、精進したから……」兄は身軽にヘリから降りながらいった。「女房にはだまってろよ。——あいつ、このごろ急にそういうことにうるさくなりやがった。年かな」

北新地《きたしんち》の、ふぐもうまいが、とくにいい酒を飲ませるという料理屋で、ひさしぶりにかなり飲んだが、あまり酔わなかった。外に出た時は、新地本通りの光の洪水の中に、車や酔客のシルエットがごったがえしていた。関西も、大震災後の関東への送電と、海岸地帯沈下のため発電所の部分操業停止をしているので、電力不足でバー街のネオンはいくぶん自粛していたが、それでも明かりの洩れるバーの入口で、はいる客出る客を送りむかえする女たちの嬌声《きょうせい》は、いつもとかわらぬにぎやかさだった。

食事のあとバーへまわろう、今夜は泊まっていけという兄に、どうしても翌朝の一便で帰京しなければならないから、といって店の前でわかれた。ホテルは空港ビル内にとってあり、早朝の上り便もおさえてあった。

「明日、おふくろの骨揚げはよろしくたのむよ」と、彼は兄にいった。「本当に心苦しいんだが——親類連中また何かいうだろうな」

「かまわん。まかせとけ——」と兄は勘定をすませて立ち上がりながらいった。「それで——また当分こちらには帰らんな」

「ああ……」小野寺は、翌朝からはじまる、あの果てしのない奇妙な仕事のことを考えながら、あいまいな声で答えた。「そのつもりだ——そのうち様子を知らせる」

兄は小座敷の入口で立ち止まって、胸のポケットをさぐり、細長い紙包みを出して彼につきつけた。

「それじゃ、これを渡しとこう——」と兄はいった。「おふくろの遺品《かたみ》だ」

うけとってちょっとの間、彼はそれをポケットにしまいもせず、手にもったまま突っ立っていた。——何かがこみ上げてきそうになったが、出てきた言葉は、彼の考えていたことと全然別のものだった。

「カナダに行ったほうがいい、兄さん」と、彼はもう一度いった。その声は妙に熱っぽい感情のこもったひびきをともなっていた。「絶対にそのほうがいいな……」

「妙なやつだな」兄は破顔すると、背中をむけて歩きだし、肩ごしにいった。「人のことより——おまえ、どうなんだ? そろそろ所帯を持ったほうがいいんじゃないか。三十越えての一人ものってのは、垢《あか》じみてくるぞ」

料理屋の門先でわかれて、南へ行く兄は新地本通りを御堂筋《みどうすじ》のほうへ行き、彼は反対方向の桜橋《さくらばし》へむかった。——どこかのビルに、最近ついた電光ニュースが遠くで「富士宝永火口噴火」の文字を流していた。

二月末の、凍《い》てつくような寒さが街をおおっており、粉雪さえちらつきかけていたが、夜八時の新地本通りのにぎわいは、二、三年前とまったく変わらないように見えた。決算月を近くにひかえて、宴会客や社用族の車が通りにあふれ、酔った大声で軍歌を歌いながら歩く一団もあり、肩むき出しのドレスを着てふるえている若いホステスたちが、酔客の一人に何かいたずらされて悲鳴をあげていたりした。上等のオーバーに着ぶくれて、蹣跚《まんさん》と歩く紳士、和服の袂《たもと》をかさねあわせて寒そうに小走りに走る仲居、ネッカチーフで髪をくるんだ花売りの娘や、ギターとアコーデオンをさげた流しの歌い手、その間に鮨屋《すしや》や、ホステス目当ての蛸焼《たこや》き屋が屋台を出し、本通りに一軒だけある大衆食堂型の中華料理店ののれんの間から、ラーメンを釜《かま》からひきあげる湯気が道路に向かって流れ出していた。

そういった光景の中を歩をうつしながら、横なぐりに吹く風の冷たさに、そうだ、もうじき奈良《なら》二月堂のお水取りがはじまるな、とぼんやり考えていた。——その考えは、突然彼の中に、寒さのためではない戦慄《せんりつ》をひき起こした。

ここにあるこの生活——厳寒をむかえ、節分をすごし、やがて近づいてくる春を待つ、この生活……その生活のくりかえしのかなたに、人々はめいめいの「明日」を思い描いている。厳冬の次には春が来て桜が咲き、子供たちは育っていき、新しい学年がはじまり、サラリーマンたちはいつかは課長になり、ホステスたちはいずれはパトロンを見つけて店を持つか、客の中からいい相手を見つけて幸福な結婚をするだろう。小きざみにやって来ては通りすぎて行く緩慢で確実な歳月の足どりの中に、人々はつつましい希望と、季節季節のたのしみと、ささやかな哀歓に彩られた、めいめいの人生を思い描いている。──そのことを思うと、ヘリコプターの上で感じたように息苦しくなってきた。ついこの間まで、自分もまたとけこんでいたそれらの「生活」から、彼は透明な壁一枚でへだてられていた。その壁は「死のスクリーン」であり、こちら側から見ると、その何げなく暖かい光景が、すべて死と破滅の相をおびてくるのだった。光にぬれた街路の上を屈託なげに動いていく無数の靴の一対一対がはこんで行く無数の「人生」のことを思うと、彼の中にまた熱いものがこみ上げかけた。

みんな逃げろ！　と、彼は大声でわめきたくなってきた。

──春はもうじきくるだろう。だが、この夏はわからない。秋はさらに不確実であり、来年というものは、もう君たちのふみしめている大地の上には存在しないかもしれないのだ。君たちが、その軽やかな足どりで歩きつづけさえすれば、確実に歩み入って行くと思っている、「明日」というものは……君たちの思い描いているようなものではなくなってゆく。君たちの思いもよらない巨大な変動が、いま君たちが大地のように確実だと信じきっている「明日」を、根底からくつがえそうとしている。その先に何があるのか——それは今のところ、誰にもわからない。何もかもほうり出して、今すぐこの災厄の土地から、体一つ命一つで逃げ出すんだ！

さっきはいくら飲んでもかまわないようだった酒の酔いが、突然、どっとおそいかかるようにまわってきた——。彼は自分が本当にその雑踏の中につっ立って、大声でわめき出すのではないかと、ふと恐怖にかられた。酔っぱらいの自制心のない叫びを道行く人々に投げかけ、あげく、まわりの連中に誰彼かまわず、肩をゆさぶり、胸ぐらをつかんで、早く逃げろ！　とわめきちらすのではないか、と……。

酔いの解きはなちかけた衝動と、その衝動にかられて馬鹿なことをやってしまいそうな恐怖に板ばさみになり、小野寺は思わず歩きながら頭をかかえた。足もとがよろめいて、誰かにぶつかりそうになり、一人をかわして、もう一人に正面衝突しそうになった。それも何とかかわしたにもかかわらず、そのぶつかりかけた人物の手から、バッグのようなものがすべりおち、おちた拍子に留め金がはずれて、中のこまごましたものが路上に散乱した。

「これは……」と小野寺は、重く、はれぼったくなった顔をふっていった。「どうも失礼しました」

体を折ってちらばった棒紅やコンパクトやハンカチをひろい集めようとすると、よろりと腰が泳いで頭からつんのめりそうになり、辛うじてこらえると、反対に後ろに倒れそうになって、路上にしゃがみこんでしまった。

「小野寺さん……」と、頭の上から声がふってきた。

「え？」

彼はがっくり前へ倒れた頭の下に、黒エナメル革の婦人靴を見、それから靴の上にのびている、黒ビロードのパンタロンにそって、徐々に視線を上げていった。――と、その時、しゃがみこんだ肩に、やわらかく手がおかれた。

「ずいぶん捜したわ。小野寺さん……」と、手の主は、ふいに情感のこもった声でいった。「私、あなたにお話があるの……」

頭の鉢をふくれ上がらせるような、重い酔いの中で、小野寺はやっと顔をあげ、はれぼったくなった眼蓋《まぶた》を無理に見はった。――髪にヘアバンドをした、浅黒い、しっかりものらしい顔がほほえみかけていた。

阿部《あべ》玲子だった。

7

防衛庁の奥まった部屋を、三階にわたって十一室も占領してしまったD計画本部のいちばん大きな部屋に、つい最近、〝よしの〟搭載のものをもう一まわり大きくした3Dディスプレイ装置が据えつけられた。その前に、中田はとうとう寝袋《シュラーフ・ザック》を持ちこんで泊まりこんでしまった。

この3Dディスプレイ装置は、D計画発動のための、いわばアンテナに相当し、日本列島の地下構造と、そこにくわわりつつあるさまざまなエネルギーを、ゲル・ブロックの中に光点と偏光装置を使ってしめすもので、五年ほど前に、ある光学電子メーカーが開発したものだが、コンピューターとの組みつけが複雑なのと、シミュレーションをやらせた場合の精度が問題なのと、それに高価であることも手つだって、当座これといった需要もないような状態だった。

――それを中田がD計画の当初から強引に製作させ、彼のアイデアでコンピューターとの連結方式を一挙に改良し、〝よしの〟に試作一号を積みこみ、より本格的な第二号機を本部の中枢部に据えつけたのだった。

ここへ、日本列島周辺の海底にばらまかれた無数のロボット・モニターのひろい上げる震動、地熱、傾斜、重力磁気変動などのデータ――海底からVLFと超音波の二種類を使って指向的に送り出されてくる信号を海面でピックアップするために、二十数隻の大小高速艦艇と、十機のPS1が動きまわっていた——が地上局を中継として次々におくりこまれ、同時に、十三機のP2Jと十機のHSS−2型ヘリコプターが空中を飛びながら検出する地磁気変動、二機のPS1が、同様に空中を飛びながら検出する重力異常のマクロのパターンもおくられてくる。そしてまた、地震予知計画で日本各地に設置されている、陸上の無人モニターのデータも、気象庁からはいってきた。

おくりこまれてくるデータを解析して、三次元モデルに組みあげ、3Dディスプレイにおくる信号にかえるのは、防衛庁内のコンピューターには少々手にあまった。そこで電電公社の電気通信研究所がまきこまれる形になった。DIPS（共同利用情報処理システム）−3用に開発され、まだ研究所でテスト段階の、ホログラムメモリー付き大容量コンピューターを、60メガヘルツの超多重回線用同軸ケーブルでつないで、防衛庁のIBM300と併用できるようにしたのである。——この配線は、眼をむくような突貫工事で行なわれた。

技術研究本部のうち、横須賀にある第五研究所がD計画に全面的に組み入れられ、護衛艦も、〝たかつき〟のほかに、〝やまぐも〟〝はるかぜ〟そして排水量四千七百トンと自衛艦中最大の新鋭艦〝はるな〟も投入された。一カ月以内に、砕氷艦〝ふじ〟が北方海域で、さらに神戸で半年前竣工《しゅんこう》し、テストと訓練が終わったばかりの潜水艦〝かいりゅう〟も参加して、海上自衛隊は、現有勢力の三分の一以上が、D計画の傘下におかれることになっていた。

回線施設がまだ三分の一ぐらいしかできあがっていない段階から、ディスプレイは動き出し、モニター設置数がふえ、回線がどんどんつながり、観測の積みかさなりが増え、刻々とはいってくる情報の総量とその蓄積が幾何級数的にふえていくにつれ、日本列島の地下で起こりつつある現象の姿は、しだいにはっきりしはじめて、それにつれて中田は、日夜、わけのわからない悪寒と、胸のわるい現実遊離感におそわれだした。

「日本海側から横圧が、すごくふえている……」

中田は3Dディスプレイのブロック・スクリーンの内部に浮かび上がっている日本列島の三次元光像と、そのまわりをとりまく、さまざまの色彩の光点や線をのぞきながらつぶやいた。

「これは予想外だったな……」

「大和堆の地熱流量と隆起が、この一週間で三倍になっています」と、気象庁から来た若い男がささやいた。「噴火があるかもしれません」

「能登《のと》半島にだいぶエネルギーがたまっている……」と地震研の真下《ました》という助教授が、ディスプレイの内部を偏光スコープでのぞきながらいった。「羽咋《はくい》―七尾《ななお》間を境にして、北部が東へ動いている。――近く地震があるかもしれんな」

「それより、この糸魚《いとい》川《がわ》＝静岡構造線にそってたまっているエネルギーは、どうなっているんでしょう？」国土地理院から来た職員はブロック・スクリーンを指さして少しかすれた声でいった。「計算値では、もうとっくに地殻の弾性限界を越えているのに、まだエネルギー放出もほとんどなく、理論的限界を越えてどんどんたまっています。――今のところ、大地溝帯《フォッサ・マグナ》に沿う地域では、松本《まつもと》で毎日微震があるのと、大町《おおまち》、高田《たかだ》間で、若干の土地隆起があるにすぎません」

「中田さん、あなたはどう思う？」と真下はいった。「何だか、日本列島の下で、われわれの今まで全然知らないタイプの現象が起こっているとしか思えないんだ。――マントルの下降流が、一部日本列島の下を通りぬけて日本海側へふき出しはじめているような……」

「全然知らないタイプとはいえんよ」中田は、黒板にチョークで荒っぽく絵を描いた。「こうなった時のパターンは――おれたちはしょっちゅう経験しているはずだ」

「閉塞《へいそく》前線（注・気象現象で、寒冷前線が温暖前線のうしろにまわりこみながらおいつき、暖気団を地上から切りはなして押しあげてしまう状態）ですか！」と気象庁の男は小さく叫んだ。「地下七百キロで、そんなことが……」

「七百キロよりもっと浅い所で、横穴があいたかもしれん」と中田はいった。「今夜、本格的にシミュレーションをやってみよう」

ディスプレイ・ルームにつめているのは、幸長をふくめて五人だったが、複雑な作業は、防衛庁のコンピューターがあいている夜間にやるので、どうしても徹夜がつづいてしまう。隣りに仮眠室がしつらえてあったが、幸長もとうとう寝袋《シュラーフ・ザック》を二、三日前からもちこんでしまった。

その日も、夕方から準備にかかり、シミュレーションにとりかかれたのは、夜中の二時すぎだった。——ディスプレイ・ルームの七つのCRT端末を、一人が二台ずつうけもち、幸長は、端末一基の操作のほかに、中央の3Dディスプレイ装置を三次元座標のそれぞれの正面方向からと、三つの斜め方向から撮影するVTRカメラを操作する役目をうけもち、中田がディスプレイ装置の巨大なゲル・ブロックの前に立った。

作業がはじまって二分もたたないうちに、中田はおどろきの声をあげた。

「ストップ！——来てみろ」

幸長は、メインボードのキイをたたいて進行をとめ、ディスプレイ装置にかけよった。——ほかの三人も、それぞれの持ち場から、集まってきた。

細長い大水槽のようなゲル・ブロックをのぞきこんで、幸長は息をのんだ。

青い燐光《りんこう》を放つ線で描き出された日本列島のパターンが、3Dブロックの中で中央部からまっ二つに折れ、かしいでいた。エネルギー分布をしめす、オレンジから赤へかけての光幕が、かしいだ日本列島塊のまわりをとりまいて、無気味に強く、弱く息づいている。

「これでもう日本は沈んでいるのか？」と幸長はふるえる声でいった。

「完全に沈んでいる——」中田はかたい声でつぶやいた。「しかも、沈む前に——裂けている……」

「すこし早すぎはしないか？」真下助教授が青い顔をして、時計を見上げた。「タイムスケールをまちがえたんじゃないか？」

「そんなことはありません」と気象庁から来た青年が、自分の担当する端末器のほうをふりかえった。「スケールはいつものとおり、三・六×一〇の五乗倍……三十六万倍です。一秒間が約百時間に相当します」

「この状態までの時間を読め」

「百十二・三三秒……」青年はいった。「実スケールで一万一千二百三十二時間です」

「一万一千二百時間……」幸長はつぶやいた。「ということは……」

「一年三カ月とちょっとだ……」中田はディスプレイ装置をぴしゃりとたたいていった。「はじめからもうすこし細かく見よう。――今度はタイムスケールを四分の一に落とす。〇・九×一〇の五乗倍、一秒が二十五時間だ」

みんなは、はねかえるように持ち場にもどり、ゲル・ブロックの中の光像は消え、最初の状態にもどった。さまざまな計器の数字がゼロにもどり、すべてはまたはじまった。

電光時計の針がまわりはじめ、セコンドの音が静かな室内に冷たくひびき、その間に部屋のあちこちから、端末のキイをたたく音や電子プリンターが動き出す音がまじった。

――立体光像は、さっきよりずっとゆっくり動きはじめた。まるで齣《こま》おとしのように……とびとびに……赤い光点、オレンジ色、黄色の光点が鬼火のように明滅しながらゆっくり動き、光点の間に、ぼうっとオーロラのような虹色《にじいろ》の光幕がゆらめきながらあらわれ、ひらひらと波うちながら、細長い、弓形の光像にまといつき、せまりはじめた。青い光の線で描き出された日本列島におそいかかる、美しくまがまがしい光る毒鱏《どくえい》のように……。

光像の動きは最初ほとんど目だたなかった。かわりに光点の間隔がせばまって点線を描き、黄とオレンジが減って、徐々に赤の光点が増え、光幕とともにしだいに光をつよめていった。

「ストップ！」と、中田はふたたび叫んだ。

「ここからだ。――時間は？」

「三百二秒フラット……」

「幸長さん、ここから先は、VTRのほかに、同じ象限で写真を撮ってください。二秒間隔で……タイムスケールをもう半分におとそう。〇・四×一〇の五乗倍……」

「それでいいですか？」と声がかかってきた。「もう四分の一におとさなくていいですか？」

「これ以上おとしても、ディテイルがはっきりしないだろう。――セットしたら、みんな来てみたまえ。スタート……」

スイッチがはいり、電光時計がまたまわりはじめ、みんなは、今度は、ゆっくり、おずおずとした感じでディスプレイ装置のまわりに集まってきた。

光点の明滅の間隔はさらにゆっくりとなり、光幕のゆらめきも、まるで夢のようにゆるやかになった。六つのカメラのシャッターが二秒間隔でおちる音が、カシャッ、カシャッと、きぜわしくひびいた。——赤い光点のかがやきはさらに強まり、くっつきあって、日本海側と、伊豆、小笠原諸島の両側にビーズ玉のようにならんだ。太平洋側に、日本海溝にそって、ぼうっと上部が緑色で、下部が強い赤色にかがやく光塊があらわれ、刻々と光をましはじめた。

「あれは?」と地理院の男がささやいた。「さっきは気づかなかったが……」

「質量欠損が、負の重力異常を積分してグリーンの光でしめされている」と幸長はいった。

「見たまえ、今だ」と中田は低くいった。

「ほら——日本列島の地下を見ろ」

地下二百キロの地点で、突然緑色の光塊の下部の赤色光が、日本列島の下をくぐりぬけるようにすーっとうす赤い縞《しま》を描いて横に流れはじめた。——ピンクの縞は、日本海側へ抜けると、ピンク色のかがやきをまし、そこにもやもやとした光斑《こうはん》をつくる。

「あの横縞は、どういうわけだろう?」真下助教授はつぶやいた。「どういうことだ?——エネルギーが、地下二百キロの地点で、あんなに早く日本海側へ抜けていく」

「なぜだかよくわからん——」と中田は首をふった。「地下深部で起こっていることは、よくわからない。ただ、コンピューターは、モニターのデータからこちらの知らないパターンを見つけて、辻《つじ》つまのあうモデルをつくったらしい」

「だが――どうしてあんなに地下にエネルギーがたまるんだ？」真下助教授がいらいらした調子でいった。「理論上、あり得ない。地殻の弾性限界を越えて……」

「はじまります……」気象庁の男が凍りつくような声でいった。「日本列島が……裂けて行く……」

日本列島の中央部、富山湾の東あたりから、つーっとかがやく赤い光の線が南北に走った。同時に、無数の細い赤線が、日本列島のあちこちにあらわれ、列島の光像がゆがんだ。変化はそれだけでとまらず、太平洋側のグリーンの光塊が波うって東に拡散しながら下部へ沈んでいき、下部を横ぎる縞の動きはいっそうはげしくなり、日本海側のピンクの光塊はさらに大きくなって、生き物のように波うちはじめた。青い光条で示された日本列島は、東半分が東へ、西半分が南方へ、ゆっくりずれながら、わずかに傾き出した。

――セコンドのひびき、シャッターの軽いせきこむような音のつづく中で、ゲル・ブロックの中の青い日本列島は、ごくわずか傾いたまま、吐息をつくようにブロックの中をすべりつつ沈んで行き、やがてとまった。

日本海側のピンク色の光も、太平洋の緑の光もうすれ、ずらりとならんでいた赤色の光点もずっと数がへり、のこった光点も、赤からオレンジ色、黄色にかわり、光も弱まってゆるくまたたいた。

「時間は？」

「再スタートから六十二秒……」と声がかえってきた。「日数換算すると三十二日とちょっとです」

「これだけの大変動が、たった一カ月の間に起こるのか……」真下助教授の溜息《ためいき》まじりの声が聞こえた。

「列島部分の移動距離は？」と幸長は聞いた。

「水平移動、最大で三十五キロメートル、垂直移動マイナス二キロメートル。東部日本は、測地線《ジオイド》に対してほぼ俯角《ふかく》十三度の面にそって東南東に動き、西日本は俯角六度の面にそって南方にずれ、九州は全体として左まわりに回転しながら、南部が東へむかってすべります」

「垂直移動マイナス二キロ……」地理院から来た男がつぶやいた。「それなら、高山部はのこるな……」

「のこっても、住んでいられると思うか？」と中田はいった。「山岳崩壊や、大噴火があるぞ。――それに、これでおさまるわけじゃない。まだ沈下はつづく……」

「そうです……」と気象庁の男がCRTの上の数字を読みながらいった。「大変動がおさまったあとも、一日数センチメートルの割合で、沈下と水平移動がつづきます」

「だが、いったいこのモデルは正しいのかね？」真下助教授は、ゲル・ブロックの中の光像をさしながら、とがった声でいった。「ぼくには、ちょっと信じられん。――あの、太平洋側から日本海側へ、日本の下をくぐって行なわれたエネルギー移動は何だ？　あんな大規模なエネルギー移動が、地下何百キロメートルもの、堅い岩盤を通して、あんなにすみやかに行なわれるとは思えない。それに……何度もいうようだが、地殻の弾性限界を越えて、あんなに大量のエネルギーがたまることも……」

「まあ待て……」と中田はいった。「実際の話、モデルは不完全かもしれん。地下百キロメートル以下のことは、くわしいことは何もわからんのだからな……。だが、あのエネルギー移動は、考えられんこともない。トンネル効果というのを知ってるか？」

「中田君。君は、たしかに天才的だとみとめるが、そうあちこち、好き勝手なモデルを持ちこまれては困るな」真下助教授は、少し興奮した声でいった。「トンネル効果って——原子核の場合に考えられたモデルだろう？　素粒子レベルの、共鳴吸収モデルが、こんなマクロの地殻現象にそのまま通用するとは……」

「待ちたまえ、ぼくも、何もそのまま通用するとはいっていない」中田はゲル・ブロックの台に手をついたまま首をふった。「だがね。——エネルギーの移動は、岩盤のような高密度固体の場合、熱伝達と弾性震動だけだと思う必要はない、といっているんだ。高密度固体の場合でも、トンネル効果に似たようなことは起こるおもしろいモデルがある」

「どんな？」

「固液二相の臨界領域付近で起こるエネルギー移動だ」

「氷のことをいっているのか？」

「氷河だ」中田はいった。「氷河の巨大なブロックの内部に、ところどころ零度付近の水の穴が生ずることがあるという。圧力のわずかなひずみでもって、固相から液相にかわる管状部分ができ、その中を水が流れるのだ。水はもちろん零度近いから、わずかな状態変化で、たちまちもとの氷にかえって管がつまってしまう。にもかかわらず、実際は、氷河塊の中にかなりな長さの管状の穴が生じ、かなりなスピードの水流があるらしい……」

「それが……日本列島の下で起こっているというのか？」真下助教授は、ちょっと息をのんだような様子だった。

「確証は？」

「そんなもの、あるものか！——モデルだからな」と、中田は腕を組んでいった。「だがな、考えてもみろ、地下のマグマは、どうしてあんなに、トンネル状の穴をうがってふき出してくるんだ？　富士の風穴は、とけのこった溶岩があとから流れ出した跡だと考えられているが、じゃ、どうして液相溶岩が、あんなにみごとなトンネルをうがつんだ？」

真下助教授はしばらく沈黙した。

——幸長は固唾《かたず》をのむような思いで、二人の問答を聞いていた。

「なるほど……」と、しばらくしてから真下助教授はポツリとつぶやいた。「考え得るモデルだ。——高温高圧岩盤の中を、液相のトンネルができて、熱が液流によって高速移動する……。それはいいとしよう。だが、日本海側へ抜けて、そこでたまったエネルギーは……」

「それも、必ずしも、有名な壷井《つぼい》唯男《ただお》博士の〝地震体積モデル〟と矛盾しない……」と、中田は事もなげにいった。「壷井モデルでは、地殻にエネルギーのたまる範囲は決まっていて、地殻は無限に大きなエネルギーをためられるわけではない。地殻の弾性率と、今まで起こった地震の最大のエネルギーから考えて、ほぼ、半径百五十キロメートルの球体が、単位となる〝地震体積〟だ、という考え方だね。――それはべつにかまわないんだ。一地震体積あたり蓄積できるエネルギーに限界はあっても、いくつもの地震体積ブロックに、限界点以下のエネルギーが分散してたくわえられ、その総量が単位体積あたりの蓄積エネルギーをはるかに上まわってもちっともかまわない。そうだろう？　いわば一つ一つの地震体積ブロックがコンデンサーになり、全部が飽和した所で一斉に放電されるようなものだ。――まして、この場合、エネルギーの貯蔵にマントルが関係してくるとしたら……」

「またしてもマントル地震か？」と真下助教授はやや皮肉な調子でいった。

「そうはいわん……」中田はゲル・ブロックを顎《あご》でさしていった。「日本海側へ、高速熱流の形で移動し、おそらくマントルをクッションとして、地殻内へ、ひろい範囲にたくわえられたエネルギーは、大部分日本列島を東南方へ押す力となって発散される」

「地震は？」

「当然起こるな。一単位地震体積内にたくわえられたエネルギーが、次々に将棋だおしに触発されていって、また、はやいスピードで次のエネルギーをたくわえる……総量としてはかなりのエネルギーが放出される」

「いずれにせよ——曲者《くせもの》は、このエネルギーのトンネルだな……」幸長はほっと溜息をついてディスプレイの前からはなれ、黒板のチョークをとり上げた。「結局こういうことだろう。——太平洋岸で地震発生源の垂直分布から推察されるマントル流の下降分枝は、下降開始面において、二十三度、深度百キロを越えるあたりで急に角度がまして、約六十度の傾斜で、大陸へ向かって、もぐりこんでいる。——だが、その斜面の途中から、日本列島の底をくぐって、日本海側へ急速にエネルギーが逃げるとすると……」

幸長は図の中に大きく矢印をひいた。

「マントル下降部の、折れまがりの部分の温度圧力が急速に下がって、収縮する。角ばった折れ目がへこんで急になめらかになり、かつ傾斜がゆるやかになるわけだ。そのへこんだ分だけ、日本列島が海底にひきずりこまれる。今までどうしても、日本海溝の東側で海底隆起が起こらない原因がわからなかったが、このモデルから考えるとすっきりする……」

「日本はやや回転しながらひきずりこまれる……」と中田は図にさらに線を描きくわえた。「さらに——おそらくこのエネルギートンネルにそって、日本海側から日本列島深部に斜めに深くなっていく、破砕帯なり、液相マグマを潤滑剤とするすべり面なりができて、日本列島は海溝へむかってすべっていく……。日本海側に蓄積されたエネルギーに横に押されて……」

「すこし話がうますぎるみたいだ……」と真下助教授は疑わしそうに首をふった。「そうすると、太平洋側でマイナス、日本海側でプラスになったポテンシャルエネルギーは、日本列島の斜め下方移動で、ほとんどうまく相殺《そうさい》されて、爆発的な地殻大破壊は起こらない勘定になる。——日本の上に、かなりの地震が起こるだろうが、日本列島が土壌の匍降《ほこう》のように、斜めにすべりおちるだけで、まわりにはあまり甚大な被害をおよぼすような、エネルギーの爆発的解放はない、ということになるな。すこしきれいすぎやしないか？」

「自然は、むしろ、なめらかに動こうとするんじゃないかね？」と中田はいった。「それでも、日本列島がちぎれる時に放出されるエネルギー総量は相当なものだ。——地上の建造物はほとんど何も、存在し得ない」

「どっちにしたって、日本列島は沈むのだ……」幸長はかすれた声でいった。「で——いつだ？　大変動がはじまるのは？」

「今のモデルで三百二秒目からです……」気象庁の男がふるえる声でいった。「実日数に換算すると——開始まで、三百十二・五四日……」

「あと一年ない……」地理院の男がうめくようにいった。「十カ月と……ちょっとだ……」

みんなは凍りついたように、ディスプレイのまわりに立ちつくしていた。

あと、わ、ず、か、十、カ、月……。

幸長は、血が足のほうに下がり、吐き気がして、床がぐにゃりと溶けていくような気分を感じた。——あと十ヵ月で、それがはじまる。もしそれが本当としたら……いったい十ヵ月ぐらいで、何ができるというのだ？

中田は黒板を見上げながら、腕組みをして、棒のようにつっ立っていたが、やにわに決心したように電話機を取り上げた。

「長官を起こすのか？」と、幸長は聞いた。

「総理だ……」と、中田はぶっきらぼうにいって、番号ボタンを押した。

「そんな——」真下助教授は、怯《おび》えたように小さな叫びをあげた。「順序がちがう。——第一、モデルはもう少し検討してみないと……」

「順序だの、モデルの検討などいっておられん。——このさい、最悪のケースを考える以外にない」中田はじっと受話器の底の呼出し音に耳をかたむけた。

「この時間に、取り次いでくれるかな……」と幸長はつぶやいた。

「総理のベッド脇の、特別電話を教えてもらっているんだ……」と中田は眼を宙にすえたままいった。

幸長は、いたたまれない気分で、そっとみんなからはなれ、たった一つある窓際に行った。

分厚い遮光カーテンのむこうで、凍《い》てついた夜空の一部が、灰色に白みかけていた。

早朝七時という早い時間に、各大新聞社、通信社の社長と論説主幹、都内テレビ局の社長と編成局長が、永田町《ながたちょう》のヒルトンホテルに集まって来た。社旗もたてず、いかにもちょっと朝食会にたちよったというようなさりげない風情で、ロビーではお互いに顔をあわせても、あまりあいさつもしないほどの気のくばりようだった。

東京大震災でかなり被害をうけたが、それでもほとんど修復されたホテル内の奥まった特別室で、若い秘書たちと、内閣官房庁の次官が社長たちをむかえた。

「総理と官房長官はすぐこられます」と秘書の一人はいった。「閣議が少し長びきましたが、もう終わると思いますので……」

「閣議？」と、社長の一人が眉《まゆ》をひそめた。「こんなに朝早くから？」

「はあ……」秘書官はちらと次官のほうをふりかえっていった。「けさ、五時に招集されまして……」

テーブルのまわりにすわった一同は何となしに顔を見あわせた。

「田中《たなか》さん……」論説主幹の一人が、次官に呼びかけた。「かなり切迫してきたわけですか？」

「ええ……」日ごろ、切れ者で陽気な次官が、ひどく暗鬱《あんうつ》な様子で、眉根《まゆね》にしわをよせて腕を組んだ。「われわれもちょっと意外なほど……」

「最後にもう一度聞きたい……」と首相は、官邸に集まった閣僚の顔を見まわしていった。「公表は、ここ二週間以内、情勢によっては、それ以前にもあり得るものとする。──これでいいかね？」

閣僚のうち、外務、大蔵、防衛の三大臣が、むずかしい顔をして腕組みをした。──あとの連中も、すぐ賛成とも反対ともいわず、顔を伏せている。

「ひどいことになりましたな……」と、大蔵大臣は顎をなでながらぼそりといった。「デッドラインまでの期間が、突如半分以下になったのだから……」

「一ヵ月……せめて三週間の猶予をいただけませんか？」と通産大臣が未練がましくいった。「財界産業界一部には、内々に話してありますが、連中にしても、内部で対処する方法を講じて、腹をくくるのに、二週間ではたらんでしょう。──それができるまでに、世間が発表を聞いて大混乱におちいったら……」

「どっちみち、混乱はさけられんでしょうな」と、官房長官はいった。「むしろ、こうなってくると、外国から突然すっぱぬかれるのを警戒しなくてはならない」

「その可能性はどのくらいあるのかね？」と運輸大臣は聞いた。「今にも、どこか外国の学術団体が、何か発表しそうなのか？」

「可能性は大いにある、と、本部の連中はいっている」と総理府長官が答えた。「今のところ、どこが、どれだけつかんでいるか、ということはわからないが──最近日本列島周辺を調査する諸外国の艦船、航空機、人工衛星が急にふえはじめた。もちろん、こちらから内々に移民の打診に密使をあちこち派遣しだしたからね。だから、いくつかの国の政府首脳は、まだ今のところ、伏せてはいるが知っているわけだ」

「私はやっぱりギリギリまで、伏せておいたほうがいいと思う」と防衛庁長官はいった。「統幕の連中も同じ意見だ。――世間がさわぎだすまで、とことん伏せて、その間に死にもの狂いで準備を進める。そうせんことには、混乱が混乱を呼んで、収拾のつかんことになりかねん」

「私としては、まあ、二週間はいいところだと思いますがね……」と大蔵大臣はやっと腕をほどいていった。「もう国際投機筋では、かなり円が売りこまれ、外債にも投げものが出そうな徴候です。大震災の余波だろうと思っていたんですが、一時、年末に買いがはいって下げどまったのが、例の特使派遣以後、またじりじりと売られはじめた。ヨーロッパでは、日本むけ決済を一時停止した所も出はじめているし……どうも特使派遣先から、情報が洩れ出したと見ていいようですな。とすると、先手を打ったほうがいい。限度二週間はいいところでしょう」

「韓国、台湾、大陸中国には、早めに通告したほうがいいでしょう」と外務大臣がいった。「とくに韓国は、かなり実質的な被害をこうむるでしょうからね。国際信義上も、ここ一、二週間のうちに――できればこちらでたてた変動の予測データも添えて通告すべきですね」

「国連の信託統治理事会は、いつ開かれそうだ？」と、首相は外務大臣をふりかえって聞いた。「三週間以内——とふんでいます。理事国の根まわしも、事務局の協力で、ほぼすみましたが、やはり最大難物は、第一種理事国の中のオーストラリアと、第二種理事国の大陸中国です。利害当事国として、インドネシアも当然何かいい出すでしょうし……きわめて異常な事態ですからね。たとえ、信託統治理事会を何とかまとめる方向にもっていっても、安保理や総会で、このやり方は、国連信託統治の神聖な理念に反する。信託統治は、当該地域の自治独立まで持って行くためのものであるのに、これでは実質的に侵入であり、占領である、なんてやられたら、相当もめるでしょう」

「実質的には、そうなってしまうだろうな……」と通産大臣はつぶやいた。「住民十数万の北東ニューギニアに……千万以上の日本人がなだれこんだら……」

「多田《ただ》君は、戦時中ラバウル組じゃなかったかね？」と、防衛庁長官がひやかすようにいった。「ビスマーク諸島やニューブリテン島など、なつかしいだろう」

「そんなものなつかしがっちゃ、また軍国主義といわれますよ」と外務大臣がいった。「むこうがナーヴァスになる以上に、こっちが神経をつかわなきゃ……」

秘書官がはいってきて、首相に耳うちした。——首相はうなずいた。

「では——二週間後の公表ということで、異議はないものとする……」と首相はいって腰を浮かした。「あとは——新聞記者諸君に気をつけてくれたまえ。これから、彼らのボスに会いにいくのだが……」

「国内キャンペーンは、もちろんやらなくてはならんでしょうが——それより問題は国際世論ですな」と、A新聞の論説主幹は、コーンフレークのスプーンを動かしながらいった。

「たしかに……」と官房長官は相槌《あいづち》をうった。「外務大臣はそのことを気にしていました」

「何人かの大記者——たとえばニューヨークタイムズのグラハムとか、ル・モンドのコワルスキイとか、ああいった連中に、相談をしてみたらどうかな?」とM社の社長がつぶやいた。

「二週間というのは、ギリギリいい線ですな」とY社の主筆がいった。「東京大震災以来、外国新聞社や通信社は、特派員を日本にはりつけっぱなしですし……最近では、むしろ増強の傾向にある。そろそろ外人記者が何か嗅《か》ぎつけかけていますし、われわれは協定をつくって協力するにしろ、いつすっぱ抜かれるかわからない状態です。いつだったか、何とかいう大衆週刊誌が、酔っぱらい科学者の発言をのせて、ひやりとさせられたことがありましたね。あの科学者のことを、一生懸命追いかけている外人記者がいましたよ」

「あの田所とかいう人は、一応インサイダーだったんでしょう」と、Hテレビ局の社長が聞いた。「保釈になってから、行方が知れないというが……ああいうのが出てくると、あぶないですな」

「スクープを、外国の新聞、または通信社にやらせることは考えられませんかな……」と、首相はポツリといった。「かなり前、欠陥車問題がアメリカの新聞にスクープされたことがありましたな。……国内報道関係は、この際、ゆずっていただけないだろうか？　そうしたほうが効果的だという意見もあるのです。〝外国〟というものをリフレ、、、、クターに使ったほうが……」

一座にちょっとした沈黙がおちてきた。――かつて外信部長として鳴らしたS社の主幹が、ややいらだたしそうに口を切った。

「それはどういう意味ですか、総理……。やはり、政府発表は内外一斉のほうがいい。小細工を弄《ろう》しても、それのきく期間はわずかなものです――」

「それよりも、退避計画の詳細が聞けるのはいつですかな……」とNテレビの理事長がポツンといった。「テレビネットワークというのは……施設産業ですからな」

「今度は日本が、ベトナムやアラブやバングラデシュのようになるわけですな……」同じテレビ局の編成局長が、ミルクと砂糖をいれただけで一口も口をつけないコーヒーを、しきりにかきまわしながらゆっくりいった。「日本は……世界の耳目《じもく》の焦点になるわけですな。……当分の間……」

編成局長の視線は、ぼんやりと宙を見つめ、回想にふけっているようだった。――彼は、ベトナム、中東戦争がもっともはげしかった時分の、報道部長だった。彼の脳裏には、そのころ見た、戦火にさらされたベトナムの人々の生活を報道したニュースの、また、パレスチナの難民やバングラデシュ難民のキャンプのドキュメンタリーの一齣《こま》一齣が、行き来しているのかもしれなかった。――家財をかかえ、疲れ切った表情で移動していく名もない人々……みすぼらしい難民キャンプの中で、明日についての何のイメージもなく、その日その日の生活にしがみついている人たちの、暗い絶望的な眼つき……、その映像の中の人物が、今度は、自分たちの国の同胞になるのだということを、思い描こうとしているように……。

「ところで……」一座の中の最年長である某通信社の社長が、かるいしわぶきをたてながらいった。「今からわずか十カ月の間に……日本国民全員を……一億一千万人の同胞を……たとえ着のみ着のままでも、全員、生命だけでも救出することは可能なのですかな？」

「山下《やました》さん……」と首相はおだやかにいった。「そのご質問はないでしょう。私たちの立場として、それは不可能だ、とは答えられますまい。全力をふるってみる、とだけしかお答えできないことは、おわかりねがえると思います」

また秘書官がはいってきて耳うちした。

「では……」と官房長官が腰を浮かした。「衆院議長公邸で、野党四派の党首との会談がありますので……」

「退避計画の全貌《ぜんぼう》は、いつわれわれに知らせてもらえますか？」とK党の党首はいった。「もうかなりでき上がっているんでしょうな。――二週間後の公表と同時に、ある程度アウトラインを国民にしめさないと、動揺はさけられんでしょう」

「当然国会に超党派の対策委員会をつくるとして……」と野党第一党の党首は眉《まゆ》をひそめていった。「われわれのほうに、あまりおもしろからぬ情報が伝わっておる。――与党政府は、われわれ野党にこのことを知らせるずっと以前から、財界産業界にひそかに情報を流し、すでに一部の産業は、目だたぬように資産の海外逃避をはじめている、というんだがね。これは、国民に対して、平等に責任を負う政府としては、はなはだ不公平な、財界産業界に偏ったやり方だと思わんですか？こういうやり方は、どうも、何かにつけて現在の与党政府のやり方にあらわれてくる、悪いくせだと私は思う。今回の退避計画にしても、何よりもまず、国民全員の〝命を救う〟ということが、最優先目標として貫かれているかどうか。――超党派でチェックする前に、総理、まずあんたの、計画に対する決意なり、所信なりを聞かしてほしい」

「もちろん、何をおいてもまず、全国民の命を、この災害から一人のこらず救い出す、ということが大目標であることはまちがいありません……」と首相はいった。「そのために、全力はつくしつつある。しかし、同時に、一億一千万人の国民を、この災厄のあと、とりあえずどう生かしていくか、ということについても、政府は責任をとらなくてはなりませんからな……」

「しかし……」と、M党の党首はいった。「これまでの与党政府のやり方を見ていると、あなた方は、口では人間尊重を唱えながら、やはり財界産業界、財産の存続対策を重視し、なおそれ以上に、国家およびその機構の存続を重視しているように見える……。国民――というより、一人の人間の命より、国家という機構の存続のほうが大切だ、という考え方は、戦前からの官僚政府に抜きがたくつらぬかれていると思いますな。――国家というものの権威と、それを背景にした機構を維持するためには、五万や十万の人命の犠牲もやむを得ない、といった精神が、そう急に変わるとは思えない。とにかく、あとのことはあとで考えるとして、権威も手続きも、官僚主義の口実になっている形式的公平主義も、何もかもかなぐりすてて、なりふりかまわず、とにかく全国民の命を遮二《しゃに》無二《むに》救うのだ、という決意になっておられるかどうか……」

「国家機構の問題は、私自身にとってもまことにやっかいな問題なのです」首相はつぶやくようにいった。「場合によっては、なりふりかまわぬやり方のほうが、犠牲が少ない、ということもあるでしょう。――しかし、戦時中から敗戦へかけての、私の大陸及び内地における乏しい経験から考えると、どうも、秩序の完全な崩壊が起こったほうが、長期的に見て、犠牲が大きくなるような気がする。紺野《こんの》さん――これは見解の相違だ、といわれるかもしれん。しかし私自身は、政治というものは裏方だ、という信念をいつも持っているつもりです。なりふりかまわぬことも、もちろん全力をあげてやらなくてはならない。しかし……今度は、外国というものが非常に大きな意味を持っている。そして、なりふりかまわぬこともやる一方、誰かが、日本民族の長期の将来にかかわることも粉骨砕身《ふんこつさいしん》してやっておかねばならん。どうせ百パーセントうまくはいきますまい。私たちは、内外から攻撃もされ、冷たくもされ、責任を問われるでしょう。しかし、裏方として、できるだけのことはしておく義務があると考える。あなた方にもとめているのは、裏方としての協力です」

「緒形《おがた》君……」

突然、今までだまりつづけていた野党第三党の党首が、低い、牛のほえるような野太い声でいった。——長い政治経歴の間、演説で論争で獅子《し》吼《く》をつづけ、つぶれ、きたえ上げられた声だ。

「君はいま、政治は裏方だといったね。——だが、裏方だけで政治が片づくと思いつづけたのが、戦後日本の与党官僚政府の、もっともまちがったところであり、政治に関して国民に何か暗い、陰険な感じをあたえてしまった理由だと私は思う。そりゃあたしかに、裏方も必要だろう。しかし、政治には、表方も絶対に必要だ。ましてこういう〝国難〟といっていい危機に際し、動揺する人民に光をあたえ、方向をしめし、全人民をはげまし、強引にひっぱって苦境から脱出させるだけのはげしい力と、不退転の決意をもった〝救国の英雄〟ともいえるべき人物が、どうしても必要になってくる、と私は思う。——君をふくめて、現在の与党政府内に、そういった危機における重要な〝表方〟のつとまる人物がいるかね？　君は、自分が阿修羅《あしゅら》になっても、人民をひっぱってこの未曾《みぞ》有《う》の危難を切りぬける役目を果たすだけの力と人望があると思うかね？　昔、同窓に学んだよしみに免じてもらって、率直にいわせてもらうが、君の政治のやり方は役人的でそつがないばかりで、失礼だが、とてもこんな大危機をのりきるほどの決意ができていないように見える……」

「つまり、その役を君がやってやろうというのかね？」首相は、かすかにこわばった笑いを片頰に浮かべていった。「渥美《あつみ》さん——あんたが超党派連立内閣の首班に指名されるかどうかは、まだ私の知らんところだ。私だって、自分がこの危機をのりきれるほどの器であるとは、必ずしも思っとらん。しかし、〝救国の英雄〟があらわれるまでは、何とか今あたえられている義務を、せいいっぱいやってみるよりしかたがない。〝英雄〟は国民が選ぶだろう。——だが、現在の日本では、まだ戦時中の記憶がきいていて、〝救国の英雄〟はこりごりだと思っている連中が多いような気がする。〝英雄〟と〝英雄主義〟が、いかに日本の国と国民の生活を、めちゃくちゃにしたか、ということに関して、骨身にしみていてね……」

「いずれにしても……」と野党第一党の党首が口をはさんだ。「D計画の全貌および退避計画の現段階までの全貌を、早急にわれわれの代表に知らせてもらいたい。二週間後の国会を待ってもいられんだろう」

「もちろん、われわれのほうは、準備はととのっています」と同席していた官房長官がいった。「幹事長クラスの話し合いでメンバーが決まれば、いつでも応じられます」

「二日以内に話し合いがまとまりますかな？」と首相はいった。「二週間と予定しているが、今となっては、いつ、どこから情報が洩《も》れるかわからん情勢だ。とくに外国関係が危険だ。そうなったら、ただちに公式発表にふみきらねばならん。——一つよろしくおねがいします」

首相が頭をさげるのをきっかけに、一同は立ち上がった。——野党党首たちがぞろぞろ会談の部屋を出ていく時、官房長官の耳もとで低くささやいた声があった。

「陛下へのご報告はまだかね？」

その声の主を捜そうとして、官房長官はふりかえった。——だが、どの野党の党首がささやいたのかわからなかった。

「欧州の投資機関が嗅《か》ぎつけたようです……」と、大蔵省国際金融局長はいった。「けさから、日本の公社債の大量売りが出ています。——こちらのダミーが買いささえていますが、この調子で売りあびせられると、金の買付け資金に影響が出てきます」

「私はここで少し成り行きにまかせたほうがいいと思います……」某為替銀行の頭取はいった。「少しさげて、大衆投資家にも吐き出させたらいいと思います。——もう〝秘密〟をまもるために買いささえにまわる意味はなくなりつつある。市場価格がもっとさがったあとで、回収にまわらないと……」

「現在の回収率は？」と大蔵大臣は聞いた。

「まもなく五〇パーセントです」

「五五パーセントあたりで一時うちきったほうがいいかもしれないな……」と蔵相はつぶやいた。「あとは……どのくらいまでおちるかによってだ」

「金の買い付けに関しては、まだ洩れていないかな……」と日銀総裁がつぶやいた。

「なんともいえませんな」と局長はいった。「なるべく市場を刺激しないように、気長にやってきたつもりですが、それでもじりじり上げてきた分が相当になりますからね。――金と欧州通貨の値上がりと、ドル・円じり安の相関に気づかれたことが、今度の公社債売りの原因でないとは断言できません」

「欧米市場の機関投資のやり口を見ていると、公社債回収はいささか宋襄《そうじよう》の仁《じん》の観がありますがね」と為替銀行の頭取がつぶやいた。「盗人《ぬすつと》に追い銭とまではいかないが――日ごろの鬱憤《うつぷん》を晴らすのに、少し手痛い目にあわしてやりたいところですね」

「こういう事態でなかったらそれもいいでしょう」日銀総裁がポツリといった。「だが、こすっからい連中に、多少はばかにされても、ここはやはり、国土を失う日本人の将来を考えて、国際信義を重んずべきだと思います。外国の大衆投資家はもとより、国際投資機関にも、小股《こまた》をすくって損をなすりつけるようなことをしちゃいかん。彼らを敵にまわすわけにはいかんのです。乞食《こじき》にまでおちぶれるわけにもいかんが、持てるものはしっかり持っておく一方、ここは辛《つら》くても、日本沈没によって他国に大きな被害をできるだけあたえないように頑張るべきです。――そのことは、たとえ一時辛くても、遠からぬ将来、何倍にもなってかえってくる……。明治のころ、われわれの先輩は、徒手空《としゆくう》拳《けん》から、そうやって国際信用をかちとってきたんですから……」

「だが、そのいさぎよさが、どれだけ国際社会に通用するか、ですな……」と国際金融局長はいった。

「通用しますとも」と見事な白髪の日銀総裁は力をこめていった。「その信念がなければ──政治はいざ知らず、国際的な企業社会なんて成立しない。長期的には、……これは、私の信念です」

「残念ながら……」と経済団体の会長は、沈痛な面持ちでいった。「それだけの期日しかないとすると、民間で海外に逃避できる固定資産額は、総額の五パーセントにすぎませんな。──今まで隠密《おんみつ》裏に行なってきた分をあわせても、沈没後における日本の海外資産は、総資産の一〇パーセントにみたないでしょう」

「しかも、配船統制を徹底的にするわけでしょう」幹事の一人が、ややひきつった声でいった。「今、会長のいった数字は、われわれのほうで、かなりの船腹を自主配船させてもらうとしてです。もし、運輸大臣の意向のように、政府が全面的に配船割当てを行なうとしたら、三パーセントもむずかしい。輸送力の割当てについて──とくに船腹の割当てについて、ぜひわれわれの意見も聞いてほしいものだ」

「こういう事態ですから……」首相は乾いた声でいった。「輸送は、国民を最優先にせざるを得ない。しかも、この人たちを着のみ着のままで、十六世紀の奴隷船のように船底につめこんではこぶわけにはいかない。やはり最低の手まわり品と、当座の生活ができる程度のものは持たせなくてはならん。――一億一千万の人間を、ですよ……」

「しかし、人間なら航空機ではこべる」

「それもかぎりがあります。――アメリカ及びソ連の空軍に、巨人輸送機の協力について打診中ですが、そんなものはとてもたらん。いいですか――日本が今、世界を牛耳《ぎゅうじ》っているわけではない。全世界の商業航空機を動員して、かなりな期間にわたって、世界の政治経済の運営を麻痺《まひ》させるだけの権利を持っているわけではないのです。――船舶の場合もそうです。そのうえ、東京、横浜《よこはま》の港湾施設は、ついこの間の大地震で、機能の四〇パーセントも回復していない……」

「明後日、私はロンドンへ発《た》ちます」と運輸大臣はいった。「今日次官をやって、国際船主協会に打診を開始させたのですが――われわれのほうの見込みでは、資産の国外退避にチャーターできる船腹は、それほど多くは期待できないようです。欧米市場が好況期をむかえたし、アフリカ諸国の開発が軌道にのり出し、世界的に船腹不足です。半年先の傭船《ようせん》契約も、新造船はもちろん、不定期船《トランパー》まで狩り出されかけています」

「おまけに――撤退は、おそらくかなりの混乱と危険の中で行なわれることになる……」と首相はつぶやいた。「むこう十カ月以内、といっても、それまでに、どんな変動が起こるかわからない、と学者たちはいっています……」

テーブルの上のコップが一斉にかるくゆれ、とけかかった氷が、チリチリと澄んだ音をたてた。——その程度の軽い地震に関しては、最近誰も注意をはらわなくなっていた。そこは都心部でもっとも被害の少なかった超高層ビル最上階の、レストランに付属した会議室で、財界代表と首相、運輸相の、非公式の昼食会ということになっていた。しかし、出された料理に手をつけたものは誰もいなかった。

「配船統制令は、いつごろ出されると見ていいでしょうか?」と出席者の一人が、政府側の顔色をうかがうようにいった。

「二週間後の公式発表と同時に、と思っていただいていいでしょう……」と運輸相はいった。——財界側のほうに、眼に見える動きが起こり、私語があわただしくかわされた。

「どうか誤解なさらんように……」と首相は釘《くぎ》をさすようにいった。「二週間の余裕は、その期間中におけるあなた方のフリーハンドを意味しているわけではありません。公式発表までの二週間の間に、この情報をにぎった大企業が、われがちに船腹の手配をはじめて、船価や運賃の国際的暴騰の引き金をひくようなことになってはこまる。一年前からの約束である、〝統制ある行動〟はまもっていただけると思います。ただ、この二週間の間に、これまで申し上げてきた、〝二年プラスマイナスα《アルファ》〟の期間が、十ヵ月に短縮した、その調整をとってください。国内的には、準備をはじめていただいて結構です。その間もできるだけ、外国に洩れないようにね。——すでにこの一年間、財界は新規国内投資を極力おさえ、政府資金を経費、賃金に若干ながら流用し、政府黙認の株式市場操作によって、景気をカムフラージュしてきた。その間に、海外投資比率を高め、それがまた僥倖《ぎょうこう》にも、大震災による損害をある程度少なくすることにもなった。きびしいようですが、そのことによって、たとえわずかなりともわれわれは、損害軽減という利益を財界産業界にあたえてきたつもりです。——私は、日本の企業界を、世界で一番優秀な人材とシステムを擁しているものと思っています。歴代与党政府は、そういった財界産業界の発展に協力をおしまなかった。しかし、ここで考えていただきたいのは、政府は財界産業界だけではなく、日本という国の、全国民に対して責任を負うものであるということです。財界産業界も、日本という国家社会の一構成部門として、われわれの立場に全面的に協力していただきたい」

「国難か……」そうつぶやいて、会長が立ち上がった。「また、きびしい統制の時代がくるか……」

「それも、あなたたちの、自発的協力があっての話ですよ……」首相は苦笑した。「今の政府は、戦時中の政府のように、軍事力を背景にした大きな権力を持っているわけじゃない。まして、国土喪失となれば、政府の統制力などというものは、場合によっては意味のないものになるだろう。企業は国際社会で自由に泳げる。だが、国土と財産を失った政府なんてものは……」

手洗いにでも立つのかと思ったら、会長は窓際に近よって、外を見おろした。

「民間にまかせたほうがいいとおもうのだがな。緒形さん……」会長はみんなに背をむけたまま いった。——戦前からの自由競争主義者で、反統制主義者で、戦時中軍部ににらまれて牢獄《ろうごく》にぶちこまれたこともある明治生まれの一徹さが、その幅広い肩にあふれていた。

「日本の官僚は――ついに生活人というものも、サービスというものも理解できなかったとわしは思っとる。今度のことでも、政府のきびしい統制は、例によって役所的悪平等を生み、かえってブレーキになるとしか思えん。民間の力を前面に出したほうが、かえって血のかよった処置がとれる……」

「あなた方はりっぱだと思いますよ」と、首相はいった。「だが、産業界が、いったん利に走って、暴走をはじめたら――あなた方の手で統制しきれますか?」

「富士が煙をふいとる……」と会長は外を見ながらつぶやいた。「雲かな?」

出席者の一人が立ち上がって、会長の横へならんだ。

「やっぱり煙ですよ……」と、その人物は眼鏡をあげながらいった。「宝永火口です……。ほう……かなり煙をあげとるな。箱根、御殿場《ごてんば》あたりは、また灰が降っとるでしょう」

声につられて、二、三人が席をたって窓際へ行った。

三月にはいってからめずらしく晴れわたった日で、西の地平線に雲があったが、富士はそれをぬきんでてくっきりと純白の姿を空に浮かべていた。その山頂付近から、灰色がかった白い煙の団塊がたちのぼり、一度切れては、また二度三度とつづいて、丸い団塊がもり上がる。――超高層の最上階から見おろす東京の街は、あちらこちらに半年前底に沈んでしまうなんて……信じられんな……」

「この都市が……」と誰かがポツリとつぶやいた。「十カ月後に、破壊しつくされ、海

配を秘めて、眼路はるかにひろがっていた。

の震災の爪痕《つめあと》をのこしながらも、早春の陽ざしにひたされ、万物胎動のうずうずした気

……」

していている。……地温も、異常上昇中。……構造線の西側が、南南東へ水平移動している

局地地震が激発している。糸魚川＝静岡構造線の南部で、かなりエネルギーがたまりだ

二十インチCRT端末にすえながら幸長はつぶやいた。「甲府《こうふ》盆地から静岡へかけて、

「富士山の爆発は、かなり早くなると思わなきゃならんだろう」と徹夜の血走った眼を、

テレプリンターの音が間断なしにひびく。XYプロッターが壁面をすべり動きながら、

異常なスピードで図形をしあげてゆく。

「予測値は？」と中田が聞いた。

「二百四十時間プラスマイナスの十……傾向は今のところ、わずかにプラスだ。——予

想される形式は、宝永山と愛鷹山《あしたかやま》をむすぶ山腹噴火。——だが、わからんぞ。大爆発す

る可能性も依然強い」

「宝永—愛鷹ラインとすると、沼津《ぬまづ》がもろにやられるな……」中田は電話機をとりあげ

てボタンをおした。「甲府の北の茅ヶ岳《かやがたけ》に、噴気と地温上昇が起こりはじめているとい

うし、浅間《あさま》系列はもうこの間から、かなりな噴火をはじめている。——富士火山帯が本格的にあばれはじめたら、日本の東西陸上交通は断ちきられるぞ」

その時、疲れた顔をして小野寺がはいってきた。

「やあ……」と幸長は、端末器から顔をあげて声をかけた。「早かったな。——二、三日むこうにいると思ったが……」

小野寺は、返事をせずに、あいている椅子にどかりと腰をおろすと、脂が浮いて不精ひげののびた顔を、掌《てのひら》でごしごしこすった。

「お母さんの葬式は無事にすんだか？」と幸長は、ちょっと声をおとして聞いた。

小野寺はそれに答えず、両掌で眼の上をじっとおさえたままで、つぶやくようにいった。

「十カ月ですって？」

「聞いたのか？」幸長は端末器のクリアキイをおさえてふりかえった。「政府発表は二週間あとだそうだ」

「幸長さん——これからぼくは、何をすりゃいいんです？」と小野寺は顔をおさえたまま、くぐもった声でいった。「モニター配置計画はまだ残ってるけど——ここまで来たら、もうあまりやっても意味がないでしょう？　ぼくはまあ——深海用潜水艇の技師です。あと、この本部で、あまりぼくが役に立つようなことはないでしょう？」

幸長は端末器のスイッチを切って煙草をくわえた。——マッチをすると、過労のため指先がふるえ、なかなかつかなかった。その鼻先に別の炎がさし出された。ふりかえると、小野寺がライターをつけた腕をのばしていた。

「非常事態宣言を出して、国会に超党派の退避計画実行委員会ができるらしい……」幸長はいがらっぽくのどにからむ煙を吐き出しながら、つぶやいた。「委員長は総理で、野党各派の党首と書記長、幹事長が全部はいる。各省大臣もはいる。――実質上の、超党派連立政権だな……」

「ここの本部はどうなるんです？」

「よくわからんが、委員会の下部機構に吸収されるか組みいれられるだろう。――中田さんとぼくは、公式に設置される計画本部の科学班にはいるように、官房長官から内示があった……。もちろん君もいっしょに行ってもらうつもりだったが……」

「ぼくは国家公務員じゃありません……」小野寺は、かすかに笑いを浮かべた。「嘱託の辞令さえもらっていません。ぼくは――皆さんとは、同志的結合でむすばれていましたが――民間会社を無断退職した風来坊で……資格としては、臨時雇いの潜水艇の操艇手です……」

　幸長は、胸をつかれたように、煙草を吸いかけた手をとめた。――そうか……と、幸長は睡眠不足で膜がかかったようになっている頭の隅で思った。――この青年は……おかしな縁で、この仕事のもっとも端初的な段階でひっぱりこんでしまい、そのままずっと、計画が海のものとも山のものともわからないころから、コア・スタッフの一員としてあつかってきたし、また当人も、その一員として動いてきた。しかし、小野寺の「身分」は、調査がまだ田所博士の手もとで、内閣調査室の「機密費」で賄われていたころのまま、何らきちんとした処理をされずに来てしまったのだ。当初メンバーは、田所博士、小野寺、そしてそれこそアルバイトの若い安川《やすかわ》をのぞいて、ほとんど全部、公務員だったことも、そのことに対する配慮をついおろそかにする原因になった。田所博士は一応別格だった。だが、小野寺は、資格において、大学を出たばかりの安川と同じ「臨時雇い」のまま、D計画本部にうけつがれてしまったのだ。――潜水士と海技士の資格を持っている小野寺は、本人が要求しさえすれば、いつでも嘱託にでも雇員にでもすることができたはずである。

だが、本人は、これだけ長い間中心部で働きながら、一度もそういったアピールを出さず、誰もそういった配慮をしてやらなかった。隠密《おんみつ》計画にはありがちなこととはいえ、本部設置後の「臨時雇い」の給与は、いったいどのくらいだったのか。――幸長は想像したこともなかった。

してみると――今まで気づかなかったが――この青年は、ボランティアだったのか。

……幸長は呆然《ぼうぜん》とした。前につとめていた会社では、有能な若手技術者であり、すでにかなりのキャリアを積み、将来を約束されていたであろうに――「秘密」をまもるためとはいえ、正規の退職手つづきもせず「蒸発」させ、そのまま地味な、日陰の、苦しい仕事にひきずりこんでしまった。そしてそのまま、彼の「人生」や「資格」に対する配慮は何一つ行なわず、辛《つら》い作業をさせつづけてきたのだ。一方、小野寺も、そういった問題があるということを、彼のほうから、何一つ感じさせず、仕事をつづけてきた。独身者の気楽さからだろうか？——それとも、幸長のような「窮乏の世代」とちがって、貧困とからまった「生活のからさ」を——人間を卑小にし、人知れずくよくよ思いわずらうことによってますます自分をみじめにしてしまう、あの「将来」に対する不安や恐怖を、まだ味わったことがないからだろうか？　この青年には、「生計」に対する不安や、将来の「安定した社会的地位」に対する執着といったものが、まるでないように見える。

——幸長が今までに身近には知らなかった、ゆたかな時代の「新しいタイプ」の青年なのかもしれない。決して投げやりな仕事ぶりではないにもかかわらず、一つの職場での実績や、安定したポストをいともあっさり投げすて、何の未練もないように次の仕事へうつっていく。金銭や地位についても、また、認められたとか認められないということについても、まるでがつがつしない……。物質や地位に対する執着を持たずにいられるというのは、まさに、「ゆたかな時代」に成長してきたためにちがいない……。

「それで？」と幸長はぼんやりつぶやいた。

「どうしても、ぼくでなきゃやれない仕事というのは、まだありますか？」と小野寺はいった。「ここまでくれば、ぼくたちの——ぼくの仕事は、ほぼ終わったと思うのです。起こる事と、起こる期日は大体はっきりした。政府が本格的にのり出してきた。有志が世間からかくれて、隠密に仕事をしなけりゃならない段階はすぎさったし……ぼくにしてみれば、〝日本〟という国に教育や何かをしてもらったことに対する〝お礼奉公〟は、もう十分すませたような気がするんです。──むろん、こちらの主観的なものですがね。でも──こういう問題は、そんなものでしょう？」

〝お礼奉公〟といういい方を聞いて、幸長の頬に微笑が浮かんだ。──そういう考え方が、いかにも戦後の青年だ。日本人として生まれながら、「国」だの「民族」だの「国家」だのに、暗い、どろどろした、宿命的な絆《きずな》などまるで感じていない。それでいて、国に対する「貸し借り勘定」はちゃんと意識しており、決して「恩義」を感じていないわけではない。だが、その「恩義」の感情は、民族や国に対して無限責任を感じたり、「運命共同体」の逃れられない紐帯《ちゅうたい》を意識したりする形で出てくるものではなく、きわめてドライでクールで、「借り」を返しさえすれば、いつでも自由な関係にはいれるものとしてとらえているのだ。──今、小野寺は、国家に対する「借り」は返した、と思っている。たんなる貸借関係だけでなく、「恩義」という以上、自分の生まれた国に対する「好意」の表現をこめて、「借り」を返したうえに、十二分に「お礼」もした、と感じている。──何という、さわやかなドライさだろう。

「強制」や「義務」や「恩義の押しつけ」「忠誠と犠牲の強要」「血縁」など、あのさまざまな紐帯でがんじがらめになっていた戦前までの日本からは、想像もできないような「日本人」が、今、眼の前にいることをさとって、幸長はちょっとした戸まどいといっしょに、さわやかなものを見たうれしさと、くすぐったい笑いがこみ上げてくるのを感じた。「戦後日本」は、何のかのといわれながら、その民主主義とゆたかさの中から、こういう新しいタイプの青年を生み出してきたのだ。

このドライで、クールで、しかも人当たりのいい、人好きのする、おとなの悪魔的な意地悪によってつけられたねじくれた「傷」を負っていない、べたついたところがなく、物質や権力に対する執着もなく、生活に対する欲望も淡泊で、さらりとした感じの青年たちは、いわば戦後日本の生み出した傑作といえるだろう。彼らは自分たちを「日本人」であると感ずるより、まず「人間」であると感じており、日本人として生まれたことは、皮膚の色や顔形のちがい、背の高さ、といったような、人間一人一人が持つ、しごく当然な「個体差・群差」としてしか意識していない。彼らは、自分たちを、「日本の中でしか生きていけない」と考えてはいない。地球上、どこへ行っても自分は生きていける、と思っている。生きていくことが、特定社会内における「立身出世」への妄執とつながっていないから、どこでどんな暮らしをしようと、自分の人生を「失敗」したとか、「だめなやつ」だとか考えてみじめな思いをすることもない。

――それは、新しいタイプの、いわば「教養のある原始人」ともいうべき人間かもしれない。だが、彼の闊達《かったつ》さ、寛闊《かんかつ》さ、さわやかさを、古い世代の誰が非難できよう。

「やめるのかね？」と幸長は聞いた。

「結婚するんです」小野寺はちょっと顔を赤くしていった。「すこし国家にサービスをしすぎたから、ボーナスをもらおうと思うんです。——公式発表までに、二人で外国へ逃げ出そうと思うんです。かまわないでしょう？」

幸長は突然笑い出した。

「結婚するのがおかしいですか？」と小野寺は聞いた。

「いや——おめでとう」幸長はまだ笑いの発作につき上げられながら、やっといった。「実は、ぼくのほうが一週間前、やっと離婚が成立したばかりだったから……」

「それで——奥さんは？」と小野寺はびっくりしたように聞いた。

「きのうロスの親戚《しんせき》の所へ出発した……」と幸長はいった。「女房の伯父《おじ》が、むこうに住んでるんだが、先方に子供がないので……」

「そうですか——」小野寺はほっとしたようにつぶやいた。

「やめるんだね……」幸長は煙草を押しつぶしながらいった。「君に行かれると、さびしくなるな。——中田さんや邦枝君と、送別会でもやれたらいいんだが……」

「田所先生は、その後どうされたか知りませんか？」

「知らん。——渡老人が知っていると思うが……」

うなずいて立ち上がりかけた小野寺の背後から、幸長は声をかけた。

「奥さんになる女性は、いくつだね？」

「知りません……」びっくりしたように小野寺は宙を見た。「二十六か、七だと思いますが——ひょっとするともっといってるかもしれない……」

出ていこうとする小野寺の後ろ姿に、幸長はもう一言いいたくて思わず腰を浮かした。――早く国外脱出ができればいいが、不可能になった場合を考えると、今やめないほうがいいんじゃないか、よく考えろと忠告してやりたかったのだが、小野寺の長身は大股《おおまた》に戸口から消え、いいそびれた幸長は腰をおろした。

きて、……と玲子は耳もとでささやいた。――その言葉を聞くと、彼の中に、もうずっと遠い過去のことになったような、あの葉山の夜の記憶が浮かび上がった。からみあった時耳の傍でうるさく鳴っていたブレスレット・ラジオの音楽のかわりに、せまい空港ホテルの部屋の中をみたすBGMがあった。彼は玲子の小麦色の肌の上にいつかも嗅《か》いだ、熱く灼《や》けた砂のにおいを嗅いだように思った。とたんに酔いの底から、どっと欲情がこみ上げてきて、彼は遮二無二玲子を抱きしめ、荒々しく乳房をもみしだき、唇をかみ、舌をからませ、はげしくつき進み、ついに長いはげしい絶叫を、何度も何度もしぼり出すまでやめなかった。

「結婚してほしいの……」と、玲子は彼の腕の中で、汗まみれになり、あえぎながらいった。「あのあと――ずっと、そのことをお話ししようと思って、捜しつづけたの……」

「なぜ?」彼は玲子の、まだ夏の陽やけの名残りが、ブラジャーのあとをくっきりのこしている、白い乳房に頬をつけながらつぶやいた。「なぜ、ぼくに?――あなたには、いろんなすてきなボーイフレンドがいた。……ぼくとは一度会っただけだ……」

「そして、会った晩に浜辺であなたと寝たわね……」玲子はほほえんだ。「私、酔っぱらってもいたけど——なぜかしら? なぜ、突然来た、はじめてのお客と、夜の浜辺でセックスをする気になったのかしら? あの時来てた建築家たちと、ずっと知り合いだったけど、誰とも寝てないのよ」

「酔っぱらってたんだ……」と小野寺は笑った。

——玲子はちょっと彼の背中を抓《つね》った。

「あとで——とても恥ずかしくなったわ。あなたが私のこと、誰とでも寝てみたがる色情狂《ニンフォマニア》と思ったりしないかって……。でも、すぐわかったの。あなたと寝たから、それがわかったんだわ。この人は、そんなことを思ったりしない人だって……」

だが、なぜ……と、小野寺は、同じ質問をくりかえした。なぜ彼をえらんだのか?

「わからないわ。でも……あなたとはじめて寝た時、なんだか——」

海を見たような気がした、と玲子はつぶやいた。——彼女はスキューバダイビングが好きで、女子のタイ記録も持っていた。何よりも、上下左右にはてしなくひろがる、ほのぐらい沈黙の空間を、ただ一人、さかしまに沈んでいく時、冷たく体をしめつける水圧の中で感ずる孤独が好きだ、と彼女はいった。

「その時、私、わびしくて、泣き出したくなるほど孤独なのに、でも幸福なの。……自分が宇宙の中を、燃えつきて落ちていく星のかけらみたいに感ずるんだけど、でもとても幸福なのよ。冷たい水にぴったり抱きしめられ、一人ぼっちなのに、青黒い水や、ゆらめく海藻や、銀色の雲のようにきらめいて泳ぐ魚や、そういったものと一体になっているって感じるの。──私、小さい時、ドミエか誰かの〝失楽園〟の銅版画が好きだった。あなた、見たことある？　あの中で、天使の中でもっとも美しかったのに、その驕《きょう》慢《まん》さから神にそむいて地獄におとされ、醜い悪魔となったルシファーが、神への復讐《ふくしゅう》の念に燃えて、エデンの園にまっしぐらに飛んでいくシーンがあるの。版画では、悪魔にされても美しい青年で、それが陽光がすじをつくってさしこむ宇宙の中を、はるか下のほうに見えているエデンの園にむかって、蝙蝠《こうもり》みたいな大きな羽をひろげて、まっさかさまに降りていくのよ。──その絵を見たら、どういうわけだか、私、いつも泣いちゃった。一人で、磯からはなれ、海底が崖《がけ》になっていて、深いまっくらな淵《ふち》になっているような所で、灰色がかった青い水が四方に、はてしなくだんだんぼかしになってひろがっているの中で、一人でもぐって行く時、私、いつもその絵を思い出すの。──時にはマスクの中で、涙をながしていることもあるわ。その時、私は、いつも、ああわかった、と思うことがある。何がわかったか、はっきりいえないのよ。宇宙みたいなもの……地球とか、自然とか……その中で自分は砂粒みたいに小さい存在なのに、自分はそういった巨大なものと一体なんだって……砂粒のくせに、それがわかるの。わかるってことは、自分が一体なんだって──どういったらいいのかな。……それを感じた時、私、孤独で、わびしくて、しかも泣きたいほど幸福になるの……。ああわかった、これなんだって思った時にね。──あなたにはじめて抱かれた時、なぜだか知らないけど、それと同じことを感じたわ。——あなたが、深海潜水艇の操縦士だってことは、まだ聞いていなかったのに……私、あなたの中に〝海〟を感じた。——あ、これだ、って……今、あのいつも抱かれに行く、深い、ひろい、巨大な海が、日ごろの私のマスクの中の涙を見て、青年の姿になって、私を抱きしめてくれるんだって……」

それから玲子は、上におおいかぶさった彼の頭を、そっと両手で遠のけるようにして彼の眼をのぞきこみ、少女のような表情でいった。

「結婚してくださる？」

返事をするかわりに、彼は玲子の裸体を骨が砕けるほど強く抱きしめ、唇を吸い、すでにしとどにぬれている体の中にふたたび強引にはいっていった。息をつめて、熱帯の青いガラスのような温かい海水の中に、力いっぱいもぐりこんでゆくように……水を蹴《け》り、水をかき、身をうねらせ、息のつづくかぎり深く、深く、もぐって行き、息の切れかける爆発しそうな暗黒の底に、金色に、朱に、青にきらめく海底の星をつかみかけ……やがてその星が、五彩の光点となってはじけ、空いっぱいにひろがり、とびちっていくのを感じた。

声もなく、眼を閉じ、ただはげしくあえぎながらぐったり横たわっている、玲子の汗まみれの熱い腹の上に、海底からやっと這《は》いあがって波うち際に横たわるあの安らぎを感じていた。——うつぶせになってあえぎながら、彼は玲子の体のいざないと安らぎのことを考えていた。自分がずいぶん長い間——一年以上も女と寝ていないことを、彼はその時になって思い出した。酔っぱらって、玲子に腕をとられてタクシーに連れこまれた時も、まだ寝るつもりはなかった。玲子がいきなり車の中で接吻《せっぷん》してこなければ……そしてその接吻が一度だけで、二度でなかったなら……彼はまだ玲子と寝る気にはならなかったろう。二度めの長い、熱い接吻の間に、彼の中にやっと今まで眠っていた何かが目ざめ、彼の腹の底に、ふるえが起こった。二度めの接吻のあと、玲子が体をはなし、キラキラかがやく眼で彼を見つめた時、彼の中のふるえはしだいに高まりはじめ、それは腹の中心部で燃えはじめた熱い火のように、しだいに鳩尾《みぞおち》から胸へ、肩へとひろがってきて、ついには本当に、肩や腕や胴が、がたがたおこりにかかったようにふるえはじめ、そのふるえをとめるために、今度は彼のほうが玲子の体をがっきと抱きしめ、歯のガチガチぶつかる、むさぼるような接吻をしなければならなかった。

そして今、何度めかの潜水と浮上のあと、くしゃくしゃのシーツの上に、泳ぎのあとの放縦さでぐったりと体を投げ出していると、自分が一年以上の間、女と寝たどころか、ふれたこともなかったこと――そして、この前最後に寝た女が、ほかならぬ玲子だったことに気づいて、びっくりするのだった。あれから一年半……彼はくる日もくる日も、せまくるしい鋼鉄の球の中にすわり、冷たく暗い深海底へおりて行き……機械をいじり、機械から機械へととびうつり、潮風にさからってどなり、疲労と不安のためとげとげした眼つきになった仲間と、はてしない作業をつづけてきた。酒を飲むのは、強い緊張をほんのわずかほぐすためのがぶ飲みであり、寝るのはせまくるしい船の寝棚《バース》の中か、陸上でも機械の間にはさまれた簡易ベッドの上でのまどろみだった。そんなことを一年半もつづけてきたのだ——。酒が筋肉をほぐしてゆくにつれ、今までに感じなかった疲労が気づかれるように、女の体には、それ以外のものでは絶対にほぐせない種類の疲労を気づかせてくれる力がある。玲子を何度めか抱いた時、彼はそのことに気づいた。——その時までは、自分が疲れている、とさえ思っていなかったが、玲子の体が、最初のはげしさから、しだいにやさしさをおびるにつれ、自分が疲れているな、今まで疲れていたんだな、ということを徐々にさとりはじめていた。ふと気がつくと、彼の心も筋肉も、あのはてしない激務の中でギチギチ音がするほどこわばり、疲労がかたいしこりとなって、分厚い殻を形成しかけていたことを知った。——いけないな……とうつぶせに枕に頬をつけながら彼は思った。——疲労がかたい甲羅をつくってしまっては……筋肉も魂も、柔軟さとみずみずしさを失ってかたくなり、年をとってしまう。すさんだ心を、すさんだと感じることができないほど風化し、冷酷になり……。だが、今、玲子のうるんだようにやわらいだ眼差《まなざ》しが、そのややハスキーな声が、彼に向かってのべられた腕が、やわらかな影をつくってたゆたう見事な乳房が、みにくいかさぶたのようにかたまりかけた彼の疲労を、女にだけできるやり方でやさしく、柔らかくもみほぐしはじめた。彼女の傍に、熱い脇腹をくっつけあって体をよこたえているだけで心がなごみ、ゆるやかにくつろぐのが感じられた。だが、激務の日々の中に、知らぬまに積みかさねられた疲労は、すぐにはゆるみそうもなく、歩きすぎたあと、目的地に着いて足の痛みがひどくなるみたいに、かえって鋭い痛みを感じはじめた。家に帰りついてから、母の膝《ひざ》で泣き出す子供のように、彼は玲子の体の傍で、ここ一年半の間のはじめての安らぎを感じながら、大声で泣き出したくなった。——おれは疲れているんだ。こんなに疲れていたんだ……。

「疲れてるのね……」

とふいに玲子がいった。——形のいい唇がつと眼の前に大きく広がると、柔らかい舌が、知らぬまに彼の頬に流れていた一筋の涙を吸いとっていた。彼はもう一度、今度はもっと弱々しく、甘えるように玲子を抱きしめながら、そうだ、休まなくっちゃ、おれはこの女と休むのだ、と、自分にいいきかせていた。疲労と思っていたものの本当の中身が、日本が沈むという途方もない災厄に対する自分の悲しみであり、恐怖であり、傷心であって、それに立ちむかうために意識をこわばらせつづけてきた、そのこわばりの積みかさなりだった、ということに気がついたのはその時だったが、彼はそのことを深く詮索《せんさく》することはせず、おれは休むんだ、おれは日本の消滅などという、途方もない事態に、こわもての空元気《からげんき》でもってむりやり直面しつづけるようなことはせず、そんなこといっさいに背をむけ、逃げ出し、この女と休むんだ、そうすることはちっとも卑怯《ひきょう》なことじゃなく、人間としていいことなんだ。限度を越えた頑張りや苦悩などは、かえって人間を頑迷で醜怪な怪物に変えてしまうものだから、今おれが逃げ出し、体がすっかりなまけてしまうまで、心ゆくまで休み、そのあげくふたたび心と体の中に、みずみずしさと、おのずからなる活力がふき上がってくるのを待つことは、おれにとっても、誰にとってもいいことだ、と自分にくりかえしていた。

彼女は父の死後、続いて母も失い、残された不動産を金にかえていた。――地震で値さがりしていたが、それでもまだ十分にある。それで結婚したら、二人でヨーロッパへ行こう、と彼女はいった。

「預金を急いで引き出したまえ」と彼はいった。「それをなるべく早く、宝石と外貨にかえるんだ。――航空券もすぐ買っておいたほうがいい。明日にでもすぐ……」

「不動産は山林がまだ少しのこってるのよ」と彼女はうつらうつらしながらいった。

「あれも処分したほうがいいかしら……」

「それも早く現金化するんだ。安くてもいい……」と彼はいった。――場合によったら、ほうっておいてもいい、と彼はいいかけた。そんなもの、もうじき、一文の値打ちもなくなるのだ。焼けて、破壊されて、海の底へ沈んで行ってしまうのだ……。

「愛しているのかどうか、正直いって、ぼくにはよくわからない……」成田空港でわかれる時、彼は玲子の両手をにぎっていった。「そもそも結婚ってどういうことか、よくわからないんだ。はじめてのことだしね。……だけど、君とはわかりあえると思うんだ」

「それでいいのよ」と玲子は彼の手を強くにぎりかえしながらいった。「それで十分……」

政府が二週間後の発表を決めてから、四日とたたないうちに、巷間《こうかん》に、誰いうとなく、不穏な噂がたちはじめた。――前の震災よりももっと大きな、大地震と大噴火がおそってきて、今度こそ東京は徹底的に破壊される。千葉や湘南は海底に沈む……一時期、難を外国に避けるよりしかたがない……。新聞は、まだ一行もとりあげていないのに、噂は急速にひろまり、人々はオフィスで、家屋で、街頭で、怯《おび》えた顔をしてひそひそと語りあい、各航空会社には、家族ぐるみの海外旅行の申し込みが殺到しはじめた。日本にはいっている国際線は、どの便とも、連日満席になりだし、臨時便が投入されても、まだいっぱいで、どのエアラインとも、三ヵ月先まで、予約はいっぱいになってしまった。客船も全室売り切れの状態になりはじめた。――震災後、ダウ平均二千五百円から再開され、長期にわたって低迷からジリ安をつづけてきた株式は、あっというまにダウ平均は二千円を割り、さらに大暴落の気配を見せはじめて、ついに三日め、市場は東西とも閉鎖された。その間に、どこからか金が動き、千八百円から再開され、依然はげしい売りあびせと投げ物がつづいたが、今度はよほどの金が動いていると見えて、どこからともなく大量の買いささえがはいり、持ち合い状態を二日ばかり続けた。だが、それから相場は、ゆるいテンポながら、確実にさがりはじめ、今度は奈落《ならく》の底まで行くのではないかと思わせるような不気味な様相があらわれはじめた。近く、市場の長期閉鎖がある、という噂が兜町《かぶとちょう》、北浜《きたはま》でささやかれはじめ、今度こそパニックだ、どうしようもない、というつぶやきが聞こえはじめたが、人々は、まだ方向を見定めきれず、不安の中に立ちすくんでいた。

政府部門では、情報がどこから洩《も》れたかということが問題になりかけたが、発表前のあわただしい動きの中で、詮索どころではなかった。——少しのちになって、あれは政府筋がわざと流したのだ、という観測が出てきた。だが、一週間たって、ますます強くなり、関西方面もまきこみはじめたこの噂のために、政府と超党派連絡会議の中では、発表を早めなければならないのではないか、という意見が強くなった。

「むしろ、発表をもう一週間延ばしたほうがいいかもしれん」と、与党幹事長は会議でいった。「外国筋からのすっぱぬきがないとすれば、だ……。その間に、自分で逃げ出せるものはかなり日本をはなれるだろう」

「一週間や二週間ではたかが知れてる」と野党第一党の書記長はテーブルをたたいた。「逃げられるのは金のあるやつだ。——一般国民はどうするんだ？　早く発表して、すぐ統制にはいるべきだ」

「発表してからでも、逃げられるものは逃げるだろう」とメンバーの一人がいった。「議会発表を早めて、一刻も早く混乱拡大を防ぐ非常措置をとらなければ……」

政府関係に噂についての各方面からの問い合わせが殺到しだした。新聞記者たちの顔つきがしだいに変わり、眼が血走り、各省庁の記者クラブでは、電話のどなり声がはげしくなりはじめていた。臨時国会開催までにまだ数日あるのに、国会議員たちは続々と議会につめかけ、各省庁の局長次長クラスは毎日押しかけてきて「何か」を聞き出そうとする代議士たちから逃げるのに一苦労だった。巷《ちまた》——とくに東京では、さまざまな流言がとびはじめた。サラリーマンたちは、会社での仕事が手につかない様子で、よるとさわると職場の片隅で、小さな集まりができた。震災のあと数ヵ月たち、罹災《りさい》を免れた家庭も、罹災者住宅や施設にはいった家庭も、やっと、どうにかおちつきかけたばかりだったが、災害の恐怖の記憶のうえに、不便さと物価高にいためつけられていた主婦たちは、街の噂にふたたび不安と動揺の色を濃くしはじめていた。——どうなるんでしょう？……どうすればいいんでしょうねえ。……政府は何かやってくれるのかしら？——タクシーの運転手までが、客の顔さえ見れば、「本当に、東京は沈むんですかね？」と聞くようになった。中・高校生たちの間にまでさまざまの噂や流言が流れはじめ、街の書店では、地震や地学関係の一般解説書がとぶように売れた。人々は、近いうちに、「何か」がある、ということをはっきり感じはじめ、もうその「何か」が起こるということを誰もうたがわなくなりはじめていた。

経済界は、すでに政府首脳との秘密会談があってから二日めに、隠密裏《おんみつり》に動きはじめ、その動きが、ある「徴候」として、社会の中にあらわれはじめたのは一週間とたたないうちだった。世界各地ではじめられた、札びらで横面をたたくような中古船、老朽船の買い付けは、すでにこの一年間、世界の船舶海運業界の注目を集めはじめていた日本の保有船腹の増大ぶりを、いっそううきわだたせはじめた。

——もちろんダミーを使い、船籍をごまかしていたが、日本の猛烈な「買い」ぶりは、世界の船価、下取り価格の高騰を招きそうになり、国際船主協会にクレームが殺到しはじめた。もちろん傭船《ようせん》契約のほうも、その一週間に日本に集中しはじめ、こちらも価格の高騰がはじまりかけた。海外支店、海外本社、合弁会社への送金が猛烈に増加しはじめた。――経済界は、二週間前の「予告」を、二週間のフリーハンド期間と見なしていた。首相との約束を反古《ほご》にしたように見える動きは、実は、あの会合に出席したもの全員が、誰も表だって口に出さず、暗黙に了解していたことだった。――政府は、経済界の「準備」のための予告を出し、表向きその間の勝手な動きに、厳重に釘《くぎ》をさす。経済界はしかし、その「予告」を、混乱の起こらないうちに早く始末をやれ、と忠告されたとうけとる。表向き「やるな」ということは、実は「やれ」ということになり、政府はまさかの場合に大義名分がたち、また公約違反を口実に、次の機会にきびしくしばることもでき、「予告」によって得られた経済界の利益の分配も要求できる……。こういったことは、常識的な取引だったが、今度の場合、「政府」の性格や力が将来どう変わるかわからない異常事態下だったから、その程度の動きなら節度のある動きをまもったといってよかった。

しかし、経済界の新しい動きは、国際社会のあらたな注目をひきはじめた。――日本の経済界が何をはじめようとしているのか、その真意をさぐれ、という指令が在日の外国会社支店や調査機関に続々とはいりはじめた。外国株式市場では、おそらく何かの勘ちがいから、ほんの一時期ではあるが、日本系会社株の買い材料にうけとられた。

日本が、またなにかやろうとしている……。極東の一角で、何かが起こりかけている……。ニューヨークで、ロンドンで、パリで、市場と経済情報網を通じて、日本はまた世界の注目を集めはじめた。日本の公社債の低落と、一部日本系会社株の急騰気配と、国際海運業界に投げかけられた波紋と……日本は、何をやろうとしているのか？

「発表は二日早められる……」

都内のある場所からある場所へ、混線による通話漏洩《ろうえい》を避ける特別の電話回線を通じて、声がささやく。

「決定したのか？」と相手の声が聞きかえす。

「情勢を検討した結果、ほぼその線にかたまった……」

さらに数時間のち、ふたたび回線の中を声が流れる。

「発表は、もう二十四時間早まる可能性がつよい……」と声がいう。「国会の召集もそれに応じて早められるだろう。代議士は、いま、ほとんど都内に集まっているから……」

「計画が二つ三つつぶれるな……」と相手がつぶやく。

「発表より先に……」声は、無表情にささやきつづける。「ヨーロッパで、すっぱぬきがあるだろう……。政府声明はそれにもたれかかる形で……」

8

アジア東部の大陸棚、とりわけ日本列島弧を中心にして、巨大な地殻変動が起こりかけている、というアメリカ測地学会の発表が電撃のように世界をゆすぶったのは、三月十一日、当初予定されていた政府発表の期日の三日前だった。――アメリカでの発表は東部時間の午後二時、測地学会会長のユージン・コックス博士と衛星観測部会の責任者の緊急談話の形で行なわれた。

談話は、きわめて慎重な表現をとっていたが、ここ数ヵ月間の、測地衛星と観測船によるさまざまな調査を総合すると、極東の大陸棚の一部、とくにもっとも活発な地殻・造山活動の行なわれている弧状列島付近に、いまだかつて人類の経験しなかったような、大規模な地殻変動が起こる可能性が急速に高まりつつある。その変動は東経百三十度から百四十五度、北緯三十度から四十五度の地域を中心にして、おそくともここ一年以内に起こるだろう、とのべ、記者団から、その地域は、ほぼ日本領土全域をふくむものではないか、との質問に対し、今度ははっきりと、地学的に見てきわめて特殊な日本列島弧と、その付近の地下マントル流の動きが、この大変動の主役だ、と言明した。

どのようなタイプの変動か、という質問に対して、コックス会長ははっきりした言明をさけたが、「われわれは、アトランティス大陸伝説のことを考えている」という一言が、記者連中を緊張させた。

「日本列島付近に地殻の大変動。日本はアジアの〝アトランティス〟になるか？」

のニュースは、アメリカ、ヨーロッパではただちに電波と新聞を通じて流された。だが、日本では、時差の関係で、朝刊のおそい版の一面下段に、五段ないし六段でくりこまれた。——アメリカでの発表から三時間おくれて、パリ発、AFPが「確かな筋」よりの情報として、

「日本消滅の日せまる」

という、衝撃的な見出しのニュースを全世界に流した。——ヨーロッパ、アメリカの朝刊各紙は、このニュースを一面大見出しで大々的にとり上げ、電波もくりかえしこの問題を報道した。AFPの記事は長文のもので、アメリカ測地学会発表の記事に、より進んだ解説を加え、日本列島の主なる四つの島が、列島下部に起こりつつあるマントル流変動によって、近く、急速に海底に沈み、それ以前に、地上の火山爆発と地震によって日本の国土は壊滅的な破壊をこうむるだろうと、図解まで添えてくわしく報道していた。——変動は、主に日本列島を中心として起こるが、その規模はかつて歴史に記録されたことのないほどの大きさであり、これだけの規模の変動は、極東および西部太平洋諸地域にも大きな影響をおよぼさないわけはなく、国際連合当局は、事態を重視して、すでにこの大変動の東部アジア、西太平洋地域がこうむると予想される被害について、数日前から秘密会で検討を開始し、事務局筋の情報としては、ここ二週間以内に、この

問題について緊急安保理事会が招集される見通しである、としていた。

ヨーロッパ中央時間の午後十一時のニュースとしてまず電波に流されたこの衝撃的な記事は、日本では午前八時、出勤前のニュースとして、ラジオ、テレビで一斉に全国に報道された。つづいて三十分後、臨時ニュースとして、その日の午後一時、臨時国会において、首相の重大演説が行なわれることを予告した。

東西の証券取引所では、すでに午前四時にアメリカから流れた「日本大変動」のニュースをキャッチして、委員会が早暁から協議にはいっており、午前八時のニュースの追い打ちによって、ただちに、その日の立会いの停止を決定した。海外の経済市場が、このニュースをどううけとめたか、という情報も続々はいり出した。――午前十一時にひらかれた臨時国会は、本会議が東京大地震の死亡者をのぞいてほとんど全員出席で成立したあと、十分ほどで午後一時までいったん休憩にはいった。新聞社は全社が号外の用意を完了し、テレビ、ラジオ局は国会議場内にカメラとマイクの放列をしいた。外国の新聞記者やカメラマン、外国のテレビまでが押しかけ、日本中が、午後一時の「首相の重大演説」へむけて、しだいに緊張の度を加えていた。各会社では、朝のニュースの噂でもちきりで、午前中はどの社ともに仕事にならない有様だった。昼休みになると、誰も彼もがテレビの前につめかけた。みんな政府の発表がどんなものであるか、外電から大体推察はしていた。しかし、政府の公式発表が、いったい議会と国民に何を語りかけようとしているのか、それをはっきりと知りたくて、テレビの前、あるいはラジオの前につめかけたのだった。——テレビは各局とも昼の演芸などを早めに切り上げ、一時十五分前から特別番組を組んでおり、学者、評論家、ジャーナリストなどの出席メンバーの間で、朝、アメリカおよびヨーロッパから流された報道についての、短い討論がかわされていた。——テレビの前に集まった人々は、いつもとちがってあまりしゃべらず、震災以後、日々に強まりつつあった不安な予感、そしてこの一週間ばかりの間に、急速にささやかれはじめた恐ろしい噂が、現実化する瞬間を待っていた。その日は、朝から、軽い有感地震が何度か東京地方をおそった。震源地は西のほうといわれていたが、誰もそのことに注意をはらうものはいなかった。

国会本会議場は、日ごろに似ず、すでに一時十五分前に議員のほとんどが入場を終えていた。一時きっかりに議長が開会を宣し、ただちに首相が沈痛な表情で登壇した。フラッシュがひらめき、アイモが鳴り、テレビカメラは一斉に首相にズームインした。首相は演説草稿をとり出すと、かるく咳《せき》をして、やや沈んだ声で語り出した。

「議員諸君、私は、日本国政府の最高責任者として、今、われわれの国が、国難ともいうべき未曾有《みぞう》の危機に直面していることをお知らせしなければなりません……」

国会での首相の演説がはじまったころ、小野寺はコートを着て、スーツケースをぶらさげたまま、D計画本部のD－1の部屋にあらわれた。——午後の仕事のはじまる時間だったが、ほとんどの課員は、カラーテレビのある会議室のほうへ押しかけて首相の発表を聞きに行ってしまい、3Dディスプレイ室の隣りの執務室の中はがらんとして、幸長と中田が、部屋の一角で、携帯ラジオで演説を聞きながら、気落ちしたような顔で煙草を吸っているだけだった。

小野寺の姿を見ると、幸長は手をあげた。

「今日出発か？」

「ええ——三時半の成田発、モスクワまわりで……」

と小野寺はいった。笑いを浮かべていたが、その顔はなぜか憂鬱《ゆううつ》そうで、いらいらしているみたいだった。

「よかったな。——この発表のあとでは、切符も外貨も、とたんに手にはいりにくくなるぞ。けさから外国航空会社では、ドルの現物でなければチケットを売らなくなった。さっきのニュースだと、海外では、円の交換が停止になったらしい……」

「予定が三日も早くなったんでびっくりしました……」と小野寺はいった。「まさにすべりこみです」

「うまくやったな……」と、中田が背中をたたいていった。「落ちつき先はどこだ？」

「とりあえずスイスです。——彼女がほとんどの財産を、スイス銀行に送ったんです」

「スイスか。——スイスなら、君の働き口はあると思うな……」と中田はいった。「あの国は山国のくせに、海底調査や海洋開発にふしぎと熱心だしな。深海用潜水艦も建造しているし、スキューバダイビングの記録保持者もいるはずだ……」

「はじまりましたね……」と、小野寺はラジオを顎《あご》でさした。

「けさほどの外国のニュースでも聞かれたとおり……」と首相の声がラジオから洩《も》れていた。「きわめて近い将来、日本列島を中心にして、大きな地殻の変動が起こり、日本の国土は、そのため壊滅的な破壊と打撃をうけるだろうということが、わが国の科学者、および政府所属の機関の調査により、確実になりました……」

「日本の首相の演説が、同時通訳つきの宇宙中継で、世界各国のテレビ、ラジオに生放送されるのは、これが初めてだろう……」と中田はつぶやいて、ちょっと笑った。「われわれの仕事は、いわばこれで一段落だ。──だが、実際はこれからが大変だ。これからが大混乱だ。……世界じゅうをまきこんで……」

「……この変動の全貌《ぜんぼう》と、その起こる時期は、つい最近明らかになってきたものであります。調査機関の予測によりますと、この変動は、ここ一年以内の間に起こり、その変動の結果、地震その他によって国土全域が破壊されるばかりでなく、日本はそのほぼ全域が、海中に没し去ることになる、ということであります……」

「一国の首相の国会演説が、地学をテーマにしてなされるなんてことは歴史的に見て、前代未聞だろうな……」と幸長はつぶやいた。「日本という国は、その意味できわめて特殊だな」

「その意味で、日本の場合、もっと早くから、政治に、自然科学的な観点がはいってもよかったんだ」と中田はいった。「これからは世界じゅうが、しだいにそうなっていくだろう。——環境問題、公害問題、地球管理問題といったものが、しだいに大きくなるにつれてね……。政治の政治主義時代……人間集団対人間集団の間の取引や、かけひきに焦点のあたったマキャヴェリズム時代は終焉《しゅうえん》にむかいつつある。……これからの政治家は人間社会と自然環境に対する科学的知識が必須《ひっす》の基礎教養となっていくんじゃないか？」

「それはどうだか——」と幸長は首をふった。「やはり、まだ当分の間、政治の最大課題は、さまざまな人間集団の対立する利害をどう処理するか、ということだろう。——何か今よりずっとうまい、効果の高い集団内、集団間のコミュニケーションの方法でも発見されないかぎり……政治家の仕事のほとんどは利害の調整ということになるだろうね。今のように、利害の調整だけで、エネルギーのほとんどが消耗されるような能率のわるい状況がいいかわるいかは判断のむずかしいところだ。調整のためのエネルギー浪費と能率の悪さを、事態の暴走のブレーキや安全弁に使っているのがデモクラシーの特徴で、反対に最も効率のいいのは独裁制だからね……」

「——私は、歴史上かつてどの国も直面したことのないような、この前代未聞の災厄、古今未曾有の国難を直視し、これに対処するため、行政の最高責任者として各党に協力を求めたところ、各党の首脳はよく事態を理解され、ここに超党派の協力体制が得られることになりました。一方、政府は、国土崩壊沈没という人類史上かつてない事態に際し、日本国民すべての生命とその財産の一部を災厄から退避救出するため、国連ならびに全世界の政府に日本国民救済計画への協力を要請し、国連及び各国政府からは、人類的連帯の立場に立って、日本国民救済に可能なかぎりの力をかそう、という申し出が日本に寄せられつつあります……」

「このあとすぐ、首相は議会を中座して、今度はテレビ、ラジオで直接国民に訴えるらしい……」と中田はいった。「アメリカ大統領だったら、いきなりテレビで直接国民に話しかけるだろうな。……日本じゃそうはいかん」

「……政府は全国民の生命と生活をまもり、その海外退避を円滑に行なうために全力をあげて対策にとりくみつつあります。どうか国会議員諸氏も、われわれの愛する祖国日本と、一億の同胞をこの未曾有の危機より救うために、事態をよく理解され、一致協力して、国民の代表としての義務を果たされんことを、行政府の最高責任者として、衷心《ちゆうしん》からおねがいする次第であります……」

「時間はまだいいのか？」と幸長は聞いた。

「二時に成田高速のホームで待ちあわせです」と小野寺は時計を見上げて沈んだ声でいった。

「何だかあまりうれしそうじゃないな」と幸長はいった。「どうした、スイスまでのハネムーンじゃないか。もっと景気のいい顔しろよ」

「ええ、実は……」と小野寺は苦しそうな顔をした。「幸長さんや中田さんは、どうするんですか？　これから……」

「さあ、どうするって……」幸長は中田のほうをふりかえった。「対策本部にはいって……観測は、退避完了までつづけなきゃならんだろうな。中田さんはひょっとすると、退避計画のほうへ引っぱられるかもしれん、という話だが……」

「おかしいですね……」小野寺は苦しそうな笑顔を浮かべた。「この間まで、〝はいさようなら〟って気分だったのに、昨日あたりから、どうしても行きたくなくなったんです」

「そんなこと、考えちゃいかん」と幸長は強い声でいった。「君らしくもない。この間、君は、〝自分で自分のボーナスをとる〟っていってたじゃないか。——自分の力で逃げ出せるチャンスにめぐまれたものは、一人でも多く逃げ出すことが、この場合かえって日本のためだ……。それだけ国にかける負担が小さくなるし——日本人が一人でも多く、この地球上に生きのびられるわけだ。日本のために何かやりたければ、ヨーロッパでもできるさ」

「でも、幸長さんや中田さんは……ずっとのこるんでしょう？」

「ぼくたちのことは、自分でどうにでもするさ」と幸長は微笑した。「子供じゃあるまいし、自分で自分の始末をつけられない年でもない。年を食ってるから、君ほどさらりとした動き方はできないかもしれないが——でも、いっとくけど、何も悲愴《ひそう》がって日本列島と心中する気はないよ。逃げる時になったら、どんなことをしても逃げてやる」

誰もいない机の上で、電話が鳴った。——中田が大股《おおまた》に歩いて行ってとり上げ、二言、三言しゃべってから、電話を切った。

「富士山がいよいよ噴火するらしいぞ……」中田はかえって来ながらいった。「宝永火口の下で三ヵ所、噴気がはじまった。箱根の神山《かみやま》と大涌谷《おおわくだに》も、けさから噴気と小爆発をはじめているらしい」

「富士山が……」と小野寺はつぶやいた。――なぜか知らないが、不吉な、黒い影が、ふっと心を横ぎった。

「箱根、御殿場、小田原《おだわら》、東富士方面は昨日から避難がはじまっているはずだ。なにしろ塔之沢《とうのさわ》あたりで、一日二センチ、愛鷹山の北方では、一日五センチ近く隆起を続けていたんだから……」

「じゃ……」と小野寺はいって、腰をあげた。「お元気で――世界のどこかでお目にかかりましょう。スイスへ連絡してください。――それから……結城のことをたのみます。家族はもう台湾へたたせたそうですが……」

その時、机の上の湯呑《ゆの》みやインク壜《びん》がガタガタと音をたててゆれた。鉛筆が一本、机の端から床の上におちて、芯《しん》の折れるピシリという音がした。

「はじまったかな」

中田は窓のほうをふりかえってつぶやいた。

「……らしいぞ」

幸長は腰を浮かして、窓の外を指さした。

その部屋の西の窓から、富士の姿は直接は見えなかったが、巨大な灰色のきのこ雲が、三月の浅葱《あさぎ》色の空高くむくむくとふくれ上がりつつあった。――三人は窓際にかけよった。

その時になって、最初の衝撃波らしい空気の振動が、窓ガラスをびりびりとふるわせた。

「これは相当な噴火だぞ……」と中田はいった。

「屋上へのぼってみるか……」

背後でまた電話が鳴った。――今度は幸長が出た。聞きとりにくいらしく、声が大きくなったが、相手がわかると、はっとした表情になって小野寺へ電話をつき出した。

「君にだ……」と幸長はいった。「女性から……」

小野寺は一足とびに電話にとびついた。

「もしもし……」と、小野寺は送話器にむかって叫んだ。「もしもし！」

受話器の底に、ザアザアとひどい雑音がした。ゴウッという音や、誰かの叫び声が聞こえた。

「もしもし……」遠くで玲子の声がした。

「今どこにいるんだ？」と小野寺は片耳を指でふさいで大声でいった。

「今……真鶴《まなづる》道路を出はずれたところで……車がつかえて……」

「真鶴道路？」小野寺の声は思わず上ずった。「なんだってそんな所にいるんだ？――三時半に成田出発だぜ」

「昨日……のために……伊豆へ……」雑音と背後のどなり声のために、玲子の声はとぎれとぎれになった。「列車は……で……けさ早く……車で出たんだけれど……渋滞……」

「もしもし！」小野寺は全身に汗をじっとりかいてわめいた。「もしもし！――よく聞こえない」

「ここまで来たら……噴火……石が……道路……」

玲子の声の背後で、ゴウッという音と、かたいものが何かにガンガンあたる音がした。女の長い悲鳴と、子供の泣き声が聞こえ、ベキベキと木の折れる音や、ガラスの割れる音がまじった。

「すごく熱い灰が降ってくるわ。もう外はまっ白、どんどん積もっているわ。……焼けた石も飛んでくる……」ふいに玲子の声がはっきりした。「小野寺さん、航空券わたしといたわね。先にスイスへ行って。私、今日はとてもまにあわない。あなただけ先に、今日のスイスエアにのって。私、どんなことがあっても、必ず行きますから」

「ばかな！」小野寺は掌《てのひら》にかいた汗でヌルヌルする受話器をつかみなおしながら上ずった声でわめいた。「そんなばかな！」

ゴーッ、と長い山鳴りのようなひびきが受話器の底いっぱいにひびいた。悲鳴、地ひびきたてて何かのおちる音……そして、あたりの騒音にまけまいと、必死になって声をはり上げる玲子の言葉が、やっと一言だけ聞こえた。

「……ジュネーヴ……」

受話器の中に、ガリッと、ひどい音がすると、電話はぷつりと切れた。——あとにはかすかな、波音のようなノイズ以外には何も聞こえなかった。

小野寺は電話を切ると、呆然《ぼうぜん》として立ちすくんだ。体中の血が、足のほうへむかっておりていくのがわかった。——全身が気味のわるい汗にまみれ、自分が窓のほうをむいて、カッと眼を見ひらいたまま、涙を流しているのが感じられた。

「どうした？」と中田が聞いた。

「おい、どこへ行くんだ」と幸長がいった。

小野寺はドアに向かって走り出していた。——どこへ行くか、自分でも見当がつかなかった。都心から八十キロはなれた真鶴の海岸で、降りしきる熱い石と砂の下にいる玲子の所へ、とにかくすこしでも近づいてやらなければならないという、やみくもの衝動が、彼の理性を失わせていた。

「小野寺君！」と、幸長が廊下に首を出して叫んだ。「荷物！——荷物をどうするんだ？」

だが、小野寺の姿は、階段の下へ消えた。

「でありますから国民の皆さんは、どうか冷静に……」と幸長の背後で、国会演説が終わって、今度は、国民へ直接テレビ、ラジオで語りかけはじめた首相の声がした。

「……秩序を保ち、混乱からくる犠牲を最小限にとどめることに、どうかご協力していただきたいのであります。政府及び国会は、いかなることがあっても、全国民の生命と生活を、この災害から救い出すために、全力をふるい起こしてこれに当たることを……」

爆発から数分後、八十キロメートルの距離をわたって、最初の爆発音が、ドウンと、大気の底をゆすぶり、部屋がまたゆれた。――戸口に立った幸長は思わず窓のほうをふりかえった。西の空は、すでに灰色の噴煙におおわれつつあった。


この日、三月十二日午後一時十一分、国会において首相演説の真っ最中に、宝永火口の真下、海抜二千五百メートル付近の山腹からはじまった富士山の大噴火は、まず南東麓《ろく》二千七百二メートルの高さにある側火山である宝永山をふきとばし、つづいて、御殿場方面へかけて山腹にそって次々に大小二十数口の火口が開き、一斉にガスをふき出し、灰と火山弾をとばしはじめた。――宝永四年（一七〇七年）の大噴火以来、実に二百数十年ぶりに富士休火山は大活動をはじめたのである。

山腹噴火とほとんど前後して、南東山麓の越前岳《えちぜん》、愛鷹山、箱根神山なども爆発を開始した。付近には大量の灰と火山弾が降り、東名高速は御殿場付近で不通になり、東海道線、東海道新幹線は、沼津―富士間と、三島《みしま》付近で架線切断、列車転覆を起こし、火山弾のため、富士、小田原間が不通になった。――噴火は約二時間つづき、いったん小康状態にはいったあと、午後三時四十分ごろから、ふたたび頂上付近から大爆発が起こりはじめ、今度は大沢くずれのあたりからの爆発が、頂上部を完全に吹きとばした。

――二度めの大噴火の時は、今度は、箱根愛鷹方面と反対の、山梨県側北東部の大宝山と頂上との間に火口が出現し、ここからは、永保三年（一〇八三年）の噴火以来、実に九百年ぶりに大量の溶岩が噴出し、山麓にむかって流れはじめ、青木《あお き》ヶ《が》原《はら》樹海をふたたび火の海と化し、鳴沢《なるさわ》付近の町やホテル群を呑《の》みこんで、西湖《さいこ》、本栖湖《もとすこ》の二つの湖になだれこんだ。

だが、この二回の大噴火は、後につづくさらに大きい、貞観《じょうがん》六年（八六四年）の噴火をはるかにしのぐといわれる大爆発の序章にすぎなかった。第三回の噴火は、約六時間つづき、その後ふたたび四時間あまりの鎮静状態にはいった。火山爆発に付随してよく起こる現象だが、この十時間の間に箱根、小田原から神奈川県西南部一帯には、火山灰まじりの泥水のような豪雨が降った。そして三月十四日の午前一時二十六分、ふたたび丹沢《たんざわ》、甲府、沼津、静岡一帯につよい地震が起こって三分後、富士山は頂上部を高さ三百メートルにわたってふきとばす大爆発を起こした。山頂を北北西から南南東へかけて生じた裂け目は、富士山を真っ二つにひき裂き、山容は一瞬にして変わってしまった。「古富士噴火」とのちに呼ばれたこの噴火は、富士山の下にかくれて二万年以上も活動しておらず、もう噴火することはない、といわれていた古富士が起こした爆発で、爆発のエネルギーは7×10^{24}エルグ、噴出物の総量は前二回をあわせて六〜七立方キロメートル、三回の爆発で、降灰、火山弾、溶岩、衝撃波などによって死亡した人々は、山梨、静岡、神奈川西部で二万人を越えた。富士山は、頂上部がふきとばされたあと陥没し、全体として七百メートルも低くなり、さらに噴火のあと、付近一帯の地域が一メートル以上も沈下した。山容はまったく変わってしまい、あの美しい円錐《えんすい》形のコニーデ――万葉のころよりうたいつづけられ、語りつづけられてきた日本の象徴ともいうべき名山は、ぎざぎざになった火口壁と直径数キロにわたる地獄の釜《かま》のようなカルデラ、そして北北西から南南東にかけて生じた火口壁の裂け目によって、神奈川、山梨から見ると二つの山になってしまったように見えた。降灰は小田原付近で二メートル、甲府で一メートル半、東京都内でも東部は十数センチから二十センチにもなった所があり、灰は遠く百四十キロはなれた成田空港の滑走路までうっすらとおおった。

このあと、さらに奇妙な現象が起こった。富士川河口が、右岸と左岸で水平に一メートルもずれてしまったのである。富士川にかかる鉄橋は、このずれのため、ほとんど交通が危険になった。富士川の東側が、南にむかって数十センチ動き、同時に垂直に三十センチ近く沈んだ。

そして、この富士大爆発さえも、つづいて起こる変動の序曲の導入部でしかなかったのである。

――富士爆発の三日後、今度は浅間山が大爆発を起こした。爆発エネルギー4×10^{24}エルグ、溶岩流はまず東進して鬼押出《おにおしだし》の自動車道路をあっというまに埋め、つづいて南方の石尊山《せきそんざん》、離山《はなれやま》付近にも火口がひらいて、溶岩と灰が小諸《こもろ》から軽井沢《かるいざわ》を埋め、離山の爆発は碓氷《うすい》峠の自動車道と信越トンネルを灰と溶岩で不通にし、さらに浅間北西麓の新鹿《しんか》沢《ざわ》温泉では、温泉のホテルの下から噴火したのが、烏帽子《えぼし》岳山腹噴火の皮切りになり、嬬恋《つまごい》から鳥居《とりい》峠を抜けて信州上田《うえだ》に通ずる道が不通になった。浅間噴火が一週間にわたってつづくうち、今度は群馬県北部の武尊山《ほたかやま》が活動を開始、洞元湖《どうげんこ》を大量の灰と溶岩がおそい、利根《とね》川上流を分断したかわりに、地震と地裂によって藤原《ふじわら》ダムが決壊、水上《みなかみ》温泉から沼田《ぬまた》市付近まで鉄砲水におそわれ、上越線が不通になった。さらに武尊山北方の燧岳《ひうちだけ》、日光《にっこう》の奥の白根《しらね》山、那須《なす》高原の大佐飛《おおさび》岳など、北関東の火山群も一斉に活動を開始した。

本州を西と東にわける関東山脈の下の富士火山帯は、今や一斉に燃え上がり、関東地方と中部・西日本をつなぐ陸上交通の幹線はすべて断ちきられてしまい、空路と海路のみがのこされていた。――同じころ、房総半島、三浦《みうら》半島、伊豆半島の突端部では、一日数センチから十センチにおよぶ沈降と、場所によっては一日数センチの南東方向への水平移動がはじまった。地表の傾斜も強くなり、南関東一帯には連日震度三ないし四の地震が小やみなくはじまりだした。

西日本と東日本がフォッサ・マグナを境に、かなりな速度でずれはじめたという報告が、D－2中部地区班から対策委によせられたのは、三月二十二日だった。――現在は一日数ミリの速度だが、徐々に加速しつつあり、四月中に数センチのスピードに達するだろう、と、報告はのべていた。

9

日本列島が一年以内に海没する。──

この日本政府の公式発表が、全世界に衝撃をあたえた時、日本の国民大衆の反応は、意外に平静だった。というより、無気味な沈黙と虚脱がおそったといっていい。外へとび出してわめくものは、どの都市でもほとんどいなかった。議会での首相演説、国会承認のもとでの非常事態宣言の公布、つづいてのラジオ、テレビでの国民への訴えかけを聞いているうちに、人々の顔は、かたく無表情になり、放送が終わった時は、かすかな溜息《ためいき》があちこちで洩《も》れただけで、ほとんどの人があわただしい動作をやらなかった。──あまりに途方もない話なので、衝撃はうけたものの、とっさにどう反応していいかわからなかったのかもしれない。

テレビは、首相の演説につづいて、特別番組でニュースと解説を流しはじめ、大部分の人たちは、職場で催眠術にかかったように画面を見つめつづけた。が、そのうち数人ずつ、足音をしのばせるように部屋を出て行った。

首相演説の一分後から、日本じゅうの電話という電話が一斉に鳴りはじめ、その日のうちに全国何千ヵ所で交換機のヒューズがとんだ。電電公社のマイクロウエーブ回線が、富士火山帯の爆発開始で、東京以西が次々に不通になっていったので、東京─大阪間の通話容量は、その日のうちに三分の一になり、郵政省通信衛星を使っていたテレビの全国ネットワークをのぞいて、電話、テレックス、コンピューター通信回線は、緊急重要な通信を最優先にして、一般はほとんど使用できなくなってしまった。しかし、東京都内で、東海地方で、名古屋《なごや》で、関西で、瀬戸内、九州の域内で、数千万台の電話は鳴りつづけた。

——テレビ、見たか？……放送聞いたか？……日本が沈むって……どう思う？……あんた、どうする？……どうしたらいい？……もしもし、おれだ。……ニュースを聞いたか？……うん、すぐ帰る。とにかくすぐ帰るからな。……子供を学校から呼びもどせ。

ふしぎなことに、職場ではあまり議論が持ち上がらなかった。——みんな、お互いに眼をあわさないようにして、電話にとびつき、あるいは、眼を宙にはせて、いらいらとテーブルを指でたたいて考えこんだりしていた。

この問題は、ドル危機や、社会的事件とちがって、職場や、街頭の議論で一応の方向づけができるものではない、ということをみんな直感的に感じたようだった。衝撃は、そういった日常社会生活の表層の、少し下の所をおそい、めいめいが、日常社会的な関係の水準の下にある、よりパースナルな次元にもどり、めいめいが、「どうしたらいいか？」という問題に個人的に直面したようだった。

午後二時ごろから、時ならぬ「早退《はやび》けラッシュ」が全国のターミナルで起こりはじめた。東京では、西のほうで富士山が鳴動をつづけて噴煙をふき上げ、銀座《ぎんざ》も、丸《まる》の内《うち》も、皇居の緑も、高層ビルも、道路も、鉄道も、さらさらとふりそそぐ、灰白色の灰におおわれはじめた。お濠《ほり》の水には、軽石のくだけた白い灰が一面に浮き、白鳥は石垣の隅に、怯《おび》えたようにじっとかたまっていた。――ザラザラと歩道の上に音をたてる灰や小さな石をふみしめ、なお絶えまなく降りしきる灰に肩や頭を白く染めながら、人々は顔をかたくひきしめ、ややうつむき加減に、足早に駅へむかって歩いていった。

電車は、列車は、バス、タクシーは、家まではこんでくれるだろうか？

道路はいつごろまで大丈夫か？

この巨大な都市の交通通信機能を一瞬にして麻痺《まひ》させたあの大震災以来、人々の恐怖の記憶は、反射的に「帰宅」を急ぐ行動をとらせていた。ウイークデイの午後二時というのに、この大都会の「日常」を形成している表層は、熱を加えられた脂の膜のように突然とけ、流動しはじめた。夕方の終業時なら、その液状に溶解した表層の下からネオンがまたたきはじめ、夜の都会の、あの活気ある歓楽のさざめきがふき上がってくるのだが、今はそのかわりに、軽い、眼や鼻にいがらっぽくしみる熱っぽい灰が、とけはじめた表層をもう一度おしつつみ、かためてしまおうとするように、しだいに厚くおおいはじめた。

――人々は、降りそそぐ災厄のセメントにかためられるのを恐れるように足早に歩いた。タクシーは、客をひろうのをこわがっているみたいに、無茶苦茶なスピードですっとばした。運転手たちも、カーラジオを聞いて、一様に「職業人」から「個人」へかえり、家庭のことを思い出し、家へ帰ろうと急ぎはじめたのだ。

家へ！

茶色がかった灰白色の粒子が降る中で、この大都会は、おびえた声で一斉に叫んでいるようだった。

とにかく、家へ！

家へ帰って、それから？　何をしたらいいのか？　どうしたらいいのか？　そのことは、誰もの胸にもやもやと渦まきながら、誰もその場で考えてはいないようだった。とりあえず、家族は一つにかたまらなければならない。どうすればいいのか考えるのは、それからだ。

——早退けしない人たちもいた。独身者や、下宿している若者たちだった。学生たちはまず大学へ顔を出し、仲間を見つけると話しこんだ。継続しているテレビの特別番組をつづいて見ているのは彼らだった。喫茶店や、職場で、独身者や若者たちの、心細げで、言葉少ないサークルができた。学生たちをふくめて、何パーセントかの独身者たちは、帰郷を思いたって駅へ押しかけた。

だが、西のほうへ行く交通機関は、ほとんど途絶しており、小田急、国鉄とも、平塚《ひらつか》以西は運転休止、東名は厚木まで通じていたが、まもなく渋谷《しぶや》ゲートが閉鎖された。中央線も八王子《はちおうじ》以西は運転休止になり、この時関西から東京を訪れていた二十五万人の旅行客は、都内で孤立しかけていた。「東海道メガロポリス」は、ついに東よりの所で真っ二つに断絶し、東西日本の交通は、空路と水路だけになった。羽田空港は、津波におそわれてから一時再開していたが、最近また付近全体の沈下がひどくなり、満潮時に海水が滑走路に浸入しはじめて、防潮工事のため閉鎖中だった。成田は国際線と国内線を一手にひきうけてパンク寸前だった。——木更津《きさらづ》、入間《いるま》の航空自衛隊基地が、臨時に国《ドメ》内線《スティック》にオープンされるようになったのは、つい三日前で、滑走路と地上施設の関係から中型機しか発着できず、民間機がなれていないので、輸送部隊まで使う有様だった。長距離フェリーが津波のあとまだ復興しきっていない東京港から、甲板まであふれた乗客を積んで、次々と関西へ、九州へ出港していった。

やがて、富士山の本格的大爆発が起こって、都内はところによっては一キロもある石がおち、十センチ以上の降灰におおわれ、地下鉄をのぞいて都内交通はにぶりはじめた。除雪車が灰をかきわけ、タクシー、自動車は動いていたが、すでに統制下にあった石油の不足は、東西交通の途絶のために、いっそう目だちはじめていた。

——大震災後三ヵ月でいったん解除された「非常事態宣言」が、わずか二ヵ月ののちふたたび、今度は全国的規模で発令された。

「配船計画に、一部手なおしが必要かもしれません」と、退避計画実行委員会で海運局長が、やや青ざめた顔で報告した。「今度の富士山爆発で、外国船主の一部が、契約していた商船の回航を渋りかけているんです。船員組合が、日本接近に危険を感じて、行きたがらない、行くなら特別手当をよこせといっている、というんですが——当方の観測では、それは、口実で、こちらが政府発表前に、定期級《ライナー》の豪華船をチャーターしたのを、事情がわかって、傭船《ようせん》料の吊《つ》り上げをはかっているみたいです。問題は、国際船主協会の内部で、それに同調する傾向が出かかっていることです」

「今、政府特使が、アメリカ大統領に、第七艦隊のほか、第一艦隊の一部をふりむけてくれるよう、かけあってはいるが……」と委員長はいった。「誰か国際船主協会に顔のきく人物はいないのか？」

「もちろんいます。——しかし、このさい船主協会をうんといわすには、このうえの〝上積み〟が必要でしょう」

「すでに理事会には、かなり、ばらまいてある、というが……」と委員の一人が口をはさんだ。「なおこのうえ……というわけかね」

「そうです。問題はこういうことがあちこちに起こってくることです。——事態の進行が思いのほか早かったので、海外で入手した金、白金、各国通貨は、目標の四分の三にしか達していません。それをこんなことにじりじりと食いこまれたら……」

「やむを得んだろう……」と別の委員がポツリといった。「どんなことがあっても、目標トン数は確保せんと——日本の手持ち商船二千六百万トンでは、一億一千万人の人間を運びきれないのは、目に見えているからな。タンカーばかりたくさんあるが、一艘《そう》あたり、いくらも人間を運べまい」

「ICAO（国際民間航空機関）のほうはどうだ？」と委員長はいった。「そんな動きは見えないか？」

「今のところ大丈夫です。――しかし、最悪予想によると、航空機による輸送はさほど期待できないかもしれません」民間航空会社から来ている委員がいった。「なるほど統計上の輸送実績は、昨年四千三百億人キロに達しました。うち有償が三千五百億人キロです。しかし、この急激な上昇分は、もっぱら北京《ペキン》をはじめとする共産圏の国際路線への開放と国内実績の統計へのくりこみ、開発途上地域内の空港整備の進展で、トランスオーシャン、トランスグローバルの輸送実績は、思ったほど伸びていないのです。とりわけ日本の弱いのは空港です。国際線大型長距離機がのり入れられるのは、関西新空港があの有様ですし、成田、伊丹、板付《いたづけ》、千歳《ちとせ》と、今のところこの四つしかありません。無理に使えば、宮崎、鹿児島、熊本、小牧《こまき》、丘珠《おかだま》あたりも使えるでしょう。しかし、ジャンボ、SST、それにDC10やロッキード・エアバスのトランスオーシャン型をのり入れることのできる空港は、成田、伊丹、板付、この三つです。――これらの空港も地震や浸水がはじまったら、いつまで使えるか……」

「機数はどのくらい確保できるかね？」

「各航空会社との個別折衝の結果がまだ出ていませんので、今のところはっきりしませんが……ピーク時で、全世界の保有機数の三〇パーセントを集中できそうです。それ以上はとても無理です。日本のために全世界の運営をストップさせるわけにいきませんから。——ただしこれは長・中距離商業機だけで、それに〝事態A〟の最緊急時に、約一週間は着けられそうですが——それにしても空港のキャパシティに限度があって、成田で二十四時間に千回、伊丹で六百回の発着がぎりぎりでしょうね。アメリカのMAC(戦略空輸軍団《ミリタリイ・エアソフト・コマンド》)が、巨人輸送機C5-Aをまわしてくれるといっていますが、これも空港問題があって……当方としては、各地の航空自衛隊基地空港をフルに使用するため、中型輸送機を、大量にまわしてくれるように申し入れています」

「インドネシア海軍と中国政府が、先方から救出を申し入れてきましたが……量的にはあまり期待できそうもありません」と海運局長はいった。「ソ連からは、まだ返事がありません。——しかし、北洋海域から、太平洋海域に、輸送船団を回航中という情報がはいりましたから、いずれにせよ、近日中に何かいってくるでしょう」

「ソ連、朝鮮民主主義人民共和国、中国、中国……」と委員の一人がつぶやいた。「こんな日本にいちばん近い地域の国に……思うように退避できないのは皮肉だな」

「だから、そういった地域と、もっと早くから、強い友好関係と相互交流をはかっておかなければならなかったんだ!」と野党委員の一人が、テーブルをたたいて、憤懣《ふんまん》やる方ないという調子でどなった。「日本は明治以後、このもっとも近い全地域を、敵にまわすように自分を追いこんでいったんだからな。経済侵略か軍事侵略か、冷戦外交の尻《しり》馬《うま》か、軍事基地か——いずれにしても、帝国主義侵略のくりかえしだ。善隣外交を一度でも自分からまともにつづけたことがあるか? 自らアジアの孤児になるようにしむけ育が、戦後全然欠けているときている。おまけに、国民に対しては、アジア諸国との友好宥和《ゆうわ》教育が、戦後全然欠けているときている。アジア諸国に対する、鼻持ちならん傲慢《ごうまん》な優越感を国民の中に形成したまま、是正もしてこなかった。国民の国際感覚の中から、アジア周辺諸国に対する常識がごっそり脱落してしまっている。札びらを切って女を抱く観光客の感覚か、アジア諸国民を無教養な貧乏人と軽蔑《けいべつ》するエコノミック・アニマルの感覚しかない。――こんな連中が、もしむこうの地域へごっそり移住したら、どうなるんだ」

「そのことは今さらいってもはじまらん」と委員長はいった。「たしかに、日本は今まで欧米の仲間入りすることばかり考えすぎてきた。これは明治以来ずっとだ。戦後だって、それはあまり是正されていないし、政府も是正しようとしなかった。日本は〝近代国家〟〝欧米列強〟の仲間入りをしようと懸命で、社会的、軍事的、経済産業的に一応それに成功したからな。――その成功も、アジア近隣から孤立して平気だったのも、日本に孤立できる条件があったからだ。まずくなれば、いつでもこの四つの島に逃げこみ、一万キロ以上はなれた地球の裏側の欧米圏と取引していればよかった。だが、今度は、その逃げこむ島がなくなるんだ……。そのことは、将来のこととして重大な問題にはちがいない。が、今はとりあえず、この島から一億一千万人をはこび出すための知恵をしぼらねばならんでしょう」

「その点、移民対策委がこまっているらしいですな」と、ジャーナリストの委員がいった。「一応調査機関に、国民の移住希望先を調査させたところ、アメリカ、ヨーロッパ、オーストラリアが圧倒的に多く、南米、アフリカがそれに次いで、東南アジア、中国、ソ連をあわせて、全体の一〇パーセントにみたないんです。——香港、シンガポール、バンコックといった都市を指定したものは多いんですが、これは観光で知っているためでしょうな」

「とりあえず、極右の連中が、中国やソ連が攻めてくるとか、あんな所へ移住したら、奴隷みたいにこき使われるとか、悪質なデマをとばして、国民をおどかしているのを取り締まれないかね」と野党委員はいった。「ああいう連中を野放しにしておく法はなかろう。——大体、歴代与党政府が、アメリカの反共政策に同調しすぎて、ああいう連中に、暗黙の心理的バックアップをあたえつづけてきたのがよくないんだ」

「そのことは最高対策委でも、問題になった」委員長は眉間《みけん》をもみながらいった。「たしかに、手をうたねばならん。——が、非常事態といっても治安維持法じゃあるまいし、流言蜚語《ひご》罪を復活させるわけにもいかんしね。いままでだって、暴力行為でひっぱるよりしかたがなかったんだ。その点は、反米運動だって同様だ。憲法にふれる問題だしな……」

「どんな国でも、これだけ好き勝手に誹謗《ひぼう》することをいままで許しておくことができた、というのは、日本が国として、全然国際社会にとけこんでいなかった証拠ですな」と外務畑から来た与党委員はいった。「そんなに行き先に好ききらいがあったら——対策委で移民先の強制割り当てをやった時、えらいさわぎになりませんかな」

「これは観光旅行じゃない、命がけの退避だということを頭から徹底させるほかない」

と委員長はいった。

「ところで、報告をつづけてもらおう」

「空港問題がネックになって、十ヵ月間の日本から海外への輸送人員は、もっとも理想的に考えても五百億人キロを下まわると思います。——一千万人の人間を五千キロ、二千万人なら二千五百キロはこべる勘定です。日本は極東の島国なので、これまでの客一人当たりの平均飛行距離が長く、世界平均のほぼ四倍——四千キロ以上です。これは理想をいった場合で、実際上、空港全部がいつまで使えるかにかかってきます」

「大阪空港はあのとおりですし、成田はもう一つ泣きどころがあるのです」と航空局長は口をはさんだ。「——給油です。鹿島《かしま》港からのパイプラインは、震災でずたずたになって、まだ七五パーセントしか稼働していません。もしこの十ヵ月間に、まだ何回も大きな地震があるとしたら——最悪の場合は燃料を空輸しなければならんでしょう。内水面輸送路もまた使えなくなるでしょうし——タンカーを横づけできなくて、港湾からあんなに遠い内陸空港は、そこが弱い」

「港湾の場合も、同じことはいえますね」と海運局長はいった。「港湾局からの報告では、太平洋側の埠頭《ふとう》設備のある港湾はすでに三〇パーセントの機能麻痺《まひ》だそうです。裏日本で一〇パーセントですが、太平洋側沈降、裏日本隆起の速度がこの調子でつづくとして、日本全国の埠頭設備の大部分が使えなくなってしまうのに四ヵ月かかるまいといっています。――とすると沖積みしかしかたがないが、艀《はしけ》で運ぶと能率が落ちるから……」

「上陸用舟艇だな――」と委員長はつぶやいた。「海上自衛隊と、米国海軍のMSTS（海軍軍事海上輸送司令部）にたのむよりしかたがないな。――あれのでっかいやつにLSTというのがあったな。二千五百トンぐらいのやつ……タンクものるやつだ」

「ベトナム戦争の時、横浜から軍需物資をサイゴンへはこんでいましたね」

「そう――あれで、終戦後、私は南方から引き揚げてきた。ゆれるし、設備は悪いし、熱帯の暑熱と栄養失調で、病気持ちや負傷者がばたばた死んだ……」

「あの時の外地引揚げは、軍隊をふくめて、一千数百万人だったでしょう」と外務省からの委員がいった。

「だが、期間が長かった。十年近くかかったろう……」と、委員長はつぶやいた。「十ヵ月で一億一千万人なんて――そんなむちゃくちゃなものじゃなかったさ……」

日本列島は、小きざみな身ぶるいをつづけていた。南は九州から北は北海道まで――全国各地に震度二ないし四の地震がひっきりなしに起こり、やがて本州弧の両端で、阿蘇《あそ》と十勝《とかち》岳が、ほとんど同時に活動を開始した。青函《せいかん》トンネルは、トンネル内の湧水がはげしくて、すでに一ヵ月前から使用をやめていたが、四月はじめ、北九州、中国地方西部をおそったマグニチュード七の地震は、関門《かんもん》海峡の海底に東北東から西南西に、高さ六キロ、水平ずれ二メートル、垂直ずれ七十センチにおよぶ逆断層を生じ、関門海底トンネルは鉄道、自動車とも三本が切断された。かろうじて関門橋が、ややねじ曲がった形でもちこたえたが、山口側の橋塔が頂上部で一メートル半も北東に傾き、重車両の通行は禁止された。

九州では、まもなく霧島《きりしま》、桜島《さくらじま》も噴火を開始した。太平洋岸では、海岸の沈降が、平均三メートルを越えたところで、やや速度がにぶったが、やがてふたたび、半島先端部から、いっそうはげしいスピードで沈下がはじまった。

中部地方では、焼岳《やけだけ》、立山《たてやま》の噴火がはじまった。

人々は、見かけは平静に、おしだまって、じっと政府の指示を待っていた。――関西地方では、東京との交通がほとんど途絶したため、週刊誌、雑誌類が届かず、かろうじてテレビ、ラジオと、新聞用のファクシミリ回線三本が、この二つの地域の「社会」をつないでいた。一般退避計画の大綱はすでに発表されていたが、具体的な指示はまだだった。

一般人海外退避の開始は四月二日からとされ、各都道府県、市町村を通じて、地区ごとに、もよりの空港、港の集合地と日時が発表されると通知があったが、こまかい点が追加発表されないまま、じりじりと時間がたっていった。――国際航空路は、政府発表と同時に一般旅行客の扱いを停止していたが、病人を優先とする海外要員の輸送は、受入れ先の条件のととのった所から開始されていた。空港周辺の人たちは、空港に集まって、あわただしく発着する飛行機を見つめていた。彼らの一見《いっけん》無表情な眼の底には、しだいに不安と焦燥と、不信の色が濃くなっていった。

一般海外旅行のあつかいは停止しているというのに、旅客機は、毎日あんなに乗客を満載して飛んでいくではないか？　のっているあの連中は何だ？　ひょっとしたら――政府要員の家族や、金持ちや、役所に伝手《つて》のある連中が、われわれをさしおいて、優先的に運ばれているのではないか？　われわれは、あとまわしにされ、もっと危険がさしせまるまで放置されるのではないか？　いや――いよいよ最後の段階になったら、ほうり出されるのではないか？

まだ誰も、そのことを口には出さなかったが、飛び去っていく旅客機を見上げる人たちの眼の底に、不安と不信の色が、無気味にのぞきはじめた。

――人々は、まだ日本という国の社会と政府を信じていた。いや信じようとつとめ、信じたいとねがっていた。政府が何とかしてくれる。……決して自分たちを見すてやしない。……そのもう一つ底にあるのは、政治家だって役人だって、同じ日本人じゃないかという、根強い、長い、歴史的意識だった。

長い鎖国――明治大正昭和も、一般民衆にとっては、一種の鎖国だった――を通じて培われた、抜きがたい「同胞意識」が……天皇の一声で戦争をやめ、戦後、政府、軍閥を口先では、はげしくののしりながら、十三名のA級戦犯処刑の時、後ろめたさと内心の痛みを感じさせたような、「政府―指導者」との、郷党意識をはるかに越える一体感、「共同体感覚」――むしろ、子が親に、「最後は何とかしてくれる」と思い、そう思うことでつながりを保証するような「国に対する甘え」の感覚が、今もなお、大部分の民衆の心の底に根強く、わだかまっており、それが彼らに、「危機における柔順と諦念《ていねん》」の基本的行動様式をとらせていた。

だが、意識の底の「甘え」にささえられて、彼らの意識の表層に近い部分に、もう一つの「行動体系」があった。近代社会の、とった、とられた、とか、損害をかけられた、侮辱された、とかいったとげとげしい利害関係、緊張関係の中で形成されている行動体系が……。なにかといえばどなりあい、集団でおしかけ、怒号し、器物をこわし、大声で非をいいたて――だが、それは結局集団意識のいちばん底にある、社会に対する、また責任者に対する「甘え」の上にのっているため、一部のリーダーをのぞいて、それをやっている連中全部が、つねに百パーセント本気であるわけがなく、感情の発散や昇華が終われば、いつも基本的な「宥和《ゆうわ》関係」のベースにもどって関係の調整がはじまる。――しかし、今度は場合が場合だけに、もし、政府不信と不安のたかまりが、何かはげしい行動をとってあらわれれば、その不信が自己増殖をはじめ、パニック状態にまでつき進む可能性があった。

人々は、周囲にひしひしとせまる危機の雰囲気と、内面をじりじりとあぶる不安の間で、おちつきのない、何かにすがりたがっているような眼差《まなざ》しを宙に向けていた。そういう眼つきにあうと、お互いの不安が相乗されそうで、急いで眼をそらしあった。――しかし、やがてどちらを向いても、そういう眼つきに出あうようになってくると、人々の間に、しだいに追いつめられた獣のような気分がしのびよりはじめた。

社会全体が、灰色のこわばった表情を呈しはじめ、それをあおりたてるように、絶えまない小さな地震がおそい、火山爆発の灰が降りそそいだ。

各地域間の幹線鉄道、道路の不通個所が増加しはじめ、間道も通行不能になりはじめると、大都市地域で、たちまち食糧不足が目だちはじめた。東京都では、震災以来の物価・食品統制令がそのままになっていたが、非常事態宣言の発令と同時に、交通、通信、運輸をふくめて、食品、生活必需物資、及びその販売価格は政府の全面統制下にはいった。――しかし、統制政策の常で、統制令が公布されると同時に、各地小売店の店先から、一斉に品物が消えはじめた。

だが、それは政府の卸売市場全面介入と、各地生協、スーパーチェーン、百貨店など大手業者の協力によって、一週間から十日の間に切りぬけられた。しかし、交通網の全国的切断による、物資流通の停滞は、たちまち大都市の食糧不足を深刻化しはじめた。

「配給制度？」外から疲れきった顔で帰ってきた妻に、初老の夫は、かみつきそうな顔でいった。「いつからだ？」

「今週いっぱい売りどめで、来週からですって」

中年の妻は、買い物籠《かご》の中から、わずかばかりの野菜と、即席ラーメンの袋を出して、かすれた声でいった。

「今週いっぱいといったって、まだ三日もある」

夫はカレンダーを見上げながらつぶやいた。

「買いおきは？――あるのか？」

「お米が四キロほどあるだけだわ。――日曜をふくめてあと四日……。お肉もお野菜もほとんどないのよ。あと、缶詰が少し……」

「なぜもっと買っておかないんだ？」夫がとがった声でいった。「こうなることはわかっていたろう？」

「だって――もう二週間も前から、お店に品物がないんですもの。毎日長い行列をつくって、やっと手に入れていたのよ」妻は、頬にかかるほつれ毛をなであげた。「子供の……ころを思い出したわ。終戦の時、小学生だったけど――焼け跡で、あっちこっち長い行列があって……母親がならんでいて……それで、やっぱり、ひもじかったわね。あんなの、今となってはずっと昔見た悪夢だったと思っていたけど……またこんなことになるなんて、思いもしなかったわ」

そういうと、妻は即席ラーメンの袋の一つをそっととりあげた。

「これも――やっと手にいれたのよ。もう自宅の分しかないって、どうしても売ってくれなかったの。あきらめて帰ろうと思ったけど、食べざかりが三人でしょう。どうしようかと思って、ぼんやり立ってたら、あの食品店のおやじ、耳もとでこっそりいうの。〝奥さん、お金はもらってもしようがないが、宝石の指輪か何かあったら、ひきかえにうちの分わけてあげてもいいよ〟って……」

「それで……」夫は激昂《げっこう》して、唇をふるわせながら聞いた。「代えたのか？　どの指輪……」

「いつか——誕生日に、特別賞与がはいって買ってくれた……」

「キャッツアイか？」夫はかすれた声でいった。「あれを……そりゃそんな高いものじゃなかったけど……あれでも五、六万はしたんだ。あれを……即席ラーメン七袋と……」

「ごめんなさい！」妻は血相の変わった夫の顔を見て、怯《おび》えたように小さく叫んだ。

「でも——その時は思いあまって……ふらふらと……」

「母さん、ご飯まだ！」と、二階から大きな足音がして、末の小学校五年の男の子がおりてきた。高一の長男と、中二の長女の足音もつづいた。「おなかすいちゃった……。今夜なに？」

夫と妻は顔を見あわせた。——最近ぐんぐん体ののびだした次男が、びっくりするほど食べるのを思い出したからだった。夫は突然立ち上がると、帯をほどき出した。

「あなた……」妻はおどろいたように夫を見上げた。

「ちょっと出てくる……」夫は着がえながらいった。「今夜、晩飯はいらん。——子供たちにまわせ」

「でも、こんな時間からどこへ……」

表へとび出し、夜の中を駅へ向かってやみくもに歩きながら、夫は自分の中にとっさに起こった衝動のばかばかしさに気がついて腹をたてていた。――なんでもいいから、どこかをまわって、食料の「買い出し」をして来ようと思ったのだった。終戦の時、彼は中学四年だった。戦争末期の空襲下の動員中から戦後へかけて、とげとげした顔つきで、教師に殴られないことと、「食べること」しか考えなかった日々の記憶が――とうの昔に消え失せてしまったと思った記憶が、まだ生きていて、反射的によみがえってきたのが、ふしぎだった。リュックを背負い、重い体をひきずって、鈴なりの汽車のデッキにぶらさがり、何キロも山奥へ歩いて、父といっしょに農家に卑屈に懇願し、やっとごろごろ重い腐れ芋をリュックにいれて帰り――お芋だ、お芋だ、今夜はごちそう、とその夜だけはしゃぐ色つやのわるいやせこけた幼い弟妹たちの声と、自分はいつも皮やらへたばかりこっそり食べて、お母さんはいいの、おなかいっぱい、おまえたちおあがり、と疲れた微笑を浮かべていた母親の、青黒い、栄養失調の明らかな徴候の見られる顔が、その夜だけいそいそとかがやくのを想像しながら、往きよりどすんと重く肩にめりこむリュックに、歯を食いしばりながら夜道を歩き……。おなかすいたよう……と末の子が、悲しげにいう声が頭の中でした。その声は、戦時中の弟妹たちの声と重なった。

……これっぽっち？……何か食べるもんないの？

「やめてくれ！」

と、彼は闇の中で立ちどまり耳をおさえて叫んだ。——それでわれにかえり、思わずあたりを見まわしたが、全面節電で、常夜灯さえまばらな暗い街路に、人の姿はなかった。——もう二度と、あの声は聞きたくない。あの悪夢のような時代、地獄のような世界から、長い長い道のりを歩きつづけ、ここ十年、二十年、やっとあのころの夢を見て、汗びっしょりで眼をさまさなくなり、忘れかけていたのに……また、あれが始まるのか？ あのころのことを思い出すたびに、どんなことがあっても、おれの子供たちは、あんな目にあわせたくないと思っていたのに、今また……。

本当に、また「あれ」がはじまるのだろうか？——と彼は暗がりの中に凝然と立ちすくんで、ぼんやりと明るい、薄雲でおおわれた夜空のかなたを見上げた。せっかく苦労に苦労を重ね、辛抱を続け、「やりたかったこと」もすべて犠牲にして、安酒に執念をまぎらわしながら、汗水たらして会社づとめをつづけ……若かった妻と、六畳一間のアパートから出発し、待ちつづけて公団2DKへ……子供たちが生まれ、育ち、学校へ行き、借家へ、そしてやっと元金をためて、身を切られるような思いで高い土地を買い、家を建て、銀行の借金をかえしつづけてようやく半年前払い終えた。やっと、ここまできて——この生活を築き上げるために、三十年近くかさねてきた、思い出すだけで脂汗のにじむ苦労、犠牲にしなければならなかった青年期の夢や希望、否、青春のたのしみそのものを、暮夜、ふと思い出すと、どうにもたえかねて、一人冷たい酒で、そのぎちぎち音をたてるほどこりかたまった疲労とつらい思い出をまぎらし、解きほぐすほかはなかった。——生意気ざかりの子供に、その贅沢な物の使い方を説教し、ついでについ「戦争中は……」といいかけると、「関係ない」などと軽蔑《けいべつ》したようにいわれて、カッとなって全身の筋肉がこわばるのを無理におさえて、こわばった笑いを浮かべ、殴りとばすのを我慢したために、いっそうみじめな、卑屈な気分になって、それを解きほぐすのにまた酒を飲み——でもいいのだ。あのつらさ、あの苦しさ、人の心が一斤の芋をめぐって豺狼《さいろう》のごとくいがみあうあの地獄を味わわさないために、自分が——自分たちの世代が、多くのものを犠牲にし、苦しいことを我慢しつづけてきたのは、結局よかったのだ。子供たちに、あの地獄が、まるで想像もできなければ、理解もできないのは、おれたちがんばってきた「成果」なのだ。おれの子供は、絶対にあんな目にあわせたくない、と思いつづけたことが、今、達成されたではないか、と——苦《にが》い酒を無理に流しこみながら、飲み屋のおかみにへたな冗談をいって、はしゃいだり……気分発散に、つい隣席の同年配の者と軍歌などをうたえば、若手の「かっこいい」サラリーマンに軽蔑した眼差《まなざ》しで見られ——まあそれもいい。とにかく、おれは、おれたちは、頑張ってきた。そのおかげで日本もよくなった。ゆたかになった。子供たちに、小ざっぱりした身なりをさせて、食べたいものを食べたいだけどんどん食わせ、食べることなど気にもかけないほどの暮らしができるようになった、と酔歩の中で一人いいきかせ……完成した「自分の家」の前で、ばんざいを叫んで女房に怒られ、子供のひんしゅくを買ったりした。そ

れが……。

その「やっとゆたかにととのってきた暮らし」が……また一場の夢と化し、この先、眼前に、またあの「悪夢と地獄」がはじまろうとしているのか？

日本が沈む……。信じられない話だが、沈んでしまうというのだ。一億の人間が、敗戦のあと、戦中戦後の地獄の中から、辛抱と苦労を積みかさねてきずきあげてきたいっさいの富が、自分の半生を犠牲にしてやっときずきあげた生活が、あと数ヵ月で、一切合財海の底に沈んでしまうというのだ。そしてその先に――退避用の船や飛行機にのりおくれまいとする阿鼻叫喚《あびきょうかん》の先に、今度は、見たこともない他国の、間借りした土地の上に、難民バラックやテントの中の、あの肩身のせまい、こづかれとおす、宛がいぶちの生活がはじまるのだ。

この先、どんな生活が待っているのか？　まだ小さい子供たちと、くたびれた妻をひきつれて、見たこともない土地で、おれにもう一度、「生活をたてなおす」ことができるだろうか？　就職のチャンスが見つかるだろうか？　妻子にその日の糧《かて》となる稼ぎを、わずかでも毎日、持って帰ることができるようになるだろうか？

おれはもう五十だ……と、うなだれて、家のほうへ帰りながら彼は思った。……いいかげん疲れた。だが、おれは、まだがんばるぞ。おれは、あの子供たちの父親だ。あの妻の夫だ。おれは「男」だ、壮者だ。連中のために、退職金ひきあてに考えていた「晩年の暮らし」など……自分の暮らしなど、もう一度犠牲にしたって、やむを得ない。――どうせ、これまでだって、ろくにたのしむことも知らず、ろくな人生じゃなかった。

……どうもおれたちは、悪い、損な生まれあわせだ、と、彼は思った。

ゴウッ、と大地が鳴って、また地震がおそってきた。わずかについていた明かりが一斉に消え、闇の中で、どこかの窓枠がはずれておちたらしい。ガラスの割れる音がした。瓦《かわら》がバサッ、バサッと地面におちた。ゆれる大地を踏みしめながら、彼はかまわず歩きつづけた。――星まわりがわるいと嘆いたってしようがない。昔はもっとひどい目にあって、いい目は何も見ずに死んでいった連中がいた。世界のあちこちで、もっとひどい暮らしの中で死んでいくやつも山ほどいる。ベトナムやパレスチナ難民や、インドの民もいる。日本の、この時代に生まれたおかげで、一時期けっこうゆたかな暮らしもした。へたなゴルフもやってみた。一度だけだが、海外出張もした。安ものの芸者も抱いた。――五十になって、「人生やりなおし」だって、これはこれでしかたがあるまい、と、彼は気味悪くうなり、ゆれる夜の中を歩きながら思った。

闇の中で見えなかったが、自分が年がいもなく、ゆがんだ、泣き笑いの表情を浮かべながら、涙を流しているのがわかった。

10

「中国から回答があった……」と避難計画委の事務局で、邦枝は中田にいった。「とりあえず、八月までに二百万人……全部で七百万までの内意を示しているが、まだもう少し増やしてもらうよう、交渉中らしい」

「無理だろう——」と中田は首をふった。「どんなに国土が大きくても、国民一人当たり《パーキャピタ》の生産の小さな国には、あまり無理はかけられない。食糧問題を考えてみろ」

「向こうはやはり、農民を希望している。高級技術者も……」

「で——指定区はどこだ？　広東省《カントン》か？」

「いや——とりあえず、江蘇省《コウソ》だ。揚子江河口部の崇明島《チヨンミン》を居住区にするため、準備中という報告がはいっている」

「崇明島？」中田は、ふいと顔をあげ宙を見つめた。

「どうかしたか？」

「いや——呉淞《ウースン》のむかいだったな」

「そうだ。——それがどうした？」

「いや……いや……何でもない」と中田はいった。「ソ連は？」

「やはり、沿海州だ。——サハリンの少なくとも南部、それに千島が影響をこうむることがはっきりしたので、むこうも引揚げに大童《おおわらわ》だ。艦艇はあまりまわしてくれそうにない」

国連に日本救済特別委員会が発足して、ようやく活動を開始していた。——配船や救済物資の調達などの実際の活動はすでにジュネーヴのＵＮＨＣＲ（難民救済高等弁務官事務所）を中心とする組織が動いていた。救出活動には、どうしても各国海軍の協力が必要だったが、国連事務総長のビン博士は、UNHCRのもとに発足させたらどうか、という大国代表の意向を強引にふりきって、総会直属の特別委員会にし、諸大国をふくむ、世界各地域十七ヵ国という大量の国々を構成国として、委員長には国連アフリカ経済委員会のメンバーで、経済社会理事会にも籍をおいたことがあるタンザニア代表のンバヨ氏が就任し、米ソ両国から副委員長が出、UNHCRで副弁務官をつとめているマルタ代表が事務局長になった。英独仏といった先進大国やインドネシアなどのアジア諸国にまじって、ヨルダンやバングラデシュといった小国が構成国にかなりはいっているのは、実力のある大国に、力はないが、歴史的に「下積み」の苦労と辛酸をなめてきた新興国の道義的感覚を組みあわせる、といった、ビン博士特有の配慮だった。

　特別委の最大の仕事は、日本がこれまで独自に、さまざまの国と持ってきた「難民受入れ交渉」のあとをうけ、世界各国に日本難民のひきうけ割当てを行なうことだった。――特別委には、海、空の緊急輸送の専門家で、ベルリン空輸や、一九六〇年代のコンゴへの国連軍派遣の時の経験を持つアメリカのブラウンバーガー海軍中将が特別顧問として赴任し、また日本側は、議決権、交渉権のない特別メンバーとして、外務省特別顧問の野崎八郎太《のざきはちろうた》氏と、かつて原子力や資源問題に関する国連科学アタッシェをやったことのある小此木咲平《おこのぎしょうへい》理博が委員会に加わった。

　特別委員会は、そのスタートから、全世界への「難民割当て」をどういう具合に配分するか、というきわめてやっかいな問題をとりあつかわなければならなかった。――第一回の秘密会が開かれるや、カナダ代表のポンソン氏は、割当て方法を考える「一つの、試行的なステップ」として、世界各国の人口に対する「比例配分法」を考慮することを提案した。——世界総人口四十億に対し、一億一千万の日本人口を均等に割当てると、二・八パーセントになる。したがって各国の人口に対して、一応二・八パーセントを基準として均等に割当て、さらに国情によって、上下一パーセントを越えない範囲での比率のスライドをみとめる、というものである。

この提案は、カナダ及び国連で食料統計問題を手がけてきたポンソン代表らしいものだったが、たちまち小国、開発途上国を中心にする反撃に出会った。——ポンソン代表も、あらかじめそれを予期していたようだったが、一方において北西ヨーロッパ諸国と、アメリカ、ソ連、オーストラリアの代表はその提案を、「問題を考えるにあたって、考慮すべき一基準」という形で消極的に支持をし、ポンソン氏はポンソン氏で、その考え方の基本的妥当性について、自信を持っているようだった。

小国代表委員は、当然のことながら、世界各国における国土面積対人口比や、国民所得、生活水準、生活様式の著しい不均衡をあげ、そういった「実状」を無視して、機械的に、人口に対する比例配分を行なうというのは、「基本的な考え方」として、まったく考慮に値しないと反論した。——全世界の新興国、開発途上国は、相変わらず経済的に苦しい問題をかかえ、そのうちの十数ヵ国は財政・経済破綻《はたん》の一歩手前にあり、前年一年間で、六ヵ国にクーデターや革命が起こっていた。——提案国がカナダということが、ある意味で開発途上国の反感をかった理由の一つだった。カナダは毎年十数万人の移民を受け入れているとはいえ、約一千万平方キロという米州諸国最大の面積を持ちながら、人口はまだ二千五百万人そこそこで、「過疎人口国家」と見なされていたからである。カナダ代表にいわせれば、国土の三分の二近くが、極寒の地で、それを修正すれば、決して「過疎」ではない、と弁解したが、その算定率で計算すると、カナダの受け入れは、七十万人になり、これはカナダの可住地面積の広大さ、国民一人当たり《パーキャピタ》の所得の高さからすれば、「過小」である、という意見がロビーでは強かった。――カナダはすでに、日本側の交渉に対して、百万人までの受け入れを内示していた。日本側の要求三百万人に対して、カナダはさらに、「近い未来」「カナダ以外の土地に退避した日本難民」のうちから五十万人まで受け入れてもいい、という意向をしめしていた。カナダの提示した算定方式によると、カナダはすでにその方式による割当ての二倍以上ひきうける意志を表明していることになり、「道義的」にも大きくリードしていることになる。

小国代表からは、機械的割当てではなく、地域風土、その国の国情、政治・経済力、それに受け入れ後の長期的見とおしなどさまざまな「具体的条件」を勘案して、国連からの直接ひきうけ交渉を行なうべきだ、という意見が出された。

「たしかにそれは理想的かもしれない」と、シバヨ委員長はいった。「しかし、それではまにあわないのは眼に見えています。あとから、ブラウンバーガー中将から、輸送計画についての見とおしをうかがうとして――ここに日本側特別委員のミスター・ノザキから出されている報告書の中の重要な数字をご披露申し上げたい。この一年来、日本が単独で交渉をつづけた結果、これまで日本側に、難民受け入れの合意をあたえた国は十八ヵ国、受け入れ人数の回答の総数は、二千万に達していません。これに、すでに海外に在住しており、あるいは退避を完了している日本人百数十万、また、日本が、国連から信託統治されている東イリアン、その他マイクロネシアなどの島々に国連信託統治委の仮承認をうけて、退避を計画している約五百万人ないし、六百万、日本がこれまで海外において合法的に取得、あるいは委託をうけた土地への移住者百五十万を加えても、日本人の落着き先は、まだ、三千万人分に達していません、日本民族一億一千万のうち、まだ四分の三近くの、行き先が見つかっていないのです。――移住先はもちろん、いったん緊急退避をさせたあと、長期間かけて交渉し、見つけていくことができるかもしれません。しかし、問題は、まだ各国が、一時的な難民受け入れ――その国への〝移住・居住許可〟のことではありません。一時的に難を避ける場所を提供してもらうことです――について、ようやく今あげた人数総額の回答をしてきたにすぎない、ということです。移民としての受け入れ、または居住許可については、変動発表前にすでに日本の既得権益化している分をのぞいて、ほとんどの国が回答を保留しています。この委員会が、とにかく大至急やらなければならないことは、ここ一年未満――正確に申し上げれば六ヵ月から十ヵ月の間に全世界に交渉して、とにかく一億一千万人分の――つまり、あと八千万人分の退避場所を獲得することです。そして、その次に、一億一千万人の永住先を見つける作業をはじめなければなりません」

「しかし――〝一時的退避〟といっても、それが長びけば、受け入れ国によっては大変な影響をこうむることになる可能性がある……」とヨルダン代表のツーカン氏が、眉《まゆ》をひそめて首をふった。「住民の反感、キャンプのスラム化、疫病の発生、紛争や犯罪や官憲との衝突や――やっかいなことが起こりますぞ」

「まさに――申し上げにくいが、そういう点について、ヨルダンの、苦しい貴重な経験が役に立つのではないかと期待しているのです。ツーカン委員……」ンバヨ委員長は、黒い手を顎《あご》の下に組みあわせた。「ヨルダンの、パレスチナ難民の経験は……」

「正直申し上げて、見当がつきませんな……」

ツーカン代表は、眼鏡をはずして、黒く太い眉毛《まゆげ》の間を指でもんだ。――それから肩をすくめ、両手をテーブルの上に広げた。

「こんな――こんな規模の〝難民〟というものは……前代未聞ですよ。わが国の経験など、ほとんど役に立たんでしょう。七十数万のパレスチナ難民で――それでもわが国の人口の三五パーセントですがね。――どんなに苦労させられたか……。いいですか。わが国の人口は現在二百五十万人弱です。今、われわれが取り扱わなければならない人間の数は、その四十六倍です。そんな……そんな規模の人間移動というものは……」

ツーカン代表の肩が、ぶるっとふるえたように見えた。

バングラデシュ代表が、発言を求めて手をあげかけたが、秘密会メンバーにくわわっているブラウンバーガー中将のほうが、先に手をあげた。

「大した発言ではありませんが……」と、中将はいった。「私は、第二次大戦終了時、少尉として、中国本土からの日本人引揚げ作業に従事しましたが。……私の印象としては、日本人はああいう場合に、きわめておとなしく、トラブルを起こさない、という感じでしたよ」

「そう——武器さえ持たなければ、日本人は集団として、きわめて従順であつかいやすい……」デニキンソ連代表が口をはさんだ。「内部紛争は起こしても、内部で処理してしまいますからね……」

「ほかの所では、トラブルがあったこともあると聞きますが、それはむしろ監視抑留側に問題があったケースが多かったようです」ブラウンバーガー中将は、ソ連代表が口をはさんだのにかまわずつづけた。「連合軍側の日本占領も、これはご承知のとおり、奇跡的なほど平穏裏に経過しました」

「だが、日本人がいつも〝平和的〟だとばかりはいえないのは、前の大戦で世界中がよく知っていることです」インドネシアのアルジョ氏が口をはさんだ。「大変団結心の強い——大変エネルギーのある民族で……退避後、日本の自衛隊はどうすることになっていますか？　武装解除するわけですか？　まさか避難先につけてやるわけじゃないでしょうね」

「退避作業のある段階から、一応国連救援本部の指揮下にはいることになっています。

が——目下、一応安保理指揮下にはいって、守備業務につくにしても、指揮官は必ず国連派遣の軍人にする、という案が進んでいます」とスポポウロス事務局長が答えた。

「いずれにしても、今は、日本を恐れている時ではない。日本を救わねばならない時です」ンバヨ委員長は、まっ黒な顔にはげしい熱意をたたえていった。「そこで、私としては、ポンソン氏の提案を、その算定方式は別として、基本精神として注目したいのです。——みなさん、これは民族や国同士の歴史的対立や、利害の衝突といった人為的災厄ではありません。この災厄は、日本国民にとって〝自業自得〟や、〝因果応報〟であるといった性質のものではありません。これは、私たち人類同胞の二・八パーセントという巨大な部分におそいかかろうとしている、古今未曾有《みぞう》の巨大な自然の災厄であります。三十七万平方キロという巨大な——しかもこの世界の中でも最も優秀勤勉な民族が歴史的に営々と築き上げた、何兆ドルもの富を載せた陸地が、破壊され、失われようとしているのです。今まで、国連の前に、国際救援を必要とするような大きな自然災害は何度もありました。ギリシャの地震、ベンガルの台風、シリアの蝗《いなご》害、そして最近ではペルーやニカラグアの大地震——そういったものについては、ＵＮＨＣＲにおられたスポポウロス事務局長がよく知っておられるはずだ。だが、今度は、そういったこれまでの私の経験を、はるかに上まわる——伝説のアトランティスをのぞけば、有史以来、人類が経験したことがないような巨大な災厄です。これが、専門の学者が大体そろって予測しているように、極東の一隅に限定されて起こる、ということは、ほかの地域に住む人々にとっては、まことにラッキーなことです。しかしその被害をこうむる人数と、世界への影響からいえば、この大災厄に対する救援は、私たち人類に対する試練だ、と考えるべきでしょう。本当に有効な救援は、地域差や、はなはだしい所得差、各国のかかえている問題といったものはむろん考慮するものの、大前提として——核兵器問題や、宇宙利用、海底平和利用のごとく——まず人類全体が、結束してそれに対処する、という立場がとられなければ、規模から考えても、実現できないでしょう。各地域が、すべて結束して、この問題に立ちむかうという統一的な基本姿勢を決めてから、その上に立って、各地域、各国は、それぞれの立場において、この災厄に対して可能なかぎりの援助を——いや〝闘い〟を、開始すべきであり、その統一的意志の上に立って、割当て交渉を受け入れるべきだと考えます……」

アフリカ統一運動に伝統的に熱心なタンザニア共和国にあって、若い時から、アジスアベバのOAU（アフリカ統一機構）に出向していたンバヨ委員長らしい理想主義的な熱弁だった。——委員会のメンバーは、ちょっと襟を正す格好で、委員長の話に聞きいった。

「この問題は、日本という極東の特殊な一国において起こった問題という具合に考えず、地球史的、人類的事件であり、人類全体の、道義的試練だという考え方を基本的に採用することについて、まず委員会そのものの意志統一をしておきたいと思いますが……」

そこまで委員長がいった時、小さなブザーが鳴って、事務局長のそばの高速《ハイスピード》ファクシミリから、はらりと一枚の紙片が吐き出されてきた。――取り上げたスポポウロス事務局長は、ちらりと眼を通すと、委員長の手もとにまわした。紫色の文字に、さっと眼をはせたンバヨ委員長は、かすかに微笑を浮かべて委員に向かっていった。

「会議の途中ですが――この特別委が発足してから最初にこの委員会に対して、直接の申し入れがありました。モンゴル人民共和国政府が、とりあえず五十万人、情勢によっては、さらにそれを上まわる日本難民を受け入れる用意がある、と通告してきたそうです……」

ひかえ目な拍手が起こった。――デニキンソ連代表が、かすかに笑いを浮かべていった。

「あの国は、国土面積が百五十六万平方キロもあるのに、人口が百三十万ばかりで、極度な労働力不足でこまっていますからな。――沙漠《さばく》と草原の国ですが、工業化に力を入れていますから、優秀な日本人技術者は、大きな寄与をするでしょう」

「それから――韓国代表が総会及び特別委に対して、韓国南部に予想される被害について も、対策を検討するように要請してきたそうです」委員長は二枚目の紙片を読み上げた。「周辺地域の問題については、むろん、議題を用意してあります。それから……」

三枚目の紙片をとり上げた時、委員長の眉は、ちょっと不審そうにひそめられた。――一応読みくだしてから、その紙片だけをたたんで、胸ポケットへ入れた。

「失礼――これは、ザンビア代表部から、私への個人メッセージでした……」

11

国連特別委の、理想主義的な熱意のこもった会議が精力的につづけられる背後で、国際ニュースの表面に出ない、世界の「舞台裏」で、ドライで非情な「力」の動きがあわただしくはじまっていた。——ワシントン、モスクワ、北京、パリ、ロンドン……各国首都の、元首公邸間に張りめぐらされた緊急直通電話《ホット・ライン》のベルが何度か鳴り、回線の中を、さまざまの国の言語と、その同時通訳の音声が流れた。目だたない格好の次官、次官補クラスの外交官、あるいは、軍人、国際問題の専門家たちが、特別便にのって、ヨーロッパ、アジア、新大陸、オセアニアの間を飛んだ。お手のものの煙幕を張ったり、また、ちょっと、さりげなくにおわせたり、「国益」を代表する通信社を使って試験球《バロン・デッセ》をあげたり、時には、記者会見でステートメントを出したり……おさだまりの、さまざまなテクニックが使われたが、いずれにしても、そういった国々のあわただしい動きの主題は何かということは、国際ジャーナリストの眼にも、はっきりしてきた。

——日本沈没後の極東、及び世界情勢は、どう変わるか？

——とりわけ、「軍事情勢」がどう変わるか？

世界の長期的バランスに対して、政治的・経済的、かつ軍事的影響力を持つ国々は、極東における、「日本」という、それなりに近代史において政治的・経済的に重要な役割を果たし、近隣諸国に大きな圧力を及ぼしていた存在の、ほとんど「消滅」といっていいほどの大変動が、東アジアに、ひいては全世界に、どんな影響をあたえるか、ということについて大急ぎでつかみ、それに対してそれぞれの国はどう対処したらいいか、という「方向」を、急いで見さだめようとしていた。——いくつかの勢力の「均衡」や「取引」の上に成立しているその世界においては、大変動の直接的影響と、その後の状況変化について、それぞれの相手が、どういう具合に読みとり、どういう対処の「構想」を持っているかについて、お互いに相手の腹を読むことが肝心だった。

アジア大陸東部——とりわけ、朝鮮半島、沿海州、中国大陸の黄海《こうかい》、東シナ海沿岸、台湾が、地震や津波によってどの程度の被害をこうむるか、ということについて、アメリカもソ連も、また中国も、独自に調査を開始するとともに、その点について、もっとも多くの情報を持ち、予測も持っていると思われる日本の政府、防衛庁、D計画本部に、さまざまの筋から接近がはじまった。——不眠不休の作業にごったがえすD計画本部から、調査書類が消えたり、担当者が「××ロビー」の大ものにひそかに呼び出されて、情報提供についての圧力をかけられたり、外人記者とか、外交関係者の姿が、やたらに防衛庁のD計画本部に通ずる廊下の「関係者以外立入り禁止」の境界あたりをうろついたりするようになった。ついには、中枢部で働いていた職員一名が、書類ごと、つづいて若手の地理学者一名が、行方不明になるという事件まで起こった。

彼らが、「何ものか」に連れ去られてしまい、もう日本にはいない、という報告を公安関係者からうけた時、疲労困憊《こんぱい》していた幸長はヒステリックに怒った。「この危急存亡の時に、外国の連中は日本のことを何だと思っているんだ！」と、このおとなしい学者は、報告を伝えに来た片岡にむかってわめきたてた。「どちらも――二人とも、こちらの仕事にとって今いちばん必要な人間なのに！――過労と心労で、この班のスタッフは五分の一が倒れちまっているんだぞ！」

「まあそう怒るな……」と中田は幸長を制した。「今さら怒ってもはじまらん。――このどさくさだ。向こうは知りたいと思ったら、どんなことでもやるさ。だが、大したことはわからんだろう。こちらが国際地理学会に提出した報告以上の情報はあまり持っていない、とわかったら、連中も蠢動《しゅんどう》をはじめるだろう。――なにしろ、周辺への影響まで、調査の手がまわらないからな」

「調査プランはあったんですね」と邦枝はいった。「かなり早い段階に……」

「だからそこまでやれなかった……」中田は、ひげだらけ、脂だらけの顔をこすりながら唇を曲げた。「連中も知りたけりゃ、自分で調べて、被害予測をたててみたらいいんだ……」

中田はそういったが、周辺地域への被害は意外に少なくてすむかもしれない、ということが、「沈没状況」のモデルをつくる過程でわかってきたことを、邦枝は知っていた。――だがしかし、まったく「そんなことはいっていられない」状態だった。邦枝は、家族を一足先に親戚《しんせき》のいるバンクーバーに退避させたあと、総理府から退避計画実行委員会の事務局にはいって、相変わらず不眠不休に近い作業をつづけていた。D計画本部は、そのまま実行委の下部機関になったが、システムの効率を考えて、人員も場所も動かず、計画委の副委員長が本部長をかね、邦枝は本部長付きの連絡係《リエゾン・オフィサー》になっていた。事態は刻々と進み、噴火と、地震と、太平洋岸の沈下、水平移動は、しだいに顕著になりはじめ、日本という「社会」のさまざまな活動は、しだいに停止にむかいはじめていた。——人々は、食料の「配給」をうけながら、爆発しそうな不安の中に、市町村役場からあると声明された、「集結地点」と「順番」を待っていた。……

そして一方、そんな状況とはまったく別に、国際間のパワーポリティックスの次元では、さまざまな「かけ引き」がはじまっていた。——アメリカの大統領は、ホワイトハウスの定例記者会見で、日本問題にふれ、「日本国民救出を全面的に援助するために」政府チャーター船のほかに、すでに太平洋方面の第七艦隊は、全面的に行動を開始しており、太平洋軍のうち、東太平洋防衛の第一艦隊の一部も近日中に投入されよう、といった。また極東空軍も、第五空軍のほか、第七、第十三空軍の輸送部隊も救援活動に従事する、と示唆した。——アメリカとしては、まだ難民引き受け数の最終的な試算を発表していないが、とりあえず、「中央太平洋地域から北米大陸太平洋岸の間で」、政府の権限で百万ないし二百万を退避させる。また、「本土内への」第一次難民受け入れについては、近く議会の承認を求めるつもりだ、といった。

投入されつつある輸送力に対して、暫定的な退避人数が少なすぎるのではないか、という質問に対して、米海軍及び政府の雇傭船《こよう》は、「すでに日本が確保している」退避地への輸送に従事し、海上輸送艦艇だけで、これまでに五十万人近くをはこんだ、と述べた。

記者団の中に、軍事通が一人いて、最近西太平洋海域で、かなり多数の大型原子力潜水艦が行動中である、という情報があり、また原子力空母の三番艦アイゼンハワー号が、配属先の第二艦隊（大西洋方面）から極東へ回航され、タイのサタヒップ軍港へ姿をあらわしたというニュースがはいっているが、これも日本救援と関係のある行動か、と問いつめた。――大統領は、潜水艦は広範な海底変動を調査して、その影響を調べるためであり、アイゼンハワー号は太平洋軍の行動を「支援」するためだ、と答えた。

しかし、それが、日本列島の大変動の徴候と前後して、にわかに北、西太平洋方面で行動を活発化しはじめた、ソ連の北洋、極東艦隊の動きを牽制《けんせい》するつもりであることはたしかだった。――北極海からベーリング海峡を通過したソ連の原子力潜水艦は、アラスカ沿岸警備隊の目撃しただけで四隻を越え、さらに対馬《つしま》海峡を通過するソ連海軍艦艇の姿も急激にふえた。とりわけ、地中海方面に就役しているはずのヘリ空母と、カシン級ミサイル駆逐艦二隻が朝鮮海峡を通過した時は、日本防衛関係から報告をうけた米太平洋軍司令部が、神経をとがらせた。――そのミサイル駆逐艦の艦番号が、バルチック艦隊に所属しているものだった。ジブラルタルから地中海にはいって、スエズを通過するはずがないから、この二隻の駆逐艦は、北ヨーロッパのバルチック海から、北海に出て大西洋を南下し、途中何度か洋上補給をうけて、はるばるとアフリカの喜望峰《きぼうほう》を迂回《うかい》し、インド洋でヘリ空母と邂逅《かいこう》して、極東へやって来たにちがいなかった。

バルチック艦隊対馬沖通過！

――昔の人間なら、愕然《がくぜん》とするところだったが、その時の国内は、それどころではなかった。海上自衛隊の佐世保《させぼ》警備区の自衛艦も、雲仙《うんぜん》、桜島噴火、大隅《おおすみ》半島の大地震と、海岸部沈下による難民救出に手をとられていたし、見つけたのは、五島《ごとう》列島福江島《ふくえじま》の鬼《おん》岳《だけ》噴火の被害状況を空中撮影していた、第五航空団のＭＵ－２Ｅだった。――撮影を終わって、高度をあげたＭＵ－２Ｅは、西方海上を、領海線すれすれに、高速で北上する異様な格好の艦影を認め、低空接近して、艦を撮影し、本部へ電送したのだった。

おそらく北朝鮮の羅新かウラジオストックに入港したその三隻のうち、一隻の駆逐艦は、一週間後におどろくべきことをやってのけた。――津軽《つがる》海峡を、何の通知もなく、艦旗をおろしたまま、三十五ノットの高速で通過する、という無茶をやったのである。わずか二十キロの白神《しらかみ》、竜飛《たっぴ》岬間で、その姿は両岸から認められ、青函連絡船や、漁船と衝突しかけ、知らせを聞いて三沢《みさわ》からスクランブルをかけたＦ４Ｆの停船勧告を無視して、一時間後、太平洋側に発生しておしよせて来た霧の中に悠々と消えた。

防衛庁は、ただちに政府に報告するとともに、海上船舶の安全のためにも、領海侵犯について厳重抗議するよう具申し、外務省も抗議の手つづきをとったが、なぜかもたついているうちに、今度は中国政府が、ソ連潜水艦の青島《チンタオ》方面における挑発行動について、はげしい抗議声明を出した。こういった、周囲の神経をとがらせるような行為に出る一方、ソ連の海軍艦艇、輸送船、海上船隊《モルフロート》の客船、貨物船は、留萌《るもい》、秋田、新潟、直江津《なおえつ》、富山、敦賀《つるが》、舞鶴、境港《さかい》といった裏日本諸港から、ナホトカへ向けて難民、貨物の輸送をはじめており、その点大義名分はちゃんとたててあるのだった。

ソ連が何を考えているかわからないが、日本の地殻変動の影響をめぐって、極東方面に著しい関心をしめしていることはたしかだった。――その行動は、明らかに、この地域に関連を持つ諸国の「反応」をさぐっているものだった。アメリカは、こういったソ連の動きに対して、とりわけ朝鮮半島の情勢に、もっとも神経をとがらせていた。――韓国では、日本において非常事態宣言が出された二十四時間後、戒厳令が布告され、国内の緊張は極度に高まっていた。そして一週間後、韓国政府は、ついに予備役の一部動員もはじめた。――韓国南部における地震は、それまでのところ、ごく軽微だったが、大変動が本格的に起こりはじめれば、南東部海岸地帯における被害と民心の動揺はさけられなかった。すでに北九州島嶼《とうしょ》の住民は、勝手に船をしたてて、続々と韓国南部へ、また北朝鮮や中国へ無許可の「退避」をはじめた。その連中の影響で、流言がとび、南部海岸地帯の韓国住民も、北へ向かって退避を開始する始末だった。

韓国政府は、日本政府に強硬な抗議をし、無許可の上陸者を抑留し、沿岸警備隊は密航船に威嚇射撃を加え、今後は無許可上陸者は、場合によっては軍法会議で即決裁判にかけ、また韓国の領海を無許可で侵犯する船は無条件で撃沈する、とまで通告してきた。

しかし海上保安庁の巡視船が、声をからして制止するのにもかかわらず、漁船で密航を企てるものは無くならず、ついには実際にいくつかの不祥事が起こっていた。韓国は、「不法侵犯」日本人家族多数を韓国に対する「攪乱《かくらん》工作」の容疑で、軍のもとに拘留してある、と日本政府に通告してきた。軍事法廷はまだ開かれないが、それを何らかの取引の材料に使おうとしているのは明白だった。

韓国にしてみれば、南東海岸地域の動揺と、日本の大変動によって、いわば一時期、腹背に危険をかかえる形になる。——もし、大変動がはじまった時、それに乗じて停戦ライン、海岸部から、浸透が起こったらやっかいなことになる。それだけでなく、たとえ海外派兵はできなくても、韓国にとって、さまざまな意味での巨大な「後方」だった日本が「消滅」したら——北方からの圧力を間接的に後方からささえる支柱がとりはずされたら、その時は、半島のバランスは大きくくずれるだろう。そうなれば、たよりになるのは、アメリカの「海運力」しかない。

アメリカも、もちろんこの点を見越して、「日本救済」に大きな海運力を投入し、同時に示威をかねさせたのだった。——しかし、一九七〇年当時から、アジア全域にわたってのびすぎ、経済的に高価についた「圧力」を減少させ、アジア諸国自体の中に均衡関係をつくる、という政策を踏襲しつづけてきたアメリカにとっても、この事態は、ふたたび大きな「岐路」に直面しつつあることをしめすものだった。

アメリカにとって、極東におけるソ連の圧力の、最大の「防波堤」として、アメリカの役割の大きな部分を肩がわりしてくれるのは、大陸中国にほかならなかった。文革後の内部危機の中で、一つの「離れわざ」を内部的にも要求されていた中国の投げかけたサインをうけとめ、アメリカは「両面作戦」をしいられていた中国の一方の正面での圧力を軽減してやり、そのひきかえに自らも、ヨーロッパ、アジアの二正面の一方での負担を軽減する方向に政策を転換できた。チベットから東北地区まで領土を持つ中国は、北方よりの圧力に対する、インドから極東にわたる巨大な「第一防波堤」だった。東欧方面から極東にわたる、ソ連の「南部への突破口」には、それぞれバルカンにおけるギリシャ、小アジアにおけるトルコ、中東におけるイラン、東南アジアにおける南ベトナム、極東における韓国という「栓《プラグ》」がおかれ、さらにその栓にかかる圧力を後方から支える安定度の高い「重石《ウエイト》」が西にイタリア、東にタイ、日本という具合におかれていた。それに対して、ソ連はアラブ援助を介して中東とアフリカ中央部へ、印パ紛争を契機にインド洋へ、さらに北ベトナムの軍事援助を通して東南アジアへ、北朝鮮を通じて極東方面へと果敢な斬りこみをつづけてきた。一九五〇年当時、スターリンが中東、バルカン方面とのヒット・エンド・ラン戦法に出ようとして、極東で北朝鮮及び中国を代理してこころみた戦争は、その後四分の一世紀以上にわたって、ヨーロッパのベルリンに匹敵する永い膠着《こうちゃく》状態にたちいたったのだが——。

だが、いまここで、韓国という「栓《プラグ》」をおさえていた「重石《ウエイト》」である日本が、文字どおり突然「消滅」してしまったら……それもプラグを後ろからゆさぶりながらとりのぞかれてしまったら、——南北朝鮮の歩みよりは、かなり急速に展開しつつあったとはいえ——そこにかかっている、そしてまたその状況を見越して高まってくる圧力《プレッシャー》はいったいどんな作用を及ぼすか？

世界は複雑化し、多元化、多極化しつつあった。——だが、いくつかの要《かなめ》の部分では依然として、単純な、ほとんど物理的な「力《パワー》」が、大きな意味を持っていた。綱の上の曲芸師の軽業が、いかに地上で行なわれるがごとき入神の域に達していても、綱が突然切れれば、そこに単純きわまる物理法則に従った「墜落」が待っているように……。

刻一刻と無気味な蠢動《しゅんどう》の幅をひろげ、破砕と水没への傾斜を強めつつある弧状列島と、三十七万平方キロの時限爆弾の上にのって、カチカチと文字盤のない時計が時をきざむのを聞いている、一億一千万の人々の生命をはさんで、いかなる場合でも非情で、寸毫《すんごう》の仮借《かしゃく》もない、あの「力のチェス」の、虚々実々の駒組みがはじまっていた。いかなる破壊、いかなる災厄、いかなる膨大な人命喪失や悲惨も、「盤面上の情勢変化」としか見なされない「勝負機械《ゲーム・マシン》」のギアが、「予想される新しい事態」へむかって入れられたのだ。「ヒューマニズム」さえ、駒の中にちゃんと僧正《ビショップ》のように組み入れられている冷酷なチェスが……。盤面の一隅から、今、一つの城《ルーク》が突然消え去ろうとしていた。そのとりはらわれる駒をめぐって、中国が、北朝鮮が、韓国が、フィリピンが、新しい恐怖にまきこまれようとしていた。まっ先の危機は、その城《ルーク》に後衛されていた駒にかかっていた。——一九五〇年当時とちがって、いまやソ連は、アメリカに次ぐ大海軍国となっていた。その艦艇という持ち駒を東方に動かして、そこにまだ意図さだかならぬ駒組みをつくり上げようとしていた。やろうと思えば、北朝鮮を表に立てた、韓国の「追いおとし」は、以前よりずっと容易にできる条件が生まれつつあった。その情勢を前にして、韓国首脳部の動きはあわただしくなり、大統領特使の訪米、軍部のハワイ訪問などがかさなった。

青島方面の領海侵犯に対する非難のあと、北京放送は、今度は東北地方国境方面への、ソ連陸軍勢力の移動について非難し、国境紛争の長い経過についてくりかえし、人民日報は「修正帝国主義の脅威にそなえる」記事をかかげ、AFP北京発のニュースは、華北兵団の移動の「徴候」について報道した。――折りも折り、仁川《インチョン》に寄港して、黄海を南下中だった第七艦隊所属の原子力ミサイルフリゲート艦トラクストンが、春先の東シナ海から北方へ吹きぬけた小型台風に出遭って遭難漂流していた、中国海軍の小型艦艇を救助する、という一幕があった。救助された乗組員のひきとり方を中国側に通報したトラクストンの艦長は、「意外にも」山東《サントン》半島の要港威海《ウエイハイ》への回航を求められ、司令部を通じて本国へ請訓して許可を得、威海港にはいるや、何万という民衆の歓呼の声と、艦艇のせいぞろいした歓迎儀礼にむかえられたのだった。――その時になって、ようやくトラクストンの艦長や副長は、救助した艦艇の遭難破壊ぶりに、少しおかしい点があったことに気がついた。警備用の小艦なのに、中に一人、見事に流暢《りゅうちょう》な英語をしゃべる端正な士官ものっていた。だが、むろんその点については口に出さず、くすぐったい苦笑いを口もとに浮かべて、礼砲や放水、赤旗と星条旗にとりまかれた港内をながめるだけだった。

極東にむけて、風雲を集めはじめた駒組みに対して、その反対側のヨーロッパでも、それに関連してあわただしい動きがつづいていた。——四月初旬以来、延期されていたNATOの大演習が、五月はじめから行なわれる一方、モスクワ、ワルシャワ、パリ、ジュネーヴで、さまざまの「交渉」がもたれた。当面の課題は、「日本列島沈没」をめぐる、いっさいの「軍事的行動」を一時的に凍結することについて、東西間の「合意」に達することであったが、それは、日本という人口一億一千万の、巨大な経済・技術力ならびに潜在的戦力を持った「おさえ」が消滅したあと、米、中、ソをめぐる「極東戦略体制」がどういうふうに変わり、どういうふうにおちつくか、ということについて、それぞれの国が、「有利さ」をねらうと同時に相手方に関して「危惧《きぐ》」を抱きつつ駒を動かし、それぞれの「構想」が一つの均衡に達すると思われる地点で、新体制の構図についての各当事国の「暗黙の了解」を成立させようとする模索でもあった。

とりわけ深刻な選択にせまられているのは、アメリカの北太平洋戦略だった。——もし、南西から東北へ、琉球《りゆうきゆう》弧をふくめれば三千キロ以上にわたって、ユーラシア大陸東部海岸を「とりかこむ」形で配列された、「日本列島」が消滅してしまえば、アメリカは、広漠たる北太平洋において、マリアナ、台湾を防衛線の西限とし、ミッドウエーを北限として、ソ連極東シベリア地区の海岸線と、直接対峙《たいじ》しなければならないのだ。

事情はソ連にとっても同じだった。極東シベリアの防衛線にとって、日本列島はそれなりに「緩衝地帯」の役目を果たしていた。巨大な弧状列島は、ソ連に対する攻撃基地としての圧力と同時に、その地域に住む膨大な人口のために、非常に攻撃をしやすい「柔らかい」地帯でもあったからである。アジア大陸東部の長い海岸線で、二つの巨大国は緩衝地帯なしに、じかにむきあうことになった。——こころみに、極東、北部太平洋地域の地図を開いてごらんになられよ。そしてユーラシア大陸東縁につらなる列島弧を指でかくしてごらんになるといい。そこにどんなにむき出しの海岸線が出現するか。——朝鮮半島東部から沿海州へかけて、アジア大陸は、じかに太平洋の潮流に洗われることになるのだ。そして——あなたが、ソ連極東地区防衛責任者、またアメリカ太平洋防衛責任者の立場に身をおいて、この新しい、あらわな海岸線における「防衛」と「均衡」を構想してごらんになればいいだろう。

……ソ連のヘリ空母がウラジオストックに入港して一週間後、中国は突然、内モンゴル自治区の達里《ターリー》湖北方の沙漠地帯における戦術的小型核兵器の実験を行なった。その三日後、ソ連はインドへの新しい中距離ミサイル供与協定について発表した。しかもその当日は、コロンボにおいて行なわれていたインド、中国、ソ連、アメリカの国務次官クラスの会談が終了し、近々「極東問題」について、関係諸国の「首脳会談」が持たれる可能性があると発表していた。「日本問題」の波紋は、思いもかけぬ地球の反対側にまで及びつつあった。——ブラジルにまだ残存していた、日本移民の中の「勝ち組」は、日本の「軍隊」がいよいよブラジルに進駐してくる、と、邦人の間にデマをとばしていた。そしてもう一つ、アフリカ大陸南西部にまで、その波紋は意外な影響をひき起こしつつあった。

連日八時間というハードスケジュールで開催されている特別委の合間をぬって、ンバヨ委員長は、ザンビア代表部のキトワ参事官に会った。二人はタンザン鉄道建設問題の交渉で顔をあわせたことがあり、アフリカ統一運動でもよく意見を交わしていた。

「やっかいなことになりそうだ……」とキトワ参事官は、国連ビルのラウンジの片隅で、ちょっとまわりを見まわして黒い顔をしかめた。「南アフリカが――ナミビアにかなりな数の秘密部隊をおくりこんだ、という情報がはいった。未確認だが……」

「構想が洩《も》れたのだろうか？」ンバヨ委員長は、厚い唇をきっとむすんで顔をよせた。

「そんなことはあり得ない。ナミビア理事会では、まだ根まわしにさえかかっていないのだから……。むしろ、南ア政府が、総会の決議で特別対策委が発足した段階で、可能性を読んだんじゃないかな」

ナミビア――もとはドイツ領で「南西アフリカ」と呼ばれたこの地域は、アフリカ大陸の南西部にあって、北をポルトガル領のアンゴラ、東をザンビアとボツワナ、南を南アフリカ共和国に接している。第一次大戦後、一九二〇年に国際連盟によって南ア共和国の信託統治領となった。第二次大戦後のアフリカ植民地解放独立の機運の中で、この地にまで拡大されてきた南アの差別政策《アパルトヘイト》が問題になり、エチオピア、リビアの提訴もあって、国連総会は一九六八年までの南西アフリカの独立を決めた。が、南アはこれに強硬に反対した。国連は、六八年、総会の補助機関として、この問題の理事会を発足させ、この時南西アフリカの呼称をナミビアと改めた。ナミビア理事会は、ザンビア、チリ、インドネシア、ユーゴ、ナイジェリアなど十一ヵ国からなり、南アから統治権をとりあげて、国連の直接統治をすることに総会で決定していたが、南アはこれに対して国連統治をみとめず、同地域の自治権を縮小するなど、かえって支配をつよめてきた。ハーグの国際司法裁判所は、七一年六月に、南アがナミビアから撤退しないのは違法であるという判決をくだしたが、南アは依然としてナミビア領内における既得権益を盾《たて》に残留をつづけている。——しかし、一方、国連も、決議にしたがって、ナミビア理事会は弁務官代理を任命し、二重統治の形になっている。

　南アフリカの民族主義運動の一大拠点であり、南ローデシアの黒人ゲリラに基地を提供しているほど熱を入れているザンビアは、隣国タンザニアとはかって、名目上は「国連直轄領」であるナミビアに、総会決議によって日本の難民を多数、「護衛付きで」入植させようというプランをひそかに練りはじめた。——タンザン鉄道が、中華人民共和国の援助で完成したのを見てもわかるように、東部アフリカでは、「アジア人」と呼ばれる、インド、パキスタン系住民の排斥が進む反面、極東人種への親近感をつよめており、ナミビアへの技術力の高い日本人難民大量入植は、大義名分もたち、一石二鳥にも三鳥にもなる構想だったが……。

「もし南アが、そういう動きをはじめたのだったら、この問題は、早くそちらの理事会で持ち出したほうがいい……」ンバヨ委員長は立ち上がりながらいった。「こちらの委員会でも議題にあげる準備にかかる。——とにかく、その点について、一度事務総長と話しあってみようじゃないか……」

その時、ラウンジの中が急にさわがしくなり、人々がざわざわと、出口のほうにむかって動き出した。

「なにがあったんだね？」ンバヨ氏は、通りすがりの職員に声をかけた。

「六時からCBSの宇宙中継がはじまるんです……」と職員は、ちょっと立ちどまってふりかえった。「日本の西部地方で起こっている地殻変動を生《ライブ》で送ってくるらしいです。——エド・ホーキンズが現地に行っているそうです。すごいらしいですよ」

職員は、そういうと足早に立ち去った。

「行ってみるかね？」

キトワ参事官は、みんなの行く方向へ、一、二歩行きかけた。

「待て」と、ンバヨ委員長は、大きな手で参事官の腕をぐっとつかんだ。「あれを見たまえ……」

委員長が、そっと眼鏡でさしたラウンジの片隅に、潮がひけていくように出口へむかう人の流れに、顔をそむけるように、一人の小柄な、半白の髪をした東洋人の老紳士が、ひっそりと立って、窓から見える血のように毒々しいニューヨークの落日をながめていた。——そのうすい肩は、うちひしがれたようにおとされ、はずして手に持った眼鏡のつるが、かすかにふるえているのが、二人の立った所からも見えた。——老紳士は、ハンカチを出して、夕日に照らされたしわ深い顔、眼の下あたりをしずかにたたいた。

「特別委に、特殊メンバーとしてはいっている日本のミスター・ノザキだ……」ンバョ委員長は、アフリカ人特有の、深い、ひびきのある声で、低くいった。「彼の立場になってみろ。——いま、彼の祖国が沈もうとしているんだ。国土が……彼の祖先が代々住み、その祖先たちの霊が眠っている日本の山や、川や、ジャングルや、草原が、家畜や鳥や獣たちといっしょに、この地上から消滅してしまおうとしているんだ。家や、村や、トウキョウや、先祖の墓や……サルや河馬《カバ》も……」

「日本にもサルや河馬がいるかね？」

とキトワ参事官はつぶやいたが、それはべつに冗談や揶揄《やゆ》の調子はふくまれていなかった。——むしろ、深い同情をしめすひびきがあった。

「あの老人は——悲しんでいる。当然のことだ」と、ンバョ委員長は、参事官の肩に手をおいていった。「彼の悲しみや——いま、アジアの一角で、災厄をこうむって恐怖にかられ、逃げまどっている一億人の日本人のことを思うと……とりわけ、恐怖に泣く子や、それをかばって必死に安全な所へ逃げようとしている母親のことを思うと……そんなものを、このはるか遠くはなれた、安全な土地の居心地のいい建物にいて、コマーシャル入りのテレビなどで物見高く見たくない。――そう思わんか？」

「まったくだ……」キトワ参事官は深くうなずいた。「テレビというやつは、――あれはまったく娯楽用の箱だな。映画やコメディはいいが、ニュースなどというものは、本来流すべきものじゃない。私の国でも、大統領の演説をテレビに流すことで、問題が起こっているんだ。一国の元首が、魂をこめてメッセージをおくるのに、こんな電気の箱で魂が伝わるか、という議論があってね……」

「彼の所へ行こう……」野崎老人が、眼の下をたたいたハンカチを、胸にしまうのを見はからって、ンバヨ委員長は、参事官の肩をたたいた。「慰めるんじゃない。彼も〝男〟だからな。――いまの問題について、内輪で彼の意見も聞いてみよう」

窓際に立つ老人のほうへむかって歩き出した二人の背後で、廊下のほうを通っていく人々の会話が聞こえた。

――どこが沈みかけてるって？

――よくわからんが、〝シコク〟とかいっているぞ。映像は送ってきていないが、現地から、エドの声だけ届いている……。

第六章　日本沈没

1

近畿《きんき》地方に、最初の巨大な「破局」が訪れてきたのは、四月三十日の午前五時十一分だった。——そして、この日はまた、世界の地震観測史上はじめて、「超広域震源地震」という、これまで知られたことのないタイプの地震が、西太平洋地域で記録された日でもあった。

例年なら——つい一年前までは、四月下旬からはじまる「ゴールデン・ウイーク」で連日、どこへ行っても、家族連れ、仲間連れの人出でにぎわうこの週も、今年は不安と恐怖で青ざめ、空腹と疲労と睡眠不足でやつれた顔の人たちが、持てるだけの荷物を持ち、嬰児《えいじ》を背おい、幼児の手をひいて、夜も昼も、延々と集結地点に向かって移動をつづけていた。一般人の乗用車の使用は禁止され、小型船舶、鉄道、バス、トラック、それに一部の営業用タクシーだけが許可されて、昼夜二十四時間、居住区の集結点から、港と空港へ、ピストン輸送を行なっていた。崩壊、破壊、あるいは土砂崩れがつづく道路を確保するため、ブルドーザーが各地に配置されていた。

近畿二府四県三千万人の人口のうち、四月一日からの一ヵ月で、すでに三百五十万人が、空路、海路で海外退避した。浸水のはげしい新空港にかわって、ふたたび主役にかえり咲いた伊丹空港は、万国博の時以上の気ちがいじみた突貫作業で、ようやく四月一日未明に、地震で損傷をうけた滑走路や地上誘導施設の整備を終わり、重量三、四百トンのスーパージャンボ級の発着が可能な態勢にこぎつけた。

そして四月三日からは、閉鎖されたローカル空港の整備員や地上作業員を西日本からかり集め、ようやく二十四時間操業、一日の発着回数五百回までこぎつけた。極東米軍の輸送部隊の援助もうけて、空路では、一ヵ月に五十万人近い人間を空輸するという記録をたてていた。

これに対して、海上輸送のほうは、表日本側海岸の沈下、裏日本側の隆起が著しく、埠頭《ふとう》が使用できなくなった所が多かったため、沖積みのケースがふえて、計画を下まわった。大阪港の場合は、此花《このはな》、大正の二区が完全に浸水してしまい、弁天《べんてん》埠頭も海中にもぐってしまったため、安治《あじ》川、新淀川の上流や、堺方面を使用しなければならず、兵庫側では、旧神戸港と摩耶《まや》埠頭をのぞいて、御影《みかげ》、魚崎《うおざき》、芦屋《あしや》方面の埠頭は、使用不能になるか、浮桟橋《ポンツーン》を使っていた。和歌山、三重南部のほうでは、とくに港湾の破壊と損傷がはげしく、キャパシティの一〇パーセントも使えなかった。それでも、長い海岸線と豊富な河口をフルに使い、自衛隊、米軍の上陸用舟艇や、鉱石運搬用の団平船、プッシャー・バージまで使って、乗船は昼夜兼行でつづけられていた。——一ヵ月で三百二十万というのは、いちおう観測本部（かつてのD－1は、正式にはこう呼ばれていた）の予測により、撤退期間をぎりぎり十ヵ月と見積っていたので、近畿に関するかぎりまず順調といえた。もちろん、近畿退避計画本部は、五月中にもっと能率をあげるつもりでおり、ピーク時には、一ヵ月五百万まであげる計画をたてていた。近畿本部は岡山、徳島方面の一部の住民撤退もひきうけることになっており、六月の梅雨による航空機輸送の低下、八、九月の台風による全輸送力の低下を見越して、ピッチをあげなければならない、という見とおしだった。

その日――四月三十日の明け方、退避のための乗船乗機の順番のまわって来た人たちは、夜中から途絶えることなく、空港へ、港へと集まっていた。まだ順番のまわってこない人たちは、官庁の注意にしたがって、いつでも出発または緊急退避できるように、身まわり品と手荷物をまとめ、なんとなく荒廃した感じのそれぞれの住居で、このところ、のべつ起こりつづける軽微な地震に、時折り起こされる浅い不安な眠りにおちていた。

大阪空港の周辺には、大型バスやトラックが、次々に到着し、大勢の人々が荷物を持って、黙々と空港ビルにはいっていった。空港ビルの入口の前には、いくつものテントが張られ、その上に乗機番号を書いた大きな札が立っており、人々はその番号にしたがってチェックインしていった。ビルの前には長い列ができ、警官や空港職員が整理にあたっていた。——青ざめ、だまりこくっているのは大人たちで、まだ朝早いため、幼な児は母の背で眠りこけ、小さい子供たちは、まるで遊びに出かけるように、はしゃいだりしていた。

神戸港、摩耶埠頭、御影、魚崎、芦屋の浸水した埠頭、淀川、安治川、木津川尻《かわじり》、堺港などでも、おなじような光景が見られた。日本、アメリカ、オーストラリア、オランダ、イギリス、ギリシャ、パナマ、リベリア、スウェーデン……さまざまの船籍の客船、貨物船、内部を臨時改造した貨物船や鉱石運搬船、カプセル住宅をコンテナーのかわりにぎっしり積みこんだコンテナー船などが、これらの港に、また浮桟橋《ポンツーン》から続々と乗船をつづけていた。——腹の底にひびくような汽笛を鳴らし、何隻かの船は、船尾にスクリューの泡を噴き上げながらゆっくりと舳《へさき》を紀伊水道へめぐらせつつあった。その間をぬって、曳舟《タグボート》の鋭い号笛が、曇り空にひびきわたった。

午前五時十分すぎ、大阪空港では、サベナ航空のボーイング707が南東方面から着陸態勢にはいり、すでにグラインド・パスにのってフラップもおろし、脚も出し、アウターマーカーをすぎ、ミドルマーカーをすぎ、ぐんぐん高度をさげてB滑走路に近づきつつあった。

北西の空では、たったいま離陸したばかりのKLMのDC－8－62が六甲上空で旋回をはじめており、滑走路脇のポケットでは、パンアメリカン航空のジャンボジェットが、サベナ航空機の着陸を待っており、誘導路では、日航のDC－8、ルフトハンザのB－

707が旅客を満載してタクシングにはいっていた。そのほか、ターミナルビルのフィンガーでは三機が搭乗を開始しており、二機が停止位置に誘導されつつあった。どのピアも、搭乗を待つ人でいっぱいであり、ロビーも大ぜいの人でごったがえしていた。もう夜は明けはなたれていたが、午後から雨になると予報にあったように、空は灰色の雲にあつくおおわれ、雲高は高かったが、あたりは鉛色のうす闇につつまれていた。サベナ航空機は、無事に接地した。――人々は、ピアのスモークガラスごしに、眼前の滑走路を矢のようにすぎていくサベナ機の姿をながめていた。視界を右手に行きすぎてから、逆噴射装置《スラスト・リバーサー》のごうごうたる音が、あたりにひびきわたった。

その時、窓のそばにいた人たちは、灰色の重い雲のどこかが、パーッと白っぽく光るのを見た。

神戸、摩耶、そして阪神間の港で船に乗りこんでいた人たちは、その光をもっとはっきり見た。南方の空の下を、東の端から西の端まで、幕のような白い光が地平線、水平線から空へむかって、パ、パッ、と走った。――そのため、金剛《こんごう》、葛城《かつらぎ》、二上《ふたかみ》や、さらに遠い紀州の山々、四国や淡路《あわじ》の山々まではっきりとシルエットが浮かび上がった。白い光のところどころに、紫や緑がかった閃光《せんこう》がまじり、光の幕は東から西へ、西から東へ、両三度走った。桟橋の上で、船上で、人々の間にどよめきが起こった。

芦屋埠頭で乗客を乗せていた二万六千トンの貨客船大限丸の船長も、起きたばかりの眼をこすりながら船橋へ上がって来たばかりだった。当直のあいさつをうけ、大あくびを一つしたとたんに、甲板員の叫びを聞いた。船橋から南を見わたして、その白光のつらなりを見たとたん、船長は自分で緊急警報ボタンにとびついた。

「エンジン始動！」と船長は当直士官にどなった。「緊急退避用意！」

当直士官はあわを食って、エンジンルームを呼び出した。

「乗客は？――まだどのくらいのこっているか？」

船長は、船内に鳴りわたる警報におどろいて船橋にとびこんできた事務長《パーサー》にかみつくようにどなった。

「あと二百人ぐらいのこっていますが――今、乗船中です」

「人数をやって大至急乗船させせろ。五分たったらタラップをはずせ、緊急出航だ。通信士を呼べ。運航事務所に緊急出航する旨つたえろ。――汽笛吹鳴《すいめい》だ。ほかの船にも知らせろ。沖合へ退避する」

「なにをですか？」事務長は面くらったように眼をしばたたいた。

「ばか！――津波をだ。襲ってくるぞ。たぶんな……」

大隈丸の内部に鳴りひびいた警報に、乗船をしていた乗客はびっくりしたように立ちどまった。船員は右往左往し、埠頭にむかってメガホンやスピーカーで叫び、銅鑼《どら》を鳴らしてかけまわった。――最初の、ドン、という初期微動がやってきたのは、その時だった。一階が完全に水没した乗船待合所から、浮桟橋をつたって乗りこんでいた乗客の間から悲鳴が上がり、はげしい上下動にうろたえておされ、二、三人が海中におちた。船橋には、エンジン始動のシグナルがついた。

「出航用意！」と船長は当直士官にいった。「ディーゼルでよかった。……タービンじゃ退避がまにあわないところだった……」

大隈丸の汽笛が、無気味な怪獣の叫びのように、暗い空にひびきわたった。――船長は自分で携帯用スピーカーをつかむと、埠頭側に出て叫んだ。

「水におちたのを救い上げろ！　まだまにあう。――もうじき次の地震がくるぞ、あわてるな。ゆっくり乗せろ！」

それから船首の甲板員に向かってわめいた。

「繋留索《けいりゆう》はずせ！　後部へつたえろ！　繋留索放棄の用意をしておけ！」

大阪空港では、パンアメリカンのボーイング747Eが、四百九十席のシートを満席にし、推力二十一トンのエンジン四基をいっぱいにふかし、三百五十トンの巨体をゆすって滑走をはじめたときに、第一波がおそってきた。――管制塔の内部で、テーブルの上においてあったコップがとび上がってひっくりかえり、電灯が二つ三つ消えるほどのはげしい上下動があった。

「地震だ！」誰かが叫んだ。「PAN一〇七便をとめろ！　離陸中止だ！」

だが、PAN一〇七便はすでに目測時速百二十キロを越していた。ガタガタ音をたてる窓ガラスごしに、その巨体がゆさゆさと上下にゆれ、車輪がわずかにバウンドするのが見えた。担当管制官は、まっさおになりながら、歯を食いしばってマイクをにぎりしめた。

「とめさせないか？　なにをしてるんだ！　早く！」

一人が血相をかえてとんで来て、マイクをつかもうとした。――だが、担当官はその男を手あらく突きとばし、マイクをかばった。その管制官は、羽田で旅客機が着陸したと同時にあの大地震がおそってきた時、管制塔につめていた。その後も、東京でさんざん地震にあい、地震の性質を、体でおぼえてしまっていた。百二十キロの速度のついた三百五十トンの機体は、いま緊急離陸中止を命ずれば、逆噴射装置を噴かして三千二百メートルに延長されたB滑走路ぎりぎりにはとまるかもしれない。が、その時第二波の大きな横ゆれが来たら……初動波の大きさから震源地はかなり近い、と担当管制官はとっさに判断した。第一波のあと第二波がくるまでの間が、十数秒しかないとしたら……。PAN一〇七便は、百五十キロ、百七十キロとぐんぐん速度を増していった。その間にも上下動はつづき、車輪は地面からはなされたかと思うと、また接地し、機体は大きくバウンドした。

神様！

と、日ごろ不信心の担当管制官も、この時ばかりは心の中で叫んだ。――操縦桿《そうじゅうかん》を握り、四つのスロットルをいっぱいに開いて、ぐんぐんせまってくる滑走路の端をにらんでいる機長の姿が、一瞬脳裏に浮かんだ。機長《キャプテン》も副操縦士《コパイロット》も、機体の異様なバウンドに気がついているだろう。彼らの何秒かのとっさの判断で、すべてが決まる。そう思っている間に何十メートル、何百メートルがすぎ、ひきかえし不能地点はみるみるうちにせまってくる。

とび上がれ！――と、一、二秒の間に全身ずくずくに汗にまみれながら管制官は心の中で叫んだ。――とまっちゃいかん！　スロットルをもっと開け！　操縦桿を引け！　空へ逃げるんだ。地上には、すぐこのあと、おそろしい破壊がおそってくるぞ！

「やった！」

と誰かが叫んだ。――管制官は汗のしみる眼で、滑走路端を見た。三千二百メートルのB滑走路を、あとわずかのこすだけで、ジャンボの前輪《ノーズギア》が上がり、つづいて十六個の主車輪が滑走路をはなれた。

「空港内全機へ。こちら管制塔……」十五メートル越えを、痛み、かすむ眼で確認しながら、管制官はマイクのスイッチをおしてかすれた声でいった。「緊急事態発生！　全機エンジンを切れ……地震がくる！」

それだけいうと、ドサッという音をたてて、管制官は椅子からすべりおちた。

「かわってくれ……」助け起こしにかけよった同僚に、彼はかすれた声でいった。「空港を……閉鎖したほうがいい。上空機をホールドするな。退避させろ。すごいやつがくるぞ……」

初動波のゆれは一時おさまりかけた。だが、そのすぐあと、ゴウッ、と薄気味悪い地鳴りが、大地の底から湧き上がってきた。管制塔全体が、巨大な回転円盤にのってふりまわされるような、すさまじい横ゆれがおそってきて、マイクにとびついて懸命に上空機を呼んでいる管制官の声を、轟音《ごうおん》と物のこわれる音と、悲鳴と叫びがかき消した。

近畿、四国、九州中央部をおそった震度七の激震は、震源が、伊勢湾、紀伊半島北山《きたやま》川上流、紀伊水道南部、土佐《とさ》湾、豊後《ぶんご》水道、宮崎県小林《こばやし》付近と、何ヵ所にもわたってほとんど同時に発生した、という点で、地震史上未曾有《みぞう》のものだった。最初測候所の記録を解析したとき、技師たちはまったく混乱してしまった。――地震波の性質と強度をもとにして震源をわり出そうとすると、震源像がまったくぼやけてしまうからだった。あとになって、伊勢湾から九州南部へかけて六百キロにわたる直線上のどこかに発生した地震が、引き金のように直線上にならんだ震源の地震を誘発したらしい、とわかったが、その直後の各地観測所の発表は、まったくまちまちだった。

だが、その各地からの報告を整理して震源地をならべてみると、そこにはっきりとした一つの「像」が浮かび上がった。――震源地は、志摩《しま》半島から紀伊半島中央部を横断し、四国の中央部を東西に走って九州中央部を北東から南西へ抜ける、あの顕著な「中央構造線」の上にならんだのである。そして一方――専門家の解析を待つでもなく、誰の眼にも明々白々な形で「大変動」がその輪郭をあらわしはじめた。

紀伊半島の紀《き》ノ川、四国吉野《よしの》川にそって、延長数百キロにわたって、両河川の北部と南部とが地震のあと、十数メートルもずれた。紀州山塊と四国地塊の、南の部分が、この断層を境にして、南方に三メートル、東方にむかって十数メートルも動いたのである。

ここに生じた大断層は、四国において新居浜《にいはま》付近、三重県の伊勢市付近まではっきりと追跡される巨大なものだった。紀ノ川、吉野川にかかる橋梁《きょうりょう》は、もちろんほとんど破壊、落下し、奈良、三重県境の高見《たかみ》峠、国見《くにみ》山、四国山脈中の笹《ささ》ヶ峰《みね》、大森《おおもり》山では、山くずれが起こり、場所によっては山が真っ二つに裂け、山容がまるで変わってしまった。

両河川の流れはもちろん変わり、水が消えてしまった所、逆に海水が大洪水のように流れこんできた所、崖《がけ》くずれのため自然のダムができた所、逆にダムが破壊され、中、下流が洪水におそわれた所などが続出した。鳴門《なると》海峡では、海底に異変が起こったらしく、渦がほとんど消え、海峡の幅は数百メートルもひろがった。

伊勢湾、紀伊水道、大阪湾、播磨《はりま》灘《なだ》、土佐湾、豊後水道一帯は、地震の直後におそってきた、高さ数メートルから、場所によって十数メートルの津波に洗われた。沿岸諸都市はほとんど大被害をこうむり、船舶が陸上にうち上げられた損害も多数にのぼった。

――死者、行方不明者は、東海、近畿、中国、九州で、一瞬にして二百万名にのぼった。とりわけ大阪湾、土佐湾、宮崎海岸で乗船中の多数の人々が、一瞬の大地震で度を失ったあと、破壊、倒壊した建物や構造物に逃げ場をふさがれ、つづいておそってきた大津波にさらわれた例が多かった。津波の被害をもっともはげしくうけたのは、紀伊水道両岸と、淡路島、それに豊後水道両岸で、それに徳島県南部の阿南《あなん》海岸、室戸《むろと》岬、土佐湾、日南《にちなん》海岸が次いだ。

最もすさまじかったのは、津波の進行正面にあたる、淡路島南岸と、紀州加太《かた》、四国の鳴門市で、ここでは、せかれた海水が、高さ十四メートルにもり上がり、淡路島南部の論鶴羽《ゆづるは》山地の山麓《さんろく》を海抜三十四、五メートルまで、あれくるう波先がおそいかかった。津波の引いたあと、友ヶ島《ともがしま》、加太、由良《ゆら》、福良《ふくら》、鳴門の地上には、ほとんど何ものこらないほどの惨状だった。和歌山市、徳島市も市内半分が津波で壊滅させられ、津波が引いたあとも、全市域が水深一メートル以上の海水に水没したまま、有田《ありた》、吉備《きび》、由良、御坊《ごぼう》、洲本《すもと》、小松島《こまつじま》、阿南、高知、宮崎、日南……被害をうけた都市は数知れず、交通網はいたるところでずたずたになり、しかも、この地震——というよりは地殻変動により、ほとんどの港湾、空港が使用不能になってしまった。

　そしてまた、この「中央構造線大地震」は、折りから日本上空百数十キロを通過中だった、アメリカのＭＯＬ（有人軌道研究衛星《マンド・オービタル・ラボラトリィ》）によって逐一目撃されたという点でも特異なものだった。四人の研究員を乗せたＭＯＬ－３号は、数日前、赤道傾斜角ほぼ六十度という角度でうち上げられており、その時偶然にも、日本列島上空を、北東から南西へむけて通過中だった。観測項目の中に、日本列島付近の地殻変動の調査も、大きな目標としてはいっており、ほかにうち上げられている無人の気象衛星、測地衛星の観測と関連して、北西太平洋、ユーラシア東部の地殻変動の観測をつづけていた。

――その時、ＭＯＬ－３号は、明けはなたれた北部太平洋から、暁闇の残る東南アジアへむけて高度百二十キロで日本上空を通過しつつあった。日本海方面から移動中の前線のため、裏日本は、西のほうからあつい雲におおわれだし、すでに近畿、中部以北、中国、瀬戸内方面は雲におおわれていたが、紀伊半島南部、四国の室戸、足摺岬《あしずりみさき》、それに九州の南部は、雲のはずれにのぞいていた。乗組員《クルー》の中の当直員は、眼下を通過しつつある日本列島に、各種のカメラと観測機械をむけ、それらの観測機械をプログラムにしたがって操作してゆく自動装置の動きを監視していた。のこりのうちの二人は眠り、もう一人は、観測窓から大爆発して変形したあと、なお噴煙をあげつつある富士山と、中部山岳地帯のあちこちで活動しはじめている火山の、ちろちろ燃える赤い火を、双眼鏡でのぞいていた。遠州灘《なだ》の上空にさしかかったころ、朝の光が、切線方向に地表をなめるので、少し見にくくなり、何の気なしに超望遠レンズのついたカラー暗視装置《ノクトビジョン》のスイッチをいれた。

ＲＧＢブラウン管に浮かび上がった強いカラーコントラストのついた像を一目見たとき、その研究員は、隣りの当直員の肩をわしづかみした。

「おい！――西日本になにか起こるぞ！」

画面には、伊勢湾から紀伊半島南部にかけての地形が映っていた。――当直員は、ふりかえるなり、同僚の肩ごしにズーマーのスイッチをいれて、より広い海域を映し出すと同時にＶＴＲをスタートさせた。

「なにが起こるんだ？」と、寝棚からもう一人が体を起こしながら寝ぼけ声で聞いた。

「わからん。が、おそらくなにかの変動だ」と当直員はいった。「パットも起こせ。手つだってくれ。――ほら、海の色があんなに変わっていく」

先に起きていた一人は、暗視装置《ノクトビジョン》のカラーコントラストを調整していた。――黒に近い暗緑色の海面に、粉をふいたような緑青色の斑点《はんてん》が浮かび上がり、それがおどろくべき速さで東西に延びてゆく。それはみるみるうちに、紀州沖をすぎ、広角レンズのはずれにあらわれはじめた室戸岬の沖合へ走ると同時に、太平洋側へむけてぼかされたようにひろがりはじめた。そしてその緑青色の線がぼかされひろがってゆく先に、またいくつも、ブルーに近い斑点が点々と出現しはじめた。

「16ミリをやってくれ！」と当直員は連続写真撮影をスタートさせながら起き上がってきた同僚に叫んだ。「カラーと、４００と両方だ。――ジミー、そちらの窓から観察してろ」

四人めの乗組員も瞬時にとび起きてきて、観測機のメーター類のスイッチを次々に入れた。自動記録装置は休みなく記録をつづけているが、メーター類を生きかえらせて、その針の振れをじかに眼で見ると、すさまじい振れ方だった。

「こりゃすごい！」パットと呼ばれた乗組員《クルー》は、針をふり切りそうなメーター類を大急ぎで調節しながら叫んだ。「地磁気も重力もめちゃくちゃに動いてるぞ。――ビル、海上ステーションはこの周波数で出るか？」

「出るはずだ。――ポイントアーゲロにつないでもらえ。それから、ラファイエット号がこの真下付近にいるはずだ。さっき呼んできた。あまり海岸に近よっているようだったら、注意してやったほうが……」

「わっ！」観測窓に双眼鏡をあてていた乗組員《クルー》がその時叫んだ。「やった！――日本が裂けるぞ！」

ビルはRGBブラウン管に眼をやり、もう一人は研究室《ラボ》の下に取りつけられたカメラ類のファインダーを食いいるようにのぞきこみ、通像器のスイッチをいれようとしていた一人は、もう一つの双眼鏡をつかむと床をけり、無重力の室内を泳ぐようにして、観測窓にとびついた。

それぞれの視野の中で、雲のはずれにのぞく四国と紀伊半島の南部の地形は、突然その輪郭が、左右にぶれるようにぼやけて見えた。――紺碧《こんぺき》の海面に、小さな、やや淡いような斑点《しみ》がいくつも浮かび上がり、それが東西に一列につながるように次々にふえはじめた。海表面を、こまかいさざなみのような衝撃がさっとまるくひろがると、つづいていくつかの斑点を中心に、くろずんだ波紋が、おどろくほどゆっくりとひろがりはじめた。

「津波だ！」

と双眼鏡をのぞいていた二人が同時に叫んだ。――アジア東部、東南アジアの島々を洗い、対岸の新大陸のはるか南のチリにまで達した津波の波紋が、眼下の青い大洋にくろずんだ輪となってひらきつつあった。

「おい……日本の南部の地形が少し変わったみたいだぞ。錯覚じゃないみたいだ」と、連続撮影用の35ミリカメラの超望遠ファインダーをのぞいていた一人がいった。

「ステーションを呼び出せ、パット――」と当直員はRGBブラウン管の上で、めまぐるしく紋様を変える色彩を見ながらかすれた声でいった。「報告してやれ。いよいよ……日本が沈み出したって……」

　事実、地上では、志摩半島北部－紀ノ川を通り、さらに吉野川から愛媛方面へ走る大断層の南部の地塊が、基盤ごとゆっくりと南東方面へむかって動きはじめていた。津波の海水が浸入し、あたり一面水びたしになった二十の川の河口部は、時間がたつにつれて徐々にひらいていった。たえず小、中地震に、巨大な山嶺《さんれい》ごと体をふるわせながら、四国南部と紀伊半島南部は、一時間一メートル半ないし二メートルというおどろくべきスピードで、太平洋へむかって動きはじめたのだ。実際はその時、本土側も、時速十数センチのスピードで南東へ動いていた。だが、中央構造線以南の、いわゆる外帯地塊の動きが異様なまでに速かったため、断層の間はみるみるひらいていった。ひらいた分だけ海水が浸入し、吉野川、紀ノ川の川幅は徐々にひらいていった。

　そして――南東へむかってすべり出した地塊の行く手では、大陸棚から大洋底へかけて、海底の異様なまでの急速な沈下が……一時間数メートルに及ぶ、「収縮」といいたいほどの陥没が……長さ数百キロにわたって起こりはじめたのである！

——地震発生後、数時間にして、尾鷲《おわせ》、熊野《くまの》、新宮《しんぐう》、潮《しお》ノ岬はほとんど海面下に没し、海面は那智《なち》の滝の直下にまで上昇してきた。崩壊し、ずたずたに断ち切られた室戸岬、足摺岬も、もうかって水面上に出ていた部分の半分以上海面に沈み、岬の先端部は、いくつかの孤立した島になり、さらに海没はつづいた。——中央構造線南部の外帯地塊は、ちょうど北西隅をややはねあげ、南東部をふかぶかと海面下につっこみ、内帯側とくいちがった格好で南東部の海底傾斜にそって、沈みはじめたのである。

中央構造線を境にした、南部と北部との「ひきつれ」は、しだいに中部地方に及び、西日本の広域地震の時、中部地方一帯でも中震程度の地震が感じられ、その後無気味な地下鳴動を続けていた東海地方では、ついにその日の午前十時四十七分、遠州灘から富士川へかけて、同様の震度六の大地震が発生するとともに、渥美《あつみ》半島の付け根から、浜《はま》名《な》湖北部を通り、富士川付近で北へ曲がる上下最大二・四メートル、水平最大五メートルに及ぶ大断層を生じた。

遠州灘東方沖合に生じた津波は、駿河《するが》湾にはいって、波高七メートルに達し、沿岸を一なめにし、沼津、富士両市をほとんど壊滅させ、富士川ぞいの、大地溝帯《フォッサ・マグナ》と中央構造線の交点に生じた大断層と、陥没した地盤にむかって奔流し、牙《きば》をむく海水は、ついに富士宮《ふじのみや》市南部付近にまで達した。

そしてこの時「古富士大噴火」のあと、愛鷹山の西部山麓《さんろく》線にそって生じていた活動中の側噴火火口深部に大量の海水が浸入し、いくつかの、小噴火のあと、午後二時にいたって、愛鷹山は、その山容のあとかたさえのこらないほどの大爆発をとげた。——火は、ついに水と出会った。火竜と水蛟《すいこう》は、ついに本州中央部において、はげしくかみあったのである。

2

「はじまった！」

「中央構造線地震」が西日本をおそった直後——それは東京においても、震度四の中震として感じられた——出入りの人間でごったがえすD計画本部へ、まっ青な顔をした退避計画実行委の委員がとびこんできた。

「西日本が沈みはじめたらしいぞ！　もう手遅れだ」

「沈下は今はじまったわけじゃありません。ずっと前からはじまってるんです」

観測本部の通信室にいて、次々はいってくる報告やデータをチェックし、それを解析班にまわしていた中田はそっけなくいった。

「まだまにあいます。——日本が完全に沈みきるまでには、あと最低四、五ヵ月はあります」

「本当か？　本当にそういえる自信があるか？　君たちの予言をどのくらい信用していいか、よくわからん。あの——西日本が裂けた、という大地震さえ、予報できなかったじゃないか！」

「中央構造線地震については、ちゃんと警報は出してあります」中田は委員に背をむけたまま立ち上がった。「しかし、不幸にして、精度は少しくるいました。ここ三日から、一週間と予報してあったはずです。――二日前から、観測網の一部が故障して調整にかかっていたんで、直前の変化はキャッチできませんでした。それに――退避計画と、地殻変動の観測とが、まだうまく連関していません。実行委のほうは、とにかく遮二無二、積み出せるあらゆる所から、乗船乗機させようとしているでしょう？」

「それがどうだというんだ？　それ以外にどうしようがある？」

「もう何十回となく申し入れてあるんですが、実行委の諸機関は、もう少し観測本部との連絡交流を密にしていただけませんか？　われわれの出す情報が、うまく利用されていないみたいです。少なくとも退避計画の実行責任者だけでも、観測班のつかんでいるイメージを、ある程度理解していただきたいんです」

「イメージだと？」委員は呆《あき》れたように叫んだ。「イメージがどうだというんだ？」

その時、電話が鳴った。

「中田だ――そうだ。できた分からどんどんいれろ。観測機はもう全部出発したか？――観測ブイの数がたらないって？　かまわないから出発させろ」電話を切ると中田はひげぼうぼうの顔を掌《てのひら》でぐいぐいこすって、委員のほうに向きなおった。「ええ、そうです。――イメージとしかいいようがありません。こまかい数値的なことを理解していただく必要はありません。ただ、もう少し、この変動の根本的な性格について、しっかりしたイメージを持っておいていただいたほうが、観測本部の出す警報やデータを、退避計画の上にうまく生かせると思うんです」

「君たち観測本部の学者が、自分の仕事を評価してもらいたがるのはわかるが、いまはもうその時機じゃない」と委員はいった。「問題は、もう政治的段階へ来てしまっている。君たちは、もっと正確的確な警報や予報を出せばいいんだ」

「その予報を退避計画において的確に使う、使い方をマスターするために、この変動の根本的な性質についてのイメージを持ってほしい、といっているんです」中田は辛抱強い調子でいった。「ある地点の変動についての百パーセント正確な予報なんかできませんよ。――金輪際できません。そんなものを求めるのは、こういう現象についての根本的な理解を欠くからです。退避計画委は政治家のよりあいだから、これまでどおり政党間の思惑の調整や、最終的な責任の逃げ道を考える姿勢がどうしてもこびりついていますね。政治的配慮は当然必要でしょう。とくに外交交渉があることですし……。しかし、当面の目標は、できるだけたくさんの日本人を、できるだけ無傷に、日本から退避させることにあるはずです。それなら、この現象の性格をもっとよく知ってもらわなければなりません。今の退避計画は、平時を――せいぜい普通の地震を前提としてたてられていますね。しかし、それでは最小の被害は期待できません。私たちの、ある幅を持った予報も、適切に応用できないでしょう。私たちの出した警報がほとんど無視された形で、強引な計画がすすめられている。私たちの出した報告に対して、いままでろくな説明会も開かれないまま、退避計画がつっぱしってしまっている。――それでは、〝最小の被害で〟という条件はみたされませんよ」

「どうしろというんだ？」委員はあきれたような顔をしてつぶやいた。「説明会なら二度ほど開いたはずだ」

「ひどくお座なりにね。――委員の大部分は、結論だけ知りたがって、現象の起こってゆくプロセスについては、ほとんどめんどくさそうに聞いていて、理解しようとする姿勢がありませんでした。右か左か、白か黒かで割りきりたがるのは、政治家の癖ですがね」

「委員の中には、学者もいる……」

「〝政治的判断〟とやらが、できるのがお得意な学者がね……」

「君は……」委員の顔がこわばり、額に青筋があらわれてぴくぴく動いた。「君はなんだ？　いったい……」

「逃げ道はありません。説明会をもう一度開いてください……」中田は、テレックスから吐き出されてくる紙をのぞきこみながらいった。「説明会というより、委員諸公に対する〝特訓〟です。わかってもらえるまでやります。閣僚も、官庁のトップクラスも、小委員会の連中も……、どこかに缶詰になっていただければ、三日――いや、二日でみなさんに起こってくるさまざまな現象の〝読み方〟の基本をわからせることができると思います」

「二日だと？——そんな暇があると思うか？」国会でも相当うるさ型でならした委員は、まっ赤になってどなった。

「この危急存亡の時に……」

「危急存亡の時だからこそ、そういったことが必要なんです。みなさん、カンのいいのはわかっていますがね。腰だめでやって、なんとかそのうち、あなた方にも、カンで現象のおぼろげな性質がわかってくるにせよ、それまでの損失が大きすぎますよ。——なんとか体裁をとりつくろっておけば、ベテラン役人がなんとかやってくれるだろうと思っておられるかもしれないが、少なくとも、この現象の性質に関するかぎり、たとえどんなに経験のある官僚でも、誰もベテランなどいません。——段階的に理解してもらうよりしかたがないんです……」

中田は、いまテレックスから出てきた紙を、委員の前におしやった。

「ごらんなさい。——けさの地震の死者、行方不明者の中間累計が出ています。すでに判明した数で数十万です。東海以西の総計は、かるく百万を越えるでしょう。——もし、計画の全メンバーが、もう少し、現象の性質をよく理解して、予報の利用のしかたを知っていたら——予報にたよりっきりじゃなくて、それをもとにして、現場で、予報にないさまざまな徴候を見て、ぎりぎり適切な判断がとれたら、この数値は、十万なり二十万なり減るんです。総合計画のたて方も、とにかく、退避させなければならない人数と、その運搬手段とを機械的につきあわせるだけじゃなくて、もっと効果的なやり方があるはずです」

「どうやれというんだ？」委員はかたい表情のまま、中田をにらみつけた。

「二人で縄をまわす縄とび、おやりになったことがありますか？」

「人をからかう気か？」

「からかってなぞいません。縄のまわる周期――つまりまわっている縄の性質というものがわかれば、からまれたり、足にひっかけてひっくりかえったりしないでしょう。あれと同じです。――オーケー、こちらのCRT端末へも出してくれ」

中田はスイッチボードに手をのばして、コンピューター室からおくられてきた映像を、ブラウン管に映し出した。「あちらのスクリーンにアイドホールで投影しますから見てください。――ほら、わかりますか？　次は東北の北上《きたかみ》断層に、大きな水平断層が起こります。北海道の石狩《いしかり》平野にまで影響がおよんで、三陸海岸から北上山地の裏半分が、大洋傾斜にそってすべりはじめるでしょう。裏日本側は、まだ比較的安全ですから、今、札幌《さっぽろ》と仙台《せんだい》で行なわれているつみとり作業をある程度で中止して、急いで退避させなくてはなりません。ぎりぎり五日以内に……」

「それは本当に確実か？――けさの地震は、予報された時期より三日も早く起こった……」

「今度はかなり確度があがっています。起こるまで一週間プラスマイナス二十四時間、というところですかね。——あの中央構造線地震が起こったために、予報精度がぐんと上がったんです。これは、そういう性質の現象なんです。おわかりになりますか？　それから、今中部地方で火山爆発の危険が増大しつつあるのは、乗鞍《のりくら》火山系です。けさの地震が引き金になって、十二時間以内に大噴火が起こるでしょう……」

「どこが、いつ、どうなるというスケジュールは出せんのか？　ええ？」委員は口をまげていった。「そうしたら、危険をなるべくさける退避スケジュールも組める。これだけのコンピューターや設備を使って、君たち専門の学者が、そのくらいのことできんのか？」

「そういうことをおっしゃるのが、そもそもこの現象の性質も、コンピューターなるものの性質も、科学というものの性格もおわかりになっていない証拠ですよ」中田はひややかにいった。「〝積み将棋〟って子供のあそびをご存じでしょう？——将棋の駒全部を一塊りに積み上げて、なるべく山をくずさないように、駒を一つずつとってゆくあそびです。どの駒をとったら、どうなるか——ある一枚をとったとき、次の瞬間、はたして山が大きくくずれるか、あるいはあやうく均衡をたもつか、そんなことが、コンピューターできちんと予言できると思いますか？　最初から一枚ずつとっていって、何枚目で最初のくずれがくるか、一部くずれたあと、駒の積みかさなり具合が、どんなふうに変化して、そこから先、次の崩壊まで、何枚とっても安全か——そんな全過程が、コンピューターではじき出せると思いますか？　そのうえ観測網といったって、鯨にのみがたかったようなもんですからね。――しかし、こういうことは確実にいえます。一枚駒をとって、それがくずれなかったら、次の駒をとるときくずれる確率がぐんと高まること、逆に一度くずれがはじまって、ある程度まで大きくくずれれば、次にくずれるまで、しばらく安定が続くこと……この二つです。そういった現象の性質を基本的に知って、プランをたてる必要がある」

「今さら退避計画や、輸送計画を変えようというのか？――そんな余裕はないぞ」

「まわり道みたいで、それがただ一つの近道です。――二日でいいんですよ。委員会を説得していただけますか？」

「委員会のほうに意見書を出したまえ……」委員は背を向けながらいった。「必要書類もつけて……」

「そんな暇はありませんね」中田は、にべもなくいった。「われわれは、ここで、一日十八時間はたらいてるんです。――委員会事務局にある書類を見てください」

委員はまっ赤な顔をしてふりかえった。――しばらく、かみつきそうな顔をして、いそがしそうに働く中田をにらみつけていたが、やがて足音荒く出ていった。

「おこらせたな」地方管区へテレックスをおくりながら、二人のやりとりを聞いていた通信士官が、顎《あご》をしゃくっていった。「野党の大ものだぞ。――あれじゃ、逆効果だ」

「あれで腹をたててにぎりつぶすようじゃ、小ものか、せいぜい中ものさ」中田は平然といってデスクの端のボタンをおすと、小型カセットテープをとび上がらせた。「今度の委員長に直接あてた極秘意見書にゃ、このテープをつけて、今のやりとりを聞かせてやる。――P―6もP―7も、通信はまだはいらないか？」

「今、P―7から連絡がはいってきた」と部屋の隅から声がした。「スピーカーへ出すか？」

「P―6が出たら、片岡を呼んでくれ。――P―7のほうはどうだ？　映像はおくれそうか？」

「中継ヘリのほうの調子が悪いらしいが――CBSが、二時間おくれで宇宙中継をはじめるらしいぜ。地上からの放送はあきらめたらしいが、ホーキンズってニュースキャスターが、さっきヘリに乗りこんだそうだ。NHKがうけるだろう。そちらを見るか？」

「二時間おくれか。――アメリカ本部ではゴールデンアワーだな」中田は腕時計を見ながら、紙コップの冷えきったコーヒーを、まずそうに眉《まゆ》をひそめて飲んだ。「西ヨーロッパは夜中だ。――電波料を損したな」

「何億人かが見るだろうな……」と通信士官は煙草をくわえながらつぶやいた。「世紀の――スペクタクルってわけだ。地上では生きるの死ぬのってさわぎなのに」

「そういう時代さ……」中田は首をぼきぼき鳴らしながらなまあくびをした。「おれたちだって――昔、日本が泰平の時は、そうだったんだ。高みの見物ってやつでな……。煙草をくれ」

中田は通信士官がくわえて、火をつけたばかりの煙草に手をのばしてつまみとると、体中をガリガリかきながら、立ち上がった。

「観測機の送ってくるデータは、どんどんいれてくれ。――それから片岡が出たら、つないどいてくれよな……。ちょいと水をかぶって眼をさましてくる」

伸びをしながら出ていく中田のあとを見おくりながら、煙草をとられた通信士官は肩をすくめた。

「たいへんな秀才だってことだが――ありゃあ、あまり学者らしくないな」

「大学時代ラグビーの選手だったっていうからね……」部屋の隅から誰かがいった。

「あれならハードボイルド派の私立探偵だって開業できそうだ」

観測機からの通信がはいりはじめて、通信室の中は、一斉に鳴りはじめたテレタイプや、テープ穿孔器《せんこう》の音でみたされはじめた。――また震度三ぐらいの軽い地震があったが、そんなものには誰も注意をはらわなかった。大地震の時、壁にできた大きな亀裂が、徐々にひろがってゆくのにも……。

P2Jを地殻観測用に改装したP2JMDに搭乗して、片岡は紀伊半島中央部から四国山脈へかけて出現した、大断層の上を飛んでいた。――大地震の衝撃で降りはじめた篠《しの》つく雨は、一時間半ほどで勢いが弱まり、四国上空に達したときは、四国山脈の上で、雲が切れはじめた。高度一万メートルで侵入してくるB29さえ避けたという四国山脈上空は、猛烈な悪気流で、高度をさげすぎるともみくちゃになりそうにゆすぶられたが、それも徐々におさまりはじめた。ぎりぎり四千の高度で飛びながら、眼下を見おろすと、雲の切れ目から、すさまじい地殻破壊の爪痕《つめあと》が見下ろせた。

吉野川を境に、北と南でくいちがってしまった断層帯は、その高度からは、ちらと見えたにすぎなかったが、それでもそこに走る、赤茶けたむき出しの地肌と、平野部にまで深く浸入している海面が、無気味な鉛色に光るのは、一瞬望見できた。——それ以上に、片岡が息をのんだのは、四国山脈を、北西から南東へ、斜めに横断しながら何本も並行して走る、うねった断層帯だった。緑の山肌が、そこだけ無惨にちぎれ、茶や、赤や、黒っぽい地肌がのぞき、なかには黒々とした、底知れぬ地割れを見せている所もあった。——まるで、太い粘土の棒を雑巾《ぞうきん》のようにしぼったときにできる、並行した割れ目のようだった。いたるところで山くずれがつづいており、地割れのいくつかから、はげしい蒸気が噴き出していた。

「D－1……D－1……こちらP－7……映像はうまく出ているか？　どうぞ……」

テレビカメラのモニターと、観測窓をかわるがわるのぞきながら、片岡は、マイクにむかっていった。

「すこしみだれが見えている……」スピーカーからノイズの多い声がかえってくる。「続けて映像をおくれ。——もうじき浜松から、中継ヘリがもう一機のぼる。九州南部へ出たら、宮崎上空に〝よしの〟の中継ヘリが待っているから、コンタクトしろ。——P－8……P－8……こちらD－1、観測ブイの洋上投棄は終了したか？　どうぞ…

…」

「こちらP－8……あと二個で終了だ。現在、土佐湾南方……」

「D－1からP－8へ……洋上投棄が終了したら、ひきかえして紀伊水道を北上せよ。舞鶴基地警備隊とコンタクトののち指令をまて。どうぞ」

「P－8、了解……」

「D－1よりP－6へ……豊後水道へ出たら水道を北上、三保《みほ》へむかえ。……P－7へ、宮崎へ出たら北進し、大分から瀬戸内海上空を東進せよ。どうぞ……」

飛行指令の応答は機長にまかせて、片岡はひたすら右と左の観測窓の間を往復した。

──左手の窓から、高知平野へなだれおちてゆく巨大なスロープがひろがっていた。そのスロープにも、いくつもいくつも、みみずの這《は》ったような赤茶けた小断層がのぞいている。──そして、その先に、津波の被害をもろにうけたうえ、地盤沈下でおそろしくひろい範囲が浸水し、海岸線がまるで変わってしまった高知平野が、遠望された。平野の上をおおった海水が、高くのぼりはじめた太陽に、キラリと光る。

「高知市はほとんど水没だ……」と、P－7より南を並行して飛んでいるP－6機の観測員がつぶやくのが、レシーバーの底に聞こえた。「ビルと──駅や、高い塔だけが水面に出ている。津波の被害がすごいな。助かった家も、ほとんど二階浸水だ……」

「おい！──足摺岬が、もぐってゆくぞ……」

と、さらに南を飛んでいるP－8の機長の声がした。

「こりゃあ……乗船は、上陸用舟艇か何かでなけりゃ無理だな」

片岡の隣りにいた観測員が肩をたたいて、左の窓をさした。――のぞくと、津波のためか、客船が一隻、物部川《ものべ》ぞいの田圃《たんぼ》の中に斜めにかしいでいるのが小さく見えた。その高度からは、むろん、人間の姿は見えなかった。しかし、赤い腹をぶざまに、うららとした五月の陽光にさらして田圃の中に擱座《かくざ》している船を見つめていると、けさ五時すぎ、足もとにせまる恐怖と、前途の不安にせきたてられながら、それでも乗船の順番がまわってきて、ほっとした思いで桟橋や埠頭《ふとう》に集まってきた人たちのことを思って、暗澹《あんたん》たる気持ちになった。あの第二関東大震災の時の津波で一瞬にして命を失ったであろう家族の――年おいた父母や、まだ若い弟妹の叫びが、その海水で洗われた平野の下から聞こえてくるような気がして、片岡は思わず耳をおおった。

「どうした？」と観測員が顔をのぞきこんで大声でいった。「気分でもわるいか？」

「ちょっとかわってくれ……」片岡は顔をおおうと、テレビモニターの前から立ち上がった。「吐いてくる……」

「こちらP－8……」とD－1本部のスピーカーが鳴る。「今、泉大津《いずみおおつ》沖合だ。まもなく大阪上空……」

「高度を千に下げろ……」と通信士官はマイクにいった。「できるだけ広範囲を、低空低速で飛べ。大丈夫だ。伊丹空港の再開まで、まだ四十分ある。――空港の管制塔は生きている。コンタクトしろ……」

「了解、高度千に下げる。場合によったらもっと下げていいか？」

「あまり下げすぎると、映像がうまく出ないかもしれんぞ――」と中田はいった。「中継ヘリの高度を上げてカバーさせろ」

「ＨＲ21……ＨＲ21……こちらＤ－１、高度五千まで上昇……Ｐ－８の電波をカバーしろ」

「ＨＲ21――了解……」

テレビの画面には、一面にどす黒い油の浮いた海面がせまってきた。――その先に、赤い炎と黒煙が上がっているのは、堺コンビナートの石油タンクだろうか？　埋立地は完全に水没し、かしいだり、こわれたりした銀色の精留塔や高炉、それにタンク群の頂上だけが水面に顔を出している。津波の衝撃は、いったん紀淡《きたん》海峡にせかれて、紀伊水道両岸や、淡路島南部ほどはひどくなかったと見え、洗い流されて海上に浮かび出たたくさんの家屋の屋根のほかに、堺の市街地には、まだかなりの家が、全壊、半壊の形でのこっていた。

が――それもほとんど全部、水づかりだ。超高層団地の建物の一つが、中ほどからぽっきり折れ、二つが今にも倒れんばかりにかしいでいる。

「画面が見えるか、Ｄ－１……」と、Ｐ－８が呼んだ。「あそこの――島はなんだ？」

「ばかやろう！」と中田がどなった。「仁徳《にんとく》天皇陵じゃないか……」

市街地の上をのびる高速道路は、あちこちでかしぎ、路面が落ちていた。――自動車の燃えたあとが点々とのこり、バスとトラックが団子衝突しているのが見える。画面にちらと朱色のものが映ったのは、乗客の血であろうか？　あの地震では、救急車もこられまい。それに高速道路は、数ヵ所がおちれば「密室」になってしまう。怪我人は、いったいどうしただろう？　まだどこかで、せまりくる死に怯《おび》え、苦痛に呻吟《しんぎん》しているのだろうか？

「伊丹コントロールから報告がはいった……」とP－8がいった。「地震直後、大阪市内で地盤は三メートル沈下……沈下は今もつづいており、地震後二時間で、さらに一メートル半沈んだそうだ。関西国際空港使用不能。――伊丹空港は、B滑走路のつぎたし部分に亀裂がはいり、A滑走路も亀裂と陥没で、目下応急修理中……B滑走路だけが、二千八百メートルぐらいに制限して、もうじき使えるらしいが、しかし、飛びたてる機が、いま、二機しかない……」

「こちらD－1……レンズを広角にきりかえろ」と中田はいった。

画面がきりかわり、P－8の斜面前下方につき出されたテレビカメラに、大阪の市街がせまってきた。――P－8は、堺から内陸にまわりこみ、大阪空港への通常着陸コースにそって飛ぼうとしていた。

眼下に、震度六の烈震で倒壊した、見るも無残な市街がひろがり出した。大阪南部は、南海、近鉄の線路上で、脱線転覆した車両がまだそのまま放置されている。大阪南部は、足を折ってへたばったような、倒壊家屋の屋根でびっしりおおわれている。市街中心部には、いくつかの黒煙が上がっている。しかし南東部では、ひろい環状道路の上を、警察、救急車、消防車、バス、トラック、レッカー車、クレーンカーなどが、活発に走りまわっていた。

だが、市街中心部が近づくにつれて、画面には惨澹《さんたん》たる光景が映りはじめた。大阪の市街のうち、海よりの、平均海面より低い此花区、港区《みなと》、大正区は、ほとんど完全に水没していた。黒インキのようにどす黒く濁った水——それは、大阪港の海底の泥が津波の衝撃で、湧き上がったものらしかった——が、建物と建物の間をみたし、しかもその水は渦を巻きながら、内陸へむかって流れこんでいた。安治川、木津川、新淀川の河口部にある工場群や、石油タンク、サイロ類は、地震と津波の直撃を受け、あるものはめちゃめちゃに破壊され、あるものは転倒し、辛うじて残ったものも、濁流に洗われてかしいだり、見ている前で水の中にくずれおちたりしていた。——巨大な浮きドックが、修理中の船をのせたまま、弁天埠頭とおぼしき所へ、座礁したような格好でのりあげ、弁天埠頭そのものは、上屋のほんの一部をのこして完全に水没してしまっている。とんでもない街の中に、赤い腹を見せて転覆した巨船がつっこんでいた。流れ出した黒い重油や、赤っぽい原油が、海面の一部と、市街地内でちろちろと赤い火をはいて燃えはじめている。

沿岸部につづく、福島《ふくしま》、西《にし》、浪速《なにわ》、西成《にしなり》などの区も、建物の三階から四階あたりまで水没してしまっている。——市内高速道路は、いたるところでかしぎ、桁《けた》がはずれ落ち、中之島《なかのしま》付近では、橋脚が脚をとられたように一方へずれて、濁った水面にぐんにゃりとたれさがっていた。中之島は、完全に水没して、樹木や建物の頂きが点々と見えているだけだった。橋桁《はしげた》がいたるところで落ち、中之島に面したビルの三階には、航行中だったらしい団平船がつっこんでいた。

大阪市は、一瞬にして「水の都」の姿にかえった。黒い水面は、大阪城や官庁街を中心とする上町《うえまち》台地の裾《すそ》を洗い、なお、渦まきながら、都島《みやこじま》、城東《じょうとう》、東成《ひがしなり》へ、さらに大東《だいとう》市や守口《もりぐち》市の方面の、河内平野へと流れこみつつあった。南の、大和川を遡行《そこう》した濁水と、北の淀川の堤を切った水の一部は、もうすでに生駒《いこま》丘陵の山麓《さんろく》にまで、ひたひたとおしよせつつあった。

津波と地震と、それにともなって起こった地すべりをふくむ広範な地盤の沈下によって、市内三百万、府下全体で七百万の人口を擁する近代都市大阪の上に、突如として太古の相貌《そうぼう》がよみがえってきたようだった。

かつて——三千年前の大阪は、南方天王寺《てんのうじ》方面から北へのびる上町台地が一つの岬のように海中につき出しているのみで、まわりは一面の浅海であり、大阪湾の水は、台地の裾を直接洗っていた。大和盆地から西へむかって流れ出て、現在は堺市の北で大阪湾にそそぐ大和川は、秀吉《ひでよし》の大坂築城期に河筋を現在のごとくつけかえるまでは、生駒丘陵と上町台地の間の河内《かわち》平野から淀川河口にむかって北西に流れ、氾濫《はんらん》時には、堺方面へ流れることもあった。淀川自体が、河内平野に多くの河跡湖沼をつくり、満潮時の海水は、北から大きく河内平野南部に浸透し、生駒山麓には、海洋性の貝塚もあり、神武《じんむ》東征譚《たん》にあるごとく、かつては淀川を遡行すれば生駒山麓まで、船を乗り入れることが可能だったという。

その後大和川氾濫原はしだいに河内に土砂を埋めたて、淀川は河口に砂洲《さす》をかさねていき、八十島《やそしま》と呼ばれた数多くの砂洲が、やがて乾陸化し、また秀吉の時に埋めたてられて、数多くの水路をもった近世以降の大阪の市街の基礎がきずかれてゆく。

その長い積みかさねから、突然時間が二千年あともどりしたように、大阪の市街は、上町台地のみを水面に出して、まわりの平地一面に、黒い水が押しよせていた。――生《いく》玉《たま》神社の森の北、かつて仁徳帝が都をおき、その傍にまで舟が着いたとつたえられる高《こう》津《づ》神社の下あたりに、逆流した道頓堀《どうとんぼり》川から押し流されてきたのか、一艘《そう》のかき舟らしい屋形舟が、斜めにかしいでのしあげていた。――平地部の街路はいまほとんどすべて水没していた。濁水は土地のやや高い所で二階の窓、低い所では三階、四階を洗い、最近大阪市内にもふえはじめた超高層ビルや、高層団地の上には、辛くも難をまぬがれた人々が群がって、不安げに空を見上げ、上空を通過してゆく機影に、哀訴嘆願するごとく手をふり、なにかを叫んでいた。だが超高層の一部には地盤の傾斜のため、傾きかけているものもあった。――その足もとを洗う濁水の中には、流れ出した箱やごみにまじって、無数の死体が浮き沈みし、おし流された自動車が、ところどころにかたまって堰《せき》をつくり、そういうところでは濁水が早瀬のように白い泡を噛《か》んでいた。高速道路、新幹線、新御堂筋の高架部分だけが、ところどころ破損しながらも、辛うじてつながっている道路だった。

「退避集結地点を、千里《せんり》丘陵あたりにきりかえるほかないようだな……」と画面を見ながら中田はつぶやいた。「D－3に連絡をとって、意見を聞いてみろ。――万博会場あとなら、大型ヘリやSTOLが降りられるはずだ。いや、待て――STOLは西国街道がないと無理かな。……D－3に意見を聞いて、委員会に具申するようにいってやれ。D－3のほうのさっきの地震の被害はどうかな？」

通信員が、しきりに伊丹の陸上自衛隊中部方面総監部にあるD－3とコンタクトしようと苦労していた。――マイクロ回線が、もうほとんど役に立たなくなっているため、短波か、中継ヘリを使うよりしかたがなかったが、短波は電離層が地殻変動の影響をうけているためか空中状態があまりよくなく、結局中継ヘリの酷使ということになりそうだった。アメリカは、太平洋上の通信衛星の一つを、日本国内通信用に、日本列島の南方海上の上空に移動させていた。しかし、茨城県の鹿島宇宙通信地上局が、浸水のため使用不能に陥りつつあるため、危険をおかして近海を遊弋《ゆうよく》中の、海上自衛隊の通信司令艦二隻を、それぞれ移動局に使って、そこから地上へ通信をあげてもらうほかなかった。

ようやくD－3が出たが、先方はかなり混乱しているらしく、なにをいっているのか、よくわからなかった。――地震による道路の亀裂と、昆陽《こや》池をはじめとする一部の池の氾濫、それに伊丹総監部に避難民が続々とおしかけ、一部の人たちが半狂乱になっていること、舞鶴の海上自衛隊から飛来したヘリの一台が、避難民によってこわされ、逆上した若い自衛隊員が、発砲したことなどを、とぎれとぎれにつたえてきた。

「発砲したって、群衆にむかってか？」

中田は腰を浮かしながら、通信員のほうに体をのり出した。

「いや――空にむけて射《う》ったらしい……」通信員は、自分も動転しながら、しきりに同調装置をまわした。「そのかわり、群衆になぐられて――隊員二名重傷……いや、一名死亡……」

「なぐれ！」中田は、ドン！　とテーブルをたたいて通信員にどなった。「なぐれ、といってやれ！――群衆をじゃない。兵を、だ。上官にそういうんだ。しゃんとさせるために、思いきって、かたっぱしから……」

「興奮するな、中田……」と幸長が背後から肩に手をかけて中田をすわらせようとした。

「大丈夫だ。まかせておけ……むこうはプロだ」

ピーピーとピッチのちがういくつもの音が小うるさく交錯する通信室の中に、突然強い緊急通信のブザー音が鳴りわたった。――いつもはみんなをとび上がらせるほど、かん高くひびくその音が、その時は、いやに低く、沈んで聞こえた。一辺五キロの網目《メッシュ》に区切られたカラー蛍光板モザイク製の日本列島の地図ボードの上で、中部地方北部のあたりに、赤い光が二つ、三つとかがやきだす。

「松本から……乗鞍岳爆発、焼岳、不動岳噴火開始……」と、通信機のスイッチを入れた要員が報告する。「七時四十五分……続いて長野から報告、高妻山《たかつまやま》方面で爆発……西側山腹斜面噴気開始……八時〇三分……」

「高妻山が？」

幸長が呆然《ぼうぜん》としてつぶやいた。

「予想外に早かったな……」中田はボードをちらと見上げながら舌打ちした。「早晩あそこにもはじまるとは思っていたが……なにしろ糸魚川の大地溝帯《フォッサ・マグナ》の両側だからな。あの地帯の水平ずれは、もう二十メートル以上になっているし、海岸部への住民の退避も、ほとんど完了しているはずだ」

「しかし……」幸長は赤い火が点滅するボードをぼんやりと見つめながら、うつろな声でいった。「ひょっとすると……あちらには……」

ブザーがまた鳴って、地図の上の、東北地方に赤い光が二つついた。

「盛岡《もりおか》――岩手山《いわてさん》、駒ヶ岳噴火開始……」と通信員の機械的な声が部屋にひびいた。

幸長は、その声も聞こえないように、ボードの前に立ちつくしていた。

焦点のあわない彼の視線の前で、蛍光ボードの上に描かれた日本列島の地図は、ぼやっと輪郭のぼやけた、一匹の竜の形のしみになって見えた。その背景を形づくる中央脊梁《せきりょう》山脈のいたるところに、噴火、地殻変動の危険を告げるオレンジ色の光の斑点《はんてん》が、まるで醜い病巣のようにかがやいていた。海岸地帯のあちこちは、浸水個所をしめす青いひろがりが、あの見なれた海岸線の形をすっかり変えてしまっていた。さらにその上を、朱色に近い線が、縦横に、斜めに、無数の亀裂となって走っている。——その日の早朝に起こった、紀伊半島から四国に走る中央構造線ぞいの新しい大断層にも、なまなましい朱色の線がまたたいている。そして、南西諸島で、九州で、中国地方で、また中部山岳地帯、関東山地、東北で、そして北海道で、真紅の血玉がぶつぶつと噴き出したように、噴火をしめす赤い点が散らばり、関東地方の南方海上には、島の姿をほとんど破壊されながら、なお洋上に火を噴き続ける伊豆列島の赤い光が、点々と血のしたたりのようにつらなっていた。

竜は病んでいた。

その五体のいたるところ、深部から組織を破壊する死病に蝕《むしば》まれ、熱をもち、血を噴き、のたうちながら、五体をひき裂かれる最後の時にむかってすすんでいた。——長さ二千キロ、面積三十七万平方キロのその巨大な体は、なお熱をもち、はげしい喘鳴《ぜんめい》と痙攣《けいれん》をくりかえしていたが、その周辺から浸水地域をしめす青い光斑が、死の影のようにその輪郭を蚕食《さんしょく》しつつあった。

だが、幸長の眼は、その竜の姿をも映していなかった。——彼のぼやけた視線は、中部地方の中心部および北部に、今にじみ出た赤い明滅する光点にすえられ、そして彼の心は、あることを思って空《くう》にとんでいた。

3

長野県と新潟県の境界に近い、戸隠山《とがくしやま》の北方高妻山が最初の爆発を起こしたとき、小野寺はそこにいた。

大地溝帯の東側と西側で起こった十メートル以上のずれのため、道路、鉄道はもちろんずたずたになり、糸魚川ぞいの水系もめちゃくちゃになって、大町《おおまち》は木崎《きざき》湖の水に、梁場《やなば》以北は青木《あおき》湖の水におそわれた。――折りから飛驒《ひだ》、筑摩《ちくま》両山系の雪どけ水が、この地域一帯の地熱上昇で例年より増水したうえ、噴火、地震などによるこの春の多雨のため、大町から北方へ抜ける糸魚川峡谷は、河水が諸方の土砂くずれによってせき止められ、それがまた地震や増水によって鉄砲水となって奔流し、惨澹《さんたん》たる有様になっていた。

富士山大爆発のあと、地溝帯地震が起こって、地溝帯東西の地塊が富士河口で一メートルずれたとき、この地域には警報が発せられて、住民は大町経由松本、長野方面へ、また日本海沿岸方面へと退避を開始していた。――退避開始後、すでに一ヵ月以上たち、すでに、この地域の住民は一人もいなくなっていると思われていたが、この日の早朝、地磁気・重力変動観測用にこの地域の上空を飛んでいた陸上自衛隊の小型ヘリが、北アルプス乗鞍の東、天狗《てんぐ》原の山小屋付近に孤立して、手をふっている一隊がいるのを見て、肝をつぶした。

降下してみると、あきれたことに、学生や、若いサラリーマン、OLなどをふくむ、三組十三、四名の登山隊だった。糸魚川峡谷一帯の住民に、最初の退避命令が出たのが三月十五日、それから住民の退去がはじまり、道路、鉄道の破壊や、土砂崩れによる湖川氾濫《はんらん》など、一部の退去は困難をきわめ、全員退去が完了したのが四月二日、それ以後国道一四八号線糸魚川街道は、大町の北、木崎以北は通行禁止になっているはずだった。

にもかかわらず、この連中は、禁止令以後、四月二十三日前後から、警戒の眼をかすめて、次々に大町市の南部からはいる間道から、黒四《くろよん》ダムへ抜ける大町有料道路を西へむかい、大窪《おおくぼ》方面から北上して鹿島槍《やりが》ヶ岳《たけ》原へ抜け、例によって大冷沢《おおつべたざわ》をつめて爺《じじ》ヶ岳《がたけ》、鹿島槍、五竜《ごりゅう》、鑓《やり》、白馬《はくば》と縦走して来たのだという。――日本列島が沈むので、これが日本アルプスの見おさめだと思ったからだ、というのだが……。槍、穂高《ほたか》、乗鞍など、北アルプス主峰方面は、警戒厳重ではいれないが、後立山《うしろたてやま》連峰はあまり警戒されていなかった。雪焼けし、かなり疲労困憊《こんぱい》しているようだったが、見たところ、まだどれも二十二、三歳としか見えない、都会育ちらしい線の細そうな、そして装備などから見て、いかにも育ちのよさそうな連中ばかりの一同を見まわして、さすがに小野寺は言葉もなかった。

鹿島槍から白馬への縦走コースは、夏は、東斜面の大雪渓の景観がすばらしいが、途中に鹿島槍、五竜山間の尾根わたりの八峰《はちみね》キレットの難所があり、この緊急時に、山岳向けの天気予報さえやっていない中を、気候の変わりやすい春先に、若い連中だけで縦走するのは無茶としかいえない。しかも、飛騨山系は最近無気味な鳴動をくりかえし、山頂、尾根斜面、断崖《だんがい》部のいたるところで、岩くずれや噴気も起こっているのである。

はたして、最初の一行は天狗小屋で吹雪にあって三日間とじこめられ、つづく隊も、唐松《からまつ》小屋で籠城《ろうじょう》、一番おくれた隊は、八峰キレットをすぎたあたりで吹雪とガスにまかれて、すでに一名の行方不明者を出し、ようやく五竜小屋にたどりついたという。――それでも連中は吹雪のあとさらにすすみ、一番めの隊は、鑓ヶ岳を通過しているとき、突発的な地震で、雪崩というより地くずれにあって一人を失い、後からおいついた二番めの隊の協力を得て、雪の下に埋もれていたメンバーを二時間がかりで掘り出したが、全身打撲のうえ、凍傷にかかりかけていた。

三つの隊は、無人の白馬山麓《さんろく》で合流した。――そして、二股《ふたまた》へおりて行く道が、土砂くずれでまるで様相が変わってしまっており、雪でおおわれた松川《まつかわ》上流が、小日向《こひなた》山北方で、いつのまにあいたのか、底知れぬほど深い大地の亀裂によって断ち切られ、猿倉《さるくら》荘のあったあたりは、大断崖になって、底から無気味な湯気が立ち昇っているのを見た。そこでふたたび天候が変わり、一寸先も見えないはげしいガス、それからまたまた猛吹雪が三日、四日つづいた。幸い、山荘にもホテルのほうにも、食料、燃料はのこっていたものの、地震のためか建物がへしゆがみ、風が吹きこんで、室内温度は甚しくさがり、一人がとうとう肺炎を起こした。また転落その他で、骨折を起こしているものが二人いた。吹雪がしずまるのを待って、さらに北方へ移動し、天狗原から大糸線白馬大池《おおいけ》駅へおりようとして、栂池《つがいけ》小屋まで来た時、ここでふたたび、鵯峰《ひよどりみね》南西に斜面が巨大な地割れを生じ、早大小屋がその断崖にのみこまれ、コースが断ち切られているのを発見したという。北方鉢《はち》ヶ岳《たけ》方面や、黄金《おうごん》湯、蓮華《れんげ》温泉などの川筋は、雪が深いうえ、たえず地割れ、噴気がはげしく、危険が大きかった。

「白馬大池駅へおりたところでむだだ……」

小野寺は、できるだけ感情を殺した声でいった。――こんな連中に、腹をたててもはじまらない。責めてもはじまらない。

「あそこは、土砂くずれで、川がせきとめられ、水の中だ……」

「一四八号線は、全線通行不能ですか？」

と、リーダー格らしいのが聞いた。

「なんのために通行禁止になっていると思う？」と小野寺はいった。「糸魚川の右岸と左岸は、北部ではもう十メートル以上もずれちまってるんだ。そんなニュースも知らずに、禁止を破ってきたのか？」

「テレビは二チャンネルだけ、新聞はタブロイド版が隔日ですからね……」と頬骨のとがった青年が、ふてくされたようにいった。「ええ、わかってますよ。おとなのお説教なら聞きなれていますからね。――だけど、ぼくたちにとって山は生きがいです。この美しい日本アルプスが、地球上から消え去ろうとしているのに、最後のわかれをして何が悪いんです？　ぼくたちは、アルプスで死んだっていいと思って来たんだ……」

「それじゃ、そうするかね？」小野寺は一行に背を向けヘリへ向かって歩きながらいった。「そうしてもらえば、こちらも手が省けて大助かりだ。——もう、お仲間が二人先へ行ってるんだろう？」

なにか妙にざらざらざらした気持ちだった。——ふと小野寺は、ずっと前……彼が田所博士に口説きおとされ、〝わだつみ〟の操艇士として働き出したころ、長い間留守にしていたマンションへ帰って、中に忍びこんでラリッていた若い連中をぶちのめした時のことを思い出していた。——そうだ、あれからずいぶんたったような気がする。……あの時は、まだ、かっと熱くもなり、連中をたたき出したあと、一人で靴をとりに帰って来た、たよりない小娘に、妙にやさしい気持ちになりもした。

だが、今はあの時より、もっと無感動になり、象の皮のような、乾いてがさがさしたぶ厚い皮膚に、心が、全身がおおわれてしまったような感じがした。——おれは、だんだん、いやな、うるおいのない人間になってゆく……と、彼は無感動に、それでも心の片隅で、ちょっぴり情けなく思いながら考えた。——あまり疲れすぎたのかな。……ひどく年をとったみたいだ。それに……。

玲子……という言葉が浮かび上がりそうになるのを、彼は水に人間の頭をつっこんで殺そうとしているときのような、残忍な心でおさえつけた。冷酷無惨な人殺しの感情にでもならなければ、その言葉はいるかのように——あるいは行き脚をつけて、水面角ほとんど九十度で急速浮上をする潜水艦のように、猛烈な勢いで意識の底からはねあがり、彼にとびかかってきそうだった。そうなったら、肥厚し、乾燥した心の表面が割れて、ありとあらゆる熱い叫びが、噴火のように噴き出し……彼はまた胸をかきむしって、のたうちまわらなくてはなるまい……。

あの富士山大噴火のあった日、灰と溶岩のふりそそぐ真鶴道路からかかってきた玲子の電話を聞いて、彼は前後の見さかいもなく外へとび出していた。――道路は混雑し、国鉄はとまっており、灰は東京の空にも降りはじめ、走ったところで、東京から伊豆の入口まで、すぐ着けるわけはなかった。

彼は市ヶ谷《いちがや》へ走り、なにがなんでもヘリを出せ、とわめき、なだめにはいった士官を二人なぐり倒し、とりおさえられ、またはねとばして、外へかけ出し……それからどこをどうしたのかわからないが、われにかえった時には、自衛隊の水陸両用装甲車に乗って、軽石のいっぱい浮いた酒匂川《さかわがわ》をわたっていた。――だが小田原から先は、自衛隊の車両も通行止めだった。

灰色の沙漠に変わってしまった小田原の街を前にして、彼は道路わきにびっしりと、一メートルもの厚さに降りつもった、軽石や火山弾まじりの熱い火山灰を、両手でつかみ、かきむしりながら、涙をちっとも流さずに、おう、おう、と大声をあげて泣いている自分に気づいた。――どういうわけか、泥だらけ灰だらけであちこちずたずたに裂けた陸上自衛隊一佐の野戦服を着ており、ヘルメットを横ちょにかぶっていた。頰に切り傷ができて、血がこびりついており、右手の甲の、四本の指の第一関節が、すべてすりむけ血だらけになっていて、左手の甲にも、鋭い斜めの切り傷があった。おかしなことに、ズボンと靴は、自分の持ち物である灰色フラノと短靴であり、それもかぎ裂きだらけ、傷だらけで、焼けこげがあり、灰がびっしりまといついていた。

その時が噴火のあった日ではなく、その翌日だ、ということを知ったのは、もっとあとになってからだった。山容の変わってしまった富士山は、赤い炎の色をうつしながら、まだもくもくと煙をふきつづけ、灰を降らせつづけた。箱根新溶岩が、赤黒くのたうちながら山肌を流れてくるのが小田原からも見え、睫毛《まつげ》をこがすような熱風がまわりを吹き荒れていた。――正気にかえってからも、彼はその灰まじりの熱風の中へかけこみたい衝動に何度もつき動かされた。この熱い、ざらついた灰の下のどこかに、玲子が埋まっているのだと思うと、大声をあげてわめきながら、その灰をけちらしたくなった。

退避計画本部へ帰ってからも、中田や幸長のいうことには一言も耳をかさず、本部次長と喧嘩《けんか》腰《ごし》で、救援隊の一線で、それもいちばん危険な所で働かせろとせまり、可否も聞かずに勝手にとび出してしまい、あとから仮辞令がテレックスでおいかけてくる始末だった。

群馬県相馬原《そうまがはら》の第十二師団司令部におかれていたD－2は、関東山地の連続噴火で危険がせまり、師団司令部が熊谷《くまがや》の教育隊本部にうつったため、司令部をはなれて、新潟県新発田《しばた》の、第三十普通科連隊にうつされていた。――彼は単身ここへとびこみ、ついで越後《えちご》高田《たかだ》の第二連隊へ行って、長野、松本方面の住民退避を手つだい、もっと危険な仕事をもとめて、たえまなく噴火と鳴動をつづける浅間、烏帽子山麓で、地震、土砂くずれ、溶岩などのため、交通が途絶し、孤立している町村住民の救出に、百七施設大隊の連中と働いた。――文字どおり、不眠不休だった。まわりの連中が、少しは休め、と口をすっぱくしていうのを聞いても、誰に言っているのか、皆目わからないような気分だった。いくら不眠不休といっても、時折りは眠っているのだが、いつ、どこで眠ったのかはっきりおぼえておらず、ふと眼をさますと施設隊のテントの中だったり、トラックの運転台だったり、放棄された無人の半壊家屋だったりする。飲んだり食べたりしても、まるきり味がわからない。

一ヵ月以上もの間、自分が何をしてきたのか、系統だった記憶は何も浮かんでこない。――ある時は、崖《がけ》くずれの落石がまわりにどすどすおちてくる崖っぷちを、幌《ほろ》枠の上に、鉄板をくくりつけた陸自《りくじ》のウエポン・キャリアのハンドルをにぎって、右に左に落石をよけつつ、ものすごい勢いでぶっとばしており、同時に、後ろの荷台で、鉄板にガンガン鳴る落石に怯《おび》えて、ぎっしりつまった女や子供が、怯えた悲鳴をあげるのをぼんやり聞いていた。

ある時は、ブルドーザーで道路を埋めた土砂をかきのけており、かと思うと巨大な岩にワイヤをかけて、61式戦車にバックで引く合図をしていたり、ダイナマイトを岩壁の穴に、一本ずつ、いやに丁寧にさしこんでいたりした。――泣きじゃくる泥だらけの顔の幼児をかかえ、後につづく、怯えた顔の大勢の男女のほうをふりかえりふりかえり、橋のおちた岸をおり、濁水の渦まく川を渡りかけていたこともあった。あるいは、何の理由もわからず、首一つ上の所にある、ソ連水兵のひげだらけの顔の真ん中をなぐりつけていたりする。そこはたしか直江津の港で、そのあと彼は、もう一人のソ連兵に海の中にたたきこまれた。

そんな情景が、断片的にのこっているだけで、持続といえば、灰色の風が、荒涼とした心の曠野《こうや》をただ蕭々《しょうしょう》と吹きつづけた記憶しかない。時折り曠野の中にその名が浮かびそうになれば、機械的な手つきで、その名を暗く冷たい水の底に押し沈め、片手でくびり殺す。――ただそんなことのくりかえしだった。

おれはいったい何をしてるんだ、と、時折りふと思い、おれは半分死んでいるんだ。いや、もう死んでいるんだ。心は死んだのに、肉体が死ぬのにまだ間があり、わびしく辛《つら》い、単調な後始末をやりつづけねばならないのだ。だが、それももうじき終わり、おれは今まで何百回となく溺死《できし》させ、くびり殺して沈めたあの名と同じように、暗く、冷たい水の底に沈んでゆき、そこで何もわからなくなってしまうんだ、と――そんなことをぼそぼそ考えるのだった。

「富田《とみた》さん……」まだローターをまわしっぱなしのヘリコプターの傍に帰ってきた小野寺は、さほどさしせまったことでもないような、ゆっくりしたいい方で、操縦席に大声で話しかけた。「何人乗せられる？」

「二人だな……」とパイロットは、背後をふりかえって大声でどなりかえす。「普通なら六座席だが、機械がある。はずしているひまなんかないだろう」

小野寺はゆっくり首をふった。

「四人、なんとか乗せてくれ。怪我人と病人だ」

「むりだ……」とパイロットは手を大きくふりまわした。「いくらスペースをつくるとしても、四人はとても……」

「おれはのこる……」と小野寺はいった。「とにかく、あんたの隣りに一人、後ろになんとか三人つめこんでくれ。一人は担架だ。なんとかなるだろう。——のこりのバカどものために、松本の十三連隊から輸送ヘリが呼べんかね？」

「松本には、特科連隊に二機配置されていたが、これより小型のH—3だし、——それにフルに使われているから、いま、いないんじゃないかな……」とパイロットはいった。

「あれだけの人数なら、どうしても……そうだ。松本空港にUH—1Bが一機いる。昨日、伊《い》那《な》から病人を長野へはこぶ途中、エンジン不調で松本におりた。病人はゆうべのうちに車ではこんでいたから、もし、あれが飛べるようになっていたら……」

「あれなら十三、四人は乗れるだろう……」腕時計を見ながら小野寺はいった。「連絡してみてくれ。——いま、七時十六分だ。今日の任務がはじまる前に、ちょっと一時間ばかりより道してもらえるようにたのんでくれよ」

「どうかな。——問題は燃料なんだ。松本にももうあまり備蓄はないし、補給班が……」

「なにか大袈裟《おおげさ》なことをいってくれ。女子供がいるとか、将官の息子がまじってるとか……」

「やってみるが――もしだめだったら？」

「あのバカどもを連れて、なんとか小谷《おたり》までおりてみる。今見てきたが、小谷から北は、土砂くずれは大したことはないし、左岸の中腹をまいて北小谷まで行けば、あと、松本街道はなんとか通れるだろう」

「急がないとな……」小野寺ののばした手に、携帯無線機をわたしながら富田二曹は、ヒューズOH－6Jの、大きな天蓋《キャノピー》ごしに空を見上げた。「天気予報だと、また気象が変わるぞ。――強風注意報が出ている」

小野寺は上から吹きつけるローターの風に、顔をしかめながら操縦席をはなれた。――ローターの回転をおそれるように、すこしはなれていた四、五人の若者が、心配そうにかけよってきた。

「さっきの、冗談でしょうね……」と眼鏡をかけた長髪の青年が、心配そうに話しかけた。

「このまま行っちまうわけじゃないでしょう。ぼくたち、乗せてくれるんでしょうね？」

「みんなはむりだ。わかってるだろう……」小野寺は、携帯無線機の電源をテストしながら答えた。「病人と怪我人を乗せる。急ぐんだ。――四人だな？」

「女がもう一人いるんですが……」と体つきのがっちりした、そのわりに子供っぽい顔つきの青年が、すがりつくようにいった。「だいぶへばっているんです。なんとか乗れませんか？」

「むりだな。——本当は三人しか乗れないんだ。おれがのこっても……」

「ぼくたちはどうなるんです？」

「待つんだな。——うまくいけば、三十分くらいで、次の迎えがくる」小野寺は無線機のトークボタンを押して、ヘリの中のパイロットを呼んだ。「富田二曹……松本に連絡はついたか？」

「どうも通話状態……よくない……」と、とぎれとぎれにパイロットの声が聞こえた。

「とび上がってから……てみる……」

「この無線機の調子もよくないみたいだぞ……」小野寺は眉《まゆ》をひそめて、無線機をたたいた。「通話状態どうだ？　どうぞ……」

「あま……ないな。……NGだ……かも、ぶっこわれてやがる……」

小野寺は肩をすぼめて歩き出した。——山小屋へ着く前に、山がゴウッと無気味に鳴り、雪におおわれた地面がゆさゆされた。若い連中は、顔色を失い、かたまるようにしてまわりを見まわした。白馬につづく小蓮華岳の尾根のほうで、岩まじりの雪が、スローモーション映画のように、ゆっくりとくずれおちるのが見えた。少し風の出はじめた快晴の空に、雲のような、雪煙のような白いものがうすく立ち、南西の方向へ流れた。

「さあ、急げ！」と小野寺はどなった。

　山小屋にはいると、うす暗い中に寝袋にはいって横たわっているいくつかの姿が見えた。汗と垢《あか》のにおいと、それにまじって、かすかに血のにおいがした。——肺炎で高熱を出している娘は意識不明だった。腰につけた救急袋の中から、注射器を取り出し、手早く抗生物質とビタカンファの注射をして、雪崩にあって凍傷と全身打撲を負った青年のほうを見ると、こちらもかなり重篤《じゅうとく》な症状だった。とりあえず強心剤をうったが、素人には手のつけようもない。骨折の二人は、一人は鎖骨と肋骨《ろっこつ》、それに腕、もう一人は脚だったが、痛がっているものの、何とかヘリのシートにすわれそうだった。青年たちを指揮して、ナイロンテントを使って、応急の担架を二つ作り、病人と怪我人を運び出させたあと、やっとうす暗い屋内の隅に、壁に顔を押しつけるようにして眠っている若い娘の姿に気がついた。

　後ろにいた青年に顎《あご》でしゃくると、眉をひそめて、

「いま起こさないほうがいいですよ」といった。「ずっと、半狂乱なんです。たいへんなショックをうけて……」

　小野寺はかまわず、小屋の隅に近よって娘のほそっこい肩に手をかけてゆさぶった。——髪も服も泥だらけだったが、着ているヤッケやズボンなど、妙にけばけばしい、洒《しゃ》落《れ》すぎたファッションショーむけのようなデザインで、靴紐《くつひも》の結び方などから見ても、あまり山なれしていないことは一目でわかった。こんな小娘をつれて、難コースの縦走をやったのか、と小野寺はげっそりしたような思いを味わった。娘は、泥のこびりつい

た頰に、涙のあとを残して、眉根《まゆね》にしわを寄せて、壁にもたれかかっていた。時々すすり上げるように、息を吸いこんで、体をふるわせた。

「いやよ！」

彼の手が肩にふれると、娘はびくんと体をちぢめて、悲鳴をあげるように叫んで、身をよじった。

「……私、もう歩けない。……ほっといて……お母さん！……助けて……」

泣きじゃくりはじめた娘の頰を、小野寺は平手で軽く二度ほどたたいた。

「元気を出せ」と彼はいった。「もうじきヘリコプターが救助にくる。支度して、みんなといっしょに待つんだ。病人の積みこみを手つだいたまえ」

娘はびっくりしたように、泣きはらした眼でポカンと彼を見上げた。――マスカラやアイシャドーが涙や汗で流れて、なんともひどい顔だったが、うす暗がりの片隅で、怯《おび》えきった小動物のように見上げているその顔を見たとき、心のどこかずっと遠い所に、かすかににぶいショックのようなものが感じられたような気がした。だが彼は気にもとめず、くるりと背をむけると、病人の積みこみを監督するために足早に小屋の外に出た。

風はさっきより、わずかばかり強くなったようだった。――上空では雲が速く動いており、白馬、鑓の山頂から雲が走りはじめていたが、すばらしい快晴だった。やかましいローターの音と、風の鳴る音にまじって、背後からなにか叫び声が聞こえた。眼の隅に、小屋からころぶようにかけ出してくる小さな姿が見えたが、彼はかまわず歩きつづけた。青年たちは、担架の積みこみにもたもたしていた。

「その全身打撲の男を、後部座席の後ろに横にいれるんだ！」小野寺はOH－6Jにかけよりながら叫んだ。「機械の上に毛布を敷いて乗せろ。それから革紐《ひも》でしっかりしばるんだ。峡谷の上をとぶ時、かなりゆれるぞ。その肺炎の女性は後部座席に寝袋ごとすわらせて、胸のところをしばれ。――腕の骨折が後ろ、脚の骨折はパイロットの横だ。早くしろ」

それからキャノピー越しに空をにらんでいるパイロットの肩をたたいてわめいた。

「連絡はついたか？」

「状況はつたえたが返事はまだだ」とパイロットはいった。「大型ヘリのエンジンはなおっているそうだ。むこうのパイロットは高田の百七特設隊に配属されていた山口《やまぐち》一空曹だ。同郷で同期でね。――なんとか司令部をごまかして、飛行許可をとってくれるだろう」

「まさか、遭難者の正体がばれるようなことはいわなかったろうな」

「大丈夫だ。――山奥で、土砂くずれにとじこめられた住民らしいといっておいた」

小野寺はパイロットの肩をたたいて、操縦席からはなれ、ドアをしめた。――ローターのものすごい風と騒音の中で、またあのかん高い、悲鳴のような声が背後から聞こえた。言葉ははっきりしなかったが、そのとぎれとぎれの叫びに、なにかを思い出させるものがあって、彼は思わずふりむいた。

黄と赤と青と緑の、派手な色彩の服がよろよろとこちらに近づいてきた。

「小野田……さん……」

という叫びを聞いて、今度こそ彼はぎょっとして眼をこらした。――ずっと遠くにあったかすかな雲母《うんも》のようにうすい記憶が、眼前に近づいてくる、化粧のくずれた、滑稽《こっけい》な、すがりつくような眼つきの小さな顔の上に焦点をむすぼうとして、陽炎《かげろう》のようにたよりなくゆらめいた。

「小野田《おのだ》さん……小野田さんでしょ……」

と娘は近よりながらいった。

「小野寺だ……」彼は呆然《ぼうぜん》として娘の顔を見つめた。「あんたが……なんでこんな所に……」

マコ――本名はたしか摩耶子《まやこ》とかいった。その銀座のホステスだったはずの娘は、最初に会ったとき、そして二度めにホテル最上階のバーで会ったときから、まるで年をとっていないように見えた。元来小柄で子供っぽい、お菓子のような感じの娘だったが、いまだに十七、八、いや、それよりもっと若い、ほんの小娘にしか見えない感じだった。――ローターのまき起こす風の中で、摩耶子はいきなり小野寺の胸にむしゃぶりつくと、ヒステリックに泣きはじめた。

「こわかったわ。……小野田さん……マコ、もう疲れちゃって歩けない。……こわいの……よく助けに来てくださったわね。……もうだめかと思ったわ。……ほんとに……寒くて……恐ろしくて……」

小野寺は、いつ、この娘は自分の名前を正確におぼえるだろうか、と憮然《ぶぜん》としながら、それでも手だけはあやすように、薄い、骨細の肩をたたいていた。

「さあさあ……」小野寺は、自分がこういう場面にまったくむかないし、昔よりずっとむかなくなってしまっていることを感じながら、ぎごちなく、娘の体をはなそうとした。「わかった……もう大丈夫だ。さあ、はなれて……ヘリが飛び立つから……」

「乗せてくださるんでしょう？」摩耶子は、はっとしたように涙だらけの顔をあげた。「こんなこわい山、一秒もいやよ！——早く安全な所に行きたいのよ。マコ、もう一歩も歩けない。ね、あれに、今、乗せてくださるんでしょう？」

「いや……」小野寺はすがりつく摩耶子を脇におしのけながら、離陸の合図を送るためにヘリのほうにむきなおった。「——あれは病人と怪我人を乗せている……」

「もう一人ぐらい、乗れるでしょう？——ね、乗せて！　おねがいだから！——あなた、えらいんでしょ？」

「だめだ……」手を大きくまわしながら、小野寺は首をふった。「またすぐ、救出用のヘリがくる……」

摩耶子の耳には、小野寺のあとの言葉が聞こえないようだった。——小野寺の腕の後ろから、ぱっととび出すと、ヒステリックに叫びながら、ローターの回転をあげつつあるヘリにむかって走り出そうとした。

「待って！……おねがい！……乗せて！」

小野寺は反射的に腕をのばし、派手なヤッケの襟がみをつかんでひきもどした。ごく軽くやったつもりだったが、小柄な娘は、まるで紙のような軽さで、ひきもどされたはずみに後ろへとんで、岩まじりの雪の上にたたきつけられた。

小野寺はかまわずに、ヘリにむかって上昇の合図をおくった。アリソンT63B型エンジンは出力をいっぱいにあげ、四枚のローターはすさまじい風を地上にたたきつけ、降着用の二つの橇《そり》が地上をはなれた。完全にはなれたところで、小野寺は発進の合図《ゴー》をおくった。ヒューズのOH－6J型ヘリは、その樺色《かばいろ》にぬられた卵型の胴体を中空高くひき上げ、腹をひるがえして大きく旋回すると、みるみるうちに南東のほうに遠ざかって行った。

あたりを圧していたヘリの騒音が、空のかなたに消えると、あたりは飄々《ひょうひょう》と鳴る風の音のみにみたされた。小野寺は、無線機のアンテナを高く出すと、視界の中を豆粒ほどになって松本のほうへ遠ざかっていくヘリと連絡をとろうとした。相変わらず、通話状態はよくないが、まだ松本からの返事がない、ということはわかった。

いったん通話をうち切って、小野寺は雪の上に倒れたまま、身を折ってヒステリックに泣きじゃくっている娘を見おろした。

「この娘の知り合いは誰だ？」

と、彼は、のこった若者たちに向かって聞いた。――若者たちは顔を見あわせた。

「いません……」と、頭を短く刈って、鼻下にひげをはやした青年がいった。

小野寺はじっとその青年を見た。

「一人は——今、ヘリではこばれていきました。雪崩にやられた男です。もう一人は……死にました……」

「三人だけのパーティだったのか？」

「いや——ぼくもいっしょですが……ぼくは、あの雪崩にやられた男の友だちで、彼女も、彼女の死んだ相沢《あいざわ》という恋人も、今度の旅行ではじめて会ったんです」

小野寺は、肩からさげた無線機を背中のほうにまわすと、泣きじゃくっている摩耶子に近よって、腕をとって立たせた。

「とにかく、小屋にはいろう……」

くにゃくにゃの体をささえながら、彼はいった。

「これから……どうするんですか？」

「待つんだ……」腕時計を見ながら彼はいった。——七時三十五分だった。

「どのくらいですか？」

「わからん。——知ってるだろう？　けさ、関西で大地震と大津波があって、何十万人という人が死んだ。航空機材は、めちゃめちゃにたらないんだ。そのうえ、何百万キロリットルという燃料が海に流れて、どこでも燃料がたらない。ソ連の極東艦隊と、アメリカの第一、第七艦隊さえ、燃料補給に手こずっている……。次の救出ヘリが来てくれるかどうか、五分五分だ……」

「で——来ない場合はどうするんですか？」

「さあ——どうするかな……」小屋の戸をあけながら、彼は尾根のほうをふりあおいだ。「風が強くならないうちに来てくれればいいが……とにかく四人救出されて一人仲間入りした。お陀仏《だぶつ》になるにしても、つきあってやるよ」

「そんな……無責任な！」と、さっき山で死んでもいい、といった頬骨の出た青年がどなった。「なんとか、ヘリを呼ぶべきだ！　見つけておいて見殺しにするのか？——あんたたちは死ぬのが商売だろうから、いいだろうが……」

彼は摩耶子を床におろすと、何の感情もあらわさない無感動な眼で、その青年の顔を見た。——その青年は、さすがにまっ青になって、あとずさりした。

「おい——」と眼鏡をかけた青年が、かばうようにその青年の肩を押えた。「すみません……こいつ、昨日から疲れすぎて気がたっているんです……」

「なぐりはせんよ。……今はな……」小野寺は煙草をくわえながらいった。「いっとくけど、おれは自衛隊員じゃない。ずっと彼らといっしょに救出活動をやってきたが、民間人だ。山男でもない。海男さ……深海観測用の潜水艇乗りだ……」

ふとまわりの視線に気づいて、彼はポケットをさぐり、封を切ってない煙草の箱を、眼鏡の青年にわたした。

「地図をくれ……」ついでにマッチを渡してやりながら、小野寺はいった。「万一の場合は、やっぱり歩いておりるよりしかたがない」

「でも――地割れや土砂くずれで……」

「おれたちは、松本を出て、糸魚川ぞいに最初右岸を小滝《こたき》から北上し、それから左岸を南下してきた……」小野寺は渡された地図をひろげながらいった。「山腹の崖《がけ》くずれや地割れは、南のほうはひどいが、北はまだそれほどじゃない。赤倉《あかくら》山のむこう側をまわりこんで、強引に渓谷ぞいに小谷へおりるか――これだと、小谷へおりてからがかなり難儀だ。それとももう一度風吹《かぜふき》高原のほうから縦走をやって、平岩《ひらいわ》まで出るかだ。距離はあとのほうが長いが、平岩まで行けば、自衛隊のトラックに乗れる……」

「風が強くなると、それこそ、風吹岳のほうは動けませんよ」と、体の大きな青年がいった。「やはり小谷に出たほうが……」

その時、無線機が、ぶつぶつ鳴り出し、聞きとりにくい富田二曹の声が聞こえた。

「こちら白馬――小野寺だ……」無線機をすばやく膝《ひざ》にかかえあげると、小野寺は、レシーバーに耳をおしあてた。「ヘンリイ・オーシャン8どうぞ……富田さん！　聞こえるか？」

無線機そのものがバテかけていて、通話状態はすこぶるわるかった。何度も聞きかえしてやっと、小野寺は愁眉《しゅうび》をひらいた。

「諸君、よろこべ。ヘリは、あと三十分ほどで松本を出る……」

通話を切った小野寺はいった。――わっと思わず歓声ともつかぬ声をあげる一同を、手で制して、小野寺はつづけた。

「そのかわり、まっすぐくるわけじゃない。いったん長野へ飛んで、それからこちらへ直行する。ベルUH－1B型ヘリは、座席数十三だから全員乗れる……」

「どのくらい待つんですか？」

「巡航二百キロ以上出るから、松本から長野まで二十分、長野からここまで、やはりそのくらいとふんでいいだろう。長野でどのくらい時間をとられるか知らないが、出発後、一時間前後でやってくるだろう。だから、あと、一時間半……」

そこまでいったとき、地鳴りがして、山小屋がみしみしべきとこわれそうにゆれた。――どこかで、ドウン、ドウン、と鈍い音がして、山から山へこだました。みんなが思わず腰を浮かしたとき、また無線機が、ぶつぶつ通話音をたてはじめた。立ち上がりながら、床の無線機を取り上げた小野寺は、そのとたん次の震動で足をすくわれてよろけ、隣りの男にぶつかって、床の上に大きな音をたてて無線機がおちた。おちる寸前、無線機から、はげしい雑音にまじってあわただしい声が、はっきり聞こえた。

「警報……緊急警報……乗鞍噴火の危険せまる。……退避……」

一同は、息をのんで無線機をふりかえった。小野寺はいそいで無線機をとり上げたが、無線機はそれきり何もいわなくなってしまった。――外で、花火の炸裂《さくれつ》音のような音と、腹をゆするような大砲の発射音のような音がつづけざまにし、小屋はまたゆさゆさとゆれた。

「噴火だ！」と誰かが上ずった声で叫んだ。

「はじまるぞ！　もうだめだ！」

「いや……」小野寺は顔をあげていった。「乗鞍なら、ずっと南じゃないか……」

「なにをいっているんです！　そこですよ。このすぐ上にも乗鞍岳がある！」

あ、と小野寺は、意表をつかれた思いでつぶやいた。たしかに――北アの雄峰であり、宇宙線研究所やコロナ観測所、京都大学天文台などがあり、それにほとんど山頂までバスが行くので、もっともポピュラーになっていた乗鞍岳は、ずっと南、木曾谷の西にあった。しかし、もう一つの乗鞍岳は、この後立山連峰白馬岳の北東、栂池小屋のつい目と鼻の先に、二四三六メートルの姿をそびえさせていた。火山で、その溶岩が、尾根にせき止め湖、白馬大池をつくった。

警報が出たのは、どっちの乗鞍だ……と、いつになく上ずった気持ちで、無線機をひねくりまわしながら、小野寺はいそいで時計を見た。

七時四十分だった……。

ゴウッ、と、地軸をゆるがすような音が、小屋をふるわすのを聞いて、一人が小屋の外へとび出していった。

「なんだ？――なんの音だ？」

中から誰かが、かん走った声で叫んだ。

「水だ！」悲鳴のような返事が、轟音《ごうおん》にふきちらされながらかえってきた。「上から、水が、おちてくる！」

「白馬大池が切れたんだ……」まっ青になりながらも、どのグループかの――というよりも、いつのまにか全体のリーダーにされてしまっているらしい長身の青年が、低い声でつぶやいた。「噴火だ……」

「水におし流されたらどうする？」と誰かが叫んだ。「成城《せいじょう》小屋のほうへ逃げよう」

「待て……」と戸口のほうへ行きながら、小野寺は制した。「水はどうだ？」

「大丈夫のようです……」と、とび出していった青年が帰ってきて、肩で息をしながらいった。「栂池のほうへ落ちていきます……」

小野寺は戸口から外をのぞいた。――思ったよりすぐ近くを、雪と、土砂とをまじえた濁水が、滝のような勢いでごうごうと斜面を落ちてゆく。水煙と雪煙をあげ、飛沫《しぶき》をとばし、時折り空中高く、一かかえもあるような岩をはねとばしながら、――その奔流の轟音は四囲の山々に殷々《いんいん》とこだまし、霧の湧きはじめた谷間に鳴り、一部はすぐ下に口をひらいた地割れの断崖《だんがい》に滝となって吸われてゆく。そのひびきは、しだいにおさまりつつあった。――だが、ガスのかかりはじめた尾根の方面から聞こえてくる無気味な炸裂音と、地鳴りは、いっこうにおさまりそうになかった。

「ここにいては危険です。……そうでしょう？」

とリーダー格の青年は、やや幅がせまくなって落ちてゆく濁流を見ながら、少しふるえる声でいった。「ヘリに、今すぐ、長野にまわらずにこちらに直行してもらうようにたのんでもらえませんか？」

「だめだな――」と小野寺は、二本目の煙草をくわえながら首をふった。「ボロ無線機め、さっきおとしたときに、完全にぶっこわれた。――なにしろ、古いもので、廃品捨て場行きになりかかったやつを、数がたらないんで持ち出して使ってたんだ……」

「なんとか直せないでしょうか？」

「ラジオの直せるやつはいるか？」小野寺は背後をふりかえって聞いた。「プラス・ドライバーを、誰か持っていないか？」

返事はなかった。

「連絡できないとして……」リーダー格の青年はいった。「噴火の危険のある所で、あと一時間半も待ちますか？――風も出てきたし雲が出はじめています……」

小野寺は、何本もマッチをすりなおして、やっと煙草に火をつけた。――風が強いせいもあったが、手も少しふるえていた。機械的に時計を見ると、七時四十五分だった。

彼ははげしく迷っていた。――地鳴りはつづいていたが、それが噴火の前兆とはっきりいいきれるかどうか、彼にはどうもあいまいな気がした。さっきの地震も、どうも局所的な構造地震のような気がした。炸裂音も、地下で大砲を射《う》つようなとどろきも、地割れや断層の起こる時にも聞こえる。戸口にもたれて、煙草を吸いながら、彼は尾根のほうを見上げた。乗鞍岳か、小蓮華岳か――山頂のほうへのぼって、地熱や噴気があるか調べてみればわかるだろうが、そんなひまはないかもしれない。山頂部でも見えてくれればまだ少しは様子がわかるかもしれないが、すでに北から湧き上がってくる鉛色の雲におおわれ、その雲はかなり速い速度で天狗原めがけておりてくる。さっきまでの青空は、もはやはるか南方、松本平の上空あたりにまで押しやられていた。——風もしだいにはげしくなりつつあった。煙草の煙は、眼にとまらないほど急速に吹きちらされ、時折りゴッ、ゴッと音をたてて雪や砂粒が吹きとばされてきた。風はもっぱら北から吹き、時折り北東や東の方角に変わる。窓やドアがばたんばたん鳴り、軒が鳴り、断続する地震の間をうめるように、小屋がみしみし鳴る。

ふいに小野寺は、半分ほど吸った煙草を投げすててふみにじり、顔を宙にむけた。鼻から息を二、三度、大きく吸いこむと、背後をふりかえり、さっきみんなが煙草の箱をまわしたとき、うけとらなかった青年を手まねきした。——近よってきた青年の腕をつかむと、小野寺は風の中につき出した。

「風邪をひいていないだろうな」と、小野寺はいった。「なにかにおうか?」

「いや、なにも……」といいかけて、そのおとなしそうな丸顔の青年は、ふと鼻をひくつかせた。「においます。——硫黄のにおいですね」

小野寺は、一足とびに無線機をひっつかむと、小屋の一同に向かってどなった。

「出発だ! 一か八か、赤倉の北をまわって、小谷へおりる。大した距離じゃない。もしさっきの地震で、新しい地割れなどができていないかぎり、そのコースならおりられる」

「道はあるんですか？」

と誰かが心細そうな声でいった。

「おれはよく知らん。——地図を見てくれ。しかし、この風に正面向かって、尾根わたりをやったり、雪の中を蓮華温泉へおりるよりはいいだろう」

そういうと小野寺は風の中をとび出していって、小屋から少しはなれた平らな雪の上をかけずりまわり、足でもって雪をけちらして大きな矢印を書き、その隣りに「小谷へ」と書きそえた。——ヘリがくるまで、吹きちらされずにもてばいい。この風で、くればの話だが……。

小屋から出てきた一行の中に、吹きとばされそうな派手なヤッケをみとめると、小野寺は、もどっていって、摩耶子の腕をとった。

「私……もう歩けない……」摩耶子は泣きじゃくりながらいった。「……寒い……死んじゃう……ヘリコプターはこないの？」

「さあ、元気を出して歩くんだ」と、小野寺はいった。「へたばったらかついでやる」

一同は風と這《は》いおりてくる雲の中を、天狗原を越えて、渓谷ぞいに東斜面をおりはじめた。おりはじめてしばらくすると、硫黄のにおいは、誰の鼻にもはっきりわかるほどあたりに強くたちこめはじめた。

「先輩……」と、小野寺の名をまだ知らない青年たちの一人が、心配そうにいった。

「においますね。——まさか、赤倉山が噴火するんじゃないでしょうね」

雪と、岩の足もとに気をとられながら、小野寺は、谷間にはいって急に強まりだした硫黄のにおいについて、新しい疑問が湧いてくるのを感じていた。——この沢に、どこか噴気がはじまっているのか、と思って何度もまわりを注意したが、そんな形跡はない。上方で噴気したのが、ここにたまっているのかとも思ったが、あの風では、もっと南へ、それこそあっというまに吹きちらされてしまうだろう。

この北東を迂回《うかい》するコースを直感的にえらんだとき、彼にはほとんど反射的な計算が働いていた。——もし仮に乗鞍が噴火したとしても、この風なら、灰や火山弾は、南や、南西に吹きとばされ、北東部へ降ってくるのはずっと少なくなる。溶岩噴出があったとしても、このあたりの酸性の強い花崗《かこう》岩性の溶岩は、粘性が高くて、大洋性の火山溶岩のように、谷へまっしぐらに押し流されてくることはない。いちばん危険なのは、山腹破裂型噴火だが、これはまずあるまい。しかも、強風は、すぐ北を北東に走る風吹尾根で適当にさえぎられる。

しかし、それにしても、この沢に、こんなに硫黄のにおいのするのはなぜだ？——と小野寺は、眉《まゆ》をひそめながら考えつづけた。——そのにおいが、風が東に変わり、渓谷の下方から吹き上げてくるたびに、強く感じられるのに気がついたとき、彼は、はっとして思わず足をとめて、前方を見た。

だが、すでに糸魚川渓谷は、湧き上がってくるあつい霧にとざされ、対岸の戸隠連峰などは、姿も見えなかった。

まさか——と、彼は、鳩尾《みぞおち》に冷たいものが走るのを感じながら思った。——このにおいは……。

彼が立ちどまると、腕を持って支えていた摩耶子が膝《ひざ》を折り、くにゃりと足もとに、くずれてしまった。——その顔は唇まで血の気を失い、泣きじゃくってはいるが、もう涙も出さない。

さあ、というように立たせようとすると、摩耶子は首をふって、彼の胸にもたれかかった。

「もうだめ……」と摩耶子はかすれた声でいった。「いいから、おいてって。私……相沢さんの所へ行くの……」

かかえあげようとした手が頰にふれると、かなり熱かった。——小野寺は、肩から無線機をはずし、岩の上におくと、すぐ後ろからくる連中から、荷物をまとめている布ベルトをとり上げて、摩耶子の細っこい体を、赤ん坊のように、臀部《でんぶ》と肩胛骨《けんこうこつ》の下側にベルトをまわして背中に背おった。

「少し、歩度を速めるぞ」と、小野寺は後ろにむかってどなった。「この先、注意しろ」

「先輩……無線機をおいてゆくんですか?」

と後ろで誰かがいったが、彼は返事をせず、十メートルほど先で立ちどまっている、リーダー格の青年に合図をして歩きだした。——摩耶子の体は、軽く細っこいといっても、それでも三十七、八キロはあったろうか。だらりと力を抜いているので、重く感じられ、そのうち熱く燃えている体温が背中を通してつたわってきた。

ふたたび歩きだして二、三分もたたないうちに、正面の霧のむこうから、かるく顔をひっぱたかれるような衝撃がつたわってきた。思わず足をとめた一行の前から、硫黄くさい霧の底をゆすりあげるように、どろどろという腹にひびく無気味な音が、しだいに高まりながら湧き上がってきた。――それから一呼吸、二呼吸して、ドーン、と何百門の重砲の斉射のような音が、空中に噴き上がった。一同の立っている渓谷が、どしん、といった感じでゆり上げられ、次いで植物が、岩が、ざわざわとゆれ、雪や岩石がざらざらとおちてきた。

「先輩!」背後で切迫した声がした。「正面上方、霧のむこうに火が見えます! ほら……」

中天を閉ざして、すでに濃い鼠色になった霧の奥に、にじむような、朱がかった赤い炎がぼっと見えた。つづく鳴動に、もう一つの炎があらわれて最初の火のすぐ下にならんだ。まだ白っぽい光ののこっていた空はみるみる漆《うるし》を流したように暗くなりはじめ、まわりにばらばらとおちる小石は、すでに両側の岸からおちるものではなく、まだぬくみののこる、かさかさに焼けただれた赤茶色の火山噴出物の破片だった。

そうか……と、岩だらけの渓谷に立ちすくみながら、小野寺は、歯がみする思いで、その暗灰色の霧のかなたに、ちろちろと地獄の火のようにうごめく赤い火を見つめた。

――やっぱり、さっきからの硫黄のにおいは、後立山連峰側じゃなくて、戸隠山の……。

「どうします……先輩！」と、降りはじめた熱い灰の中で、子供っぽいキイキイ声が叫んでいた。

――四月三十日、午前八時三分、戸隠連峰の高妻山山頂部が、爆発噴火のため、まずふっとび、つづいてすぐ南の地蔵岳直下の西斜面からはじまって、糸魚川街道ぞいの北《きた》安曇《あずみ》郡小谷村番場にむかってひかれた山腹線上に、合計十二の爆発孔、噴気孔をうがった戸隠山西斜面山腹噴火が、この瞬間はじまったのだった。

エピローグ・竜の死

北半球の半分をおおうユーラシア大陸の東端で、いま、一頭の竜が死にかけていた。玉を追う形で大きく身をうねらせ、尾をはね上げた体のいたるところから火と煙をふき出し、その全身は内部よりこみ上げてくる痙攣《けいれん》によって、たえまなくうちふるえ、かつて、巍然《ぎぜん》とそびえたつ棘《とげ》の間に、緑の木々を生い繁らせていたかたい背は、網の目のようにずたずたに切り裂かれ、その傷口からは、熱い血が脈うって流れ出していた。——そのやわらかい下腹を太古よりやさしく愛撫《あいぶ》しつづけてきたあたたかな黒潮の底から、今は冷たい死の顎《あぎと》が姿をあらわし、獰猛《どうもう》な鱶《ふか》の群れのように、身をひるがえしては、傷ついた竜の腹の肉を一ひら、また一ひらと食いちぎり、はて知れぬ深海の底の胃袋へと呑《の》みこんでいった。

すでに、中央構造線の南側、九州、四国、紀伊半島の南半分は、竜の体から切りはなされ、その大部分が海に呑みこまれていた。また、関東、東北でも、房総半島はすでに本土より、広い水面で切りはなされ、その突端は十数メートルも沈下し、陸中海岸は、太平洋側に斜めにつっこみながら、二十メートル以上動いていた。北海道は苫小牧《とまこまい》、小樽《おたる》が海水に浸入し、根室、知床《しれとこ》が本土から切れて水没した。南西諸島や沖縄も、すでに一年以上前から同じような異変に見まわれだし、いくつかの島は、すでに姿を消していた。

竜の背後には、姿の見えぬ巨人がいた。

四億年前、幼い竜の種が、古い大陸の縁辺にまかれた時、一体の盲《めし》いた巨人も竜と大陸との間の地の底に生まれ、長い歳月の間、地の底にあって竜をゆっくりと大洋にむけて押しつづけた。母なる大陸をはなれて、波荒い大洋へ泳ぎ出すにつれて、竜は大きく育ち、体はしだいに波間に高くそびえ、その姿も雄渾溌剌《ゆうこんはつらつ》として、堂々たる成年の偉容をそなえてきた。

だが、今、その竜を押す巨人の盲目の力は、突如として竜の背骨をへし折り、その体をくつがえし、大洋へつきおとそうとする凶暴なものに変わってきた。――変動がはじまってから、わずか二、三年の間に、日本列島全体は、南南東の方角に数十キロメートルもずれていた。日本海側から押す力は、とくに本州中央部において強く、大地溝帯を境に、西側は三十キロメートル、東側は二十キロメートル以上南南東へ移動し、渥美湾西浦《にしうら》の豊川《とよかわ》河口と、駿河湾大井《おおい》川河口の間は、わずか数カ月の間に、直線距離にして二キロ半も東西にひらいてしまい、左右にひき裂かれた遠州灘《なだ》ぞいの大地は、ずたずたに裂かれて豊橋《とよはし》、浜松、掛川《かけがわ》の諸都市はすでに完全に海面下に沈み、泡立つ濁った海水は、南、中央アルプス山麓《さんろく》を直接洗い、天竜を逆流して、伊那盆地になだれこんで、ここを細長い湖に変えようとしていた。

日本列島で地底より吐き出されつづける大量の熱のためか、六月をまたずしてはじまった梅雨の長雨に、太平洋岸の沖積平野は、ほとんど水没した。関東平野は一面の浅海となり、高崎《たかさき》、館林《たてばやし》、古河《こが》のあたりまで、三千トン級、吃水《きっすい》五メートルの船が航行できるようになった。濃尾《のうび》平野も、岐阜、大垣《おおがき》、豊田《とよた》まで、大阪平野は京都南部まで、筑紫《ちくし》平野の東は福岡県吉井《よしい》まで、そして福岡と久留米《くるめ》、大牟田《おおむた》は一面の水でつながってしまった。仙台平野も、仙台湾の水がはるかに北方の一関《いちのせき》、平泉《ひらいずみ》のあたりまで浸入し、北海道では、太平洋の水が帯広《おびひろ》まで、また釧路《くしろ》平野の標茶《しべちゃ》までおしよせ、根釧《こんせん》台地は、ずたずたに裂けたリアス式海岸の様相を呈していた。

苦しみ悶《もだ》えながらも、竜は背後より押し、大洋底から引く、大地の底の凶暴な力にさからっていた。六月はじめ、まだその体の五分の四は波の上にあり、千尋の水底からのびる冷たい死の手をふりはなそうと、必死の力をふりしぼっているようだった。竜がのたうち、火と煙と灼熱《しゃくねつ》の血をふき上げて咆吼《ほうこう》するたびに、長年にわたってその背や、鱗《うろこ》の間に住みついてきた小さな生き物たちが数知れず死に、また何十万年にわたって住みついてきた宿主の体をはなれて、海の外へ逃れようと右往左往するのだった。

――とりわけ新生代第四紀になって急速にふえはじめ、最近とみにその活動がさかんになり、竜の背をけずり、穴をうがって血を吸い、腹やのどや、柔らかい皮膚に無数の潰瘍《かいよう》やかさぶたをつくりはじめた二足の寄生生物は、必死の力をふりしぼって、蜘蛛《くも》の子を散らすように、死につつある宿主の体から逃れようとしていた。――竜の体のあちこちにつくったコロニーから、羽虫のような小さいものが数知れず空へ飛びたち、寄生生物をぎっしりと腹にかかえた何万という乗り物が、海の上を、四方に逃れつつあった。

竜はまだ生きていた。――だが、大洋底より引く力は日増しに強く、のたうつたびに大きく開く傷口より、空から海から浸入する冷たい水は、体内奥深くたぎる血と出会ってはげしく沸騰し、高温高圧の蒸気と化して、竜の体を内部からさらにずたずたに破壊していった。やがてその冷たい死の手が、灼熱の心臓と出会うとき、竜の体はばらばらにひき裂かれ、無数の断片となって虚空に四散するだろう。もはや脈うつことなく、巨大な力をふりしぼってあらがうこともない、かすかな生命の余燼《よじん》のこるその遺体を、暗く冷たい海溝は、無表情に呑みこみ、日もささぬ水底にほうむるだろう。――その時が近いことは、今は誰の眼にも明らかだった。竜の咆吼、痙攣、天にむかって吐く火と煙の息づかいは、すでに断末魔のそれを思わせた。

悶え、のたうち、毒を吐きつつ死んでゆく竜を、かつておのれの体の一片をもって生み出した年老いた母なる大陸は、いたましげな眼つきで見まもっているようだった。――陸より古く、陸よりもはるかに巨大な大洋は、その庭にとりこもうとする犠牲《いけにえ》に対して、冷ややかで、超然とした態度をとりつづけているようだった。太古より数十億星霜の間、この惑星の表面において、海は陸と、その占める広がりをやりとりしつづけてきた。――その体内から、陸が生まれ、ある時は海がしりぞいて陸が大きくあらわれ、ある時は海がすすんで、陸地の多くをふたたび呑みこんだ。陸地はこの星の表面をさまざまな方向に漂い、さまざまに形をかえ、時にはいくつにも裂け、海に沈んだ。伝説のアトランティスもムウもこのはてしない歴史の間、海中より生まれ、また沈んだ陸の数々にくらべれば、ものの数ではない。まして今、陸が海にかえそうとしている小さな土地の一切れなど、たとえその上にかつて海から生まれた生物が一人よがりな「繁栄」をほこっていたとしても、なにほどのことがあろう――そう海はうそぶいているようだった……。時折り海が、この死にかけている陸地の一片に、冷淡で、野次馬的な好奇心をしめすように見えることがあった。――そのたびに、無神経な重く冷たい海水が、暫定的な陸と海との境界を越えて陸地の奥深く浸入し、陸の上にあるものを無差別に、情け容赦なく押しつぶし、さらっていくのだった。

全世界の眼も、今はこの極東洋上の一角に起こりつつある「竜の死」にそそがれていた。カラービデオカメラを積んだ何十機もの観測機が、火と煙をふきつつ沈んでゆく列島の上をのべつ飛びかい、アメリカのCBS、NBC、ABCの三大ネットワークが、ユーロビジョンが、ソ連東欧圏のテレビネットワークが、そしてアジアビジョンや、南米のLAMビジョンまでが、太平洋上の通信衛星を通じて、かつて面積三十七万平方キロもあり、三千メートルを越える高山を数多くのせていた巨大な島の「断末魔」を週一度の定時番組で放映し、全世界で七億台を越えるテレビ受信機の画面の上で、四十億の人類の何十パーセントかが、注視しつづけた。

それは全世界の「人類」にとって、残酷でいたましいが、しかし興奮をさそう大スペクタクルだった。——さだかならぬ伝説の中に語られた幻のアトランティス大陸滅亡のドラマが、いま、現実のものとなって、この同じ時代、同じ地球上の一角に展開されつつあるのだ。いや、たとえアトランティスが大陸であったにせよ、そしてそこに繁栄していた古代の文明が、古代的尺度でいかほど豊かであったにせよ、いま沈みつつある極東の島の住民が、そこにきずき上げていた富と繁栄にははるかにおよぶまい。一兆ドルに近い社会資産と、それをもとにして年々世界第二位、三千五百億ドルのGNPを生み出し、二十一世紀には世界第一位になることを約束されていた一億一千万の住民……アジアにあってただ一国、いち早く近代化に成功し、大産業国家をきずき上げた「日本的」としかいいようのない特異な文化をもった国——その島国が、きずき上げた巨大な財産と、変化に富んだ美しい国土もろとも、この星の深部に由来する眼に見えぬ巨大な力によって、引き裂かれ、ふきとばされ、粉々ににぎりつぶされ、海底に沈もうとしているのだ。

全世界のマスコミが、その興奮をいやがうえにもかきたてた。アメリカ第七艦隊の空母フォレスタル、イギリス極東艦隊の空母ブルワーク、オーストラリア海軍の空母メルボルンは、もちろん救護活動のためもあって、日本近海に遊弋していたが、これら三艦はまた、世界じゅうのマスコミの取材センターにもなり、「パシフィックプレス・TVセンター」の名で呼ばれていた。——際物《きわもの》をねらって、アメリカで出版された「アトランティス、そして日本」というペーパーバックは、まさに即製の際物以外の何ものでもなかったにもかかわらず、あっというまに七百万部売れた。地球変動について前から言及していた、占星術師や予言者の発言をまとめた本も出て、これはたいへんなブームになった。

全世界の人々の中でも、とりわけはげしい、気も転倒せんばかりの興奮の渦にまきこまれていたのが、世界中の地質学者、地球物理学者たちだったことはいうまでもない。――この問題について、ユネスコに調査委員会ができ、アメリカ、ソ連、イギリス、フランスの各種測地、気象衛星合計七個の使用と、国連救出委員会の観測調査機構を通じての各種観測、調査が許可されていた。そのほか、アメリカ、ソ連、中国、インドネシア、オーストラリア、イギリス、フランス、西ドイツ、ノルウェーなどの諸国は、それぞれ自国の軍関係、国務省関係の専門調査機構をつくって活動を開始させていたから、全世界の地球科学関係の専門家は、専門課程の学生まで、またたくうちに払底《ふってい》してしまった。科学者たちにとっては、これは、まさに、「千載一遇」の大異変だった。たんに島が噴火して沈む――たとえそれが、かつてないほど巨大であっても――ということが、専門学者を興奮させたわけではない。それが、近年ようやくその基礎がかたまりだした動態地球学に、はかり知れない問題をなげかける「稀有《けう》な現象」であることが、明らかであったからである。マントル沈降点の突然の移動――理論的には、すでにモデルが提出されていたが――と、それにともなうおどろくべきスピードの海溝最深部の移動、わずか数年の間に、あのかたい地下で起こった、地すべり的な流動現象による急激なバランス変化、それにともなって地殻上で起こった爆発的なエネルギー放出……こういったことが、今なお陸地塊の中に痕跡《こんせき》ののこる、現代のそれからは想像を絶するような、かつてのはげしい造山運動にも起こっており、それがまだ発見されていなかっただけなのか、それとも、この地球の惑星進化の長い歴史の中で、過去において一度も出現したことのなかった、まったく新しい現象であり、この星の進化の様相が、「新しい段階」に足をふみいれつつあることの前触れの一つであるのか？

そういった問題の解答は、これからのちの長い論争と検証にゆだねられるであろうが、いずれにせよ、この現象が、近々この一世紀ほどの間に開始され、つい最近やっとその名のとおり「地球的規模」になりはじめたばかりの、地球という惑星の科学的探査と観測の歴史の中で、ただの一度も観測されたことも想像されたこともない大変動であることはたしかだった。

その興奮の中で、専門家の間では、古代人の空想・神話としてほとんどまともにとり上げられなかったアトランティスの急激な破壊と沈没が、一部の学者によって、真剣な論議の対象になりかかっていた。気象学者で地質学にはアマチュアだったためもあって、一時は葬り去られたヴェゲナーの「大陸移動説」が、戦後の古地磁気学の発展によって、ふたたびとり上げられ、完全に復活したように、誣説《ふせつ》とされたアトランティスの滅亡も、少なくともこの「日本沈没」のモデルで、可能性が考えられるかもしれない、というのがその理由だった。いや、インドやオーストラリアの学界の一部では、アトランティス伝説よりはるかに荒唐無稽《こうとうむけい》とされているあのチャーチワードの「ムウ大陸神話」さえ、考えなおしてみるべきだ、という風潮が起こりかけていた。

全世界のあらゆる階層、あらゆる立場の人々が、さまざまな、そして一種複雑な関心をもって、刻々と迫りつつある「竜の死」を見つめていた。――その消滅は、この惑星上の陸地総面積に対して、わずか〇・三パーセントたらずの喪失にすぎなかった。しかし「人間の土地」としてのこの地域の滅亡を考えるとき、その影響は、世界全体にとって、かなり大きく、複雑なものだった。その土地に、世界総人口の二・八パーセントが住み、年間一人当たり支出三千ドルを越える世界最高水準の生活を営み、その土地で毎年世界総生産の七パーセント近くが生産され、世界総貿易量の一四パーセント以上が、この島と世界との間にとりあつかわれていたのである。とくに日本は「アジアの工場」として、石油、石炭、鉄鉱石、銅、ボーキサイト、ウラン、硅砂《けいしゃ》、それに原綿や羊毛、飼料、食料、果物など、開発途上地域の一次生産品の大きなマーケットであるとともに、世界市場に対しては鉄鋼、機械、船舶、自動車、電子機器、家庭電機器具、繊維製品、雑貨、プラントなど、工業製品の重要な供給国だった。また、ここ数年来は、世界の資本マーケットの重要メンバーであり、また開発途上国にとって、長期信用の供与国としても急速にクローズアップされつつあった。日本が世界経済の中に占めていた役割は、すでに巨大なものだった。その巨大な集積が消滅し、その組織が大打撃をうけ、その国民の生活が、突然残りの世界の大きな負担になる。……しかも変動の被害は、日本海域付近に、かなり広範囲になる見こみだった。

全世界の人々は、テレビのブラウン管で、ニュース映画で、新聞やグラフ誌の紙面で、中天にすさまじい火と煙を噴き上げつつ沈んでゆく竜の姿を、食い入るように見つめていた。

「日本を救え！」の叫びは、国際機関や各国政府、またさまざまな団体のキャンペーンとなって世界をかけめぐり、各国の街頭で、募金や集会が行なわれたが、大部分の人々の心は、はるか極東の一角に起こりつつある悲劇的なスペクタクルに対する第三者的な好奇心にみたされていた。心の奥底では、それは「自分たちの土地」で起こったことでなくてよかったという安堵《あんど》と、異常な「繁栄」をしていた国の滅亡に対する、若干の小気味よさと、特異で理解しにくい、活動的な国民を、自分たちの国に大量にうけ入れなければならない不安、わずらわしさに対する予感などが、複雑にからみあっていた。

正確な意味で、真にこの問題に必死にとりくんでいるのは、悲劇の当事者たちだけだった。――日本の救出組織は、この災厄に対しても「日本の奇跡」を生み出そうとしているかのように、不眠不休で働きつづけた。終末が近づくにつれて、救出組織そのものの犠牲が鰻《うなぎ》のぼりにふえていった。各国の救援隊の中で、もっとも規模が大きく、もっとも日本と緊密に協力して最大の成果をあげ、すでに二百人を越える犠牲者を出していた、アメリカ海軍海兵隊の救出作戦司令ガーラント准将は、テレビのインタビューに、おどろきの念をこめてこう語った。

「日本の救援組織は、官、民、軍ともに、おどろくほど勇敢だった。——いくつかの実戦で、死地をのりこえてきたベテラン海兵隊員でさえ、二の足を踏むような危険な地点にも、彼らは勇敢につっこんでいった。同胞の命を救うとなれば、ある意味で当然であろうが、それにしても、あまりに無謀と思われる地点にまで、彼らが果敢に救援活動につっこんでいくので、私たちはしばしば、彼らは国土滅亡の悲しみのあまり、気が狂ってしまったのではないかと語りあったものだ……」

オンエアの時はカットされていたが、准将はこのあとにこうつけ加えた。

「私は、彼らは本質的にカミカゼ国民だと思う。——あるいは、彼らはことごとく勇敢な軍人だというべきかもしれない。——柔弱といわれる若い世代でさえ、組織の中では同じだった……」

刻々せまる終末の時にむかって、日本は「奇跡」にむかって死にものぐるいの挑戦をつづけていた。——ある意味で、それはすでに達成されていたかもしれなかった。その年の七月までに、六千五百万人が、地震と噴火と津波の中で、とにかく、日本本土をはなれていた。月平均千六百万人というハイペースである。この奇跡的なハイペースを維持し得たのは、大変動のはじまる直前から密命をうけてフルに活動をはじめた、全世界に名のとどろく、日本の総合商社の情報処理能力、組織運営能力にあずかるところが大きかった。だが、破壊と沈下がすすむにつれ、列島内の交通途絶、港湾、空港施設の破壊のため、救出ペースは、眼に見えておちてきていた。もはや大量の難民の集結と集中的つみとりは困難になり、各地域に少数ずつばらばらに孤立している人々をひろい集めてゆく、という手のかかる段階にさしかかっていた。

七月はじめまでに、日本国内で使用できる国際空港は、北海道の千歳だけになってしまい、その閉鎖も時間の問題だった。あとは、たとえば青森などのように比較的高い土地にあるローカル空港の一部や、軍用空港の一部、そしてまだ乾いた陸内にある平坦《へいたん》な草原などを航空輸送に使うよりしかたがなかった。

救出の主力は、今や国際線旅客機や客船から、ヘリコプター、不整地着陸性能とSTOL性を持った軍用輸送機それに上陸用舟艇に完全にうつりつつあった。――この分野において、ソ連陸軍の大型輸送機の性能は、眼をみはらせるものがあった。速度などはかの点はともかく、とにかく着陸装置が頑丈で、帰投燃料まで積んだかなりな重量で、相当深い草原や凹凸の土地に、らくらくと着陸してくるのだった。

日本の救出委員会は、国際救援隊の援助をうけて、七月中に救出人数を七千万人に押し上げようと悪戦苦闘をつづけていた。――変動開始後の死者、行方不明者の数字は、第二関東大震災をふくめると、すでに千二百万人を越えていた。その中には、せっかく乗機、乗船したのに、事故や海難に遭って死んだ人々もふくまれていた。救出隊の犠牲者の数も五千人のオーダーに達しようとしていた。そして、たえまなくうちふるえ、砕かれつつ沈みゆく島嶼《とうしょ》の上には、まだ三千万人を越える人々が、あるいは盆地に孤立させられ、あるいは海岸付近の丘陵に仮泊し、恐怖にふるえながら、救出の順番のまわってくるのを待っているのだった。その三千万人を一人のこらず助けようとして、日本政府の軍、官、民合同の全国救出組織三百万人は、文字どおり昼夜兼行、不眠不休、死にもの狂いの「追いこみ」をかけていた。

だが、七月、八月と日がたつにつれて、救出の成功率は眼に見えておちていくと同時に、救出隊の犠牲、難民の犠牲のほうは、冷酷に、確実に上昇していった。救出組織の中には、過労から倒れ、死亡するものも続出しはじめた。――四六時中降りつづけ、街や野や山を埋め、屋内の床やテーブルの上、はては寝具や食器から口中まではいりこむ火山灰の中で、そしていつも噴煙や漂う灰におおわれた硫黄のにおいのする陰鬱《いんうつ》な空の下で、たえず小さく、また時にははげしく鳴動する大地の上を右往左往しながら、通信機にわめき、仲間とどなりあい、群衆の哀訴嘆願や罵倒《ばとう》や悲鳴を聞き、日々拡大する犠牲のニュースや、次から次へとくる混乱した指令や、次から次へ起こる予定変更と格闘し、風呂《ふろ》にはいらず、ひげもそらず、食事や飲み物さえ一つまちがえればとりはぐれ、睡眠は一日二、三時間で、それもほとんどゆれる乗り物の中か、かたい椅子や、石ころだらけの大地の上の仮眠でしかない。――そんなことをくる日もくる日もくりかえしていると、救出委の全メンバーは、しだいに疲れはて、自分たちが何かまったく不可能なことに挑んでいるのではないか、このあれ狂う巨大な自然の力と途方もない混乱の中では、なにをやっても、どんなに努力しても、結局はむだなのではないか、結局自分たちも、まだあちこちに孤立して残っている人たちといっしょに、この灰に埋められ、暗く凶暴な海に呑《の》みこまれてほろんでゆくのではないか、といった、もの悲しい絶望的な気分にみたされてくるのだった……。

茨城県水戸《みと》市木葉下《あほっけ》——水戸市西北方の、二百メートルほどの朝房山《あさぼうやま》の東麓《とうろく》にある「あほっけ」という妙な読み方をする場所で、二、三十人の人々と救出の船を待っている片岡の心の中にも、そのもの悲しい気分が吹きつづけていた。すでに水戸市は完全に水没し、標高百メートルのその村落のすぐ下まで、鉛色の海がおしよせ、そこここの丘陵の尾根を岬に変えて、白い波が、樹林の梢《こずえ》を直接嚙《か》んでいる。鹿島灘《なだ》地震と津波におそわれたあと、水戸市中心部の市民の生きのこりは、津波の時に背後の山に全員退去したが、山中に逃げた人のうち、はぐれたり、山中で道に迷って最終の救出に乗りおくれて途方にくれている人たちと、そこで出会ったのだった。那珂《なか》川上流と鬼怒《きぬ》川の上流が市貝《いちかい》のあたりで、海面でつながってしまい、筑波山地は、完全な島になってしまった。

片岡たちの一行三人は、救出活動のためにそこへ来たわけではなかった。東海《とうかい》村の原子力発電所、研究所、そして原燃公社——すでに海面下数十メートルに沈んでしまっていたが——のあったあたりで、沈下前に何万トンものベトンでそのまま封鎖《シールド》して放棄したはずなのに、発電炉からか、それとも燃料再処理装置からか、高放射能の核分裂《フィッション》生成物《プロダクツ》、つまり核燃料の〝灰〟にあたるものが流出して、海水を汚染しているらしい、というので、付近を巡回していたPS1で調査に来たのだった。スキューバダイビングのできる片岡は、他の乗組員といっしょに、P2Jからゴムボートに乗って、調査に加わった。汚染は大したことはなく、大量流出ではなくて、どこかパイプか何かに残っていたものが沈下後海水にとけ出したものらしかったが、調査を終えてゴムボートに上がったとき、津波におそわれた。

海面上にあって、津波の襲来をいちはやくみとめたPS1は、いったん離水しようとしたが、不運にも酷使しすぎた左エンジンが故障してしまい、一発停止状態で水面をかけずりまわってあがいているうちに横波を食らって転覆、片岡たちの乗ったゴムボートも、サーフィンのように津波の背に乗って何キロも内陸にはこばれ、水没した森の梢にひっかかってやっととまった。しかし、この時、引き波に隊員の一人がさらわれた。――くたくたになった体で、何とか夕方になって近くの陸地にたどりついた所が、朝房山の麓《ふもと》だった。

木葉下に疲労困憊《こんぱい》した体を休めていた難民たちは、片岡たち一行の姿をみとめると救援隊員だと思って、歓声をあげてかけよってきた。――だが、逆に遭難したのだとわかると、落胆して、かえって絶望の色を濃くしたようだった。

「あなた方、通信機を持たんですか?」一行のリーダーらしい、もう六十すぎの朴訥《ぼくとつ》そうな老人は、すがりつくような眼付きでたずねた。「火を焚《た》いて狼火《のろし》をあげることはずっとやっとるんですが……なにしろ、この降灰では、視界がわるいためか、どうも飛行機もみとめてくれよらんようです」

「通信機はありますが……出力が弱いし、それにだいぶあちこちぶつけたり、ぬれたりしていますから……」片岡はぐったりと岩に腰を下ろしながら、肩をおとしていった。

「まあとにかく、やるだけやってみます」

「たのみますだ。これ、このとおりおねがいしますだ……」老婆の一人が、しわ深い顔を涙だらけにして、手をあわせて片岡たちをおがんだ。「もうこうやって、十日以上も、山のあちこちを歩きまわっとりますだ。赤子《やや》の一人は具合がわるいんでごぜえます。――どうか、助けてやってくだせい。爺婆《じじばば》はどうなってもようごぜえますが、若えもんと女子供は、なんとか助けてやってくだせえまし……」

「あんまり、無理をいうてもいかんが……」リーダー格の老人は老婆の肩をたたいた。

「この人たちも、けさの津波にやられなすって、疲れていなさるんだから……」

「呼んでみろ……」と片岡は傍の同僚をふりかえっていった。「通じるか？」

「どうだか――朝からずっとスイッチを入れっぱなしにしちまったから、バッテリーがだいぶバテてる可能性がある」同僚は、携帯通信機をとりあげながらいった。「この近海に、船はいたかな？」

「さあ――けさ空から見たときは、一、二隻いたが、今はどうかな……」ともう一人はいった。「救難信号をうけても、その船や飛行機がじかに来てくれるわけじゃないからな。――まわってくるまで、だいぶかかるぞ……。それに……この地方は、もう四、五日前から、救出完了で閉鎖地域になっているはずだ」

「山越えして、反対側に出たほうがよくないか？」と通信機をいじっていたPS1の乗組員《クルー》がいった。「あちらのほうが、まだ船やヘリが来る可能性がある」

「そうするにしても、すぐは無理だろう」片岡は、疲れきって声もなく、道端に腰を下ろしている女子供をまじえた一行をふりかえった。赤ん坊が力なく泣いているのが聞こえた。「おれたちだって無理さ。――とにかく救難周波数で呼んでみるんだな」

北西の方角で、たえずドウン、ドウンという音がして、山の斜面はびりびりゆれた。那須火山帯の、男体山《なんたいさん》や釈迦《しやか》ヶ岳《がたけ》が噴火している音だろう、と片岡はぼんやりと思った。ここでも、こまかい灰がたえまなく降り、頭に積もり、肩に積もっていた。二、三分おきに、小地震がおそってきて、大地がゆさゆさゆれたが、誰も顔をあげさえもしなかった。

「道が崖《がけ》くずれやなんかでふさがってしまって、夜道を無理してのしているうちに、わしの村の女子供が山の中にまよいこみましてな……」と老人は陽やけした顔をしかめて、つぶやくようにいった。「いや、ひどいさわぎでしたわい。なんと、どうまちがえたか鶏足山《けいそくさん》のほうにまよいこんでしまいよって、捜すのに手間どっているうちに、指示された乗船地点が、沈んでしまいよりましてな……。あちこちまわってみたが、もう誰もおりやせん。まあ、あちこちの村や町が、居抜きで逃げていよりましたから、食物には不自由せんかったし、野宿もせずにすみましたが、なにしろあんた、この山のむこう側でもとんでもない所にまで、もう水が来ておりましょう」

老人は眼下に泡を噛む灰や軽石のいっぱい浮いた海水をさした。

「こちら側は津波が心配で……けさの津波は、ほれあそこまで来よりました。おさまっても、水面がだんだん上がって来よる。——ここに腰をおちつけて、まだ二日目ですが、二メートルぐらい上がって来よった……」

「このあたり一帯が、どんどん沈んでいるんです」と片岡は答えた。「それに、八溝《やみぞ》山地全体は、北関東山地から、もうもとの距離にして十八キロメートルから二十キロメートルも東に動いています……」

「すると、筑波山が鹿島灘へつっこんでいってるわけですか？」

そう……と片岡は口の中でつぶやいた。そして——日本海溝へ、だ。

「だめだ！」ぶつぶつ小さな音をたてる携帯通信機をいじりまわし、呼びかけつづけていた同僚が舌打ちした。「電源が弱っている。予備のバッテリーをいれた箱は波にさらわれたし……」

「乾電池なら、懐中電灯のがいくつかありますが……」と、中年のやせこけた男が背後から声をかけた。「まにあいませんか？」

「やってみるか——」と片岡はいった。「それでだめなら、まだ沈んでいないよろず屋でも探せば、あるだろう」

「そんなことせんでも、バッテリーだったら、ここから二キロばかりもどった所に、自衛隊のトラックらしいものが捨ててあったが、あれが使えんか？」と老人はいった。

「さあ、もうバッテリーがあがっとるんじゃなかろうか？」

「やってみる値打ちはありそうだ……」片岡は、鉛のようにだるい体をやっとのことでもち上げた。「どこらへんです？」

「待ってください。案内させますから……」老人は片岡たちから少しはなれた所でうずくまっている人たちのほうをふりかえった。「もう暗くなりますで、迷うといけません。道からだいぶひっこんだ、谷間の、妙な所に捨ててありましたから、見つけにくいです」

まだ七時少し前だというのに、あたりはどっぷりと暗くなりかかっていた。――西の空が、分厚い噴煙と灰で昼なお暗くおおわれているため、暗くなり方が、例年の八月とちがってずっと早いのだった。煙は頭上をも墨を流したように一面におおい、辛うじて東の水平線の上あたりに、細く、白茶けた青空らしいものが見えていた。完全に暗くなれば、西の空に爆発を続ける火山の炎が、にぶく赤黒く反射して見えるのだった。冷たい風が、ゴウゴウと山を鳴らして吹きはじめていた。この夏、人々は、あのギラギラかがやく盛夏の太陽をあおぐことなく、茶色がかった灰色の空を通して、血のように赤いどろんとした円盤を見るだけだった。月は、たまに見ることはあっても、ほとんど茶色に近く、星はついに見ることがなかった。例年より六度近くも気温のひくい冷たい夏が、日本列島の上を分厚くおおう灰の雲の下に、死の影のようにしのびよっていた。成層圏近くにふき上げられた何万トンという細かい灰は、やがて北半球の上をぐるりとめぐり、二年あと、三年あと、全世界は冷たい夏と大凶作に見まわれることだろう。ほかのものにまかせられない、と思ったのか、老人も決心したように腰を上げた。

「船だ！」

という絶叫に近い叫びが、むこうのほうで上がったのはその時だった。

全身の痛みも忘れて、思わずのび上がって海上を見ると、水平線にのこる白光を横ぎって、意外に近い所に、黒い船橋とマストが動いていた。なぜか、舷灯《げんとう》も点《つ》けず、明かり一つ点けていない。

「おーい……」と、人々は立ち上がり、手をふり、口々に叫んだ。「ここだ、助けてくれ……」

「火をたくんだ！」と片岡は叫んだ。「それから一番光の強いのを二つのこして、懐中電灯を全部こちらへ貸してください」

老人が何か大声でわめき、中年男がみんなのほうにすっとんで行った。――あたりでベキベキと手当たり次第に枝を折ったり燃やすものをどさりと投げ出す音がした。

「乾電池を使えるだけ使え」片岡は集められた懐中電灯を次々に点灯してためしながら、一番光度の強いものを、PS1の乗組員《クルー》にほうった。「これで救難信号を送るんだ。――大丈夫、四、五キロの距離だ」

もう一つの明かりをたよりに乾電池を懐中電灯のケースにいれたまま、ジャック付きコードで通信機につないだ同僚は、スイッチをいれて同調つまみをまわしたとたんに叫んだ。

「しめた、向こうは通信中だ」

「わりこめ」と片岡はいった。「自衛艦か？」

「いや——アメリカの船らしい」

その時、船の交信より、もっと大きな音声が、通信機からはいってきた。

「おい——」と、通信機を操作している男は顔を上げた。

「このつい近くから、かなり強い電波が出ているぞ」

「というと——この近くにわれわれ以外に誰かがいる、というわけか？」片岡は思わずどっぷり暗くなりだしたまわりを見まわした。「何といっている？」

「わからん。時々英語がはさまるが、全体は英語をもとにした暗号会話だ……」

「いいからわりこむんだ」

「やってるよ。——だが、まだ応答してこない」

背後でどっと赤い火が天高く燃え上がった。老若男女が、炎を背景に、手をふり、てんでにわめいている。

「応答がないぞ」と光信号を送っていた男がいった。「なぜ、あの船は灯火管制をやっているんだ？」

「片岡……」と通信機にとりついていた男は顔を上げた。

「陸と船との間に、もう一カ所、電波を出しているところがあるぞ。三元通話をやってる」

　片岡は急いで、暗い海面に眼をこらした。闇の中にとけこみかけている沖の船影と、岸との間に、わずかにほの白く波頭が見える。その白い波は、沖へ向かって尾を引きながら、徐々にこちらへ近づいてくる。——その時、ずっと遠くで、ふいにエンジンの音がした。山ひだの関係でこちらに反射するらしいその音が、一つ二つ、三つまで数えられた。道のカーブの向こうに、ヘッドライトの光らしいものがうすく山肌を照らして動く。

「みなさん！」片岡は叫んだ。「急いでください！——上陸用舟艇が、もうじき岸へ着きます！」

「交信が切れた……」通信機から体をはなしながら、同僚はつぶやいた。「こちらを無視しやがった……」

　暗闇の中を上陸用舟艇の接岸地点を捜すのは、大変に手間どった。——しかし、一キロほどはなれた水際に、車のヘッドライトが集まったのを目あてに、岩ですりむき、木の枝で怪我をし、斜面をすべりおちながら、やっと上陸用舟艇の接岸地点にたどりついた。そこは、猫のひたいほどの畑で、山の斜面に石を積んでつくってあり、海水は、その石垣の上端すれすれにまでおしよせ、小型のＬＣ——揚陸艇《ランディング・クラフト》が接岸して舳《へさき》の踏み板をおろしていた。大型の米軍トラックが三台、後尾を艇に向けてとまり、斜板《ランプ》を使って、キャンバスをかけられた大きな、頑丈そうな箱をいくつも下ろし、板と転材《ころ》を使って、艇に積みこんでいた。

「止まれ《ホールド》！」

暗がりの中から鋭い声がして、二丁の銃がむけられた。

「乗せてくれ！　女子供がいる！」

片岡は手を上げながら英語でわめいた。――背の高い、まだ若い、子供っぽい顔をした将校が近よってきた。その顔には、困惑の表情が浮かんでいた。

「民間人か？」

「おれたち三人はちがう。救援隊の観測班のものだ。だが、残りは民間人だ……」

「この地区は、救助完了で閉鎖されたはずだ。……そう聞いてきた」

「道に迷って逃げおくれたんだ」

「何人いる？」

「二、三十人……」

「急げ《ハリィ》！」

と、問答を聞いて手を休めかけた兵隊たちをふりむいて上官はどなった。それから、ヘルメットをちょっとずり上げて、気の毒そうな、しかし冷たい口調でいった。

「お気の毒だ。だがわれわれは、最上部からの、極秘の特殊任務のために、危険をおかしてここへ来た。――救出はわれわれの任務ではない」

「あの母親や赤ん坊や老人たちを見殺しにするのか？　もう十日以上も、山中をさまよっていたんだ」

「残念ながら、私にはどうにもできない。——乗せようにも、あの船は小さくて、荷物を積めば、われわれが乗るのがやっとだ」

「どんな大事な荷物か知らないが、人間の命にかえられるか？」

「まったく気の毒だ。だが、私は軍人だし、この任務については、とくに命令厳守をいいわたされている。君たちとこうやって口をきくのも実は命令違反なのだ。乗せるわけにはいかん。……荷物を収容したら母船はすぐ出発だ」

「じゃせめて、本艦に連絡して、今すぐ救援を呼んでくれ！」と片岡は哀訴するようにいった。「この土地は、一日に三メートル以上沈んでいる。それも毎日加速されている。最高部まで、あと百メートルたらずだ。津波が来れば、きわめて危険だ」

「それも上司に聞いてみなければ約束はできん。——安全海域に出るまで通信は封鎖されているから……」

「畜生！　鬼！」と二人の押し問答を聞いていた、PS1のクルーが、日本語でわめいた。「貴様たちは……それでも人間か！」

「待て、スコット中尉……」

トラックの影から、小柄な人物があらわれて訛《なま》りのある英語で声をかけた。

「積み荷一個をのこしたら、何人乗せられる？」

「それは……できません」紅顔の中尉は顔をこわばらせて叫んだ。「命令違反です」

「命令は結局どこから出ていると思う？——この作業の最終責任は、結局私が負うことになるのだ。答えたまえ。何人収容できる」

「五、六人です……」

「女と子供だけだ」

「八、九人——それ以上は無理です」

「じゃ、十人だ。私がのこる……」

「そんな……私が困ります！」

「困らないようにしよう。紙とペンを貸してくれ……」

その小柄な人物は、紙を受けとると、手早く何かをしたためてサインした。

「女性と子供は何人いますか？」とその人物は、相変わらず訛りのつよい英語で片岡たちに話しかけた。

「女性は六人です。子供が三人……」

「誰か男性が一人、ついて行ってください。片言でも、英語のできるのがいい」

「のこった積み荷は……どうなさるおつもりですか？」

「私が責任を持って何とかする。——最後から二番目のやつをのこせ。内容は私がいちばんよく知っている……」

「急げ！」中尉は兵隊に向かって叫んだ。「あなたたちも、急いでください。時間超過だ」

ふいにおとずれた夫たちとの別れに、ただおろおろして泣き声をあげている女たちを、片岡たちは押しこむようにして舟艇に押しこんだ。その小柄な人物は突然日本語で叫んだ。

「大丈夫！　また必ず会えるから！」とその小柄な人物は突然日本語で叫んだ。「とにかく、乗りなさい。私があとのことは責任を持つ！」

片岡はおどろいて、その人物のほうをふりむいたが、顔が影になってわからなかった。

「私、いやです！　のこります！」踏み板に足をかけたまだ若い女が、赤ん坊をかかえて叫んだ。「うちの人と離れるなんて、いやです。死ぬならいっしょに死にます！」

「とも子！」とのこった男たちの中から、泣き声に近い叫びが聞こえた。「とも子！　とも子！」

小柄な軍装の人物は、とび出そうとする男をさえぎった。「大丈夫だ。また必ずアメリカで会える。会えるようにしてあげる……」

踏み板が上がると、高まるエンジンの音の中で一斉に女たちの泣き声や叫び声が聞こえた。――陸にのこった男たちの間からも、口々に妻や子供の名を呼ぶ声があがった。

が、ＬＣは爆音高く闇の中へ後退して行き、畑にならんだトラックのヘッドライトの光芒《こう ぼう》からたちまち消え去った。

闇の奥に爆音が遠のいてゆくと、あとはうつけたようなトラックの明かりが、ざぶり、ざぶりとうちよせる暗い波を照らしているばかりだった。夜の底をわたってゆく風の音が急にはっきりと聞こえてきた。まったく一瞬の出来事のようだった。のこされた男たちは、呆《ほう》けたように畑の中へ立ちつくしていた。

積みのこされた箱の傍《そば》にのこった、小柄な人物は、ゆっくりとヘルメットをぬいで、みんなのほうをふりかえった。

「あんた……」片岡はその顔を見ると、思わず叫んだ。

「へんな所で会ったな……」と邦枝は照れくさそうな笑いを浮かべた。「国家の官僚は、国家のために非情にならなければならない時があるが——この場合、できかねたよ。だめなもんだね。この仕事をやっていた男が地震で死んで、一カ月、代行してきたが……」

「この荷物につきそっていたんですか？」

「筑波にあったのを水戸へ、水戸が沈む前にこの山の中へ……」ゆっくりつぶやくように邦枝はいって、疲れ切ったような生あくびをした。「妙な任務だ。——女房にアメリカで会えるかと思ったが……」

「荷物の中身はなんです？」

「それは、今はいえん……」邦枝はぼんやりと、手に持ったヘルメットを見ながらいった。「おそらく——おれの口からは一生いえん。……そんなもんだ。役人ってものは……」

それから、箱のまわりをかこむようにして立っている男たちのほうに、まぶしそうに眼をむけた。

「あの箱を全部下ろして、あなたたちを全部、乗せてあげたかった。――しかし、そこまではできなかったんです。わかってください。あなたたちのことを考えなかったわけじゃない。しかし――私の立場は、すでに海外に逃れ、これから先ずっと海外で生きていかなければならない、何千万という同胞の将来のことを考えなければならなかったんだ。あの箱は――その人たちの未来と関係があるんです。それに……」そういうと、邦枝は、ぐったりしたような動作で、のろのろとトラックの運転台に這《は》い上がった。「われわれだってまだ望みがないわけじゃない。――運転手にこっそりたのんで強力な野戦用通信機をのこしていかせましたからね……」

畑の土が、また、ゴッと鳴り、ゆさゆさとゆれた。――邦枝がエンジンをかけたトラックの運転台や荷台に、人々は疲れた表情で這い上がった。

八月半ば、南方洋上マリアナ付近に発生した中心気圧九一〇ミリバールの超大型台風は、刻々と北上し、もう半ば以上沈んだ日本列島に接近しつつあった。――つづいて第二、第三の大型台風が洋上に発生しつつあった。台風接近の情報を聞いて、各国救援艦艇は、かなりの部分が本土をはなれて難をさけた。中には、そのまま帰ってこないものもあった。

日本近海は、大噴火による熱対流で、ふだんの夏とかなりちがった気象状況にあったが、もしこれが本土を直撃すれば、日本は、火と水と地殻変動に加えて、「風」の打撃までうけることになるのだ。

八月以降、陸上をはなれて、海上自衛隊保有の最大の護衛艦、四千七百トンの〝はるな〟の上にうつされていたD－1で、中田と幸長は相も変わらず、情報の奔流にとっくみ、眼を血走らせて、不眠不休の日々をおくっており、台風回避のため〝はるな〟がはるか東方海上へ、全速力で本土をはなれつつあることを知らなかった。――五月に、皇室はひそかにスイスにうつり、日本の政府機関も、七月にパリに仮住居をおいた。

退避計画委は、救出対策本部と名をかえてホノルルにあり、すでに「日本という国」の大部分と、その中枢機構は、あのなじみ深い極東の一角をはなれ、沈みゆく列島の「外」に――ちりぢりばらばらに拡散して――移っていた。そこには、まだ新しい「まとまり」が形成される徴候はどこにもなかったが、六千五百万人の海外逃避先で、「生活」の問題ははじまりつつあった。露天のテント張りの難民キャンプで、バラック、兵舎、時には強制収容所同然の掘立て小屋で、食事、行動の自由、その他の問題が徐々にくすぶりはじめていた。

ほとんど着のみ着のままの格好で、それでもやっと「動かぬ大地」「沈まぬ乾陸」に落ちついてほっとした人々の背後には、断末魔の苦痛の中に荒れ狂い、のたうちまわる島々と、その上になお救援の手を待つ、三千万人近い人々がのこされていた。――六月、七月中の救出人員は、四百五十万人で、やっと七千万人の大台にのせようとしていた。しかし、同じ時期、死亡と判明した、あるいは判定された人々の数は、三百万以上とふまれていた。なかには、絶望のあまり、あるいはショックで発狂して、自殺するものもあった。

残った二千万人の中には、救出の順番を他にゆずって、みずからすすんでのこった人たちもかなりふくまれていた。その中では、七十歳以上の高齢者が圧倒的に多かった。日本の老人たちの中には、青年壮者に未来を託し、すでに十分長く生きたから、足手まといであるから、あるいは日本をはなれがたいから、この美しい、なれ親しんだ国土が永遠に失われては、もはや生きている甲斐《かい》もないから、というので、夜半書き置きしてみずから家族をはなれ、集結地から姿を消すものが少なくなかった。そして老人たちの中では、これまた圧倒的に男性が多かった。

そういった老人のなかでも、とりわけ高齢の一人が、赤茶けた灰に分厚くおおわれた府中《ふちゅう》の街の、樹木の多い広壮な邸宅の一室で、横たわっていた。頑丈な鉄筋コンクリートづくりの邸《やしき》は、たび重なる地震にもたえて、そのほとんどがのこっていたが、しかし、金がかかった廊下も、室内も、着ている夜具の上も、たえまなくしのびこむ灰で埃《ほこり》をかぶったようになり、なお隙間からしのびこむ細かい灰は、しわだらけで髑髏《どくろ》のようになった老人の顔の上をさえ、うすく死に化粧のようにおおっていた。

「そうか……」老人は口の中でもぐもぐいった。「邦枝のばかめ……箱を一つ積みのこして、難民の女子供を積んだか……」

ヒュッ、ヒュッ、というように、老人ののどが鳴った。——笑っているのか、せきこんでいるのかわからなかった。

「で……本人はどうした？　箱につきそっていったか？」

「いえ……」老人の傍に正座した、いが栗頭の壮漢は、長い文面の英文電報に眼をおとした。「あとにのこった、とあります……」

老人のしぼんだ口がもぐもぐと動いた。――色のうすくなった瞳《ひとみ》にはなんの表情も浮かんでいなかった。

「阿呆《あほう》めが……いい年をして、人間がまだできとらん……」と老人はべつに腹をたてた様子もなくつぶやいた。「それで……どの箱を積みのこしたのか、書いてあるか？」

「はあ……〝箱B《ボックス》〟を邦枝さん自身が指定した、といっておりますが……」

ヒャッ、ヒャッ、ヒャッ、というような奇妙な声が枕の上からした。壮漢がおどろいて眼を上げると、老人は歯のない口をいっぱいにあけ、相好をくずしておかしそうに笑っているのだった。

「知っておったのじゃな……」老人はあえぎあえぎいった。「あいつめ、油断のならんやつじゃ。――いつ、嗅《か》ぎつけたろう？……あいつ自身に、そんな鑑定眼があるわけはないから、どこかで気がつきおったのじゃな……。この分なら、やつは何とか生きのびるじゃろう……。わかるか、吉村《よしむら》……」

「は？」

「箱B《ボックス》の中身は……ほとんど偽物《ぎぶつ》じゃ……。わしがな……やったのじゃよ。ずっと前にな……誰も知らんことじゃ……。いやはや……ボストン美術館のオコンネルめにいっぱい食わせそこねたが……。まあええ……オコンネルにおうたら、よろしくいってくれ。老人最後のいたずらは……おそろしく鼻のきく部下の一人のために、おじゃんになったとな。……ところで、むかえは来とるのか？」

「はあ——ヘリは、こう降灰が多いと、エンジンに灰を吸いこんで危険だそうで、大型ジープが来ております。調布《ちょうふ》の先まで行けば、水陸両用車が……」

「よし……もう行け……。花枝は何をしとるのじゃ？」

「もう支度ができたと思いますが……」

「早う連れていけ……」

吉村と呼ばれた壮漢が、畳をざらざら鳴らしてあわただしく部屋を出ていくと、入れちがいに、襖《ふすま》の陰にでもかくれていたらしい娘が、すらりと敷居際に立った。

「なんだ……」老人は眼を動かして娘を見た。「そんな格好で、ジープに乗るつもりか？」

娘は、匂うような濃紫《こむらさき》の明石《あかし》に、古風な、朝顔の模様のついた絽《ろ》の帯をしめていた。——思いつめたように横たわっている老人を見つめていた娘は、突然足袋先を美しく反らせながら、老人の傍に歩みより、膝《ひざ》をつくや否や、はっと肩をおとすように顔をおおった。

「私……まいりません」と娘は顔をおおったまま、激したようなふるえ声でいった。

「このまま……ずっとおそばにおります……」

「だめだ……」老人はあっさり否定した。「おまえは……まだ若い……。こんな老人といっしょに、死なすわけにはいかん……」

「いいえ！　いいえ！……私……おそばをはなれるくらいなら……」

「なにをいうちょるか……」老人は、とほん、とした調子でいった。「この期《ご》におよんで、そんな世迷《よま》い言《ごと》をいうように、しつけてはおらんはずだぞ……。おまえはな……むこうへ行って、これから……しっかり……生きるのだ。なにをせい、かにをせいとはいわん。ただ、生きて……長生きをするだけでいい。好きな男がおったら、嫁《とつ》ぐがいい。何度もいうたとおり、生活の心配はないようにしてある。ただな、花枝……いうておくが、ただ、生きるということは、これで辛《つら》いことだぞ……」

娘はとうとう畳の上に袂《たもと》をなげ出してつっぷした。薄い肩先がふるえ、嗚咽《おえつ》が洩《も》れてきた。――敷居際にまた顔をのぞかせた壮漢を目ざとく見つけて、老人は強い口調でいった。

「着替えを持ってきてやれ。パンタロン……ではない。ジーパン……とかいうやつ、あれがいい」それから老人はかるくせきこんだ。「……世話を焼かせよる……」

ゴーッ、とまたすさまじい地鳴りがして、部屋がすり鉢をするようにまわりだした。

吉村はよろけた。部屋の襖がはずれて倒れかかり、濛々《もうもう》と灰が舞い上がった。がらんとした屋内で、何かが高い音をたてておちる音がひびいた。鉄筋製の家屋がベキベキみしみしと無気味に鳴り、庭先で、ドサドサと、崖《がけ》がくずれる音がした。

「早くせい……」と老人はいった。「道が通れなくなるぞ……」

吉村が、まだ音をたててゆれる屋内をよろけながら立ち去ると、老人は、ふと思いついたようにいった。

「花枝……」

「……」

娘は涙にぬれた顔を上げた。

「見せてくれるか？」

娘は白いのどを動かすように、息を引いた。――一呼吸おくと、娘は、つと立ち上がった。帯が鳴り、着物が肩をすべり、かすかな衣《きぬ》ずれの音がすると、よく育った、撫《な》で肩《がた》の、豊かな円みと影をいたるところにやさしくしのばせた雪のような裸身が、ほの暗い、荒れ果てた室内ににおうように立っていた。

老人は、娘の裸形を、かるく一瞥《いちべつ》しただけで眼を閉じた。

「日本の……女子《おなご》じゃな……」と老人はつぶやいた。「花枝……赤子《やや》を生め……」

「は？」

「赤子《やや》を生むんじゃ。おまえの体なら、大きい、丈夫な赤子《やや》が生める……。いい男を……日本人でなくともいい……。いい男を見つけて……たくさん生め……」

服を持ってあらわれた吉村が、裸身を見てためらっているのに気がつくと、老人は眼で合図した。

「連れて行け……」

吉村は、娘の後ろからレインコートをかけて、肩をおした。

「吉村……。花枝をたのむぞ」

「は……」壮漢は、静かに膝を折ってすわると、灰だらけの畳に手をついた。「会長……おさらばです……」

「もういい……」老人はまた眼を閉じた。「早く行きなさい……」

足音と嗚咽《おえつ》が遠ざかり、しばらくすると、表のほうでエンジンの音がした。——それも遠ざかってしまうと、あとには山容のすっかり変わってしまった関東山地が噴火をつづけるゴウゴウという山鳴りの音と、小きざみに間断なくゆれる大地に家屋がきしんだり、くずれたりする音が、あたりをみたした。そのむこうに、颯々《さつさつ》と空をわたる音が、しだいに強まり、やがて庭先から、建具のはずれた縁先を通して、一団の風がどっと吹きこみ、室内に積もった灰を吹きちらし、そのあとに、持ちこんできた灰を新しく積もらせた。

その縁先に影がさし、老人は、薄く眼をあけた。

「田所さんかな?」

と老人はかすれた声でいった。

「台風が近づいているようですね……」縁先の影は、たずさえてきた座蒲団《ざぶとん》をかるくはたいて、灰だらけの廊下におき、腰をおろした。「花枝さんたち、まだ大丈夫でしょうか……」

「あんた……とうとう行かなかったのじゃな……」老人はまた眼を閉じ、やや苦しそうに咳《せき》をした。「そうじゃろう、と思っていたが……」

田所博士の眼はげっそりとおちくぼみ、頰にはそげたような黒い影ができ、眼のまわりはくろずんで、十歳も二十歳も一度に年をとったように見えた。頑丈で分厚だった肩さえ、うすく肉がおちてしまっており、禿《は》げた頭をとりまく頭髪は、灰のせいでなく、真っ白に変わっていた。――その姿を、幸長たちが見たら、びっくりするだろう、と思われるくらい、この学者の風貌《ふうぼう》は変わってしまっていた。

「動くジープがあれば……」屋内に背をむけたまま田所博士はつぶやいた。「山へのぼろうと思ったんですが……」

「こうまでなっては、とてものぼれまい」老人は、眼を開いたり閉じたりしていった。

「いよいよ……じゃな。あと、どのくらいじゃろう……」

「二ヵ月かそこらでしょう……」田所博士はそっと眼をぬぐった。灰がはいったのではないらしく、ふいたあとも、涙が、めっきりしわのふえた頰を幾筋も流れた。「人間が生きていられるのは……もう半月か、三週間か……でしょうね」

「田所さん……」なにかを思いついたように、やや高い声で老人は聞いた。「あんたいくつじゃった？」

「六十……五ですな……」と博士はいって、涙にぬれた顔で、ちょっとほほえんだ。「大学におとなしくつとめていれば、今年、定年です。退官記念講演というのをやって、あとは……」

「六十五か……若いもんじゃの……」老人はつぶやいた。「なぜ、死になさる……」

「わかりません。――悲しくて……」田所博士は、うつむいて低い声でいった。「悲しい……からでしょうね。私はどうも……いい年をしていますが、人間が、子供っぽいのです……」

「悲しいから……ほう……」

「私は――最初黙っていようと思ったんです」突然、感情が激したように、田所博士は、大声でいった。「あれを見つけた時……学界からは、だいぶ前から敬遠されていましたし……最初は、私の直感の中でしか、あれは見えなかった。――そう……いつか、はじめてホテルでお目にかかったとき、自然科学者にとって一番大事なものは何か、とたずねられたのに、カンだ、とお答えしましたね。――その直感の中で、あれが見えたとき、私は、もちろん身の凍るような思いを味わった。だけど、同時にその時、このことは、どうせ誰にいっても証明できないし、すぐにはわかってもらえないに決まっていると思ったので……このことは、自分の胸の中にだけ、秘めておこう、かくしておこうと思ったのです……」

「いずれわかることじゃ……」

「しかし……ずっとおくれます……」田所博士の声は、懺悔《ざんげ》しているように、ためらい、ふるえた。「……対策の準備も、……何よりも、この変動の性格を見ぬくのが遅れるため、あらゆる準備は、一年以上……いや、二年でも遅れたでしょう……。今のアカデミズムのシステムでは、間際になっても、まだ、意見の対立があってごたついたでしょうからね。——科学というものは、直感だけでは、うけつけてくれませんからね。証明がいるのです。たくさんの言葉や、表や、数式や、図表をならべたペーパーがいるのです。開かれた心にうつる異常の相、などというものだけでは、誰も耳を傾けてくれません。まして私は……アカデミズムには憎まれていましたからね……」

「おくれて……それでどうなる？」老人は興深そうに聞いた。「犠牲は、二倍にも、三倍にもなったじゃろう。……準備が……誰も知らないうちから、商社の連中を使って、ひそかにはじめた手配りが、二年もおくれていたら、あんなに手まわしよく、大勢の日本人を救出できなかったじゃろう。だからこそ……あんたは、あらゆることに堪えて……最後には、酔っぱらいのマッド・サイエンティストの汚名までかぶって……粉骨砕身してくれたのじゃ、と思ったが……」

「それは……そうです……。しかし……本当は……」田所博士の声は重苦しく、のどにつかえた。「本当は……私の直感を……私の見たあれを……私が、自分の直感をたしかめるために、無我夢中で集めた情報や観測結果を……かくしておきたかったのです……。そうして……準備がおくれて……もっとたくさんの人に、日本と……この島といっしょに……死んでもらいたかったのです……」

老人の言葉はなく、ただ、かるい咳が聞こえた。

「おかしな話でしょう。――本当をいえば……私は日本人全部にこう叫び、訴えたかったのです。……みんな、日本が……私たちのこの島が、国土が……破壊され、沈み、ほろびるのだ。日本人はみんな、おれたちの愛するこの島といっしょに死んでくれ。……今でも、そうやったらよかった、と思うことがあります。なぜといって……海外へ逃れて、これから日本人が……味わわねばならない、辛酸のことを考えると……」

また、重い風が、ドウッとたたきつけるように庭に吹き下ろした。

――田所博士の頰に、細かい灰がぱちぱちとあたり、顔の半面を白く染めた。風は、しかし、冷え冷えとした湿気を――そして心なしか、もうすぐ近くにまで押しよせている海のにおいを、はこんできているようだった。

「田所さん……あんた、やもめじゃったな？」と老人が、また、えへん、えへん、と咳をしながら聞いた。

「ええ……」

「なるほどな。……それでわかった。あんた……この、日本列島に恋をしていたのじゃな……」

「そのとおりです」田所博士は、そのことが、やっといえたのをよろこぶように、大きくうなずいた。「ええ……惚《ほ》れるというより、純粋に恋をしていました……」

「そのかぎりなく愛し、いとおしんできた恋人の体の中に、不治の癌の徴候を見つけた。……それで、悲しみのあまり……」

「そうです……」突然田所博士は、顔をおおって、すすり泣きはじめた。「そのとおりです。……私は……あれを見つけたときから……この島が死ぬ時、いっしょに死ぬ決心をしていた……」

「つまり心中じゃな……」ヒュッ、ヒュッ、と老人ののどが鳴った。咳ではなく、老人は、自分のいった言葉がおかしくて、笑っているらしかった。「日本人は……おかしな民族じゃな……」

「でも――一時は、あつくなって……日本人ならみんな、きっとわかってもらえる、だから訴えよう、と思ったことがありました……」田所博士は、鼻をすすりあげてつぶやいた。「でも……結局、自分が惚れている女に、大ぜいの人たちもいっしょに心中させることもないと思って……」

「べつに独占したかったわけじゃあるまい。……あんたが訴えかければ、その気になったものが存外大ぜいいたかもしれん……」

「わかってもらえるはずだ、と思ったんです……」田所博士は、涙だらけの顔を灰色の空にむけた。「日本人は……ただこの島にどこかからうつり住んだ、というだけではありません。あとからやって来たものも、やがて同じことになりますが……日本人は、人間だけが日本人というわけではありません。日本人というものは……この四つの島、この自然、この山や川、この森や草や生き物、町や村や、先人の住みのこした遺跡と一体なんです。日本人と、富士山や、日本アルプスや、利根川や、足摺岬は、同じものなんです。このデリケートな自然が……島が……破壊され、消え失せてしまえば……もう、日本人というものはなくなるのです……」

ドウン……とまたどこかで爆発音がした。一呼吸おいて、百雷の鳴るような炸裂《さくれつ》音が雲にこだましたのは、またどこかの地塊が裂け、地割れした音らしかった。

「私は……それほど偏狭な人間じゃない、と自負しています……」田所博士はつづけた。「世界中で、まわってこなかった所は南極の奥地だけです。若いころから、いたるところの山や、大陸や、土地や、自然を見てまわりました。地上で見る所がなくなってからは、海底を見てまわりました。――もちろん、国や、生活も見ましたが……それは、特定の自然にとりまかれ、特定の地塊にのっているものとして見たんです。私は――なんというか――地球というこの星が、好きでしたからね。そうやって、あちこち見てまわったうえで、私は日本列島と恋におちいったのです。そりゃ、自分が生まれた土地というひいき目はありましょう。しかし――気候的にも地形的にも、こんなに豊かな変化に富み、こんなデリケートな自然をはぐくみ、その中に生きる人間が、こんなにラッキーな歴史を経てきた島、というのは、世界中さがしても、ほかになかった。……日本という島に惚れることは、私にとっては、もっとも日本らしい日本女性に惚れることと同じだったんです……。だから……私が生涯かけて惚れぬいた女が、死んでしまったら、私にはもう……あまり生きがいはありませんし……この年になって、後妻をもらったり、浮気をする気はありませんし……なによりも……この島が死ぬ時……私が傍でみとってやらなければ……最後の最後まで、傍についていてやらなければ……いったい、誰がみとってやるのです？……私ほど一途《いちず》に……この島に惚れぬいたものはいないはずだ。この島がほろびるときに、この私がいてやらなければ……ほかに誰が……」

あとの言葉はむせび泣きにおぼれた。

――老人のせきこみは、一しきりはげしくなったが、そのうちおさまると、しわがれた声がつぶやいた。

「日本人は……若い国民じゃな……」そういって老人はちょっと息をついた。「あんたは自分が子供っぽいといったが……日本人全体がな……これまで、幸せな幼児だったのじゃな。二千年もの間、この暖かく、やさしい、四つの島のふところに抱かれて……外へ出ていって、手痛い目にあうと、またこの四つの島に逃げこんで……子供が、外で喧《けん》嘩《か》に負けて、母親のふところに鼻をつっこむのと同じことじゃ……。それで……母親に惚れるように、この島に惚れる、あんたのような人も出る……。だがな……おふくろというものは、死ぬこともあるのじゃよ……」

老人は、遠いことを思い出すように、眼を動かした。

「わしは……幼くして、孤児《みなしご》になった。――明治二十一年の、磐梯山《ばんだいさん》噴火の時に……両親をいっぺんに失い……わけあって、記録は、そうは出ておらんが……わしはその時九つじゃった。――そのわしを、手もとにひきとり、実の姉とも、実の母とも、いえるほどいつくしみ育ててくれた……まだ若い、じつにやさしい日本女性らしい美しい女性がおった。が……その女性がまた、明治二十七年の庄内《しょうない》大地震で死んでしもうた。――わしは、奇妙に、地震や噴火に関係がある。……重傷者がはこばれておいてあった……たしか、お寺の本堂か何かで……わしは血だらけになったその女性にすがりついて、泣きに泣いて……その時わしは、その女性が死んだら、本当にわしも死ぬ気じゃった。その気配を、死の床で感じとったのか、息を引きとる間際に、その女性がわしにいったことは……生きなさい、辛《つら》くても、生きて……おとなになるのです、ということじゃった。その女性が死んだあと、わしは三日三晩、なきがらにすがって泣きあかし……」

田所博士は、じっとうなだれて、老人の言葉を聞いていた。――師の言葉を聞く弟子のように……。

「日本人はな……これから苦労するよ……。この四つの島があるかぎり……帰る〝家〟があり、ふるさとがあり、次から次へと弟妹を生み、自分と同じようにいつくしみ、あやし、育ててくれている、おふくろがいたのじゃからな。……だが、世界の中には、こんな幸福な、あたたかい家を持ちつづけた国民は、そう多くない。何千年の歴史を通じて、流亡をつづけ、辛酸《しんさん》をなめ、故郷故地なしで、生きていかねばならなかった民族も山ほどおるのじゃ……。あんたは……しかたがない。おふくろに惚れたのじゃからな……。だが……生きて逃れたたくさんの日本民族はな……これからが試練じゃ……家は沈み、橋は焼かれたのじゃ……。外の世界の荒波を、もう帰る島もなしに、わたっていかねばならん……。いわばこれは、日本民族が、否応《いやおう》なしにおとなにならなければならないチャンスかもしれん……。これからはな……帰る家を失った日本民族が、世界の中で、ほかの長年苦労した、海千山千の、あるいは蒙昧《もうまい》でなにもわからん民族と立ちあって……外の世界に呑《の》みこまれてしまい、日本民族というものは、実質的になくなってしまうか……それもええと思うよ。……それとも……未来へかけて、本当に、新しい意味での、明日の世界の〝おとな民族〟に大きく育っていけるか……日本民族の血と、言葉や風俗や習慣はのこっており、また、どこかに小さな〝国〟ぐらいつくるじゃろうが……辛酸にうちのめされて、過去の栄光にしがみついたり、失われたものに対する郷愁におぼれたり、わが身の不運を嘆いたり、世界の〝冷たさ〟に対する愚痴《ぐち》や呪詛《じゅそ》ばかり次の世代にのこす、つまらん民族になりさがるか……これからが賭《か》けじゃな……。そう思ったら、田所さん、惚れた女の最期《さいご》をみとるのもええが……焼ける家から逃れていった弟妹たちの将来をも、祝福してやんなされ。あの連中は、誰一人として、そんなことは知るまい。また将来へかけて気づきもしまいが、田所さん、あんたは、あの連中の何千万人かを救ったのじゃ。……わしが……それを認める……わしが知っとる……それで……ええじゃろ……」

「ええ……」田所博士はうなずいた。「わかります……」

「やれやれ……」と老人は、息をついた。「わかってくれたら……何よりじゃ……。あんたが……考えてみれば……最後の難物じゃったな……。実をいうと、あんたをな……そういう思いのまま……死なせたくなかった。……本当は、それが心のこりじゃったが……今、あんたの話を聞いて、わしも、やっと日本人というものが、わかったような気がしたでな。……日本人というものは……わしにはちょっとわかりにくいところがあってな……」

「どうしてですか？」

老人のいい方に、ふとひっかかるところがあって、べつにそんな深い意味もなしに、田所博士は聞きかえした。

ふ、と老人は、短い息を洩《も》らした。――しばらく、間をおいて、老人は、ささやくようにいった。

「わしは――純粋な日本人ではないからな……」それから、もう一つ、吐息をつくように老人はいった。「わしの父は……清国の僧侶じゃった……」

田所博士は、ちょっとおどろいたように、ふりかえった。――老人に何か問いかけようとして、老人の次の言葉を待つ形で、老人のほうを見ていたが、そのまま老人は一言も発しなかった。

「渡さん……」

そう声をかけてから、田所博士は、はっとしたように縁先に足をかけた。――老人の枕もとに膝《ひざ》をつき、しばらく顔をのぞきこんでいたが、やがて傍にぬぎすてられた、濃紫の明石の着物を、ふんわりとその顔の上にかけた。いよいよつよくなってきた風が、吹きこんできては、その着物をもっていきそうになるので、博士は庭におりて、石を二つばかりひろうと、ひるがえる着物の、両袖《りょうそで》においた。

それから、老人の死体の枕もとにすわって、わびしげに腕を組んだ。

風音をつきやぶるように、またすさまじい轟音《ごうおん》があたりにたちこめ、大地が猛烈にゆれ、鉄筋建ての家屋のどこかで、ビシッ、と梁《はり》の折れる音がした。

九月が、最後の山場だった。

――台風の合間をぬって、なお狂ったようにつづけられた救出活動は、九月下旬、救出隊の四組が爆発で死に、ようやく最後の数百人を救出したＬＳＴが、台風の直撃をうけて沈没したのをきっかけに、ついにうちきられることになった。

四国はすでに百キロも南に動いて完全に水面下に没し、九州は裂けた南の端が、同じく何十キロか南南西に動いて、これも水没、中九州の阿蘇と、雲仙の一部が、辛うじて水面から出て、爆発をつづけていた。西日本は、琵琶湖《びわこ》のところで、竜の首がちぎれるようにちぎれて、東端が南へ、西端が北へ回転するように動き、ずたずたに切れた断片となって、なお沈下をつづけていた。――東北も北上山地は、もう数百メートルの海面下にすべり、奥羽《おうう》山脈は、これまた四分五裂して、爆発をつづけていた。北海道は、大《たい》雪山《せつざん》だけがひょっとすると海面上にのこるのではないか、といわれていた。

断末魔の最後のドラマは、もはや誰も近よれなくなった中部山塊、関東山脈でつづけられていた——移動のエネルギーが、地下に熱を供給しつづけるのか、ここでは破砕された山塊に海水が浸入しては大爆発がくりかえされ、山は粉々になってふきとび、しかも、全体として、大陸斜面を深海底の方向へむけて移動がつづいている。一時、裏日本側の土地が、逆に少し隆起したことがあった。しかし、それは横転して沈みゆく船が、沈没直前、一方の舷側《げんそく》を水面上に高く上げたようなもので、北より押す盲目の巨人の力は、この舷を、さらに深い海底へ向かって押しこもうとしていた。

〝はるな〟の士官室《ガンルーム》をほとんどつぶしてしつらえられたD－1の部屋の中でくる日もくる日も、波にゆられ、エンジンの音を聞きながら、膨大なデータを処理しつづけてきた中田は、ある日、ふと、次の仕事が、まったくなくなっていることに気がついた。——なんとなく呆然《ぼうぜん》とした思いで、それでも思いきりわるく、書類をひっくりかえしたり、コンピューターの端末をいじったりしていたが、もはや、何もなかった。——いろんなものを整理して、膨大な報告書をまとめ、それに「作戦終了」の文字を書き入れるまでには、まだ山ほどの仕事がのこっていたが、もはや救出作戦に関する、新しい仕事は、どこからもはいってこなかった。

ふと気がつくと、救出本部と通信衛星経由で接続しているCRT端末に、「END＝X、X＝09・30、0000J」の標示が出ていた。

胸にたれさがるほど伸びたひげごと、中田は脂の浮いた顔を両手でごしごしこすった。

――それから、灰皿の中の誰かの吸いさしをくわえて、火をつけようとしたが、マッチがどこにもなかった。

ドアがあいて、幸長がはいって来た。――青黒い顔色でげっそりやつれ、眼ばかりギョロギョロしている感じで、彼も容貌《ようぼう》がすっかり変わってしまっていた。

「まだやっているのか？」幸長は、あきれたようにつぶやいた。「作戦はゆうべの真夜中にうちきられた、と何度いったらわかるんだ。人のいうことなんか聞いてないんだから……」

「マッチを貸してくれ……」中田はいった。「で――日本は沈んだのか？」

「さっき、テレビで、観測機の映像をうつしていたが、三十分前、中部山塊が最後の大爆発を起こした……」幸長は、ライターの火をさし出してやりながらいった。「まだのこっているが、沈降と匍匐《ほふく》がつづいているから……まあ、のこっている部分も、いずれ沈むだろう……」

「まだ沈まずや、定遠は……だな」中田はいって、いがらっぽそうに煙を吐き出した。

「そうか――作戦うちきりはゆうべか……」

「あれから八時間以上たっている……」幸長は壁にもたれて腕を組んだ。「どうかしているよ……」

「結局、総計何人たすかった？」

「わからん。八月下旬の集計はまだ出ていないんだ……」幸長は疲れきったあくびをした。「これから——国連事務総長の、全世界に対するアピールと、日本の首相の演説がテレビである。見に行くか？」

「やなこった……」と、中田はいった。「演説なんて聞いて、何になる——」

短くなった煙草を灰皿に押しつぶすと、中田は勢いよく立ち上がった。

「終わった……終わった、か——。作戦終了——甲板へ出てみないか？」

煙も見えず雲もなく、のメロディを口笛で吹きながら、中田は大股《おおまた》に通路を歩いて行った。——幸長はあきれたような顔であとをついて行った。

甲板の上は、強い日ざしに照らされていた。作戦中、海面にいつも見えていた、おびただしい軽石や灰は見えず、海の色は黒いぐらい深く、風は飆々《ひょうひょう》と鳴り、〝はるな〟は二十八ノットぐらいの速度で、航行していた。

空は、まだ、青かった。だが、こころなしかその青さは、底に白濁をしずませている。

「暑いな……」陽ざしにまぶしそうに眼をしかめながら、中田はつぶやいた。「かなり陽が高いじゃないか——まだ朝だろう？」

「日本時間ではな——」と幸長はいった。「もう十四時間前から転進して、ハワイにむかっているんだ……」

「すると——日本の煙はもう見えんか？」

中田は、西北のほうの水平線に手をかざした。積乱雲の団塊が水平線にあった。灰色にぼんやりたなびいているのが、雲か、それとも列島上空をおおいつづける噴煙なのか、

〝はるな〟の位置を知らない中田には、判定しようがなかった。

「まだ沈まずや、定遠は……」

と中田は、また、おどけた口調でいった。

「すこし休んだらどうだ？」幸長は、同僚の不謹慎さに眉《まゆ》をひそめていった。「君は頭がおかしくなってるみたいだ……」

「で——これでおしまいだな……」中田は手すり《レール》にもたれながら歯をむき出すようにいった。「日本列島は……おしまいだ。バイバイ、だ……。煙草をくれよ」

「ああ、そうだ……おしまいだ……」と幸長はつぶやきながら煙草の袋をさし出した。

「おれたちの仕事も……」

中田は火のつかない煙草をくわえたまま、速いスピードでとびすさってゆく海面を見つめていた。——今度は、なかなかマッチをくれ、とはいわなかった。

「仕事といえば……」幸長は、ポツリ、といった。「ゆうべ……小野寺の夢を見たんだ。おれには、彼が、どうも、どこかで生きているような気がしてしかたがないんだ……。君はどう思う？」

返事はなかった。——しばらくして、傍の中田が、おしつぶされたような、ざらざらした、低い声で、ゆっくりつぶやくのが聞こえた。

「なんだか……ひどく疲れちまったな……」

幸長は、水平線から眼をはなして、傍をふりかえった。中田の巨体は、手すりにぐにやりともたれ、だらんとあいた唇から、火のついていない煙草がすべって、もじゃもじゃのひげの上にひっかかっていた。

「おい、中田……」

おどろいた幸長が、肩に手をかけようとすると、中田の体はずるずると手すりからすべりおち、甲板の上に音をたてて転がった。

そのまま、中田は大の字になって大鼾《おおいびき》をかきはじめた。――ぽかんとあいた口の中に、のどの奥まで強い日ざしがさしこんでいた。

暑い！――と、小野寺は叫んだつもりだった。――暑すぎる、クーラーを……いや、冷たいビールが先かな……。

ふと眼をあけると、うす暗い中に、丸い、小さな、少女の顔が浮かんだ。――少女は大きな眼で、心配そうに彼をのぞきこんでいた。

「痛む？」

と少女は聞いた。

「いや――暑いだけだ」と小野寺は、包帯だらけの顔で、口だけやっと動かした。「もう、そろそろ亜熱帯だからね……」

「そう――そうね……」と少女は悲しそうな眼をしていった。

「中田や幸長から、連絡はあったか？」

「まだないわ……」

「そうか……もうじきあるだろう」と小野寺はいった。「どうせ、タヒチに着いたら──みんなと落ち合えるんだから……。タヒチはいいぜ……もっと暑いけどね……」

少女の顔が小野寺の視線から消えた。またうとうとすると、頭にひやりと冷たいものがあてられた。

「ああ……これでいい……」と小野寺はつぶやいた。「これで涼しくなった……」

少女の顔が、また視線にあらわれた。──大きな眼に、涙がいっぱいたまっていた。

頭が冷えると、少し記憶がもどってきた。──火山……噴火……ヘリコプター……玲子……（玲子？）……雪の中……地震……くずれる山……また噴火……おそいかかる灼《しやく》熱《ねつ》の灰や火山弾……まっ赤に燃えながら、どろりと眼の上からたれさがってくる溶岩……。

そうだ！──と小野寺は、はっとして聞いた。

「日本はもう、沈んだか？」

「わからないけど……」と少女はいった。

「どっちみち……沈むんだ……」と小野寺はつぶやいた。

「もう、沈んだろうな……」

眼を閉じると、何かつらい思い出が湧き上がってきて、眼蓋《まぶた》の裏に涙がふくれ上がり、頰を両脇にむかって流れるのが感じられた。

「お休みなさい……」少女はそっと指をのばして、こめかみへとつたう彼の涙をぬぐっていた。「ね、寝なきゃだめ……」

「寝るよ……」小野寺は、子供のようにすなおにいった。

「でも、暑くて……体じゅうがひりひりして、たまらないんだ。——ところで、君は誰だ？」

「忘れたの？」少女は悲しそうにほほえんだ。「あなたの妻よ……」

妻だって？——と小野寺は、燃え上がる頭で考えた。——おかしいな……それは何かのまちがいだ。おれの妻は……火山灰に埋もれて死んだはずだ。……が、まあいい……。

「寝られない？」

「何か、話をしてくれないか？」小野寺は子供がせがむようにいった。「そのほうがいい。……子守唄《うた》より、お話がいいんだ……。昔から、そうして寝たんだ……」

「お話？……」そういって、少女は困ったように首を傾けた。「どんな？」

「どんなでもいい……悲しい話でもいい……」

「そうね……」そういって、少女は、そっと彼によりそうように——しかし包帯だらけの彼の体にさわらないように、体を近づけた。「私の——お祖母《ばあ》さんは、伊豆の八丈島の出なの。——結婚して、東京へ出て来たんだけど、母方の実家は、八丈なのよ。……お祖母さんは、腕のいい、黄八丈の織り手なんだけど、駆けおちしたんですって……。でも、お祖母さんは、生涯、島をなつかしがって、それで死んでから、お骨は、八丈島のお墓におさめたの。だから、私も、子供の時、何度か八丈島へお墓まいりに行ったわ。――こんな話、おもしろくない？」

「いや……」小野寺はいった。「つづけておくれ……」

「その八丈島に、丹那婆《たなば》の話って、こわいような、悲しいような、かわいそうなような伝説があるの。――むかしむかし、八丈島は、地震の時の大津波におそわれて、全島民が一人のこらず死んでしまったんですって……。その中で、たった一人、丹那婆って娘だけが、櫂《かい》につかまって助かって、島の洞穴へ流れついたの。――昔のことだから、八丈島なんて、かよってくる舟なんてなかったんでしょうね……。全島民のほろんだ八丈島の洞穴で、丹那婆は、たった一人で生きていかなければならなかったの……。ところが、その丹那婆って娘は、その時妊娠していたのね……。だんだん、だんだんおなかが大きくなって、まもなくたった一人で、陣痛に苦しみながら、赤ん坊を産み落としたの。その赤ん坊が、男の子だったのね……。そして、丹那婆は、たった一人でお産の後始末をし、生まれたての赤ん坊にお乳をふくませて、それを育てはじめたの……。今度は、赤ちゃんがいるから、島での丹那婆の生活は、今までよりずっと苦労だったと思うわ……。それでも丹那婆はなんとか、赤ん坊を育て上げた……。やがて赤ん坊は、りっぱな少年に成長した。ある晩、母親の丹那婆は、息子を呼んで、この島の島民が、昔、津波で全部死んでしまって、その息子をおなかにみごもった丹那婆だけが助かった話を聞かせたの。そして〝死んだ島の人たちのかわりに、島の人間を、私たち二人だけでふやしていかなければならない。だから、おまえは私と交わって、おまえの子種を私におくれ。そうしたら、私は、おまえの妹を生んであげる。妹ができたら、今度はおまえは妹と交わって、子供たちを増やしていくんだよ。……〃そういって、自分の息子と交わって、次に女の子を生んだの。息子は、その自分の妹と夫婦になり、そうしてだんだん子孫を増やしていった。……それが八丈島の島民だ、というの……」

小野寺は、熱にうかされた頭の中で、うつらうつらと一つのイメージをたぐっていた。

——

丹那婆……八丈島……そうだ……小笠原……あの冷たく暗い、海の底……。

「なんだか……陰惨みたいな……すごいような話でしょ。これを聞いたとき、私、子供心に、くらあい、かなしい感じがしたわ。——丹那婆の墓ってのは、今も——いえ、ついこの間まで、八丈島の道ばたにあったのよ。丸い石を立てて、まわりにあの八丈島の海辺でとれる、丸い玉石を積んで……苔《こけ》がはえてね……何も書いてなかったんじゃなかったかな。……明るい明るい日ざしに照らされてね、見たところ、何か、こう、かわいらしいような、暗いところなんてちっともないような、小さな、ちょこんとしたお墓よ。だけど、その下に、こんな、わびしいような、おそろしいような話が埋まっているの……」

少女は、ちょっと一息いれて、首をかしげた。

「私、子供の時聞いたけど、こんな話、長いこと忘れていた。——でも、今度、あの、あとで、急に思い出したの。そして、それからずうっと、丹那婆のこと、考え続けていたのよ。すごい人だなって……暗い、悲しい、いやあな話だけど、その丹那婆の話が、あれからずっと、私の心の底で、私のささえになっているの。そうだ、私だって、島の血をひいてる娘なんだから、たとえほかの人がみんな死んで一人になったって、生きていくわ。そうして、誰のでもいい、子種をもらって、赤ちゃんを生んで、一人ででも育ててみせる。——もしその子が男の子で夫がどこかへ行ってしまったら、その子と交わって、また子供をふやすんだって……」

小野寺は、かすかに寝息をたてていた。——少女は、寝息をうかがうようにして、そっと体をはなし、ゆれる寝台から降りた。足音をしのばせるようにして、床におりたったとき、またふいに、小野寺がいった。

「ゆれるな」

「ええ……」少女は、びっくりしたようにふりかえった。

「痛む？」

「ああ……今、野島崎《のじまざき》の南で、黒潮を横ぎっているところなんだ。だからゆれるんだ……」と小野寺は、にぶい口調でいった。「ハワイは、まだだいぶかかるかな。……ハワイ、そしてタヒチだ……」

「そうね……」少女は涙にくぐもった声でいった。「がまんして、少しお休みなさいね……」

小野寺は、ちょっとしずかになった。が、すぐ、今度は、ひどくはっきりした、切迫した口調でいった。

「日本は、もう沈んだろうか？」

「さあ……」

「そこの船窓から見てくれないか？——まだ、見えるはずだ」

少女は、ためらうように、そっと窓に近よった。

「日本は見えるか？」

「いいえ……」

「もう沈んだのかな。……煙も見えないか？」

「なにも見えないわ……」

しばらくして、小野寺は、苦しそうに寝息をたてはじめた。

少女——摩耶子は、反射的に右腕を上げ、切断された手首を、まるい棒のようにぐるぐる巻いた包帯で、そっと涙をぬぐった。

窓の外には、星一つない漆黒のシベリアの夜があり、早い冬にむかって冷えこむその闇の中を、列車は一路、西へむかって驀進《ばくしん》していた。

第一部　完

この作品を書くにあたって、地震学の権威、坪井《つぼい》忠二《ちゅうじ》先生、また地球物理学の竹内《たけうち》均《ひとし》先生のご著作から、数多くの啓発をうけ、参考にさせていただいた。巻末を借りて、お礼を申しあげたい。

なお、この作品は完全なるフィクションであって、いかなる実在の人物、事件をも、モデルにしていない。

著　者

❶ 鳥島付近で無人島が消失
❷ ベヨネーズ列岩噴火
❸ 伊豆半島天城山、伊豆大島三原山が噴火
❹ 浅間山噴火
❺ 京都大地震
❻ 三陸津波、根室津波
❼ 第二次関東大震災
❽ 八丈島噴火、青ヶ島爆発
三宅島噴火
❾ 富士山大爆発
❿ 浅間山大爆発
⓫ 阿蘇山、十勝岳噴火
⓬ 北九州、中国地方西部地震
⓭ 霧島、桜島噴火
⓮ 近畿、四国、九州中央部激震
紀伊半島、四国沈降開始
⓯ 東海地方地震
渥美半島に大断層
⓰ 岩手山、駒ケ岳噴火
乗鞍岳爆発

【下巻で発生した主な地殻変動】

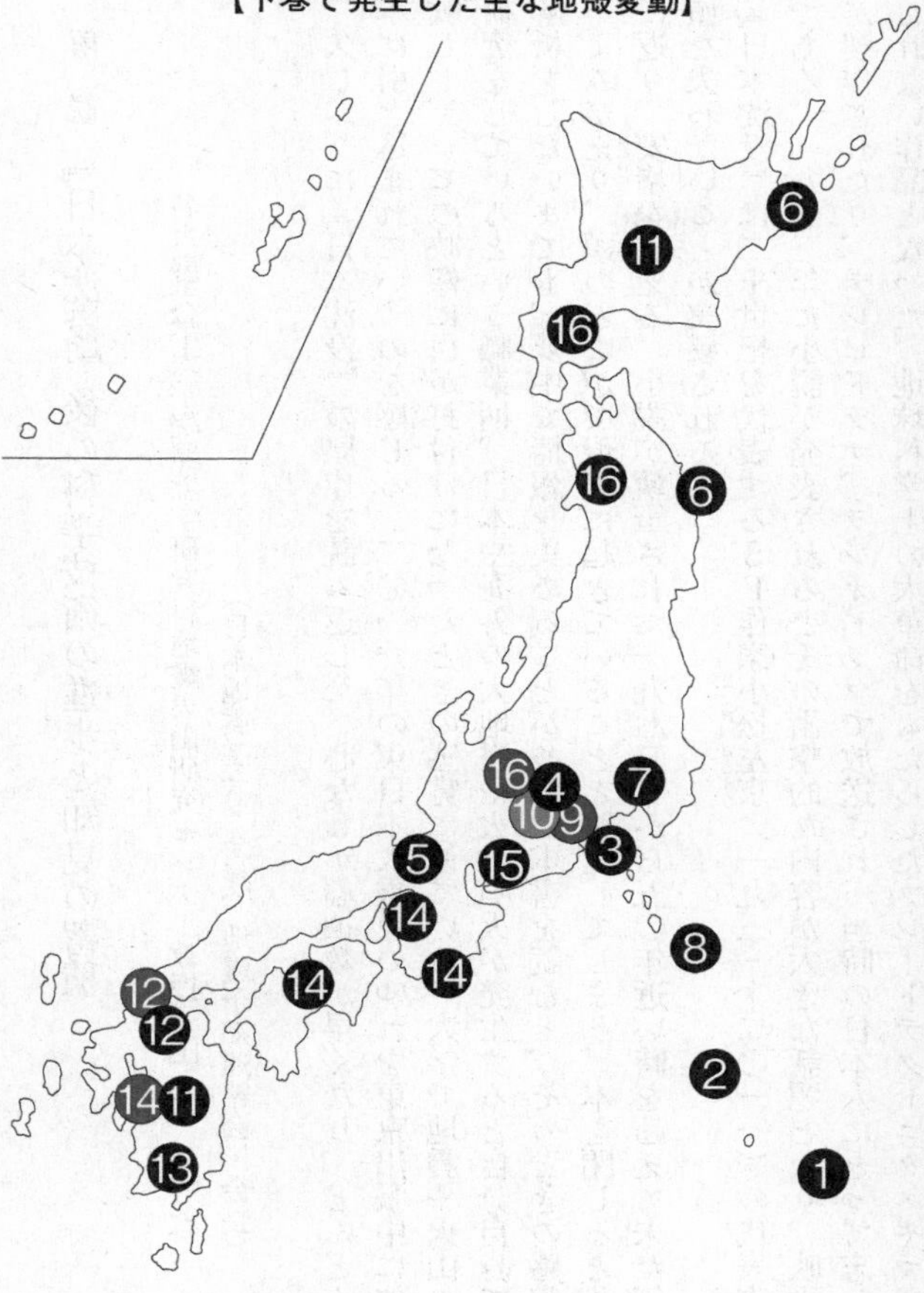

解説 『日本沈没』後の科学技術の進歩と知見の蓄積

名古屋大学大学院環境学研究科地震火山研究センター教授 山岡 耕春
(日本地震学会・会長、地震予知連絡会・会長)

久しぶりに『日本沈没』の原作を読み返した。心なしか心拍数が早くなり、どんどん本に引き込まれていくのを感じる。二〇一一年の東日本大震災のゆれを東京出張中に体験し、テレビの映像に目が釘付《くぎづ》けになったときの感覚に似ている。大学で地震や火山の研究をしているという職業柄、日本や海外の大地震や火山噴火が発生すると自分自身で解析をしないまでも、夢中で情報を集めることが多い。本書を読むと、そのときの感覚がよみがえり、頭のどこかで現実に起きていることと錯覚してしまう。本を閉じると我に返り、安堵《あんど》を覚える。小説が執筆された一九七三年から五〇年近い時を超えて未《いま》だ価値を失わないことが実感される。

『日本沈没』は二十世紀を代表するSF作家小松左京《こまつさきょう》(一九三一―二〇一一)の代表作である。一九七三年に小説が発表されるとその衝撃的な内容が大きな話題となり、映画が製作されたり、テレビドラマ、ラジオドラマで放送され、当時の日本人にとって忘れられない作品となった。地球科学上の大革命をもたらしたプレートテクトニクスやマントル対流を小説の根幹に据え、日本が沈没するという奇想天外な設定を気象学のアナロジーによる説得力のある仮説で支えた。日本列島の大変動を前にした科学者、政治家、官僚の行動、日本人の移住先の外国との交渉など、日本列島を襲う破局的大災害を前にした人の行動も迫力を持って描かれている。日本沈没の過程で発生する京都、東京、西日本の災害で、犠牲者数が冷たい数字として積み上がっていく容赦ない恐ろしさが迫る。その一方で、日本列島の自然に根ざした日本の歴史・文化や日本人の考え方についても深い洞察によって表現されている。このような『日本沈没』の多面性が、小説発表当時、多くの多様な読者を引きつけたのであり、その普遍性がいまでも魅力を失わない理由であろう。

その『日本沈没』も、発表からすでに五〇年近く経過し、小説を屋台骨として支える科学技術や地球科学の知見が大きく進歩した。もはや小説の中の科学の記述が陳腐化しているのではと思われる読者がいるかもしれない。そこで、小説中で扱われる科学技術や、地震や火山に関する知見の、その後の進歩や発展を検証してみたい。

『日本沈没』の兆候は、東京駅の建物にできた亀裂《きれつ》を小野寺《おのでら》が発見したことから始まる。兆候は東京駅に留《とど》まらず、第二新幹線の工事現場での測量のやり直し、愛知県の東名《とうめい》高速道路での橋の落下による大事故など、異常な地殻変動を原因とする現象として各地で発生していた。小説が発表された一九七三年には日本列島全域をカバーする地殻変動の観測網はまだ存在しなかった。そのため、現場で人間が見聞きする様々な異常が個別の異常現象に留まり、広域の異常として把握されるには至らなかった。唯一、田所《たどころ》博士のみが全体を貫く仮説を持っていた。これがもし二〇二〇年の今だったら、全国に張り巡らされた地殻変動の観測ネットワークによって、たちどころに異常が発見され、多くの研究者の注目を集めることになるだろう。

日本列島の地殻変動は、陸上については国土地理院のＧＥＯＮＥＴと名付けられたネットワークが一九九〇年代から運用されている。現在全国の約一三〇〇箇所に電子基準点としてＧＮＳＳが設置され、地盤が数ミリ移動しても即座に捉《とら》えられる体制が整えられている。なお、ＧＮＳＳとはＧＰＳなどの人工衛星を用いたナビゲーションシステムの総称である。海域においては、海底ケーブルを使用した地震および津波観測網が東日本大震災後に関東・東北・北海道沖の海底に設置された。津波計は海底で圧力を測定するので、地殻変動による上下の動きも検出することができる。ケーブルを用いない海底の地殻変動観測も行われている。海底に海底局と呼んでいる装置を降ろし、観測船と海底局との間の距離を音波で測定する。音波を用いるのは、ＧＮＳＳの電波が海水中を伝わらないためである。海上にいる観測船の位置はＧＮＳＳで測定し、音波による海底局の位置測定と組み合わせて、海底局の場所を計算する。最近では人工衛星のレーダーを用いた測定も活躍している。これは、人工衛星から地表に向けて合成開口レーダーと呼ばれる指向性の高いレーダー波を放射し、地表で散乱して戻ってきたレーダー波から地表の地形を測定する手法である。さらに合成開口レーダーの測定を繰り返すことで1㎝程度の精度で地殻変動を推定することもできる。現在では、このような高精度の観測により、どこでどのような変動が起きたかを知ることができるようになった。さらにコンピュータの能力の飛躍的な向上により、変動の原因推定も瞬時に可能となった。地殻変動を引き起こす断層運動やマグマの動きなども、かなりの確実性を持って推定することができるようになっている。

『日本沈没』のメカニズムの本質はマントル対流である。小説では、まず地球を卵に喩《たと》え、黄身を核（中心核）、白身をマントル、殻を地殻に対応させている。核は内核と外核に分かれ、内核は固体、外核は液体、マントルと地殻は固体である。その固体のマントルの対流が日本を沈没させる原因となっている。小説では、温暖前線や寒冷前線などを形成する大気中の対流をアナロジーとして用いて、日本沈没のしくみを説明している。大気は温められると軽くなり、冷えると重くなる。マントルも同様に、暖かいマントルは上昇し、冷たいマントルは下降する。そのマントル対流のパターンが急激に変化して日本が沈没するというのである。

当時地球科学の世界で確立しつつあったプレートテクトニクスは、一九一二年にウェゲナーが提唱したものの忘れ去られていた大陸移動説を科学の表舞台に引っ張り出した。

主役は海底の調査で明らかになった地磁気の縞模様《しまもよう》である。海洋底に長く連なる海嶺《かいれい》の両側の地磁気の強さが海嶺を軸にした対称の縞模様となっていることが発見されたからである。これは海嶺でプレートが生まれ、年間五〜一〇cmの速度で両側に拡大していることを表している。海嶺で生まれたプレートは数千万年から一億年もの時間をかけて海底を移動し、海溝で地球の中に沈み込んでいく。このようなプレートの動きと、マントル対流パターンとの関係は当時よくわかっていなかった。海嶺がマントルの上昇流に対応し、海溝がマントルの下降流に対応すると漠然と考えられていた。

マントル対流のパターンを明らかにしたのは地震波を用いたトモグラフィーである。世界中で発生する多くの地震を、世界中のこれまた多くの地震計で観測したデータを用い、地震波が地球の内部を伝わる速度の分布を推定し、マントルが上昇する場所と下降する場所を明らかにした。その結果、日本列島のような海溝沿いではやはりマントルが下降していることがわかった。その一方、マントルが上昇する場所は海嶺とは無関係であり、南太平洋などで上昇していることが明らかになったのである。これはプレートの動きが主に海溝でのマントル下降流で駆動されていることも表している。

日本列島のような島弧と呼ばれる地形の成因もプレートテクトニクスの考え方によって次第に整理されてきた。プレートが海溝から地球内部に沈み込むとき、プレートに載っていた堆積物《たいせき》や火山島が島弧に付加することで島弧が成長する。現在日本列島の陸地で見られる石灰岩はかつて火山島の周りに発達した珊瑚礁《さんごしょう》である。チャートという岩石は深海底に積もった珪酸《けいさん》質の殻を持ったプランクトンの死骸《しがい》である。海底のプレートに載った様々なものが島弧に付加して今の日本列島に見られる岩石を形成したのである。このようなプロセスでできた地層を付加体と呼んでいる。島弧のもう一つの特徴は火山である。冷たいプレートが海溝から沈み込む場所で岩石が溶けてマグマができることは長らく謎であった。その謎は、一九八〇年代に、水がマントルの融点を下げることが明らかになって解決された。沈み込んだプレート表面の岩石に含まれた水分がマントルに放出され、日本列島の地下深部でマグマができるのである。できたマグマは浮力で上昇して地殻に入り込み、日本列島を内側から成長させる。火山噴火はそのマグマのごく一部が地表に噴出するときの現象である。

いまや確立したプレートテクトニクスであるが、小説当時はプレートの動きを直接測定する技術が無かった。海底の地磁気の縞模様、海底の地形、島弧における地震発生など間接的で地味な証拠の積み重ねによって、プレートテクトニクスは揺るぎない真実になっていったが、プレートの運動を直接測定できるようになるには、ＶＬＢＩやＧＰＳの技術開発を待つ必要があった。ＶＬＢＩ（超長基線電波干渉計）とは地球から数十億光年の距離にあるクエーサーとよばれる星からの電波を、地球上の複数のアンテナで受信し、相互の信号波形を比較して得た時間差の変化からアンテナ間の距離変化を知る方法である。ＶＬＢＩによってプレートの動きが測定できるようになったのは一九八〇年代になってからである。そのＶＬＢＩもすぐにＧＰＳに取って代わられた。ＧＰＳ（全地球測位システム)はアメリカが運用を始めた人工衛星網による測位システムである。
人工衛星から原子時計に同期した信号を地表に向けて放射し、地表で受信した場所の位
置を正確に知ることができる。一九九〇年代には、GPSによってプレートに載った火
山島が陸地に向かって動いてくる様子もわかるようになった。
地震のマグニチュードに関する理解も小説が書かれた当時よりも大きく進んだ。小説
では、「これまでは、M(マグニチュード)八・六以上の地震は起こらなかったかもしれ
ん」と田所博士が語っている。しかし、実は、小説が発表される前の一九六〇年に発生
したチリ地震はM九・五であったことが今ではわかっている。それは、モーメントマグ
ニチュードという概念がその後の研究で確立したからである。モーメントマグニチュー
ドは、地震によってずれ動く断層の面積と断層のずれ動きの大きさのかけ算から計算す
るマグニチュードである。チリ地震は海溝に沿って長さ一〇〇〇km、幅二〇〇kmが断層
となった。ずれ動いた大きさも一〇~一五m程度と推定されている。このくらい断層が
巨大になるとずれが始まってから終わるまでかなり時間がかかる。チリ地震では約二〇
〇秒と推定されている。小説の当時、地震のマグニチュードは周期約二〇秒の表面波と
いう種類の波を使って計算されていた。そのため二〇〇秒もかかって発生するような超
巨大地震の全体像を捉えることができなかったのである。今では、数百秒もの長周期の
震動を計測できる高性能の地震計が開発され、迅速にモーメントマグニチュードが計算

できるようになった。

『日本沈没』執筆以降の科学技術の進歩は著しいが、それでも災害時の描写はその後の地震災害を見通していたかのようである。地震時の詳細で迫真の描写はすごい。例えば、「第二次関東大地震」発生時「卓上電子計算機が、コードを後にひきながら、飛んできて、山崎のすぐ横の壁にガシャッとぶつかった」ことは、後の阪神《はんしん》・淡路《あわじ》大震災で、テレビが飛んだという多くの証言と一致する。また「震災というものの常として、これらのこと（火災など様々な被害）が、広い東京のあちこちできわめて短い時間の間に一斉に起こった」ことも、地震災害の本質を見抜いた鋭い表現であり、小松左京のSF作家としての非凡さを端的に表している。さらに「車なんか、手にはいらんぜ。ガソリン節約でひどいもんだ」というのも東日本大震災における被災地の深刻なガソリン不足を見抜いている。

地震の専門家として苦笑せざるを得ない表現もあった。日本がどんどん沈没していく様子が世界中に報道され、注目を集める中で「とりわけはげしい、気も転倒せんばかりの興奮の渦にまきこまれていたのが、世界中の地質学者、地球物理学者たちだったことはいうまでもない」ことである。地震発生や火山噴火は、地震や火山活動の研究者にとって新たな知見を得るための「『千載一遇』の大異変」（小説中の表現）である。不謹慎かもしれないが、専門家が興奮して研究を進めることで地震や火山などの災害の科学が進歩し、対策が進むのである。科学技術の進歩にもかかわらず自然災害と人間の本質は変わらない。『日本沈没』が五〇年もの長きにわたって人々を引きつけ続ける理由であろう。

二〇二〇年三月

角川文庫版にあたって

小松《こまつ》実盛《さねもり》

はじめに

一九七三年、長編書下ろし小説として光文社から出版された『日本沈没』は、上下巻あわせて三百八十万部以上という大ベストセラーとなりました（後に様々な出版社から出版され、国内だけで総数は四百六十五万部を超えました）。七〇年代前半は、ドルショック、石油ショックという世界的な大混乱のなか、日本の高度経済成長も終わりを告げ、国の基盤が足元から崩れるような不安が世間全体を覆っていました。

このような背景のもとで出版された『日本沈没』は、人々の不安とシンクロするように大ベストセラーとなり、同時に劇場映画、テレビドラマ、コミックと様々な形で広がりを見せました。初出版から三十年余りを経た二〇〇六年には再び劇場映画化（ちなみに、本書の表紙は生頼範義《おおらいのりよし》先生がこの時のポスター用に描いたものです）。さらに、二〇二〇年、湯浅政明《ゆあさまさあき》監督により小松左京原作の初の長編アニメとして、「日本沈没２０２０」の名のもとネットフリックスにより全世界に向け配信されることになりました。

『日本沈没　第二部』の呪縛

小松左京は『日本沈没』の執筆動機を次のように語っています。

書きはじめた動機は戦争だった。本土決戦、一億玉砕で日本は滅亡するはずが終戦で救われた。それからわずか二十年で復興を成し遂げ、オリンピックを開き、高度経済成長の階段を駆け上がって万博。日本は先進国になった。豊かさを享受しながら、危うさや不安がいつも脳裏にあった。日本人は高度経済成長に酔い、浮かれていると思った。あの戦争で国土を失い、みんな死ぬ覚悟をしたはずなのに、その悲壮な気持ちを忘れて、何が世界に肩を並べる日本か、という気持ちが私の中に渦巻いていた。のんきに浮かれる日本人を、虚構の中とはいえ国を失う危機に直面させてみようと思って書きはじめたのだった。日本人とは何か、日本とは何かを考え直してみたいとも強く思っていた。

『小松左京自伝』（日本経済新聞出版社）より

『日本沈没』のテーマは、祖国である日本列島を失った日本人はどうなるのかでした。しかし、本作は「第一部　完」で終わり、国を失った日本人のその後は描かれていません。

我が家では、けっして話題にしてはいけない二つのタブーがありました。

一つは父がSF作家としてデビューする前の漫画家時代の話、もう一つは『日本沈没』の第二部についてでした。

出版から十年ほど経ってから、もう怒られることもないだろうと「何故、第二部を書かなかったのですか？」と尋ねたことがありましたが、その時の答えはあまりにも意外なものでした。

「何度か途中まで書いたが、全部破り捨てた」というのです。

「なぜ、そんな事を？」とさらに尋ねると、父は本当に寂しそうに、「あまりに多くの日本人を脱出させてしまった……」とつぶやきました。

父の説明は、およそ次のようなものでした。

当初、あの未曾有《みぞう》の地殻変動から脱出できる日本人は人口の三分の一ほど、四千万人を予定していた。しかし、書き進めるうちに、日本人への愛着が強すぎて予定の倍もの人々を脱出させてしまった。けれど、世界はそれほど多くの日本人を一度に受け入れることが出来ない。せっかく生きのびた人々を半分まで減らさなければ、物語は成立しない。それを書くことは、あまりに辛《つら》いことだと。

莫大《ばくだい》な数の難民と化した日本人に加え、日本沈没に伴う火山活動を原因とする急激な気温低下という世界的異常気象。自らの責任でないにもかかわらず、日本人は白い目でみられ、世界各地で、飢えや、病気、あるいは虐殺などの辛酸をなめ、せっかく生きのびたにもかかわらず、さらにその数は半減せざるを得ない。

父の没後、資料整理中にこの時のことを思い出したのですが、そのような話はどの本にも、またインタビューでも触れられておらず、自分の記憶違いなのではないかという疑念も持つようになりました。しかし、この疑念に終止符を打つ証拠が、父の没後七年目にあたる二〇一八年に遺品の中から見つかりました。様々なことが乱雑に記された大学ノートの中に、「第二部」を含む『日本沈没』の全体構想のメモがあったのです。

メモの前半には、脱出のため動員される航空機、船舶の数、受け入れ国への割り振りといった詳細なデータとともに、脱出できる日本人の数が記されていました。何度も書き直しながら、日本人の移民計画として『4700万』という数字が残されています。そして次のような驚くべき設定が記されていたのです。

・福原《ふくはら》教授の「日本民族の将来」→「三分の二の死」の予言

渡《わたり》老人の指示により、全身全霊で日本列島を失う日本人の未来を考え抜き、最後には過労のため絶命した福原教授が残した「日本民族の将来」。第一部と第二部をつなぐ重要な設定だったのではと推察されます。

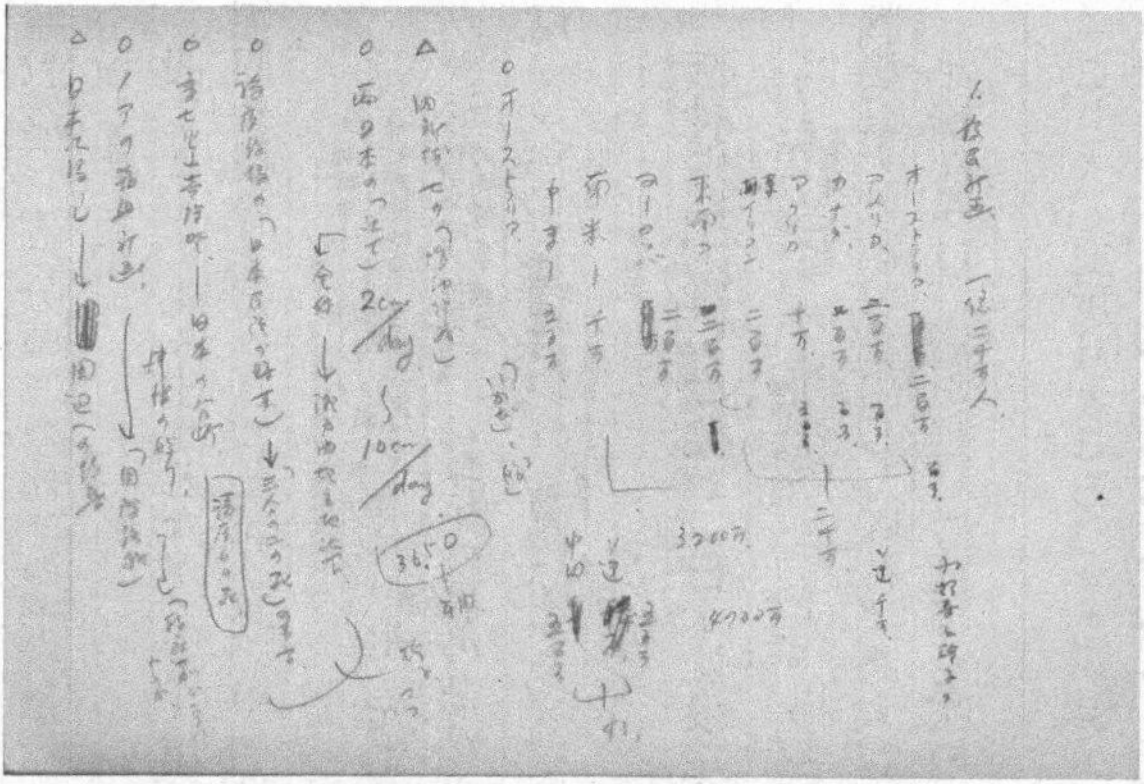

詳細な移民計画と福原教授の「日本民族の将来」が記されたメモ

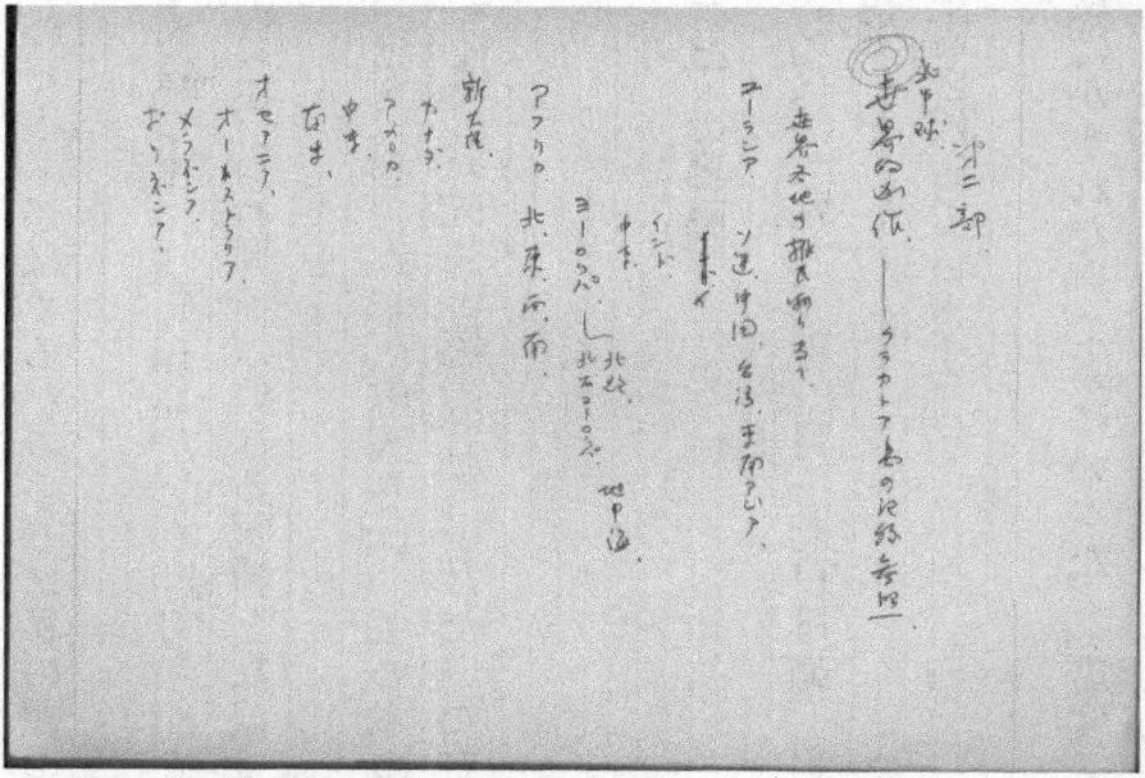

「第二部」と書かれたメモ
（北半球の世界的凶作、各地の難民割り当て等の設定）

父が話してくれた、「日本人の三分の一しか脱出できない」とする当初の設定と、福原教授の「三分の二の死」の予言が、パズルのピースがはまるかのように私の頭の中で合致しました。

設定として生み出されながらも、第一部の本編で触れられることなく封印されていた福原教授の予言が、『日本沈没』第二部執筆をためらわせる大いなる呪縛となっていたのだと思います。

『日本沈没　第二部』は谷甲州《たにこうしゅう》先生との共著で二〇〇六年に出版され、この本のあとがきで小松左京は、〝長年の肩の荷がおりた〟と、谷先生と協力していただいた方々に心から感謝の意を表しました。

阪神《はんしん》淡路大震災勃発《ぼっぱつ》と『日本沈没』作者としての葛藤《かっとう》

『日本沈没』を発表後、二十年以上が経過した、一九九五年一月一七日早朝。当時、戦後最大の被害を出した阪神淡路大震災が発生しました。

小松左京は、震災当日の模様を次のように書き残しています。

「こりゃ、震度6どころじゃないぞ！」と私はかすれた声で妻にいった。「震度7――いやもっと上まわる所だってある……」

妻は眉をひそめて画面を凝視したまま返事をしなかった。そして――「あの状景」がうつった時、私は腰がぬけた。実際は、急な脳貧血で、下半身に血が移行し、腰から下が岩のように重く感じられたのだが、その時は一瞬そう思った。視界が暗くなり、数秒間色覚がぬけた。それほど「何百メートルにもわたって横たおしになった阪神高速の高架」の映像がもたらしたショックは大きかった。貧血のため、眼球を動かすのさえ重い感じだったが、無理に眼をこらして、その映像をチェックした。根元からぐにゃりと折れ曲った何十本もの橋脚、北側にたおれ、ほとんど垂直にちかい斜めの壁のようになって、下を走る国道四三号線の上り線の上にそびえたっている道路面……思ったより下におちている車の数はすくないな、と、私は膜のかかったような頭の隅で考えていた。――

「阪神大震災の日　わが覚書」より

この直後から、『日本沈没』の作者である小松左京に、スポーツ新聞からの問い合わせを皮切りに取材が殺到します。

何しろ電話でコメントを求めてくる記者は、すべてまっ先に「日本沈没」の事をいった。たしかに、ベストセラーにはなったが、二十二年も前の作品を、読んでくれている現役記者が、そんなに多いとも思えなかったが、あとで聞いてみると、若い記者は映画

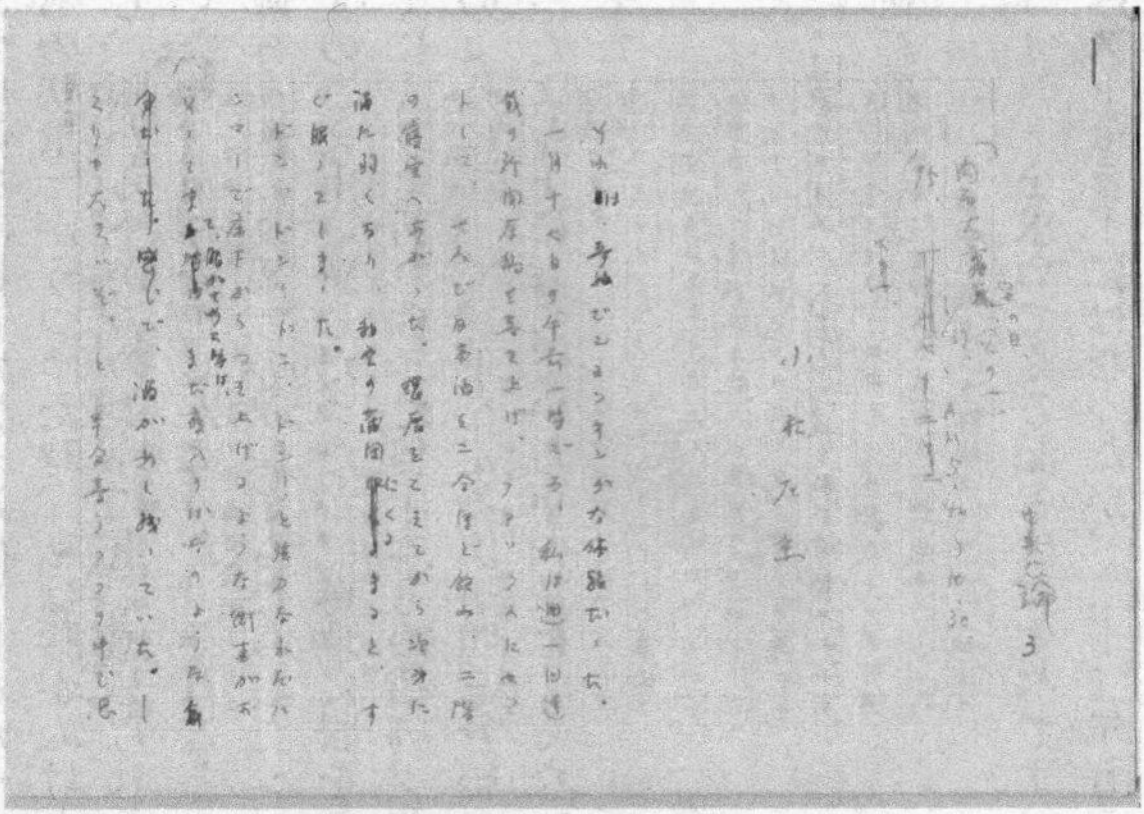

「阪神大震災の日　わが覚書」直筆原稿

やビデオテープで見たり、中には、さいとう・たかをさんの「漫画」でよんだ、という人もいて、「時代」というものを考えさせられた。

〈中略〉

——長い長い一日だったが、しかしそれで終ったわけではなかった。その夜、私はまっ赤に燃え上る業火に包まれてうろうろする夢を見た。同じ夢を三日間たてつづけに見て、三日目にやっと、それが五十年前、昭和二十年の八月はじめに経験した、阪神間の夜間大空襲の夢だとわかったのである。

「阪神大震災の日　わが覚書」（中央公論一九九五年三月号より）

『日本沈没』の執筆の動機ともなった戦争の悲惨さが蘇《よみがえ》ったような大地震の被害の数々。かかわれば過去の記憶が連鎖的に呼び起こされ、さらに苦しむことになることは予想できたでしょう。

しかし、小松左京は、あえてその道を選ぶことになります。あの物語を書いた責任を取るかのように。

毎日新聞で一年にわたって執筆する予定だった宇宙をテーマにした連載（自身のSFの集大成『虚無回廊』の執筆再開準備を目的としたものでした）を急遽《きゅうきょ》差し替え、震災発生から七五日後、月一回の災害ルポ「大震災'95」をスタートさせました。

還暦をすぎた老いた身体に鞭《むち》打っての震災取材は、自分の育った阪神間の惨状をより深く知ることになり、心身ともに大きな負担となりました。そして天災だけでなく人災が被害を広げていた事実に気づいてしまった結果、過去の戦争体験を呼び起こすほどの巨大なトラウマとなっていきました。

小松左京は、生涯で一七の長編、二六九の中短編、一九九のショートショートを書いたとされています。ただ、この震災以降、小松左京は一本たりとも、自身の手で物語を生み出すことは出来ませんでした。『日本沈没　第二部』を自らの手で完成させることは随分以前に諦《あきら》めていたようですが、ライフワークでもある宇宙と人類の関係をテーマにした『虚無回廊』だけは何とか完成させたいと願っていました。しかし、その夢が実現することはありませんでした。

阪神淡路大震災と幻の映画化

阪神淡路大震災は、マスコミ関係者だけでなく、映像製作に関わる人たちにも『日本沈没』の物語を思い出させました。そして、東宝、松竹という日本を代表する映画会社が、それぞれに『日本沈没』の映画化を新たに企画しました。

いずれも、現実となった都市直下型大地震の経験を反映させ、さらには、原作には無い原発被災による複合災害までも想定した、二〇一一年の東日本大震災で起こる事態をシミュレーションするかのような大胆な内容でした。

東宝からは、「新日本沈没」のタイトルで様々なストーリーが提案され、原発爆発による複合災害を盛り込んだ案や、二部構成にして世界に散った日本人に焦点を当てた案もありました。

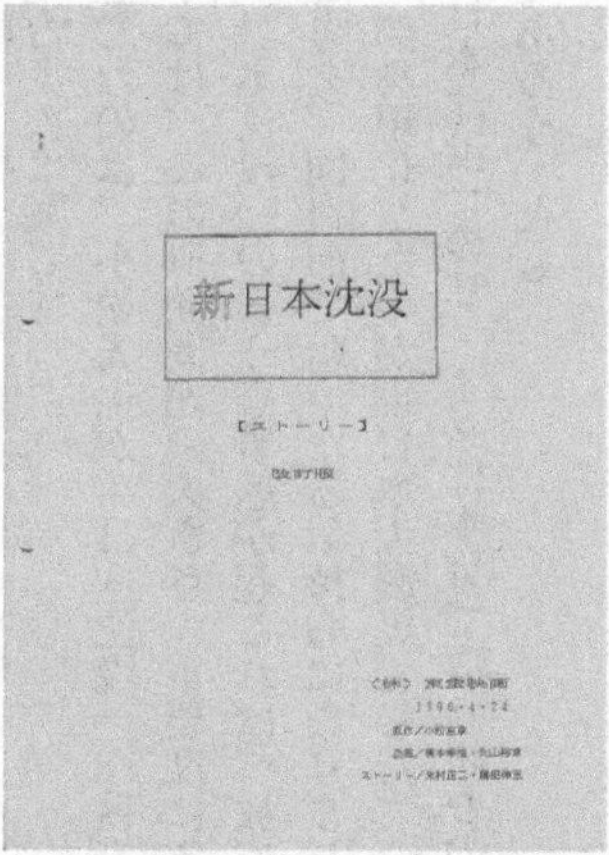
新日本沈没

【ストーリー】

改訂版

〈株〉東宝映画

1996・4・24

「新日本沈没」ストーリー改訂版
（東宝映画 1996 年 4 月 24 日）

この企画に関わられた脚本家の藤田伸三《ふじたしんぞう》さんと米村正二《よねむらしょうじ》さんは、当時のことを次のように語っています。

〈原発による複合災害に関して〉

調べながら感じたのは、小松先生が「日本沈没」を執筆された一九六〇年代の日本と九〇年代の日本では、この原発問題の大きさ・重要度に雲泥の差があるということです。九〇年代に「日本沈没」のような事態が起これば、放射能被害は甚大で、世界的な災害になる……と考え、図書館で暗澹《あんたん》たる気持ちになりました。

(その危惧《きぐ》が一部具現化したのが東日本大震災でした)

と同時に、「日本沈没」のリメイクに本気で取り組むのであれば、ここは避けてはいけないところであろう、とも。

藤田伸三

〈第二部における世界に散った日本人に関して〉

こちらに関しては、小松さんの方で小説として第二部を書こうとしていて、それが前作の原作「日本沈没」のその後の話で、世界中に散らばった日本人が様々な迫害に遭いながら、日本に再結集し、日本を再建するというストーリーになる予定だったそうです。

しかし小松さんとしては迫害される日本人を描いていた際に精神的にきついものがあ

り、完成には至っていない状態でした。

そこでそういったアイデアを小松さんから聞き、映画で実現しようとしたわけです。世界に散った日本人に対しての思い、それは恐らくはそういった日本人を描く事で「国とはなにか」「日本人とはなにか」を再認識させたいという思いがあったと思われ、我々もそこに共感して、企画書に仕上げたのだと思います。

米村正二

一方、松竹の映画企画は「日本沈没一九九九」のタイトルで、監督は大森一樹《おおもりかずき》さんが予定されていました。

大森監督は、阪神淡路大震災で被災した自らの体験をもとにしたリアルな災害を描くと同時に、日本人の脱出に焦点を当てたシナリオを完成させていました。こちらの企画も、大規模地殻変動による原発の致命的な危機が重要な設定となっており、エピローグでは世界に散った日本人の姿が描かれています。

大森監督は当時の気持ちを次のように語っています。


『日本沈没一九九九』の映画化の話が来たのは、一九九八年の夏ごろだったと記憶する。もちろん小松左京原作であり、一観客として興奮した文句なしの傑作の再映画化の監督を任されるという光栄と同時に、その三年前に芦屋《あしや》の自宅で阪神《はんしん》淡路大震災に遭遇、目の当たりに見た都市の崩壊をスクリーンに再現する責務。四〇代半ばの映画監督として脂の乗り切った時に、この企画と出会う誇りと使命を感じたといっても決して大げさではなかっただろう。

大森一樹

＊引用はいずれも世田谷《せたがや》文学館「小松左京展―D計画―」（二〇一九年）展示キャプションより。

東宝の「新日本沈没」、松竹の「日本沈没一九九九」いずれも幻の映画となりました。二〇〇六年に、ＴＢＳとセディックインターナショナルを中心として映画「日本沈没」が製作されましたが、原発による複合災害や沈没後の日本人に関しては触れられていませんでした。

東日本大震災と小松左京の最後のメッセージ

二〇一一年三月十一日、戦後最大の地震被害を出した、東日本大震災が発生しました。三つの地震が連動して起き、マグニチュード九・〇となった日本の観測史上最大規模の超巨大地震です。

海溝型地震であったため、十mを超える大規模な津波が発生し、亡くなられた方、行方不明になられた方は、二万二〇〇〇人にもおよびました。（平成三十年三月時点）

また、津波は、福島第一原子力発電所に大きなダメージを与え、炉心溶融「メルトダウン」という、最悪の事態に至っています。

現実となった海溝型の超巨大地震——多くの人が『日本沈没』のことを思い浮かべました。

そして、マスコミ各社が、作者である小松左京に取材を申し込みました。

阪神淡路大震災に対しては、『日本沈没』の作者としての責任感から、一週間に二十数回という取材に応じ、さらにみずからの新聞連載の内容を変更し、被災地取材とリポートを行った小松左京ですが、東日本大震災では、あらゆる取材を断り、何一つメッセージを発することはありませんでした。

小松左京は、恐るべき被害を伝える生中継に再びくぎ付けになり、言葉を失うほどの衝撃を受けました。そして、この日以来、心身ともに急速に衰え、ずっとふさぎ込むようになっていたのです。

この年の夏、父は体調を悪化させ緊急入院しました。小康状態となって病室を訪れた際に、久しぶりに楽しく話せたことから、意を決して訊《たず》ねました。

「今、日本は本当に大変です。この国の皆さんに、何かメッセージをお願いできませんか……。この国は、どうなるのですか？」

父は私の問いに対し、きっぱりと「ユートピア……」と答えました。

「ユートピア……ですか？」

先程までの和やかな表情ではなく、非常にするどい眼つきで私を見つめた父は、「理解できないのか？」とでも言わんばかりに大きく頷《うなず》きました。

父はこの二日後に亡くなりました。

東日本大震災を目の当たりにし、絶望の淵《ふち》にいた小松左京が、その死を目前に、「ユートピア」という、希望と取れるメッセージを残した理由は一体何だったのでしょう？

亡くなった直後に知ったのですが、あらゆる取材を拒んだ父が、一度だけインタビューに応じていたのです。それは、父が楽しかった子供時代に愛読していた毎日小学生新聞に対してでした。インタビューの中で、震災直後の日本人がとった沈着冷静な態度に対する世界の反応について言及している箇所があります。

世界の人がほめてましたね。これは、うれしかった。自然に生かされている日本人の優しさ、だな。日本は必ず立ち直りますよ。自信をもっていい。

毎日小学生新聞（二〇一一年七月一六日）より

かつてない大規模な地殻変動により、故郷である日本列島を失うという途方もない体験をした日本人だからこそ、そこで学んだものを様々な危機に生かせる、それも、日本人だけでなく世界の人々にとって役立つ形で。そうしてこそ、自らの国を失った日本人が見直され、世界で居場所を得ることができる。これが、小松左京が『日本沈没』に込めた想いでした。

どんなに言葉を尽くしても、震災で被災された人の心を本当に癒《いや》すことは出来ないことは承知しています。

小松左京も、東日本大震災のあまりの被害の甚大さに、自身が『日本沈没』に掲げたテーゼを一時見失い、絶望の淵に沈んでいました。

しかし、その見失っていたテーゼを、死の目前に取り戻しました。未曾有の危機に見舞われながらも、毅然《きぜん》とした態度をとった日本人に対する世界中からの熱い賞賛こそが、力となりました。物語で描こうとした危機を乗り越え未来を拓《ひら》く日本人の姿を、現実の世界に見いだすことが出来たのだと思います。

日本を沈めたことは日本人にはいずれにしろ理解してもらえるだろう。次に国を失った日本人が、それゆえに未来に何か特別な役割を果たせるんじゃないかというテーゼ。

『小松左京自伝』（日本経済新聞出版社）より

『日本沈没』は、人々にフィクションとして楽しんでもらうだけでなく、ただのエンターテインメントにはない、現実の危機を克服するための大切なノウハウが秘められています。

沈没しないということは誰もがわかっています。ですからこれはまったくのフィクションですが、皆がよく知っているこの世界とフィクションを重ね合わせてみますと、この世界だけを上から覗いているだけでは見えてこない、虚数空間に隠されていたもう一つの性格がでてくる。この二つを合わせれば、何か構造的な本質が見えてくるのではないでしょうか。

「シミュレーションとフィクションについて」（シミュレーション&ゲーミング）より

現実の世界とフィクションを重ね合わせることで構造的な本質が見える。その、構造的な本質を知ることこそ、一番重要なことではないでしょうか。だからこそ、フィクションである『日本沈没』を、できるだけ多くの人々に、時代を超えて知ってもらいたかったのだと思います。少しでも被害を抑え、災いを克服し、より良いステージに導く羅針盤たることを願って。

物語を通し日本の抱える構造的な本質を知ってもらうという願いは、少なくとも『日本沈没』が世に出た直後には、国の中枢の人々にも届いたようです。

大蔵、外務、通産の官僚たちがずいぶん読んでいた。政治家では福田赳夫氏が早くから読んでくれていたらしい。当時首相だった田中角栄氏も、ホテル・ニューオータニですれ違ったら、「あ、小松君か」と向こうから声をかけてきた。「君とはいっぺんゆっくり話したい。今度時間を作ってくれ」と。

『小松左京自伝』（日本経済新聞出版社）より

時代を越える物語は、ほんの一握りです。特に、執筆された時代の雰囲気をより感じさせる物語は、誕生した際に熱狂的に受けいれられる反面、その時代の匂いがあまりに強いため、異なる時代では拒絶反応を起こされることがあります。

『日本沈没』に関しても、時代の空気をあまりに包含しているが故に、その本質に共感しながらも、昭和の世界の独特の雰囲気に違和感を覚えた若い方もおられると思います。けれど、小松左京が『日本沈没』に込めた、〝日本そして日本人とは何か？〟という問いかけは不変であり、時代を越え今でも、敢《あ》えていえば今こそ意味を持つと考えます。

このメッセージを伝える作品は、どの時代、どんな表現であっても、まぎれもなく『日本沈没』といえるでしょう。一九七三年の東宝映画、毎日放送のラジオドラマ。一九七四年のＴＢＳのテレビドラマ、さいとう・たかを先生の劇画。二〇〇六年のＴＢＳ・セディックインターナショナルの映画、一色登希彦《いしきときひこ》先生の劇画。二〇二〇年の湯浅政明監督のネットフリックス世界配信アニメ、そしてまだ見ぬ未来の作品も。

『日本沈没』およびそこから派生したすべての作品が、これから先も、〝日本そして日本人とは何か？〟を人々に問い続けることを、心より願います。

小松左京が最後にとらえた、この国の未来のビジョンである〝ユートピア〟を〝ただのフィクション〟で終わらせず〝現実のもの〟とするために。

本書は、一九七三年三月、カッパ・ノベルス（光文社）として刊行されました。

角川文庫化にあたり、城西国際大学出版会版『小松左京全集　完全版5　日本沈没』（二〇一一年二月）を底本としました。

なお本書中には、気ちがいじみた、裏日本、乞食といった現在の人権擁護の見地に照らして不適切と思われる表現がありますが、作品執筆当時の時代背景や、著者が故人であることを考慮し、そのままとしました。

（編集部）

日《に》本《ほん》沈《ちん》没《ぼつ》(下)

小《こ》松《まつ》左《さ》京《きょう》

令和2年 4月25日 初版発行
令和5年 12月15日 13版発行

発行者●山下直久

発行●株式会社KADOKAWA
〒102-8177 東京都千代田区富士見2-13-3
電話 0570-002-301(ナビダイヤル)

角川文庫 22124

印刷所●株式会社KADOKAWA
製本所●株式会社KADOKAWA

表紙画●和田三造

●お問い合わせ
https://www.kadokawa.co.jp/ (「お問い合わせ」へお進みください)
※内容によっては、お答えできない場合があります。
※サポートは日本国内のみとさせていただきます。
※Japanese text only

ISBN 978-4-04-109119-7 C0193

◆◇◇

角川文庫発刊に際して

角川源義

第二次世界大戦の敗北は、軍事力の敗北であった以上に、私たちの若い文化力の敗退であった。私たちの文化が戦争に対して如何に無力であり、単なるあだ花に過ぎなかったかを、私たちは身を以て体験し痛感した。西洋近代文化の摂取にとって、明治以後八十年の歳月は決して短かすぎたとは言えない。にもかかわらず、近代文化の伝統を確立し、自由な批判と柔軟な良識に富む文化層として自らを形成することに私たちは失敗して来た。そしてこれは、各層への文化の普及滲透を任務とする出版人の責任でもあった。

一九四五年以来、私たちは再び振出しに戻り、第一歩から踏み出すことを余儀なくされた。これは大きな不幸ではあるが、反面、これまでの混沌・未熟・歪曲の中にあった我が国の文化に秩序と確たる基礎を齎らすためには絶好の機会でもある。角川書店は、このような祖国の文化的危機にあたり、微力をも顧みず再建の礎石たるべき抱負と決意とをもって出発したが、ここに創立以来の念願を果すべく角川文庫を発刊する。これまで刊行されたあらゆる全集叢書文庫類の長所と短所とを検討し、古今東西の不朽の典籍を、良心的編集のもとに、廉価に、そして書架にふさわしい美本として、多くのひとびとに提供しようとする。しかし私たちは徒らに百科全書的な知識のジレッタントを作ることを目的とせず、あくまで祖国の文化に秩序と再建への道を示し、この文庫を角川書店の栄ある事業として、今後永久に継続発展せしめ、学芸と教養との殿堂として大成せんことを期したい。多くの読書子の愛情ある忠言と支持とによって、この希望と抱負とを完遂せしめられんことを願う。

一九四九年五月三日

角川文庫ベストセラー

復活の日　小松左京

生物化学兵器を積んだ小型機が、真冬のアルプス山中に墜落。感染後5時間でハツカネズミの98%を死滅させる新種の細菌は、雪解けと共に各地で猛威を振るう。世界人口はわずか1万人にまで減ってしまい――。

ゴルディアスの結び目　小松左京

「憑きもの」を宿す少女は、病室に収容されていた。サイコ・デテクティヴはその正体の追求を試みるが……表題作のほか「岬にて」「すぺるむ・さぴえんすの冒険」「あなろぐ・らゔ」を収録した、衝撃のSF短編集!

地には平和を　小松左京

敵弾をあび、瀕死の重傷を負った俺の前に、Tマンと名乗る男が現れた。歴史を正しい方向へ戻さなければ、この世界は5時間で消滅する!?　表題作を含む短編2編とショートショート集を収録。

不思議の扉　時をかける恋　編／大森　望

不思議な味わいの作品を集めたアンソロジー。ひとたび眠るといつ目覚めるかわからない彼女との一瞬の再会を待つ恋……梶尾真治、恩田陸、乙一、貴子潤一郎、太宰治、ジャック・フィニィの傑作短編を収録。

不思議の扉　時間がいっぱい　編／大森　望

同じ時間が何度も繰り返すとしたら?　時間を超えて追いかけてくる女がいたら?　筒井康隆、大槻ケンヂ、牧野修、谷川流、星新一、大井三重子、フィッツジェラルド描く、時間にまつわる奇想天外な物語!

角川文庫ベストセラー

きまぐれ星のメモ　星新一

日本にショート・ショートを定着させた星新一が、10年間に書き綴った100編余りのエッセイを収録。創作過程のこと、子供の頃の思い出――。簡潔な文章でひねりの効いた内容が語られる名エッセイ集。

きまぐれロボット　星新一

お金持ちのエヌ氏は、博士が自慢するロボットを買い入れた。オールマイティだが、時々あばれたり逃げたりする。ひどいロボットを買わされたと怒ったエヌ氏は、博士に文句を言ったが……。

ちぐはぐな部品　星新一

脳を残して全て人工の身体となったムント氏。ある日、外に出ると、そこは動くものが何ひとつない世界だった（「凍った時間」）。SFからミステリ、時代物まで、バラエティ豊かなショートショート集。

きまぐれ博物誌　星新一

新鮮なアイディアを得るには？　プロットの技術を身に付けるコツとは――。「SFの短編の書き方」を始め、ショート・ショートの神様・星新一の発想法が垣間見える名エッセイ集が待望の復刊。

宇宙の声　星新一

あこがれの宇宙基地に連れてこられたミノルとハルコ。〝電波幽霊〟の正体をつきとめるため、キダ隊員とロボットのプーボと訪れるのは不思議な惑星の数々。広い宇宙の大冒険。傑作SFジュブナイル作品！

角川文庫海外作品

ダークタワーⅠ
ガンスリンガー

スティーヴン・キング
風間賢二＝訳

すべてが奇妙に歪み、変転する世界。この世ならぬ異境で、最後の拳銃使いローランドは、宿敵である黒衣の男を追いつづけていた。途中で不思議な少年ジェイクと出会い、ともに旅を続けるのだが……。

ダークタワーⅡ
運命の三人　(上)(下)

スティーヴン・キング
風間賢二＝訳

〈暗黒の塔〉を目指し、孤独な旅を続けるローランド。浜辺に辿りついた彼は、夜ごと出現する異形の化け物に、拳銃使いには欠かせない右手の二本の指を食いちぎられる。そんな時、砂浜に奇妙なドアが出現した。

ダークタワーⅢ
荒地　(上)(下)

スティーヴン・キング
風間賢二＝訳

〈旅の仲間〉であるエディとスザンナを得たローランド。2人にガンスリンガーとしての教えを叩きこみながら、〈暗黒の塔〉への旅は続く。だが、見殺しにしたジェイク少年の面影がローランドを苦しめる……。

ダークタワーⅣ
魔道師と水晶球　(上)(下)

スティーヴン・キング
風間賢二＝訳

超高速で疾駆する列車内に閉じ込められたローランドたち。高度な知性を持つが、今や狂気に駆られた〈ブレイン〉との謎かけ合戦に勝たなければ命はない。絶体絶命の中、エディが繰り出した意外な手とは……？

ダークタワーⅣ-1/2
鍵穴を吹き抜ける風

スティーヴン・キング
風間賢二＝訳

15歳で最年少のガンスリンガーとなったローランドは、デバリアの町で起きた連続惨殺事件の調査に赴く。そこで父親を亡くし怯えるビル少年と出会った彼は、母から読み聞かされたお伽噺を聞かせる……。